新时代文学批评丛书

吴义勤 主编

新时代文学与传统

李遇春 著

山东文艺出版社

图书在版编目（CIP）数据

新时代文学与传统 / 李遇春著. -- 济南 ： 山东文艺出版社， 2024.10
（新时代文学批评丛书 / 吴义勤主编）
ISBN 978-7-5329-7157-2

Ⅰ. ①新… Ⅱ. ①李… Ⅲ. ①中国文学－当代文学－文学评论－文集 Ⅳ. ①I206.7-53

中国国家版本馆 CIP 数据核字(2024)第 071215 号

新时代文学与传统

XINSHIDAI WENXUE YU CHUANTONG

李遇春　著

主管单位　山东出版传媒股份有限公司
出版发行　山东文艺出版社
社　　址　山东省济南市英雄山路 189 号
邮　　编　250002
网　　址　www.sdwypress.com

读者服务　0531-82098776（总编室）
　　　　　　　0531-82098775（市场营销部）
电子邮箱　sdwy@sdpress.com.cn

印　　刷　山东华立印务有限公司
开　　本　710 毫米 ×1000 毫米　1/16
印　　张　18.5
字　　数　232 千
版　　次　2024 年 10 月第 1 版
印　　次　2024 年 10 月第 1 次印刷
书　　号　ISBN 978-7-5329-7157-2
定　　价　79.00 元

开辟文学批评的新时代

——"新时代文学批评丛书"总序

吴义勤

党的十八大以来，中国特色社会主义进入新时代，中国文学也翻开了崭新的一页。置身新时代新征程，面对丰富的史诗性伟大实践，广大作家胸怀"国之大者"，牢记初心使命，深入生活，扎根人民，与时代共振，与人民共情，用心用情用功书写新时代的中国故事，展现中国人民昂扬的精神风貌，谱写了新时代文学的辉煌篇章。

文学批评与文学创作是文学发展的车之两轮、鸟之两翼，一个时代的文学发展既需要广大作家的笔耕不辍、创新创造，也需要批评家的积极呼应、理论引领。在新时代文学不断攀登高峰的历史进程中，新时代文学批评也发挥了至关重要的作用，取得了丰硕的发展成果，形成了独特的新时代文学批评景观。习近平总书记高度重视文学批评工作，近年来就繁荣新时代文学批评发表了一系列重要讲话，做出了一系列重要指示批示。我们策划这套"新时代文学批评丛书"，就是要全面学习贯彻落实总书记关于文学批评的讲话与指示批示精神，一方面旨在呈现新时代文学批评的基本样貌、发展成果，另一方面也希望从中获得推动文学批评发展的经验和启示，为推动新时代文学理论批评建设和新时代文学繁荣提供有益的镜鉴。

本丛书遴选的作者都是长期持续坚守在新时代文学批评现场并卓有成就的优秀批评家。从年龄结构上，他们涵盖了"60后""70后""80后"，这也是当下文学批评的主力军；从批评对象的文学门类上，覆盖了小说、诗歌、散文等多个当下最具影响力的艺术门类，可以说是对新时代文学的全面阐释和研究。通过这套批评丛书，读者一方面可以深入了解新时代文学批评的丰富实践，同时可以通过文学批评了解新时代文学发展的基本风貌和历史特征。

在内容上，本丛书侧重于遴选研究新时代文学的评论文章，以对新时代十年来具有代表性的作家作品、有广泛影响的新文学现象、引人关注的文学热点事件以及文学发展中存在的症候性问题为主要研究对象，是对围绕新时代文学展开的文学批评成果的一次全面梳理和集中展示。我们希望以出版批评丛书的方式，深入总结文学批评发展的历史经验，同时吸引更多研究力量来增强对新时代文学研究的力度和深度。

本丛书的出版要感谢山东出版传媒股份有限公司副总经理李运才、山东文艺出版社社长徐迪南，他们提供了非常多的支持和帮助，也提出了许多富有建设性的意见和建议。新世纪之初，我曾和山东文艺出版社共同策划出版了一套"e批评丛书"，在学术界产生了良好的反响。今年，又再次在山东文艺出版社出版这套"新时代文学批评丛书"，可谓是一种极为特殊也极为难得的缘分，也体现了山东文艺出版社多年来一直积极参与、支持中国当代文学批评事业发展的出版精神。在此，我代表丛书编委会向山东文艺出版社表示衷心的感谢并致以崇高的敬意。

两套丛书虽然出版时间不同，但在内容上又有着一种延续性和整体性。"e批评丛书"着力呈现的是二十世纪九十年代文学批评的发展成果，也是当时年轻的"60后"批评家的一次集体亮相。"新时代文学批评丛书"更侧重于展现新世纪尤其是新时代以来的文学批评成果，参与作者既包括了"e 批评丛书"中的部分作者，又吸纳了"70 后""80 后"等新生批评力量。两套丛书虽然侧重点不同，但形成了一种巧妙的呼应，构成了一种互补关系，具有了批评史意义上的"整体性"，某种意义上，它们就是一种特殊形态的近三十年来中国文学批评的发展史。

当然，对于新时代文学批评成果的总结展示并不意味着我们回避当下文学批评存在的问题。新时代以来，随着时代语境和文学生态的不断变化，文学批评面临着更为复杂严峻的形势和挑战，文学批评如何更好地发挥作用，真正成为助推文学发展的"磨刀石"和"利器"？这是所有文学批评者面临的共同课题和任务。出版这套丛书，我们一方面意在梳理总结这一时段文学批评发展的成果和经验，同时也希望能够从中析出当下文学批评发展存在的一些问题，以史为镜，为未来更好地推动中国文学批评发展，更好地发挥文学批评引导创作、推出精品、提高审美、引领风尚的作用提供启示和帮助。

新征程是充满光荣与梦想的远征，新时代文学正在我们面前浩浩荡荡地展开，作为文学发展的重要一翼，中国文学批评也正在砥砺前行，积极开辟一个文学批评的新时代。

是为序。

目　录

新时代文学与传统

上　编

时代之问

新时代中华民族伟大复兴的理论要义

《在二十届中央政治局第四次集体学习时的讲话》中，习近平总书记深刻指出："要把党的创新理论运用到贯彻落实党的二十大提出的重大战略部署中去。要善于运用新时代中国特色社会主义思想观察时代、把握时代、引领时代，更好统筹中华民族伟大复兴战略全局和世界百年未有之大变局，深刻洞察时与势、危与机，积极识变应变求变。"[①] 当前，全党全国上下都在深入学习贯彻习近平新时代中国特色社会主义思想，主题教育蓬勃开展，我们需要全面领会习近平新时代中华民族伟大复兴的战略思想，更好地统筹全局和应对变局，以继往开来、守正创新、自信自立、胸怀天下、踔厉奋发的时代精神大力推进中华民族伟大复兴的历史进程。我们不仅需要认真学习习近平总书记在党的十八大以来有关中华民族伟大复兴的深刻论述，还要在此基础上系统阐释新时代中华民族伟大复兴战略思想的丰富内涵与精深要义。我们需要清醒地认识到，在当今世界百年未有之大变局中，新时代中华民族伟大复兴是一项关系到全党与全国各族人民的过去、现在和未来的宏大系统工程，而要想最终实现中华民族伟大复兴的战略愿景就必须始终坚持中国共产党的领导，坚定不移地走中国特色社会主义道路，以中国式现代化全面推进中华民族伟大复兴。

一、习近平总书记关于中华民族伟大复兴的三次重要论述

党的十八大以来，习近平总书记多次在不同场合的讲话中反复论述中

---

① 习近平：《在二十届中央政治局第四次集体学习时的讲话》，《求是》2023 年第 10 期。

华民族伟大复兴的战略思想。他始终在思考着当今中国在百年未有之大变局下的历史命运与时代课题，并向全党和全国各族人民乃至全世界做出了庄严的回答。追溯起来，习近平总书记最早明确提出中华民族伟大复兴战略思想是在 2012 年 11 月 29 日，时值党的十八大闭幕不久。当时总书记率领中央政治局常委和中央书记处的同志参观国家博物馆《复兴之路》展览。他在现场发表讲话指出："现在，大家都在讨论中国梦，我以为，实现中华民族伟大复兴，就是中华民族近代以来最伟大的梦想。"① 这就明确地把看似抽象的"中国梦"落实到"中华民族伟大复兴"的具体历史进程中来，为新时代中国特色社会主义思想体系的建构打下了牢固的理论基石。在那次展览上，总书记还以"雄关漫道真如铁"概括中华民族在近现代苦苦探寻复兴之路的悲壮命运，又以"人间正道是沧桑"概括中华民族在改革开放时期终于找到了实现中华民族伟大复兴的正确道路，而"长风破浪会有时"则寄托着总书记对中华民族伟大复兴光明前景的无限憧憬。"现在，我们比历史上任何时期都更接近中华民族伟大复兴的目标，比历史上任何时期都更有信心、有能力实现这个目标。"② 这是那次观展中总书记对全中国和全世界的庄严承诺，从此，实现中华民族伟大复兴的中国梦就成了时代最强音。

总书记对中华民族伟大复兴第二次做出重要论述是在 2017 年 10 月 18 日，他在中国共产党第十九次全国代表大会上的报告中明确提出，新时代中国共产党的"历史使命"就是实现新时代中华民族伟大复兴。这就直接把近现代以来无数仁人志士魂牵梦绕的中华民族伟大复兴梦想纳入新时代中华民族伟大复兴的现实进程中，可谓"梦想照进现实"。不仅如此，总书记还深刻地论述了中华民族伟大复兴事业与中国共产党创建的关系，自从有了中国共产党，"中国人民就从精神上变被动为主动"，从而彻底扭转了近代以来中华民族复兴伟业所长期遭遇的历史窘境。正如总书记在

---

① 习近平：《实现中华民族伟大复兴是中华民族近代以来最伟大的梦想》，见《习近平谈治国理政》，外文出版社 2014 年版，第 36 页。

② 习近平：《实现中华民族伟大复兴是中华民族近代以来最伟大的梦想》，见《习近平谈治国理政》，外文出版社 2014 年版，第 35—36 页。

十九大报告中指出的那样："实现中华民族伟大复兴是近代以来中华民族最伟大的梦想。中国共产党一经成立，就把实现共产主义作为党的最高理想和最终目标，义无反顾肩负起实现中华民族伟大复兴的历史使命。"①虽然在近代鸦片战争以来的旧民主主义革命时期，以太平天国运动为代表的农民势力、封建地主阶级内部的洋务派、资产阶级维新派和革命派都为中华民族伟大复兴付出了各自的历史努力，但他们由于与生俱来的历史局限性，不可能完成中华民族伟大复兴的历史任务。而只有经过了马克思主义理论武装起来的中国共产党，才能带领全国各族人民在新民主主义革命时期历史性地担负起中华民族伟大复兴的历史使命，并在社会主义革命、建设和改革开放的伟大历史进程中不断将中华民族伟大复兴事业推向新的历史高度。时至 2019 年 5 月 31 日，总书记又在"不忘初心、牢记使命"主题教育工作会议上发表重要讲话，进一步将中华民族伟大复兴的"使命"与全心全意为人民服务的"初心"结合在一起②，将中国共产党人"为人民谋幸福、为民族谋复兴"的历史使命与现实担当有机地融合在一起，从而在全国上下产生了深刻反响。总体而言，总书记这次主题教育讲话精神源自他的十九大会议报告。经过这次主题教育，十九大报告中新时代中华民族伟大复兴的历史使命进一步深入民心。

　　在中国共产党第二十次全国代表大会开幕式（2022 年 10 月 16 日）上，习近平总书记在二十大报告中第三次对中华民族伟大复兴做出了重要论述。总书记高屋建瓴地指出："从现在起，中国共产党的中心任务就是团结带领全国各族人民全面建成社会主义现代化强国、实现第二个百年奋斗目标，以中国式现代化全面推进中华民族伟大复兴。"③不同于第一次重要论述中将中华民族伟大复兴指认为"中国梦"的内涵与实质，也有别

---

① 习近平：《决胜全面建成小康社会，夺取新时代中国特色社会主义伟大胜利》，见《习近平谈治国理政》第三卷，外文出版社 2020 年版，第 11 页。

② 习近平：《准确把握"不忘初心、牢记使命"主题教育的目标要求》，见《习近平谈治国理政》第三卷，外文出版社 2020 年版，第 523—524 页。

③ 习近平：《高举中国特色社会主义伟大旗帜，为全面建设社会主义现代化国家而团结奋斗》，人民出版社 2022 年版，第 21 页。

于第二次重要论述中将中华民族伟大复兴纳入新时代党的"历史使命"，总书记在第三次重要论述中从任务与举措、目标与手段的角度全面深入地阐明了中华民族伟大复兴与中国式现代化的关系。这就进一步夯实了新时代中华民族伟大复兴战略思想的现实根基。毫无疑问，中华民族伟大复兴是宏伟蓝图而不是空中楼阁，它必须依靠立足于中国国情、适合于中国语境的中国式现代化方案才能逐步达成既定的历史目标。由于中国式现代化方案不同于西方社会流行的现代化模式，它是中国共产党领导的社会主义现代化，所以中华民族伟大复兴也就必然具有不同于西方社会发展的中国特色。比如中国式现代化是人口规模巨大的现代化，这就决定了中华民族伟大复兴的艰巨性与复杂性，我们只能选择"稳中求进、循序渐进、持续推进"，反对各种激进冒进或因循守旧。再如中国式现代化是全体人民共同富裕的现代化，这就决定了中华民族伟大复兴必须建立在社会公平正义的基础上，而不能重蹈两极分化的覆辙。还有中国式现代化是物质文明与精神文明相协调、人与自然和谐共生、走和平发展道路的现代化，这就要求我们在实现中华民族伟大复兴的历史进程中，必须防止片面追求经济发展而以道德沦丧或环境恶化为代价，要永远站在人类文明进步的一边捍卫世界和平。显然，总书记关于中华民族伟大复兴的最新战略构想已然成为新时代中国社会发展的思想指南。

二、新时代中华民族伟大复兴的基本内涵及其相关问题

众所周知，近代鸦片战争以来，中华民族在西方帝国主义列强的侵略与欺凌下不断遭受历史屈辱，由此，有关古老的中华民族觉醒与复兴的时代呐喊就响彻了神州大地。尤其是 1894 年中日甲午战争以中国割地赔款而告终，彻底惊醒了中国人的老大帝国思想和民族自大梦，一大批不甘就此彻底失去民族自信心的仁人志士开始绝境求生，在 19 世纪末 20 世纪初真正萌发了现代意义上的中华民族复兴观念。中国民主革命的先行者孙中山在近代中国最早萌生中华民族复兴思想，早在 1894 年组织成立兴中会时，孙中山就明确提出了"振兴中华"口号，希望通过资产阶级革命让古老的中华再生。而作为中国资产阶级维新派的代表，梁启超在 1900 年发

表的《少年中国说》中也明确提出了复兴中华民族的政治理想，他希望以君主立宪的改良途径让"老大中国"返老还童，以"少年中国"的民族新形象屹立于世界民族之林①。及至五四新文化运动时期，早期中国马克思主义者李大钊在《〈晨钟〉之使命》《青春》《新中华民族主义》等文中进一步提出了"青春中华之创造"②和"中华民族之复活"③的现代民族复兴思想，以中国共产党人的高度历史责任感自觉地担负起中华民族伟大复兴的历史使命。全面抗战爆发以后，随着全国抗日民族统一战线的倡导和建立，以毛泽东为代表的中国共产党人根据新的历史形势倡导国共合作，以"中华民族复兴"为精神纽带④，最终赢得了抗日战争的伟大胜利，为中华民族的独立解放书写了辉煌篇章。

新中国成立后，中华民族伟大复兴的历史进程更是大势所趋，先后经历了社会主义革命与建设时期的"站起来"到改革开放新时期的"富起来"，再到新时代逐步"强起来"的三个历史阶段。目前中国特色社会主义新时代正在昂首阔步向前迈进，新时代中华民族伟大复兴的历史进程正处于攻坚克难的关键期和冲刺期。近十年来，习近平总书记多次就中华民族伟大复兴战略思想发表讲话或谈话，主要涉及民族复兴、经济复兴、文化复兴、文艺复兴、学术复兴等不同的层次和方面。首先是民族复兴，这关涉到新时代中华民族伟大复兴战略的历史主体问题。梁启超在近代中国最早提出并使用"中华民族"概念，此后李大钊在《新中华民族主义》中加以发展，超越"大汉族主义"的"中华民族"观念逐渐得到国共两党和全体中国人的认同⑤。新中国"五十六个民族五十六朵花"，我们党一贯强调

---

① 梁启超：《少年中国说》，见《梁启超全集》第一册，北京出版社1999年版，第411页。

② 李大钊：《〈晨钟〉之使命》，见《中国近代思想家文库·李大钊卷》，中国人民大学出版社2014年版，第89页。

③ 李大钊：《大亚细亚主义》，《甲寅》（日刊）1917年4月18日。

④ 郑大华：《中国近代民族复兴思潮研究（上）》，中国社会科学出版社2017年版，第248页。

⑤ 郑大华：《中国近代民族复兴思潮研究（上）》，中国社会科学出版社2017年版，第109页。

中华民族大家庭，倡导民族团结一家亲。党的十八大以来，习近平总书记不断提出并阐明"中华民族共同体""铸牢中华民族共同体意识"等新理念。他要求必须从中华民族伟大复兴的战略高度来把握新时代党的民族工作的历史方位和工作主线，要不断增强中华民族的认同感和自豪感，只有这样才能牢固确立中华民族在伟大复兴进程中的历史主体地位。当然，中华民族伟大复兴战略必然涉及海峡两岸的团结统一问题。总书记说："团结统一的中华民族是海内外中华儿女共同的根，博大精深的中华文化是海内外中华儿女共同的魂，实现中华民族伟大复兴是海内外中华儿女共同的梦。"[1] 两岸同胞血浓于水，都属于中华民族共同体的重要组成部分，都有义务和责任为了中华民族伟大复兴贡献自己的光和热。可见中华民族复兴与祖国和平统一紧密相连。不仅如此，总书记向来主张中国和平崛起、中华民族和平复兴，因为只有站在全中国和全世界人民的立场上，只有将"中华民族共同体"与"人类命运共同体"相结合，才能历史性地真正实现中华民族伟大复兴。

其次是经济复兴，这关涉到新时代中华民族伟大复兴战略的物质基础和经济地位问题。数据表明，当今中国已经是世界上第二大经济体，经济总量长期位居世界第二，这在改革开放新时期以前是不可想象的，而如今全世界都不得不承认中国经济业已复兴的现实。毫无疑问，经济复兴为中华民族伟大复兴打下了坚实的物质基础。只有建立在强大的国民经济基础上，中华民族才能重新赢得世界的尊重。落后就要挨打，近现代中华民族的历史充满屈辱，与19世纪中叶以后中国经济陷入停顿有关，而西方帝国主义列强的殖民主义政治经济侵略更是罪魁祸首。实际上，有西方经济学史家研究表明，古老的中国在17、18世纪将近两百年的时间里一直是全世界最大最强的经济体[2]。而鸦片战争以后，备受打击的中国经济不断寻求复兴之路，从洋务运动到实业救国，晚清民初的中国经济一直在艰难

---

① 习近平：《实现中华民族伟大复兴是海内外中华儿女共同的梦》，见《习近平谈治国理政》，外文出版社 2014 年版，第 63 页。

② 郑大华：《中国近代民族复兴思潮研究（上）》，中国社会科学出版社 2017 年版，第 399 页。

中行进。20 世纪三四十年代，时值抗日战争，中国经济发展面临"以农立国""以工立国"等多种经济发展道路之争，但始终无法拯救民族资本的衰败与乡村经济的破产。新中国成立以后，尤其是改革开放新时期以至新时代以来，由于我们党成功推进和大力拓展了中国式现代化发展道路，随着社会主义市场经济体制的建立与不断完善，新中国终于一跃成为举世瞩目的经济巨龙。我们完成了脱贫攻坚、全面建成小康社会的历史任务，实现了第一个百年奋斗目标，接下来分两步走，正朝着第二个百年奋斗目标迈进，即"在本世纪中叶把我国建设成为富强民主文明和谐美丽的社会主义现代化强国"。到那时，一条真正复兴的中国巨龙、一只完全觉醒的东方睡狮，会在全球化的世界中展现具有中国特色的富饶与强盛。

再次是文化复兴，这关涉到新时代中华民族伟大复兴战略的文化底蕴与精神根基问题。习近平总书记说："文化是一个国家、一个民族的灵魂。"[①]虽然近现代以来各种新保守主义思想派别，如国粹派、东方文化派、现代新儒家等流派的众多思想者在不同程度上倡导或鼓吹过中华民族文化复兴，但由于其各自的历史局限性，无法历史性地完成中华民族文化复兴的使命。以毛泽东为代表的中国共产党人向来主张"推陈出新""古为今用"，既反对食洋不化，也反对厚古薄今，而是倡导对中华传统文化进行批判性继承，拒绝做西洋文化的低级搬运工。十八大以来，习近平总书记反复强调要坚定"四个自信"，尤其是"文化自信"的提法可谓切中肯綮，直接开了一剂治疗当代中国思想界文化软骨病的良方。毋庸讳言，中国知识界缺乏文化自信力的问题由来已久，这与近代以来中华民族饱受帝国主义凌辱有关，但我们需要在屈辱中奋起抗争，需要在学习西方的过程中发出中国声音。正如鲁迅所言："不在沉默中爆发，就在沉默中灭亡。"[②]经过一百多年欧风美雨的冲刷，当今的中国正在强势崛起，我们的知识文

---

① 习近平：《要有高度的文化自信》，见《习近平谈治国理政》第二卷，外文出版社 2017 年版，第 349 页。

② 鲁迅：《记念刘和珍君》，见《鲁迅全集》第三卷，人民文学出版社 1981 年版，第 275 页。

化界必须穿越历史的沉默地带，唱响中国声音、贡献中国智慧。我们要建立社会主义文化强国就必须增强文化自信力，尤其是要提升国家文化软实力，而源远流长的中华优秀传统文化就是我们国家文化软实力中最深厚的精神根基。对待中华优秀传统文化也要避免食古不化，要坚持创造性转化与创新性发展，因为中华民族文化复兴不是倒退式的复古，而是继往开来的开新，最终是创造中华民族现代文明新形态。所以总书记强调，中华优秀传统文化的出路在于与中国现实国情相结合、与马克思主义基本原理相结合，必须用马克思主义来改造和激活中华优秀传统文化，以此实现中华民族的文化复兴。

还有文艺复兴，这关涉到新时代中华民族伟大复兴战略的生机与活力问题。文艺的繁荣往往是一个国家、一个民族充满活力与生机的显著标志。中国古典文艺传统异彩纷呈、博大精深，在世界文学艺术之林占有重要地位。诸如诗文辞赋、小说戏曲、琴棋书画，中国古典文艺家创造出了无愧于中华民族的伟大作品，展示了中华民族精神和中华美学风范。毋庸讳言，近现代以来，由于中国新文艺形式大多是西方舶来品，故而不断面临着中国化与本土化难题。虽然百年来中国新文艺取得了举世瞩目的思想和艺术成就，但与光辉灿烂的中国古典文艺相比，依旧存在有"高原"无"高峰"的缺憾。事实上，近百年来不断出现呼唤中国文艺复兴的声音，从近代维新派、国粹派到现代启蒙派、学衡派，尽管他们在政治立场或文化立场上存在分歧，但在倡导中华文艺复兴的目标上颇为一致。十八大以来，习近平总书记针对中国当代文艺发展中出现的种种问题，比如过度洋化或极端俗化的问题，多次在各种文艺讲话或谈话中直陈时弊、对症下药，希望中国当代文艺家能够把个人的文艺创作纳入中华民族伟大复兴的战略中来。毫无疑问，中国文艺复兴应该成为中华民族伟大复兴的重要组成部分。中国文艺复兴的出路在于与时代同行、与人民同行、与国家和民族的命运休戚与共。总书记多次重申，新时代中国文艺必须始终坚持以人民为中心的创作导向，要将人民性作为衡量文艺价值的尺度和标准。古今中外文艺史上的经典作品，深受人民群众喜爱的居多，而脱离人民群众精神需要的极少。所以新时代的中国文艺复兴需要呼唤更多的新人民文艺经典作品的出现。不仅如此，总书记还着重强调："文艺的民族特性体现了一个民族的文化辨识度。"①所以新时代的文艺工作者必须坚守中华民族文化立场，必须主动传承和转化中华优秀文艺传统的内容与形式，在借鉴和吸纳外国优秀文艺资源的同时，不断拓展中国化与现代化兼具的文艺风格流派和形式样式，要在世界文学艺术之林鲜明地树立中国作风与中国气派。这才是我们所期待的新时代中国文艺复兴风范。

最后是学术复兴，这关涉到新时代中华民族伟大复兴战略的内驱力与后劲问题。近现代以来，中国学界倡导中国学术复兴代有传承，诸如清末国粹派的"古学复兴"、五四新文化派的"整理国故"、学衡派的"昌明国粹、融化新知"，都是试图超越全盘西化的学术模式而探索中国式现代学术的种种努力。但由于主客观条件的制约，这些学术复兴尝试的实际社会功效有限。及至全面抗战时期，中华民族遭遇到比中日甲午战争更大的危机，"学术中国化"尤其是"马克思主义中国化"成为中国学界关注的中心②，以毛泽东为代表的中国共产党人及党内优秀的革命学者在哲学社会科学领域做出了举世瞩目的原创性成果。党的十八大以来，习近平总书记有感于改革开放新时期中国哲学社会科学领域中长期存在食洋不化、唯西方话语马首是瞻的问题，明确提出新时代中国哲学社会科学的发展繁荣要主动服务于中华民族伟大复兴的战略需要，也就是说，要把新时代中国学术复兴纳入中华民族伟大复兴的整体进程。针对马克思主义在一些学科中"失语"、教材中"失踪"、论坛上"失声"的现状，总书记明确提出要大力建设以马克思主义为指导的中国哲学社会科学学科体系、学术体系、话语体系③。他期待新时代能够催生出具有中国特色、中国风格、中国气派的哲学社会科学三大体系。让世界知道"舌尖上的中国"固然重要，但更重要的是让世界知道"学术中的中国"，让世界听到新时代中国的学

---

① 习近平：《展示中国文艺新气象，铸就中国文化新辉煌》，见《习近平谈治国理政》第四卷，外文出版社 2022 年版，第 326 页。

② 郑大华：《中国近代民族复兴思潮研究（下）》，中国社会科学出版社 2017 年版，第 623 页。

③ 习近平：《坚持和巩固党对意识形态工作的领导》，见《习近平谈治国理政》第二卷，外文出版社 2017 年版，第 329 页。

术声音。这就要求我们的哲学社会科学工作者要坚持马克思主义中国化时代化立场，要对中华优秀传统文化资源进行创造性转化与创新性发展，要将具体的学术问题与中国具体国情相结合，由此才能在世界哲学社会科学领域中贡献出具有中国立场、中国智慧、中国价值的新理念、新主张和新方案。

三、实现新时代中华民族伟大复兴的制度前提与主体责任

在党的二十大报告的最后，习近平总书记明确指出："坚持党的全面领导是坚持和发展中国特色社会主义的必由之路，中国特色社会主义是实现中华民族伟大复兴的必由之路。"[①] 所以，实现中华民族伟大复兴首先就要求必须坚持中国共产党的全面领导。作为世界上最大的马克思主义执政党，我们党始终坚守初心使命，为中国人民谋幸福、为中华民族谋复兴，是中国特色社会主义事业的坚强领导核心。一百多年来，我们党带领全国各族人民始终坚定不移地走在实现中华民族伟大复兴的大道上，而且在革命、建设和改革的壮美历程中不断地将中华民族伟大复兴的历程推向新的历史高度。从新民主主义革命时期推翻"三座大山"，赢得中华民族的自由、独立与解放，到社会主义革命和建设时期创造"两弹一星"，为中华民族的繁荣与富强提供了强大的赋能硬核，再到改革开放与社会主义现代化建设时期实现中华民族的腾飞与崛起，这一切伟大成就的取得都与党的全面坚强的领导分不开。不仅如此，为了跳出黄炎培在延安时期提出的治乱兴衰历史周期率，总书记在新时代又提出了第二个解决方案，这就是党的自我革命，"坚持真理、修正错误"，"刀刃向内、自剜腐肉"[②]，不断净化党的肌体，以确保我们党始终能担负中华民族伟大复兴的历史重任。

其次，实现中华民族伟大复兴要求我们必须坚持中国特色社会主义，

---

① 习近平：《高举中国特色社会主义伟大旗帜，为全面建设社会主义现代化国家而团结奋斗》，人民出版社 2022 年版，第 70 页。

② 习近平：《自我革命是我们党跳出历史周期率的第二个答案》，见《习近平谈治国理政》第四卷，外文出版社 2022 年版，第 542—543 页。

包括道路、理论体系和制度三位一体。中国特色社会主义道路是中国共产党领导的社会主义现代化道路，中国特色社会主义理论体系是马克思主义中国化时代化的理论结晶，中国特色社会主义制度是以人民为中心的一整套制度体系，只有坚持三者的完整统一，才能为新时代中华民族伟大复兴提供根本保障。而在这三位一体中，中国特色社会主义理论体系无疑是实现中华民族伟大复兴的精神核心与文化灵魂。按照总书记的最新论断，"中国特色"的关键就在于"两个结合"，其中，"第二个结合"的提出是新时代的一次巨大的理论飞跃，它"让马克思主义成为中国的，中华优秀传统文化成为现代的，让经由'结合'而形成的新文化成为中国式现代化的文化形态"[①]。诚然，中华民族要复兴，中华文化就必须创新，但复兴不是复古，创新也要守正。在中国特色社会主义理论创新的过程中，我们必须始终牢记总书记的嘱托，这就是始终坚守理论创新的魂和根。其中，马克思主义是"魂脉"，中华优秀传统文化是"根脉"[②]，只有坚守住了魂与根两大脉系，我们才能在新时代实现中华民族的文化复兴、文艺复兴和学术复兴，才能为中华民族的经济复兴提供强大的精神动力，才能最终真正实现中华民族伟大复兴的中国梦！这一切都是由马克思主义中国化时代化这个重大命题本身所决定的，离开了马克思主义的魂脉，中华民族伟大复兴就会有改旗易帜的危险；而割断了中华优秀传统文化的根脉，中华民族伟大复兴就会丧失中国文化的主体性。只有让彼此契合的马克思主义与中华优秀传统文化相互成就，才能不断开创马克思主义中国化时代化的新境界，不断推进中华优秀传统文化创造性转化与创新性发展的历史进程，最终形成高度完善的中国特色社会主义理论体系，从而让中华民族以坚定的"四个自信"屹立于世界民族之林。

　　当然，要实现新时代中华民族伟大复兴还要求我们必须坚决维护国家安全与社会稳定，必须持续推进祖国统一大业，必须以人类命运共同体新视野努力促进世界和平与发展潮流，因为只有在国际国内和平发展环境中，中华民族伟大复兴的历史巨轮才能胜利抵达成功的彼岸。但实现中华

---

① 习近平：《在文化传承发展座谈会上的讲话》，《求是》2023 年第 17 期。
② 习近平：《开辟马克思主义中国化时代化新境界》，《求是》2023 年第 20 期。

民族伟大复兴是光荣而艰巨的历史壮举，它不可能一蹴而就、一帆风顺，总会遭遇国际国内各种阻力压力，只要我们党始终坚持人民至上，保障人民当家做主，中华民族复兴伟业就一定能够实现，因为只有人民才是历史的创造者，伟大的中国人民必然会实现中华民族伟大复兴。十八大以来，我们党始终坚持立德树人，办好人民满意的教育；始终坚持人才是第一资源、创新是第一动力，深入推进科教兴国、人才强国战略，这就为新时代中华民族伟大复兴的壮美事业奠定了雄厚的中国式现代化建设人才基础。总书记说："青年兴则国家兴，青年强则国家强。"① 他殷切地寄望于新时代广大的中国青年，希望大家勇立时代潮头，在中华民族伟大复兴征程上奋勇争先，成为可堪大用能担重任的时代新人与国家栋梁。所以我们一定要有只争朝夕的时代紧迫感，一定要有肩负主体责任的历史使命感，只要我们全国各族人民和海内外中华儿女团结起来，形成同心共圆中国梦的强大合力，总书记描绘的新时代中华民族伟大复兴的中国梦就一定能够实现！

① 习近平：《决胜全面建成小康社会，夺取新时代中国特色社会主义伟大胜利》，见《习近平谈治国理政》第三卷，外文出版社 2020 年版，第 54 页。

新时代文学的理论特质与创作管窥

对于一直处于历史进行时的中国当代文学而言，文学史分期问题始终存在。随着新的历史语境的变迁和新的文学形态的出现，中国当代文学既有的文学史秩序必然随之发生重组、更迭或调整。众所周知，中国当代文学的历史分期与历史叙述曾经因为"新时期文学""后新时期文学"和"新世纪文学"的出现而发生过重大调整，但分歧依旧存在。一般而言，学界依然将用以标识"90年代文学"的"后新时期文学"纳入"新时期文学"范畴，甚至将"新世纪文学"依然纳入"新时期文学"框架，由此"新时期文学"不止于标识"80年代文学"，且成为改革开放四十年中国文学的总称。但随着新时代的到来，按照时下通行的政治分期，中国当代文学最新的历史分期已然出现。这就是将2012年党的十八大以来的中国文学从"新时期文学"和"新世纪文学"中单列出来，单独命名为"新时代文学"。于是中国当代文学大体上被重新划定为三个历史时期，即"社会主义革命和建设时期"（1949—1978）的文学、"改革开放和社会主义现代化建设新时期"（1978—2012）的文学和"中国特色社会主义新时代"（2012年以来）的文学。相对于前两个文学时期而言，新时代文学刚拉开历史序幕，其理论特质与创作形态还需要不断加以提炼和总结。实际上，文学史是一个连续性与非连续性（断裂性）相结合的总体性过程，我们不仅要看到新时代文学与前两个文学时期的断裂性，即它具有前两者所不完全具备的文学史新质，同时也要看到新时代文学与前两个文学时期的连续性，因为三者之间构成了一个文学史共同体，共同建构了当代中国社会主义文学形态。如果说新时期文学三十年是对中国当代文学第一个三十年的历史反拨，那么新时代文学则是对新时期文学三十年的再反拨，即在扬弃新时期文学历史合理性与偏颇的基础上对中国当代文学第一个三十年的历史回归。但这种文学回归不是简单的历史回退，而是充分吸纳第一个文学三十年的历史精华，以期在否定之否定的基础上开创新时代文学新格局。

一、新时代文学的"新人民性"发微

进入新时代以来，文艺界始终强调要坚持以人民为中心的创作导向，其力度之大和范围之广，都是新时期文学三十年中所少见的。早在2014年的《在文艺工作座谈会上的讲话》中，习近平总书记就重申了社会主义文艺的本质是"人民文艺"的根本观点，因为只有人民才是历史的创造者，所以文艺必须坚持"为人民服务"的基本立场。围绕文艺的人民性问题，习近平总书记在讲话中依次援引了毛泽东、邓小平、江泽民、胡锦涛等历届中共中央领导人的基本观点，以此强调文艺的人民性立场是中国共产党百年来领导文艺事业发展中一以贯之的根本准则。关于文艺与人民的关系，他还专门引用列宁的观点指出："艺术是属于人民的。它必须在广大劳动群众的底层有其最深厚的根基。它必须为这些群众所了解和爱好。它必须结合这些群众的感情、思想和意志，并提高他们。它必须在群众中间唤起艺术家，并使他们得到发展。"[1] 这意味着列宁眼中的"人民"主要指置身于社会阶级底层的广大劳动人民群众。实际上，列宁关于文艺的人民性理论导源于俄苏文艺理论家别林斯基和杜勃罗留波夫的观点。尤其是杜勃罗留波夫，他直接在贵族阶级、资产阶级与底层人民大众的阶级对立中剖析俄国文学中的人民性表现，并以普希金为例说明许多俄国作家还停留在"人民性的形式"上，如人民大众的语言词汇、自然风光、风俗仪式等，尚未深入"人民性的内容"。他认为普希金"要真正成为人民的诗人，还需要更多的东西：必须渗透着人民的精神，体验他们的生活，跟他们站在同一的水平，丢弃阶级的一切偏见，丢弃脱离实际的学识等等，去感受

---

[1] 蔡特金：《回忆列宁》，见《列宁论文学与艺术》第二册，人民文学出版社1960年版，第912页。

人民所拥有的一切质朴的感情，——这在普希金却是不够的"①。不难看出在文艺的人民性理论表述上，列宁与杜勃罗留波夫之间确实如出一辙，都带有强烈的阶级话语烙印。这种主流的俄苏文艺理论一经形成，便对中国现当代文艺理论持续产生重大影响。从毛泽东到习近平，中国共产党主要领导人始终信守着并在中国语境中不断发展着这种人民文艺观。

毫无疑问，毛泽东在延安时期所倡导的"工农兵文学"是中国现当代文学史上最强有力的人民性文学思潮。它不仅是对五四以来兴起的早期无产阶级革命文学以及左翼文学的超越，而且直接奠定了中国当代文学前三十年理论与创作的基本性质与形态。毛泽东当时就指出，虽然以列宁为代表的马克思主义者早已阐明文艺应当"为千千万万劳动人民服务"，但文艺的人民性问题在中国尚未完全解决。于是他结合中国的具体国情做阶级分析，指出中国的革命文艺应该为"最广大的人民大众"服务，包括工人、农民、兵士和城市小资产阶级，他们占全人口百分之九十以上。其中，工人是革命领导阶级，农民是革命中最广大最坚决的同盟军，而武装起来的工农（兵）则是革命战争的主力。总之"工农兵"是当时革命文艺所认定的人民主体。至于城市小资产阶级劳动群众和知识分子，他们虽然也是革命的同盟者，且能够长期与工农兵合作，但作为"第四种人"，处于人民大众群体的边缘地带。所以毛泽东申明"我们要为这四种人服务，就必须站在无产阶级的立场上，而不能站在小资产阶级的立场上"，进而认为我们"一定要把立足点移过来，一定要在深入工农兵群众、深入实际斗争的过程中，……移到工农兵这方面来，移到无产阶级这方面来"，"只有这样，我们才能有真正为工农兵的文艺，真正无产阶级的文艺"②。这种以工农兵为阶级主体的人民文艺观在中国当代文学前三十年中占有绝对的话语主导地位。于是催生了赵树理、柳青、周立波、浩然等农业合作化题材作家，梁斌、吴强、罗广斌和杨益言、曲波等革命历史题材作家，

---

① 杜勃罗留波夫：《俄国文学发展中人民性渗透的程度》，辛未艾译，见《杜勃罗留波夫选集》第二卷，上海译文出版社1983年版，第184页。

② 毛泽东：《在延安文艺座谈会上的讲话》，见《毛泽东选集》第三卷，人民出版社1991年版，第854—857页。

他们的代表作成了中国当代文学史上万众瞩目的红色经典。而杨沫的《青春之歌》虽是知识分子题材作品，但它讲述了城市小资产阶级知识分子的革命转变历程，因此也被纳入人民性的红色经典序列。随着历史的推移和时代的变迁，这种以工农兵为阶级主体的人民文艺观也需要与时俱进进行调整。于是在纪念《在延安文艺座谈会上的讲话》发表二十周年之际，周扬写道："二十年前，毛泽东同志指出，我们的革命文艺，要站在无产阶级的立场上，为工农兵以及城市小资产阶级劳动群众和知识分子服务。这在今天也是完全正确的。今天的情况同二十年前不同的是，我国人民已经胜利地完成了新民主主义革命和社会主义革命，建立了中华人民共和国，正在进行社会主义建设。现在，各民族的工人、农民、知识分子及其他劳动人民，各民主党派和民主人士，爱国的民族资产阶级分子，爱国侨胞和其他一切爱国人士，在中国共产党的领导下，结成了人民民主统一战线，积极地参加和支持建设社会主义的伟大事业。因此，这个人民民主统一战线内的以工农兵为主体的全体人民都应当是我们的文艺服务的对象和工作的对象。"①可见，调整以工农兵为阶级主体的人民文艺观已是大势所趋。但周扬的提议在当时并未得到重视，直至改革开放伊始，在1979年召开的全国第四次文代会上，"文艺为最广大的人民群众服务"才真正得以重申并践行，经过扩容和增量的全国各族人民群众构成了庞大的社会主义人民文学主体，由此迎来了新时期文学的发展与繁荣。

正如邓小平同志在第四次文代会上的祝词中所说："写什么和怎样写，只能由文艺家在艺术实践中去探索和逐步求得解决。在这方面，不要横加干涉。"②于是新时期文学中出现了比"工农兵"时代更加多样化和人性化的人民主体形象，尤其是城市知识分子和市民形象得以大量涌现，这无疑大力推进和深化了中国社会主义文学的人民主体性进程。许多作家开始

---

① 周扬：《为最广大的人民群众服务》，见《周扬文集》第四卷，人民文学出版社1991年版，第151页。

② 邓小平：《邓小平同志代表中共中央和国务院在中国文学艺术工作者第四次代表大会上的祝词》，见中国文学艺术界联合会编：《中国文学艺术工作者第四次代表大会文集》，四川人民出版社1980年版，第8页。

尝试站在现代知识精英的人性和人道主义立场上写作，以知识精英的启蒙视野观照笔下的工人、农民、军人、市民和知识分子形象，这是新时期文学对中国当代文学前三十年中盛行的"工农兵文学"立场与姿态做出的重大调整。由于新时期文学的知识精英启蒙视野更多地着眼于当代中国社会主义历史发展阶段中的人性、人道主义与异化问题，由此引发了周扬、王若水与胡乔木等中国马克思主义文艺理论家之间的论战[①]。这场论战虽然反映了新时期社会主义文学发展进程中人民性与人性、人道主义之间的话语冲突，但也为马克思主义或社会主义的人性、人道主义理论建构铺平了道路。事实上，经过新时期文学三十年的发展演变，有关社会主义文学的人民性与人性、人道主义之间的话语裂隙在新时代文学中开始走向弥合或整合。所以习近平总书记在大力倡导以人民为中心的创作导向的同时，也强调了新时代文学的人性、人道主义内涵。他说："人民不是抽象的符号，而是一个一个具体的人，有血有肉，有情感，有爱恨，有梦想，也有内心的冲突和挣扎。"[②]诚然，社会主义的人性、人道主义反对资产阶级的抽象人性论，主张在人的社会属性（如阶级性）与自然属性相统一的基础上对人性进行历史的、具体的透视，以期深入揭示人民群众的社会现实生活真相及其本质真实。所以在马克思主义或社会主义的人性、人道主义话语体系中，人性与人民性并非互不兼容，其理想的境界是写出人民的人性内涵的丰富性与复杂性，塑造出人性内涵丰盈厚实的人民主体形象。不仅如此，在新时期文学三十年演进历程中，伴随着改革开放进程的不断深入，特别是"寻根文学"和"先锋文学"思潮的兴起，在人性、人道主义话语之外又有文学的民族性与世界性话语集中凸显在中国作家面前，而文学的民族性、世界性与人民性、人性之间在新时期文学实践中同样经过了不断的话语调整与磨合。直至新时代文学以降，随着习近平总书记把中华民族伟大复兴的中国梦与人类命运共同体的建构紧密联系在一起进行阐述，当

---

① 参见朱寨、张炯主编：《当代文学新潮》，人民文学出版社1997年版，第188—191页。

② 习近平：《在文艺工作座谈会上的讲话》，见中共中央宣传部编：《习近平总书记在文艺工作座谈会上的重要讲话学习读本》，学习出版社2015年版，第19页。

代中国文学的民族性、世界性与社会主义文学的人民性、人性和人道主义之间进一步出现了话语整合趋势，建构具有高度包容性和涵括性的"新人民性"文学话语体系成为可能。其实作为文学的人民性理论的早期倡导者，别林斯基就秉持着这种包容性的理论胸襟。他说："人民性之于人类这一概念，犹如个性之于人的这一概念。换句话说：人民性是人类的个性。没有那许多民族性，人类就成了死的、逻辑的抽象概念，成了没有内容的名词，没有意义的声音。"① 这意味着文学的人民性与民族性、世界性、人类性、人性等话语形态之间彼此相互渗透融合，我们可以立足于人民性本位，做兼容并包式的理论聚合，而没必要像冰炭不可共器一样做极端的排他性选择。

事实上，这种"新人民性"文学形态在新时期文学三十年中已经初步萌蘖并不断生长，往前追溯它植根于中国当代文学前三十年的"工农兵"文学形态，但只有到了新时代它才能发生质的飞跃，并成为新时代文学最为显著的理论特质。在新时期文学三十年中，早期的"伤痕—反思—改革"文学创作还带有比较浓厚的"十七年文学"色彩，彼时的人民性与人性、人道主义话语融合处于探索期。路遥的小说代表作《人生》《在困难的日子里》和《平凡的世界》就是这种"新人民性文学"早期艺术探索的最佳例证。在很大程度上，随后"寻根文学"和"先锋文学"的兴起淡化了新时期文学的人民性探索，而"新写实主义"和"新现实主义"（以"现实主义冲击波"为发端）的崛起，则意味着新时期文学在大力探索人性的同时重新发现了人民性。尤其是刘醒龙和关仁山的创作，如刘醒龙的《村支书》《凤凰琴》《分享艰难》《挑担茶叶上北京》《生命是劳动与仁慈》《天行者》，关仁山的《大雪无乡》《九月还乡》《天高地厚》《麦河》，不仅在新时期文学中占有不可或缺的重要地位，而且成了新时代文学最直接的源头。更重要的是两位作家笔耕不辍，在新时代文学中继续充当排头兵，不断贡献出《蟠虺》《黄冈秘卷》《日头》《金谷银山》等现实主义长篇精品力作。至于新世纪"底层写作"的勃兴，更是从新时期文学向新

---

① 别林斯基：《别林斯基论文学》，别列金娜选辑，梁真译，新文艺出版社 1958年版，第 94 页。

时代文学转型的重要潮流。随着中国社会经济体制改革中贫富不均、两极分化的现象日趋严峻，当代中国作家再度强化文学的人民性，但以新的"底层意识"或"阶层意识"置换了"工农兵"文学时代的"阶级意识"。当时评论家孟繁华就撰文提倡"新人民性文学"，但他所谓的"新人民性"是指"文学不仅应该表达底层人民的生存状态，表达他们的思想、情感和愿望，同时也要真实地表达或反映底层人民存在的问题。在揭示底层生活真相的同时，也要展开理性的社会批判。维护社会的公平、公正和民主，是'新人民性文学'的最高正义。在实现社会批判的同时，也要无情地批判底层民众的'民族劣根性'和道德上的'底层的陷落'。因此，'新人民性文学'是一个与现代启蒙主义思潮有关的概念"[1]。孟繁华倡导的"新人民性文学"从知识精英启蒙文学立场出发，强调"底层写作"要致力于底层的批判与自我批判，反对"底层"的民粹化倾向。这在新时期文学语境中无疑有其合理性和必要性，但新时代文学语境中倡导"新人民性文学"则必须做出相应调整，即坚持以全国各族人民，尤其是底层劳动人民群众为创作本位，在政治主旋律和精神正能量中彰显中国人民，尤其是底层劳动人民群众的历史主体性，同时也不回避包括底层劳动人民群众在内的全体人民的人性和民族性弱点。正是在这个意义上，新时代的"新人民性文学"将实现对中国当代文学前三十年"工农兵文学"的回归与超越。

然而从新时代文学创作实践来看，我们尚未抵达理想中的"新人民性文学"境界。一方面，一些作家尚未从新时期文学三十年历史语境中走出来，依然停留在新时期文学的既定思维惯性中写作，一时还无力完成从新时期文学到新时代文学的话语转换；另一方面，一些作家虽然在努力进行从新时期文学到新时代文学的话语转换，他们在不断地克服既有的文学写作惯性，但由于对"新人民性"的性质与内涵尚缺乏深度思考，故而无法在创作中大力彰显新时代文学的人民性特质。显然，我们不能回到历史的老路，再从机械庸俗的阶级论视角书写文学的人民性，因为人民性有着丰富的历史性和强大的战斗性，从古代民主政治的人民性到现代革命民主

---

[1] 孟繁华：《新人民性的文学——当代中国文学经验的一个视角》，《文艺报》2007 年 12 月 20 日。

主义的人民性，经历了一个复杂的历史演变过程①。如何表现新时代中国特色社会主义的人民性，如何立足于最广大劳动人民群众的利益来反映当代中国社会各阶层的命运，如何在开放的社会主义现实主义创作原则的指导下进行创作，这无疑是摆在当前中国文学创作面前的一道难题。而以梁晓声为代表的中国作家在这方面已初步做出了宝贵的艺术探索。当前正在社会上引发文学轰动效应的长篇小说《人世间》，就是梁晓声立足于当代中国社会各阶层分析的基础上创作的一部新时代社会主义现实主义杰作，其中体现了鲜明的新时代文学的"新人民性"特质。《人世间》集中反映了新中国第一代建筑工人周志刚一家三代人的命运，虽然小说中由周家延伸到了当代中国社会各阶层，如高干阶层、工人阶层、城市平民和贫民阶层、知识分子阶层、中产者阶层、资产者阶层、"买办者"阶层、"黑社会"或"灰社会"阶层等不同阶层②，但作者关注的重心和叙事焦点始终在以周志刚夫妇、周秉昆和郑娟夫妇以及"酱油厂六小君子"为代表的当代中国城市社会工人阶层和平民或贫民阶层的命运上，而且作者写出了他们在改革开放进程中的社会阶层分化，写出了他们内心的梦想与希望、痛苦与挣扎，彰显了新时代文学强烈的"新人民性"色彩。与《人世间》不同，关仁山的长篇小说《金谷银山》聚焦于新时代中国农民阶层的命运，小说讲述了新时代农民工范少山返乡创业的艰难历程，塑造了新时代的新农村带头人范少山的艺术典型形象，凸显了在新时代脱贫攻坚战中新一代中国农民作为社会主义国家主人翁的人民主体性的觉醒。还有刘醒龙的长篇小说《黄冈秘卷》，小说中重点塑造了以"我们的父亲"刘声志为代表的党的乡村基层干部形象，讲述了他贯穿新中国史的生活史与生命史，剖析了"组织人"刘声志忠诚耿介的政治性格与黄冈地方文化传统之间的深刻精神血缘，这无疑是对作家早年小说《村支书》的艺术深化，提升了新时代"新人民性"叙事的审美力量。

---

① 参见顾尔希坦：《文学的人民性》，戈宝权译，天下图书公司1951年版，第19页。

② 参见梁晓声：《中国社会各阶层分析》（增订本），人民日报出版社2021年版。

二、新时代文学的"新时代性"溯源

古今中外文论大都很重视文学的时代性。如中国六朝时刘勰就曾说"文变染乎世情，兴废系乎时序"（《文心雕龙·时序》），唐人白居易则宣称"文章合为时而著，歌诗合为事而作"（《与元九书》），及至五四新文学运动时期，闻一多径直地赞扬郭沫若及其诗集《女神》，说"他的精神完全是时代的精神——二十世纪底时代的精神"，"有人讲文艺作品是时代底产儿，《女神》真不愧为时代底一个肖子"[①]。可见从"时代"及"时代精神"的角度探讨文艺创作从古到今历久弥新。闻一多的这种观点其实来自西方文论的启示，如别林斯基就曾说："诗人比任何人都更应该是他自己时代的儿子。"[②]又说："任何伟大的诗人之所以伟大，是因为他的痛苦和幸福深深植根于社会和历史的土壤里，他从而成为社会、时代以及人类的代表和喉舌。"[③]在西方世界，有关文学的时代性的讨论源远流长。其中著名者如丹纳，他是19世纪法国实证主义文论家，曾倡导从"种族、时代、环境"三要素探讨文艺生成机制，其《艺术哲学》经傅雷翻译，在现代中国文论界产生了重大影响。按照丹纳的说法，"作品的产生取决于时代精神和周围的风俗"，这是一个艺术规律。而"风俗习惯与时代精神"是一种"精神的"气候，"和自然界的气候起着同样的作用"。对于文艺创作而言，"必须有某种精神气候，某种才干才能发展；否则就流产。因此，气候改变，才干的种类也随之而变；倘若气候变成相反，才干的种类也变成相反。精神气候仿佛在各种才干中作着'选择'，只允许某几类才干发展而多多少少排斥别的"。而在整体"精神气候"中，丹纳强调指出："时代的趋向始终占着统治地位。企图向别方面发展的才干会

[①] 闻一多：《〈女神〉之时代精神》，见杨匡汉、刘福春主编：《中国现代诗论（上编）》，花城出版社1985年版，第82页。

[②] 别林斯基：《论巴拉廷斯基的诗》，见《别林斯基选集》第一卷，满涛译，上海文艺出版社1963版，第216页。

[③] 别林斯基：《别林斯基论文学》，别列金娜选辑，梁真译，新文艺出版社1958版，第26页。

发觉此路不通；群众思想和社会风气的压力，给艺术家定下一条发展的路，不是压制艺术家，就是逼他改弦易辙。"① 这意味着，时代精神作为精神气候的重要组成部分，不仅为特定历史时期的文学创作提供了外部发展条件，而且也决定了特定历史时期文学创作的内在精神特征。对于特定历史时期的文学家而言，他应该主动把握时代精神的脉搏，深切感知和体验时代的精神气候，积极回应社会现实生活中人民群众的心声，如此方能最大限度地发挥自己的艺术才能，否则就会沦为时代的弃儿。诚如别林斯基所言："诗人同他那个时代的关系往往是双重的：他或者是在那个时代范围内不能为自己的才能找到非常重要的内容，或者是不遵循现代的精神，因而不能利用时代为他的才能所能够提供的非常重要的内容。这两种情况的结果都只能有一个——那就是才能的过早衰落和正当获得的荣誉的过早损伤。"② 可见作家与时代的关系在不能互相成就时，就会导致"千古文章未尽才"的错位悲剧。

直到马克思主义文论诞生与兴起后，西方文论中有关文学的时代性命题的探讨才发展到了一个更高的理论阶段。马克思主义经典理论家十分看重文学作品所反映的时代内涵的丰富性与复杂性。如恩格斯谈到巴尔扎克时说："我认为他是比过去、现在和未来的一切左拉都要伟大得多的现实主义大师，他在《人间喜剧》里给我们提供了一部法国'社会'特别是巴黎'上流社会'的卓越的现实主义历史，他用编年史的方式几乎逐年地把上升的资产阶级在 1816 年至 1848 年这一时期对贵族社会日甚一日的冲击描写出来，这一贵族社会在 1815 年以后又重整旗鼓，尽力重新恢复旧日法国生活方式的标准。"又说："在这幅中心图画的四周，他汇集了法国社会的全部历史，我从这里，甚至在经济细节方面（如革命以后动产和不动产的重新分配）所学到的东西，也要比从当时所有职业的历史学家、

---

① 丹纳：《艺术哲学》，傅雷译，人民文学出版社 1996 年版，第 32—35 页。

② 别林斯基：《〈巴拉廷斯基诗集〉》，见《别林斯基选集》第三卷，满涛译，上海文艺出版社 1963 版，第 529 页。

经济学家和统计学家那里学到的全部东西还要多。"① 这就充分肯定了巴尔扎克《人间喜剧》的时代性，恩格斯对巴尔扎克在现实主义文学创作中充分展现特定历史时期的法国社会现实生活的艺术才能赞不绝口，在他眼中《人间喜剧》已然成为法国社会生活的百科全书。列宁也很看重托尔斯泰文学创作的时代性，他认为"列·托尔斯泰的时代，在他的天才艺术作品和他的学说里非常突出地反映出来的时代，是 1861 年以后到 1905 年以前这个时代"，"这个时期的过渡性质，产生了托尔斯泰的作品和'托尔斯泰主义'的一切特点"②。他还进一步指出："作为俄国千百万农民在俄国资产阶级革命快到来的时候的思想和情绪的表现者，托尔斯泰是伟大的。托尔斯泰富于独创性，因为他的全部观点，总的说来，恰恰表现了我国革命是农民资产阶级革命的特点。从这个角度来看，托尔斯泰观点中的矛盾，的确是一面反映农民在我国革命中的历史活动所处的各种矛盾状况的镜子。"③ 这意味着文学的时代性表达是复杂的，历史上许多伟大作家的文学作品所反映的时代精神往往会与作家世界观的矛盾性纠结在一起。巴尔扎克如此，托尔斯泰亦然，但他们世界观中的矛盾性并未影响其文学作品的时代性表达，相反，还呈现了他们的文学所反映的时代内涵的丰富性与复杂性。唯其如此，马克思才批评拉萨尔的"最大缺点就是席勒式地把个人变成时代精神的单纯的传声筒"，而主张"莎士比亚化"④；恩格斯也提醒拉萨尔"不应该为了观念的东西而忘掉现实主义的东西，为了席勒而忘掉莎士比亚"⑤。因为"席勒式"创作容易陷入概念化和公式化的

---

① 恩格斯：《致玛·哈克奈斯》，见《马克思恩格斯选集》第四卷，人民出版社 1972 年版，第 462—463 页。

② 列宁：《列·尼·托尔斯泰和他的时代》，见《列宁 论文学与艺术》，人民文学出版社 1983 年版，第 233 页。

③ 列宁：《列夫·托尔斯泰是俄国革命的镜子》，见《列宁 论文学与艺术》，人民文学出版社 1983 年版，第 203 页。

④ 马克思：《致斐·拉萨尔》，见《马克思恩格斯选集》第四卷，人民出版社 1972 年版，第 340 页。

⑤ 恩格斯：《致斐·拉萨尔》，见《马克思恩格斯选集》第四卷，人民出版社 1972 年版，第 345 页。

艺术陷阱，容易误解文学的"时代精神"并导致其简单化和理念化传达，而"莎士比亚化"创作则立足于文学所反映的特定历史时代的社会现实生活的真实性，由此充分揭示时代和生活的丰富性与复杂性。

在马克思主义文论中国化的进程中，关于文学的时代性问题一直受到中国共产党历届领导人的高度重视。早在延安时期，毛泽东就格外重视革命作家与革命时代相结合的问题。他立足当时中国革命的具体国情指出："既然必须和新的群众的时代相结合，就必须彻底解决个人和群众的关系问题。"① 革命时代就是"新的群众的时代"，在这个时代里人民群众开始翻身当家做主人，而作为知识分子的作家应该响应时代精神的号召，努力走上与工农兵相结合的革命文学道路。毛泽东还在《在延安文艺座谈会上的讲话》中援引鲁迅的诗句"横眉冷对千夫指，俯首甘为孺子牛"，号召中国革命作家要以鲁迅为榜样，做无产阶级和人民大众的"牛"，鞠躬尽瘁，死而后已。在毛泽东眼中，鲁迅就是当时中国革命作家的典范，他的文学既有高度的人民性和阶级性，又有强烈的时代性与战斗性，真正做到了与新的人民群众的时代相结合，体现了新民主主义革命时期中国文学的时代精神。进入社会主义革命与建设时期以后，中国当代作家在毛泽东文艺思想的指引下进一步全面张扬新中国文学的时代性，以赵树理的《三里湾》、柳青的《创业史》、周立波的《山乡巨变》、陈登科的《风雷》、浩然的《艳阳天》等为代表的农村题材长篇小说因为深入生活和紧扣时代而得到了广大人民群众的喜爱。其中，《三里湾》是中国当代文学史上第一部反映农业合作化运动的长篇小说，赵树理以其敏锐的文学触觉率先把握住了中国当代文学前三十年的时代脉搏。而《创业史》与《山乡巨变》则有后来居上之势，柳青和周立波站在更加宏阔的时代高度写出了更能反映时代精神的文学巨著，两位作家通过讲述农业合作化的中国故事并塑造典型化的中国农民形象来回答了当时中国往何处去的时代之问与人民之问。正如柳青所言："这部小说要向读者回答的是：中国农村为什么会发生社会主义革命和这次革命是怎样进行的。回答要通过一个村庄的各阶级

---

① 毛泽东：《在延安文艺座谈会上的讲话》，见《毛泽东选集》第三卷，人民出版社 1991 年版，第 877 页。

人物在合作化运动中的行动、思想和心理的变化过程表现出来。这个主题和这个题材范围的统一，构成了这部小说的具体内容。"①事实上，柳青的蛤蟆滩、周立波的清溪乡、赵树理的三里湾、陈登科的黄泥乡、浩然的东山坞，这些审美化了的中国乡村载体，就是中国一代革命作家用来艺术地展现中国农村社会主义革命与建设的文学大舞台。在这些农村文学舞台上活跃着梁生宝、梁三老汉、王金生、范登高、糊涂涂、刘雨生、亭面糊、陈先晋、祝永康、萧长春、弯弯绕等众多鲜活的当代中国农民形象，他们上演了革命年代无数精彩的中国农村故事，具有无法替代的革命时代色彩。当然，在追求时代性的过程中，中国当代文学前三十年也曾陷入马克思早就指出过的"席勒式"艺术窠臼，部分作家作品出现了简单地充当"时代精神传声筒"的倾向。正是在这个意义上，周恩来在1962年及时指出："所谓时代精神，不等于把党的决议搬上舞台。不能把时代精神完全解释为党的政策、党的决议。时代精神也只能通过时代的一个侧面表现出来。只要按照历史唯物主义，合乎那个时代就行。"②周恩来要求对时代精神做广义的理解，他希望作家不要被观念形态的时代精神束缚住了艺术手脚，但他的指导性建议在当时并未从根本上起到纠偏之效。

只有到了新时期文学三十年中，置身于改革开放与社会主义现代化建设语境中的中国作家才对文学的时代精神有了多样化的艺术表达。时代精神不再是简单的政治标语口号，而是中国人民在改革开放与社会主义现代化建设中所体现出来的顺应时代发展潮流的各种思想观念、文化心理、价值取向和社会风尚的精神统一体。新时期文学三十年中表达的时代精神是丰富而多元的，其中既有政治化的主旋律声音，也有商业化的消费主义声音、精英化的启蒙主义或现代主义声音、解构性的后现代主义声音，构成了众声喧哗的时代精神变奏，这与中国当代文学前三十年中时代精神的单一化表达显然不同。但新时期文学三十年中也存在着时代精神表达不够鲜明而集中的问题，许多文学创作潮流中所体现的时代精神或晦暗不明、或

---

① 柳青：《提出几个问题来讨论》，《延河》1963年8月号。

② 周恩来：《对在京的话剧、歌剧、儿童剧作家的讲话》，《文艺研究》1979年第1期。

驳杂难辨、或消极低沉，在整体上冲淡了文学对时代主旋律精神的表达。多年来中国文学受人诟病的"缺钙"（缺乏力度）和"缺锌"（缺乏精神）问题，其实正是新时期文学三十年在时代精神主旋律表达上疲软乏力的表征。虽然中国当代文学前三十年中存在着时代精神表达单一的缺憾，但当时中国文学的时代精神表达是有力度的，故而创作出了以"三红一创"为代表的具有强烈的时代精神的红色文学经典。而新时期文学三十年之所以有"高原"而无"高峰"，在很大程度上要归咎于新时期中国作家对时代精神主旋律的表达出现了偏差。正是在这种文学创作形势下，习近平总书记提出了新时代中国作家要树立"大时代观"和"大历史观"的论断。他指出："一百年来，中国共产党领导中国人民经过顽强奋斗，迎来了从站起来、富起来到强起来的伟大飞跃，迎来了从落后时代、跟上时代再到引领时代的伟大跨越，创造了人类历史上惊天地、泣鬼神的伟大史剧。广大文艺工作者要树立大历史观、大时代观，眼纳千江水、胸起百万兵，把握历史进程和时代大势，反映中华民族的千年巨变，揭示百年中国的人间正道，弘扬以爱国主义为核心的民族精神和以改革创新为核心的时代精神，弘扬伟大建党精神，唱响昂扬的时代主旋律。"[1]这种"大时代观"和"大历史观"就是新时代文学的"新时代性"的根本内涵。新时代的中国作家要超越新时期文学三十年中盛行的将中国当代史的前三十年和后三十年二元对立的思维倾向，不应简单地以一个三十年否定另一个三十年，而是要站在百年中国历史大变局的高度上，书写中华民族伟大复兴的中国梦的历史进程与现实走向，如此方能把握新时代文学的时代主旋律，由此从新时期文学三十年流行的那种庸常的日常生活叙事中走出来，从那种解构和消费历史的新历史叙事中走出来。事实上，新历史叙事正是日常生活叙事从现实书写延伸到历史书写的必然结果。这样说并非否定日常生活叙事的合理性，而是说新时代文学需要重建新时代的宏大叙事，需要将中国当代文学前三十年的宏大时代（历史）叙事与后三十年的日常生活叙事结合起来。正如赫勒所说："日常生活是历史潮流的基础。正是从日常生活的冲

---

①　习近平：《在中国文联十一大、中国作协十大开幕式上的讲话》，《人民日报》2021年12月15日。

突之中产生出更大的总体性社会冲突，必须为在这些冲突中产生的问题寻找答案，而这些问题一旦得到解决，它们马上就会重新塑造和重新建构日常生活。"① 由此可见日常生活与总体性社会历史潮流的辩证法，以及日常生活叙事与宏大时代（历史）叙事的艺术辩证法。

　　这种艺术辩证法正是新时代文学所努力追求的"新时代性"境界。在整体上相对而言，在新时期文学三十年中日常生活叙事往往冲淡或消解了宏大时代（历史）叙事，而在中国当代文学的前三十年中，宏大时代（历史）叙事又往往遮蔽或兼并了日常生活叙事，所以新时代文学必须完成对此前两个三十年文学的艺术突破与超越，这就是重构宏大时代（历史）叙事与日常生活叙事相融合的新宏大叙事形态。实际上，前三十年文学史上那些经得起历史考验的红色经典巨著，都是相对而言在宏大时代（历史）叙事与日常生活叙事相结合上处理得比较好的作品，如《创业史》《山乡巨变》《红旗谱》就是如此，这为新时代文学重建宏大叙事形态提供了宝贵的艺术经验。而后三十年文学史的情形更加复杂。回望新时期文学之初，在以"伤痕—反思—改革"文学为代表的现实主义主潮中，文学的时代性表达还是非常充分的，许多作品甫一发表即产生了社会轰动效应，故而当年中国文学也有"文学爆炸"之说。但新时期文学很快改弦易辙，随着"寻根文学"和"先锋文学"思潮的崛起，淡化或消解文学的时代性与历史性成为时尚，文学的社会现实参与度明显下降，文学不再有轰动效应。继起的"新写实主义"和"新历史主义"文学潮流虽然在社会现实与历史文化参与度上明显加强，但解构宏大历史叙事与凸显日常生活经验成了它们最明显的艺术表征，由此导致中国文学创作中碎片化写作、个人化写作、私人化写作泛滥，形成了与前三十年文学中宏大时代（历史）叙事盛行截然相反的文学态势。这种日常生活叙事的扩张与宏大时代（历史）叙事的消解，构成了新时期文学三十年的整体发展趋势，它潜在地制约了新时期文学向艺术高峰迈进的可能性。然而在众多作家沉湎于日常生活叙事的小格局与琐碎欲望叙事的个人性中不能自拔之时，也有少数作家清醒而理智地选择了重构宏大叙事的创作路径。如路遥的《平凡的世界》、陈忠实的《白

---

① 阿格妮丝·赫勒:《日常生活》，衣俊卿译，重庆出版社1990年版，第51—52页。

鹿原》、徐贵祥的《历史的天空》、刘醒龙的《圣天门口》、关仁山的《麦河》、欧阳黔森的《绝地逢生》，就是新时期文学三十年中少见的堪称重构宏大叙事的史诗性作品。这些现实主义文学巨著都有着鲜明的时代性和深沉的历史感，都凸显了强烈的时代精神和厚重的历史意识，而且都致力于宏大时代（历史）叙事与日常生活叙事的艺术融合，从而成为新时代文学重建时代性与宏大叙事形态的艺术桥梁。相对而言，讲述改革开放年代中国农村大变革故事的《平凡的世界》《麦河》《绝地逢生》更多地受到了《创业史》《山乡巨变》《三里湾》的宏大叙事影响，双水村、鹦鹉村、盘江村的农民改革故事很容易让读者联想起蛤蟆滩、清溪乡、三里湾的农业合作化故事，孙少安、曹双羊、蒙幺爸也与梁生宝、刘雨生、王金生相似，可谓前度英雄今又来。而重写新民主主义革命至社会主义革命历史的《白鹿原》《历史的天空》《圣天门口》则更多地受到了《红旗谱》《红日》《红岩》的宏大叙事启示，从朱老忠和严志和、沈振新和石东根、江竹筠和许云峰到白嘉轩和鹿黑娃、梁大牙和朱一刀、杭九枫和阿彩，他们在不同代际的革命历史叙事中呈现了各具风采的时代典型形象。

虽然中国当代文学前三十年和后三十年已经积累了宝贵的宏大叙事经验，但新时代文学重建文学的时代性、重构宏大叙事的艺术新征程尚处于开启阶段。很多作家依旧停留在新时期文学三十年的文学惯性轨道中滑行，他们执迷于浸透了个体琐碎欲望的日常生活叙事，而有意无意地回避了新时代的重大社会现实问题。其实"怎么写"固然重要，"写什么"也同样重要，任何作家都很难否认"重大题材"的艺术吸引力。作为新时期"现实主义文学冲击波"中的佼佼者，关仁山始终密切关注当代中国农村的命运。在他的农村题材长篇小说系列中，从农业合作化运动到农村联产承包责任制，再到以脱贫攻坚和乡村振兴来建设社会主义新农村，都有着真实、丰富、生动的艺术刻画，具有强烈的大时代精神和深刻的大历史情怀。无论是《麦河》还是《金谷银山》的创作，他都能将新世纪中国农村土地流转的宏大时代（历史）叙事与农民阶层的日常生活叙事交融在一起。更重要的是，关仁山曾清醒地诘问自己："小说到底有没有面对土地的能力？有没有面对社会问题的能力？能不能超越事实和问题本身，由政治话题转化为文学的话题？'三农'的困局需要解开，我创作的困局也需要解开。"①
可见，他把作家的使命与文学的时代性、与当代中国"三农"问题联系
在一起，他迫切地需要解答时代之问与人民之问。于是他通过大量的走访
调研中国农业现代化问题、土地所有权问题、农产品价格问题、农村社会
保障问题，并把问题聚焦在农村土地承包经营权流转上，创作了具有大时
代精神与大历史情怀的长篇力作《麦河》，此作一举奠定他在当代文坛的
实力派作家地位。相对于《麦河》而言，《金谷银山》带有更加明显的致
敬《创业史》的艺术痕迹。这部长篇的主人公范少山从小到大最喜欢读《创
业史》，小说中多次互文性地引用《创业史》中的精彩段落，更重要的是
范少山其实就是一个新时代的梁生宝形象，他去外省寻找金谷子的情节简
直就是梁生宝去邻县买稻种的新版传奇，他在带领燕山白羊峪村民脱贫致
富的同时不忘生态环境的改造，努力探索一条"绿水青山就是金山银山"
的生态农业发展道路，这又让读者联想起《山乡巨变》。但《金谷银山》
的模仿痕迹较重，我们很难说它就是新时代的《创业史》和《山乡巨变》，
因为柳青和周立波小说中的艺术典型形象众多，而《金谷银山》中的人物
塑造大都流于理想化或理念化，这是因为关仁山在这部长篇小说创作中为
了观念而忘掉了现实，一不小心成了席勒的艺术俘虏而忘掉了莎士比亚。
可见新时代的《创业史》和《山乡巨变》还远没有出现。反倒是梁晓声的《人
世间》更能体现新时代文学的"新时代性"与新宏大叙事特征。这部长篇
巨著以"大河小说"的规模和编年史的体例讲述了半个世纪的当代中国城
市变迁故事，时间上跨越了当代中国前三十年和后三十年及至新时代，具
有宏阔的大时代和大历史视野。梁晓声就像巴尔扎克一样充当着时代和历
史的书记员，耐心而精细刻画着半个世纪里中国城市社会各阶层的命运浮
沉和人生选择，从高干家庭成员到底层贫民子弟，而落脚点还是坚定地站
在社会底层人民群众的立场上，由此将新时代文学的人民性与时代性紧密
地结合在一起。而且《人世间》特别注重对当代中国城市社会风俗史变迁
的描摹和呈现，梁晓声用高超的现实主义手法将时代变革和历史转型的宏
大社会叙事与城市平民百姓的日常生活叙事融合在一起，展示了作家百科

---

① 关仁山：《麦河》，花山文艺出版社 2017 年版，第 478 页。

全书式创作的艺术雄心。《人世间》善于把握时代大势，描绘了百年大变局下中国社会宏阔而深沉的历史进程，具有鲜明的时代气息。与城市题材的《人世间》的成功相比，新时代的农村题材创作亟待新的长篇力作问世。

三、新时代文学的"新传统性"重构

长期以来存在一个流行的误解，认为马克思主义作为一种激进的革命理论必然会全盘反传统。殊不知马克思主义与传统文化不是对立的。马克思主义自身就是在人类全部知识基础上，尤其是 19 世纪德、英、法思想文化成果基础上产生的。马克思主义的创始人马克思和恩格斯从来没有反对过德国的文化遗产，相反强调德国工人阶级要继承德国的传统文化，而且强调德国的工人阶级是德国传统文化的当然继承者[①]。列宁则进一步辩证地区分了两种不同的民族文化形态，主张正确地对待两种文化遗产，积极地开展两种文化的斗争，因为只有改造好旧的传统文化，才能更好地建设无产阶级新文化。他指出："每个民族的文化里面，都有一些哪怕是还不大发达的民主主义和社会主义的文化成分，因为每个民族里面都有劳动群众和被剥削群众，他们的生活条件必然会产生民主主义的和社会主义的思想体系。但是每个民族里面也都有资产阶级的文化（大多数的民族里还有黑帮和教权派的文化），而且这不仅是一些'成分'，而是占统治地位的文化。因此，'民族文化'一般说来是地主、神甫、资产阶级的文化。"[②]这意味着每个民族的传统文化都可以分为两种形态：一种是具有民主主义和社会主义性质的民族传统文化，一种是具有封建主义和资本主义性质的民族传统文化，这是根据阶级分析和阶级意识得出的马克思主义的民族传统文化观。在阶级社会里，前一种民族传统文化属于被统治和被剥削阶级的文化，后一种文化属于统治阶级或剥削阶级的文化；前一种是具有人民性的传统文化，后一种则是反人民的传统文化；这两种阶级属性分明的民

---

① 参见陈先达：《再论马克思主义和中国传统文化》，《人民日报》2015 年 12 月 1 日。
② 列宁：《关于民族问题的批评意见》，见《列宁论文学与艺术》，人民文学出版社 1983 年版，第 85 页。

族传统文化需要加以区别对待，只有人民性的传统文化才是无产阶级需要继承的先进文化，才是民族文化的精华。

站在马列主义的立场上，毛泽东结合中国的具体国情提出了在发展中国新文化和新文学中应该采取的正确立场和方法。如何看待民族传统文化？毛泽东在《新民主主义论》中指出："中国的长期封建社会中，创造了灿烂的古代文化。清理古代文化的发展过程，剔除其封建性的糟粕，吸收其民主性的精华，是发展民族新文化提高民族自信心的必要条件；但是决不能无批判地兼收并蓄。必须将古代封建统治阶级的一切腐朽的东西和古代优秀的人民文化即多少带有民主性和革命性的东西区别开来。"[1] 这就把列宁的两种民族文化理论运用到了中国文化发展的具体实践中。毛泽东主张批判性地继承中华优秀传统文化，反对无批判性地兼收并蓄；他所倡导的中华优秀传统文化的性质就是列宁所说的具有民主性和革命性的人民性文化，而且这种人民性文化主要是具有民族形式的人民大众反帝反封建的新民主主义文化，未来会发展成为社会主义文化。毛泽东还将马列主义的文化立场与方法运用到中国的具体文艺实践中。他在《在延安文艺座谈会上的讲话》中指出："我们必须继承一切优秀的文学艺术遗产，批判地吸收其中一切有益的东西，作为我们从此时此地的人民生活中的文学艺术原料创造作品时候的借鉴。有这个借鉴和没有这个借鉴是不同的，这里有文野之分，粗细之分，高低之分，快慢之分。所以我们决不可拒绝继承和借鉴古人和外国人，哪怕是封建阶级和资产阶级的东西。但是继承和借鉴决不可以变成替代自己的创造，这是决不能替代的。文学艺术中对于古人和外国人的毫无批判的硬搬和模仿，乃是最没有出息的最害人的文学教条主义和艺术教条主义。"[2] 毛泽东在这里除了继续强调"批判性继承"这一马克思主义的文化和文学立场与方法之外，还特别强调了对古今中外一切优秀的文学艺术传统（包括无产阶级和人民大众的、封建阶级和资产

---

① 毛泽东：《新民主主义论》，见《毛泽东选集》第二卷，人民出版社 1991 年版，第 707—708 页。

② 毛泽东：《在延安文艺座谈会上的讲话》，见《毛泽东选集》第三卷，人民出版社 1991 年版，第 860 页。

阶级的文学艺术）除了继承和借鉴外，最重要的是创造出属于中国人自己的文学艺术形态。实际上，毛泽东一直把"古为今用""洋为中用""推陈出新"作为对待人类优秀文化和文艺传统的基本立场与方法。但在具体的文艺实践及文艺政策实施过程中，这种开放式地对待古今中外一切优秀文化和文艺传统的立场与方法并没有得到全面践行。在中国当代文学前三十年中，对中国作家作品影响最大的文化和文艺传统主要还是中华优秀的民族性、人民性和大众性的文化与文艺传统，具体到文学创作层面，深刻地影响了前三十年文学面貌的主要是中国古代具有人民性的文人文学传统和具有大众性的民间文学传统。就前者而言，20世纪五六十年代之交，有关文学传统与文学遗产如何继承的争鸣十分热烈，争鸣的焦点即在于如何鉴别中国古代文学史上的"人民性作品"，学界甚至提出了"中间作品"概念，认为存在那种介于"人民性作品"与"反人民性作品"之间的"中间作品"①。可见如何鉴定中国古代文人文学的"人民性"已经成为当时中国文学如何借鉴古代文学传统资源的关键问题。而关于如何继承和发扬中国民间的大众文学传统则成了当时的另一个争论焦点，但由于众所周知的原因，民间大众文学传统在中国当代文学前三十年中得到了极度发扬，无论是诗歌创作中的新民歌运动的高涨，还是小说创作中的革命英雄传奇的大流行，都是中国民间大众文学传统复兴的明证。至于作为"工农兵文学新方向"的作家赵树理，他的"文摊文学家"理想中正隐含了对民间文学传统复兴的期待。

进入改革开放和社会主义现代建设新时期以后，有关中国传统文化的论争重新变得激烈起来。各派观点分歧鲜明：或者鼓吹全盘西化论且一时间追随者众，但传统文化热和国学热随之而起针锋相对；或者倡导文化民族主义或新保守主义，试图寻找文化折中调和道路。而以邓小平为代表的中国共产党新一代领导人继续坚持马列主义和毛泽东思想对待民族传统文化的基本立场与方法，即"批判性继承"或"扬弃"。直至新时代来临，

① 卢兴基：《关于"中间作品"问题和古代作品的社会意义问题的讨论》，见卢兴基主编：《建国以来古代文学问题讨论举要》，齐鲁书社1987年版，第60—68页。

习近平总书记在《在文艺工作座谈会上的讲话》中正式提出了对待文化和文学传统的"双创"思想。他指出:"传承中华文化,绝不是简单复古,也不是盲目排外,而是古为今用、洋为中用,辩证取舍、推陈出新,摒弃消极因素,继承积极思想,'以古人之规矩,开自己之生面',实现中华文化的创造性转化和创新性发展。"① 只有通过对中华优秀传统文化进行创造性转化和创新性发展,才能重新取得中华民族的文化自信,那种盲目排外和简单复古的立场是无法完成重建民族文化自信使命的。按照林毓生的说法,所谓"创造性转化"是指:"使用多元的思考方式,将一些中国传统中的符号、思想、价值与行为模式选择出来,加以重组与/或改造,使经过重组与/或改造的符号、思想、价值与行为模式,变成有利于革新的资源;同时,使得这些(经过重组与/或改造后的)成分在革新的过程中,因为能够进一步落实而获得新的认同。"② 这意味着中国传统文化不是固化的整体,而是可以流动的体系,我们可以通过选择其中有价值的因子在现代语境中加以重组与/或改造,使其在新的语境中发生新的变化。如果从量变发展到了质变,那就意味着从转化到了创新,即从创造性转化抵达了创新性发展的境界。任何创新都不是绝对的新生事物,它必然是从传统中开新的结果。只不过传统不仅包括中国文化传统,也包括西方或外国文化传统,中国人在对传统进行创造性转化与创新性发展的过程中既要立足于中华民族的优秀文化传统,也要大胆吸纳世界范围内其他国族的人类优秀文明成果,如此方能立体地推进对中外优秀文化传统的创造性转化与创新性发展。不仅如此,传统的转化与创新既包括"大传统"或精英传统的转化与创新,也包括"小传统"或大众传统的转化与创新。按照芮德菲尔德的说法,"其实大传统与小传统是彼此互为表里的,各自是对方的一个侧面。跟随着低层次的文化走的人们和跟随着高层次文化走的人们是

---

① 习近平:《在文艺工作座谈会上的讲话》,见中共中央宣传部编:《习近平总书记在文艺工作座谈会上的重要讲话学习读本》,学习出版社2015年版,第29页。

② 林毓生:《热烈与冷静》,上海文艺出版社1998年版,第32页。

有着相同的高低标准和是非标准的"①。这意味着列宁所说的两种民族文化之间，即统治阶级与被统治阶级之间的文化，也是互相影响、彼此渗透的，占统治地位的精英文化中往往也会有人民性的或民主主义和社会主义的因素。其实不仅文化传统的转化和创新如此，文学传统的转化和创新同样如此。对于当代文学创作而言，中国作家不仅要在文学的思想内容层面进行中国文化传统的转化与创新，而且要在文学的艺术形式层面进行中国文体传统的转化与创新，因为文化是文学传统的精神核心，而文体是文学传统的形式本体。总之，新时代倡导对传统文化的创造性转化与创新性发展是一种全方位的、多层次的立体文化战略，而新时代文学倡导"双创"理论不仅是为了捍卫"传统性作为一种内在价值"②的合法性，也是为了重建更具包容性的"新传统性"，它有别于前后两个三十年文学所体现的传统性。

如果说中国当代文学前三十年的传统性主要体现为对中华传统文化中的人民性文化以及中国传统文学中的大众性、通俗性或民间性文学的创造性转化与创新性发展，与此同时忽视了对苏联以外的西方文化和文学传统的接受与转化；那么到了新时期文学三十年中，随着改革开放和全球化的来临，中国作家在格外注重借鉴和转化近现代西方文化与文学传统资源的同时，也开始逐步继承和转化中国古代以儒道释为主的精英文化传统和有别于民间文学的精英文学传统。虽然在新时期文学三十年中出现过很多带有现代主义或后现代主义倾向的文学潮流，许多中国作家也曾以"中国的卡夫卡""中国的福克纳""中国的马尔克斯""中国的博尔赫斯""中国的普鲁斯特"等相标榜，但随着阅历的增长和时代的变迁，众多以西化相标榜的中国作家后来绝大多数都已改弦易辙，在不同程度上向中华传统文化和中国文学传统回归。这当然不是简单的文化和文学返祖，而是在借鉴西方近现代文化与文学资源后自觉或不自觉地产生了一种对自身母语文学和文化传统的再认同，也就是逐渐都经历一个创作文化心理上的否定

---

① 罗伯特·芮德菲尔德：《农民社会与文化》，王莹译，中国社会科学出版社2013年版，第116页。

② 希尔斯：《论传统》，傅铿、吕乐译，上海人民出版社1991年版，第438页。

之否定的过程。所谓"先锋文学"的转向过程，其实质就是中国"先锋文学"从西洋化或欧化转向中国化或本土化的过程，这在余华、苏童、格非、毕飞宇等人的创作转型中有着鲜明的印证。其实新时期文学三十年中的"寻根文学"思潮的历史意义被低估，许多学者都在撰文回顾与纪念"先锋文学三十年"，而"寻根文学三十年"则几乎无人问津。实际上"寻根文学"不仅仅是20世纪80年代中期出现的一个短暂的文学思潮，它的来龙去脉一直流贯在整个新时期文学三十年中，乃至于在新时代依旧发挥着作用。以韩少功、阿城、王安忆、莫言、贾平凹等为代表的"寻根文学"作家在各自的文学创作历程中长期具有文化寻根思维和意识，他们还从文化寻根层面走向了文体寻根层面，从对中国传统文化的寻根深入到了中国古典文体的寻根，他们的文学寻根实践已然构成了新时期文学三十年的一个巨大潜流。这种广义的"泛寻根文学"思潮在很大程度上浸染了新时期文学三十年的大多数中国作家，即使是以西化或欧化著称的新潮作家或先锋作家也会受到寻根思维和意识的影响。只不过与中国当代文学前三十年注重从中国古代通俗文学和民间文学传统资源学习和借鉴不同，新时期文学三十年因创作群体普遍秉持知识分子精英意识，故而偏重从中国古代文人文学传统中寻找可供现代转化的文学资源，比如中国文学的抒情传统、史传传统得到了更多的青睐。贾平凹、王安忆、迟子建等作家纷纷写出了向《红楼梦》致敬的文学作品，或者向古典文言小说传统致敬的作品，莫言在获得"诺奖"后甚至毫不讳言自己的创作深受《聊斋志异》的影响，韩少功的《马桥词典》也让《世说新语》的文学传统发生新变。从传统文化转化角度看，陈忠实在《白鹿原》中致力于寻找传统儒家文化人格在乱世中所展现的民族精神力量，这在朱先生和白嘉轩的形象塑造中表现得很分明。陈忠实认为"尽管我们这个民族在20世纪初国衰民穷，已经腐败到了不堪一击的程度，但是存在于我们民族精神世界里的东西并没有消亡，它不是一堆豆腐渣，它的精神一直传接了下来"[1]。实际上在有些不

---

[1] 李遇春、陈忠实：《在自我反省中寻求艺术突破——陈忠实访谈录》，见《西部作家精神档案》，商务印书馆2012年版，第163页。

以"寻根文学"著称的长篇小说中同样闪耀着追寻民族文化精神的熠光。如李準的《黄河东流去》、路遥的《平凡的世界》都是如此，徐秋斋和李麦、孙少安和孙少平，这些现实主义文学人物典型形象中都隐含了作者寄托的中华民族刚健不息的精神和意志。李準的创作谈几乎和陈忠实一脉相承，他说自己写《黄河东流去》就"是为了展示民族精神、展示对民族前途的信心""我要借此证明中华民族是个伟大的民族，任何性质和任何强度的劫难都不能使它一蹶不振，它永远可以凭借自己内在的活力战胜一切困难而生存下去，繁衍下去，强盛下去"！[①]可见民族精神的追寻是"泛寻根文学"的艺术灵魂。

必须承认，无论是中国当代文学的前三十年还是后三十年，都为新时代文学的开创积累了宝贵的思想和艺术经验。从新时代文学的传统性建构的角度来看，这种"新传统性"主要表现为明确地以中华传统文化的创造性转化与创新性发展为理论指南，既要传承和创化中国文化和文学的"大传统"（精英传统、士大夫传统、高雅传统），也要传承和创化中国文化和文学的"小传统"（大众传统、民间传统、通俗传统），从而改变前三十年和后三十年在传承与创化方面存在的偏向，以期走上更为健全和包容的中华传统创化之路。但我们的传承与创化必须立足于社会主义中国的现代化建设经验，必须坚持以人民为中心的创作导向，要努力展现中国人民在实现中华民族伟大复兴新征程中的民族精神和中国力量。人民群众不仅是历史的创造者，还是传统的传承与创化者，新时代文学亟待塑造出新的具有中华民族精神的人民群众形象。在这方面，《创业史》《红旗谱》《黄河东流去》《平凡的世界》《白鹿原》为新时代文学树立了需要超越的艺术标杆。尽管新时代文学还在历史进行时中，但以梁晓声为代表的中国作家已经创造出了具有"双创"特色的精品力作。《人世间》塑造的老一代建筑工人周刚这一形象，和以周秉昆为代表的新一代中国工人或城市平民群像，都散发着中华民族在社会主义现代化建设征程中的精神正能量。无

①冯立三：《黄河风情画卷的诞生——访荣获第二届茅盾文学奖的作家李準》，《光明日报》1986年3月14日。

论生活多么艰苦、人生多么曲折、社会多么波澜起伏，这群当代中国底层民众始终葆有不屈的奋斗精神，他们身上那种相濡以沫、扶危济困的民间道德情怀，并非简单的江湖义气可以概括，而是中国传统儒家道德伦理精华在当代底层社会中的延传与再造。这是《人世间》中最可宝贵的精神文化资源，也是最能打动读者和观众的地方。而在关仁山的《麦河》中，小说主人公曹双羊经常脱口说出"出水才看两腿泥"，这是《红旗谱》的主人公朱老忠喜欢说的话，由此可见关仁山和梁斌这两代河北作家的文学精神接力。从农民革命英雄朱老忠的形象到农村脱贫致富带头人曹双羊的新形象，一直流淌着中华民族精神的血液，他们在不同的时代折射出新的中国力量。在关仁山的《金谷银山》中，脱贫英雄范少山有着《创业史》中梁生宝一样公而忘私的献身精神，他们的集体道德理想人格实际上是中国儒家道德理想人格在当代社会的文化精神投影。还有刘醒龙在新时代创作的两部长篇小说《蟠虺》和《黄冈秘卷》，也都体现了作家致力于传统文化的转化与创新诉求。在《蟠虺》的主人公曾本之的身上闪耀着一种与他的考古职业相契合的古典青铜人格，这种传统文人理想人格在当代中国市场经济的浮躁语境中转化成一种难得的现代知识分子风骨。曾本之的职业是研究国之重器，虽然他也曾有过迷误之时，但归根结底还是新时代所呼唤的国之栋梁。《黄冈秘卷》中的刘声志虽然一辈子奋战在党的基层领导工作岗位上，而且也经受了不少委屈，但他浸入骨髓的"贤良方正"的黄冈地方文化人格始终未曾褪色，而且这种地方文化人格与政治"组织"人格有着深刻的内在契合，这就不仅凸显了新时代文学的人民性，而且对中华优秀传统文化理想人格范型做出了创造性的转化与重铸。

结语

以上从人民性、时代性和传统性三个维度探讨了新时代文学初步显现出的新的理论特质，并结合十余年来新时代文学创作与中国当代文学前三十年和后三十年创作之间的关系加以历史化的阐述与剖析。本文的意图在于重估和重建中国当代文学在新时代的写作伦理，换句话说，新时代中国作家其实亟待重新处理和调整文学与人民群众主体的关系、文学与时代或历史主体的关系和文学与民族文化传统主体的关系。长期以来，当代中国作家过于沉醉于知识分子写作模式，往往沉湎于知识分子狭小的生活经验和生命体验中不能自拔，由此导致个人化或私人化写作陷入无休止的自我重复之中，不仅创作风貌严重趋同，而且面目可鄙拒读者于千里之外，文学不再有社会关怀和轰动效应。新时代文学既然要坚持以人民为中心的创作导向，那么就必须重建以人民为中心的写作伦理。但文学的创作主体是作为知识分子的作家，而知识分子在社会主义革命和建设时期已经成为人民群众的重要组成部分，所以重建以人民为中心的写作伦理并非排斥作为知识分子作家的创作主体性，而是要更加辩证地处理好知识分子作家与广大人民群众之间的关系。作为知识分子的作家本来就是人民群众中的一员，他从人民群众和老百姓中来，到人民群众和老百姓中去，所以理应为人民和老百姓写作，理应作为人民和老百姓写作。至于那种遗忘了人民群众和老百姓的知识分子自我写作，作为精英圈子的文学内循环虽然也有其特定价值，但极有可能会葬送文学事业的大好前途。古今中外文学史上所有伟大的作家都不忘民间疾苦，他们都能超越文人阶层或知识分子阶层的立场和眼界，时刻把底层民众的现实生活和人生命运放在心中，如此方能写出伟大的文学经典著作。在新时代重建文学与人民群众的关系既不需要民粹主义的仰视人民群众，也不需要启蒙主义的俯视人民群众，而只需实事求是、客观理性地平视人民群众。这意味着作为知识分子的作家与人民群众之间应该建立一种具有主体间性的对话关系，作家与人民互为主体，心灵交融，只有这样，作家才能真正写出具有"新人民性"的文学杰作。同样，作家也必须与时代建立一种相互融入的主体性关系。作家应该是时代之子，必须以主体战斗精神姿态融入时代潮流之中，唯其如此，时代潮流才能在作家的主体精神世界里迸发出艺术的虹彩。如果作家游离于时代之外，仅仅做时代的冷眼旁观者，那是对"局外人"的最大误解。真正的局外人其实就置身于时代的大变局之中，只不过保持着客观冷静的主体姿态在审视自己的时代，而绝不是对时代漠不关心。时代包括过去、现在和未来，所以拥抱时代意味着作家要以高度的主体勇气沉入或融入历史与现实之中，要以大时代和大历史视野观照未来的走向。不仅如此，新时代作家还要重建与民族文化传统的关系，要把中华民族文化传统视为拥有再生能力的文化主体而不是僵死或固化的文化客体，如此方能主动融入民族文化传统土壤中寻找精神滋养，在保持作家创作主体性的同时也捍卫民族文化传统的主体性。总之，重建新时代文学的人民性、时代性与传统性绝不意味着要放弃作为创作主体的作家的主体性，而是在创作主体与人民主体、时代主体和传统主体之间形成具有包容性的主体间性结构，由此才能将新时代文学推向一个更新和更高的文学境界。

如何创造新时代的人民史诗

毫无疑问，"新时代文学"是当下中国文坛最为引人瞩目的焦点话题。在中国当代文学七十多年来的发展历程中，出现过不少以"新"命名的概念，仅以文学史分期而言，比较重要的就有 20 世纪五六十年代出现的"新中国文学"，八九十年代出现的"新时期文学"，21 世纪以后出现的"新世纪文学"，乃至于今出现的"新时代文学"概念。虽然许多"新概念"最后烟消云散，但真正名实相符者还是拥有长久的学术生命力。比如我们提到的这些有关当代文学史分期的"新概念"，就已经或正在证明它们的学术生命力。中国当代文学界习惯上所说的"前三十年文学"其实就是狭义上的"新中国文学"，而"后三十年文学"则是需要从 20 世纪 80 年代延伸至 21 世纪前十年的"新时期文学"，如此一来，曾经很是热闹的"新世纪文学"概念虽然不会被完全废置，但已然被分割为两段，一段属于"新时期文学"的尾声，一段属于"新时代文学"的开始。回过头看，如今正在喷薄而出的"新时代文学"其实正是 21 世纪初学界焦虑地呼唤着的"新世纪文学"，只不过当时"新时代文学"的新质和常态尚未充分显现，还处在"新时期文学"的母体里孕育着属于自身的特质和形态，所以当时所谓的"新世纪文学"归根结底还属于"新时期文学"范畴，而近十年来逐步兴起的"新时代文学"也许才是真正意义上的"新世纪文学"。然而，"新时代文学"的特质和常态依旧处于萌芽和生长状态，尚待文学创作界和理论批评界不断地开创和提炼，其中有许多值得探讨的文学创作与理论问题还有待叩问和展开。比如，如何创造新时代的"人民史诗"，就是这样一个关系到"新时代文学"根本性质与艺术高峰的核心命题。

有人会说，史诗是人类古老的艺术，史诗风光不再，何来"人民史诗"？关于史诗，马克思在谈到人类物质生产与艺术生产之间发展的不平衡关系时指出："就某些艺术形式，例如史诗来说，甚至谁都承认：当艺术生产一旦作为艺术生产出现，它们就再不能以那种在世界史上划时代的、古典的形式创造出来；因此，在艺术本身的领域内，某些有重大意义的艺术形式只有在艺术发展的不发达阶段上才是可能的。"这似乎是宣告了史诗在现代社会中的终结。但我们不要忘了马克思的进一步阐述："困难不在于理解希腊艺术和史诗同一定社会发展形式结合在一起。困难的是，它们何以仍然能够给我们以艺术享受，而且就某方面说还是一种规范和高不可及的范本。"这就充分说明了史诗对于现代人依然具有巨大的价值和魅力。不仅如此，随着社会历史的变迁，史诗作为一种古老的文体典范也会不断演进和转化，即使在现代社会中依旧可以创造出新的史诗性作品。马克思就此解释说："一个成人不能再变成儿童，否则就变得稚气了。但是，儿童的天真不使他感到愉快吗？他自己不该努力在一个更高的阶梯上把自己的真实再现出来吗？在每一个时代，它的固有的性格不是在儿童的天性中纯真地复活着吗？为什么历史上的人类童年时代，在它发展得最完美的地方，不该作为永不复返的阶段而显示出永久的魅力呢？"[1]这意味着史诗的永久魅力是可以"复活"的、可以"再现"的，但必须是在"更高的阶梯"或新的历史高度上"再现"或"复活"，因为不同历史时代创造的史诗性作品必须与它们所产生的社会发展阶段相适应，必须反映与之相适应的社会发展阶段的时代精神和民族精神，否则就会沦为稚气的"返祖"或不合时宜的"复古"。唯其如此，自古希腊荷马史诗以降，在西方文学史上不断会有史诗性作品出现，虽然它们大都不再以史诗命名，但它们确实是上古史诗传统在人类不同社会历史发展阶段中创造性转化的艺术结晶。

于是我们看到在哈罗德·布鲁姆的理论批评著作《史诗》中，他不仅将古希腊罗马时期的《伊利亚特》《奥德赛》（荷马）和《埃涅阿斯纪》

---

[1] 马克思：《〈政治经济学批判〉导言》，《马克思恩格斯选集》第二卷，人民出版社 1972 年版，第 113—114 页。

（维吉尔），文艺复兴和新古典主义时期的《神曲》（但丁）和《失乐园》
（弥尔顿），批判现实主义时期的《战争与和平》（列夫·托尔斯泰）
纳入史诗范畴，而且将我们习惯上称之为现代主义文学巨著的《白鲸》（麦
尔维尔）、《追忆似水年华》（普鲁斯特）、《魔山》（托马斯·曼）和
《尤利西斯》（乔伊斯）也纳入史诗序列，由此构成了西方文学史上漫长
的史诗传统。在布鲁姆看来，"倘若遵照荷马、维吉尔、弥尔顿创作的史
诗的标准，我们现今已没有可称为'史诗'的体裁"，但他仍然在上下纵
横三千年的文学史经典著作中寻找到了"史诗"不绝的身影，因为他相信
"史诗"传统是可以转化的，不应将其固化。布鲁姆甚至认为史诗可以是"反
讽"的，但"史诗——无论古老或现代的史诗——所具备的定义性特征是
英雄精神，这股精神凌越反讽"。这是一种可以被定义为"不懈"的英雄
精神，或可称之为"不懈的视野"，而史诗英雄永远处于"不懈"的"对
抗性"追求中，史诗作家则"不懈"地"渴望创造不衰的想象"，也许这
些才是"伟大史诗的真正标志"①。当然，史诗性作品除了具备布鲁姆所
说的这些内在精神特征之外，它还必须具备外在的形式特征，如阿诺德所
谓的"恢宏风格"、弗莱所谓的"百科全书式的规模和其循环式结构"、
乔伊斯和布莱希特所追求的"客观性和权威"之类②。正是建立在这类西
方史诗概念的基础上，当代中国学界逐步重建了中国文学的史诗传统。除
了参照荷马史诗重新认定《格萨尔》（藏族）、《江格尔》（蒙古族）、《玛
纳斯》（柯尔克孜族）、《黑暗传》（汉族）等中华民族各族远古口传史
诗之外，还在广义的史诗性作品标准下将《三国演义》《水浒传》《西游记》
《红楼梦》等古典小说名著纳入史诗范畴，尤其是《三国演义》《水浒传》
《西游记》被列入英雄史诗范畴已成学界共识。但如果考虑到卡莱尔在《英
雄和英雄崇拜》③中将英雄分为神灵英雄、先知英雄、诗人英雄、教士
英雄、文人英雄、君王英雄等多种类型，那么将《红楼梦》这样具有"诗

---

① 哈罗德·布鲁姆：《史诗》，翁海贞译，译林出版社 2016 年版，第 5—7 页。

② 罗杰·福勒编：《现代西方文学批评术语辞典》，周永明等译，春风文艺出版
社 1988 年版，第 217—220 页。

③ 卡莱尔：《英雄和英雄崇拜》，张峰、吕霞译，上海三联书店 1988 年版。

人英雄"或"文人英雄"特征的"百科全书式"小说巨著列入史诗行列就完全没有疑义。小说中以贾宝玉和林黛玉为代表的中国古代贵族青年文人群体对封建社会统治秩序的不懈反抗,体现了曹雪芹强大而深广的艺术想象力。

五四新文学运动以降,由于对"平民文学"的倡导,中国现代作家大多并不追求文学的史诗性品格。只有巴金、李劼人等少数作家致力于经营"大河小说"算是例外。尤其是深受法国文学影响的李劼人,他创作的《死水微澜》《暴风雨前》《大波》三部曲以庞大的史诗结构书写清末中国社会的完整画卷,堪称空前的大手笔①。及至新中国成立以后,在社会主义现实主义文学旗帜指引下,塑造新民主主义革命和社会主义革命与建设中的新英雄人物形象成为时代需要,一时间创造新中国文学的史诗性作品成为大势所趋。最先赢得评论界史诗性评价的长篇小说是杜鹏程的《保卫延安》。冯雪峰在长文《论〈保卫延安〉》里直截了当地说:"这部作品,大家将都会承认,是够得上称为它所描写的这一次具有伟大历史意义的有名的英雄战争的一部史诗的。或者,从更高的要求来说,从这部作品还可以加工的意义上说,也总可以说是这样的英雄史诗的一部初稿。它的英雄史诗的基础是已经确定了的。"②又说:"以这部作品所已达到的根本的史诗精神而论,我个人是以为它已经具有古典文学中的英雄史诗的精神,但在艺术的技巧或表现的手法上当然还未能达到古典杰作的水平。也就是说,在艺术的辉煌性上,还不能和古典英雄史诗并肩而立。"③可见冯雪峰下的断语并非一时虚言,而是以古典英雄史诗杰作为文学史参照系而做的理性判断,既肯定了《保卫延安》的史诗品格,又直陈了它的不足之处。在冯雪峰看来,虽然他十年来见过不少反映人民革命战争的作品,"但真

---

① 杨联芬:《晚清至五四:中国文学现代性的发生》,北京大学出版社2003年版,第283页。

② 冯雪峰:《论〈保卫延安〉》,见《冯雪峰全集》第四卷,人民文学出版社2016年版,第207页。

③ 冯雪峰:《论〈保卫延安〉》,见《冯雪峰全集》第四卷,人民文学出版社2016年版,第222页。

正可以称得上英雄史诗的，这还是第一部。也就是说，即使它还不能满足我们最高的要求，也总算是已经有了这样的一部。这当然是一个重要的收获；同时这不仅说明我们走的路是正确的，而且也说明我们的文学能力在逐渐成长起来，已经能够真正在艺术上描写新的人民英雄"①。这意味着，在冯雪峰眼中，《保卫延安》已经属于新中国文学中第一部能够称得上是"人民英雄史诗"的作品，而且他坚信中国当代作家已经走在创造"人民英雄史诗"的正确道路上，且这种新型史诗书写能力在与日俱增。冯雪峰的文学预判能力确实惊人，在《保卫延安》之后，当代中国文坛涌现出了一大批追求史诗性的长篇小说，其中能够达到甚至超越《保卫延安》的史诗性作品也不在少数。

同样是书写新民主主义革命战争的"人民英雄史诗"，在中国当代文学的前三十年中除了《保卫延安》之外，还有《红日》（吴强）、《红岩》（罗广斌、杨益言）、《红旗谱》（梁斌）、《林海雪原》（曲波）、《三家巷》（欧阳山）、《风云初记》（孙犁）、《铁道游击队》（刘知侠）、《敌后武工队》（冯志）、《烈火金刚》（刘流）、《野火春风斗古城》（李英儒）、《苦菜花》（冯德英）、《青春之歌》（杨沫）、《小城春秋》（高云览）等一大批红色经典作品。其中，梁斌的《红旗谱》、欧阳山的《三家巷》、孙犁的《风云初记》、冯德英的《苦菜花》、杨沫的《青春之歌》还属于规模庞大的连续性或多卷本长篇小说。这些史诗性作品中涌动着一代革命作家心中书写人民革命英雄的激情与豪情，他们或截取新民主主义革命中的某个历史时段进行横断面书写，或径直书写新民主主义革命的整体历史进程，史诗主人公以革命战争年代的工农兵和小资产阶级知识分子为主，是当代中国作家努力践行毛泽东"工农兵文学"新方向的历史产物。在书写新民主主义革命战争的"人民英雄史诗"之外，同时期还出现了一批书写社会主义革命与建设的"人民英雄史诗"，柳青的《创业史》、赵树理的《三里湾》、周立波的《山乡巨变》、浩然的《艳阳天》、陈登科的《风雷》就是其中的翘楚。尤其是《创业史》和《山乡巨变》，更是

---

① 冯雪峰：《论〈保卫延安〉》，见《冯雪峰全集》第四卷，人民文学出版社2016年版，第223页。

成为那个时代农村现实题材长篇小说中的史诗级作品，在同时代文学中树立了艺术标杆和审美典范，至今呼唤新时代的《创业史》和《山乡巨变》的声音不绝于耳。虽然同时期书写社会主义城市题材的长篇作品并不多，但依旧留下了周而复的《上海的早晨》、艾芜的《百炼成钢》这样具有史诗性的作品。可见中国当代文学前三十年实际上是一个大规模地创造"人民英雄史诗"的文学时代，以朱老忠和梁生宝为代表的人民英雄典型形象不仅在当时而且在现在依旧具有巨大的文学影响力。与中国古典英雄史诗杰作相比，《红旗谱》和《创业史》这样的当代英雄史诗虽然在艺术技巧和表现手法还有一定差距，但在人民革命题材和人民英雄形象塑造上确实表现出了一种震古烁今的磅礴气势。不同于那些书写封建统治阶级内部王权争夺和古代农民起义官逼民反的古典英雄史诗，当代中国的"人民英雄史诗"对中国共产党领导下的劳动人民群众反抗"三座大山"的历史和创造社会主义新生活的现实大书特书，其中充满了布鲁姆所谓的"不懈"的"对抗性"追求。这批难得的"人民英雄史诗"是中国当代作家合理地汲取古今中外史诗创作资源，尤其是对中国古典英雄史诗传统进行创造性转化与创新性发展的艺术结晶。诸如《红旗谱》《创业史》《三家巷》《山乡巨变》《林海雪原》对中国古典英雄史诗巨著的借鉴与转化，至今还是文学史或文体史上令人津津乐道的话题。梁斌在《红旗谱》的创作中有意识地将中国古典小说的白描手法与西洋现代小说的心理描写相结合，形成了一种比西洋现代小说写法略粗而又比中国古典小说略细的笔法[①]，这就是《红旗谱》在众多"人民英雄史诗"中脱颖而出的艺术关键。

进入中国当代文学的后三十年，即新时期文学三十年中，随着改革开放和社会主义现代化建设进程的不断深入，当代中国日益卷入世界全球化进程中，当代中国文学的"人民英雄史诗"创造也遭遇了挑战。按照阿里夫·德里克在《后革命氛围》一书中的说法，"全球主义的基础是资本主义中的发展主义假定，而后殖民主义与全球主义不一样，在我看来，与其

---

① 梁斌：《漫谈〈红旗谱〉的创作》，见《春朝集》，上海文艺出版社1980年版，第59页。

说它是为当前权力结构做辩解，倒不如说它是对这种结构的妥协。在以前的一篇文章中我曾提议，把现在的形势描绘成后革命的要比后殖民的更贴切，因为对作为历史现象的后殖民性的直接反应是革命，而当今后殖民主义回避选择革命，更倾向于去适应资本主义的世界体系"①。这意味着后殖民与后革命是全球化的一体两面，而改革开放的中国"新时期文学"既要保持第三世界发展中国家文学的革命性与抵抗性，坚定地捍卫社会主义文学的人民性主旋律，也需要适应性吸纳世界文学或西方文学中的价值资源，如人性论和存在论、现代主义与后现代话语等，由此形成了中国当代文学的"后革命时代"。与革命时代的中国文学盛产"人民英雄史诗"不同，后革命时代的中国文学流行个人化写作与私人化写作浪潮，各种碎片化写作充斥中国文坛，史诗性写作不可避免地走向破碎。但对于那些日渐成熟的中国作家而言，如何在全球化的后革命中国语境中创造出新的史诗性作品，依然是一个具有诱惑力的时代命题。于是我们看到了一批可以称之为"后人民英雄史诗"的长篇小说应运而生，它们在"最广大的人民群众"意义上坚守文学的人民性，同时在人性和人道主义、存在与后人道主义意义上丰富着"人民英雄史诗"的人性内涵与生命存在境界。这是一批在不同程度上具有悲剧性与反讽性的"后人民英雄史诗"，它们既是对前三十年文学中"人民英雄史诗"的解构，也是在后革命中国语境中对其重构的产物。我们可以把这批"后人民英雄史诗"分为两种类型：一种与战争题材有关，重新讲述革命战争年代或和平建设时期的军人故事，如刘醒龙的《圣天门口》、徐贵祥的《历史的天空》、邓一光的《我是我的神》、都梁的《亮剑》、石钟山的《激情燃烧的岁月》②、贾平凹的《山本》就是其中的杰出代表。这些长篇小说大都规模庞大且气魄宏大，历史时间跨

---

① 阿里夫·德里克：《后革命氛围》，王宁等译，中国社会科学出版社1999年版，第172页。

② 石钟山的《激情燃烧的岁月》（华夏出版社2002年版）虽然不是一部单体结构的长篇小说，但可以视为一部中国古典长篇小说意义上的组合体或连缀体的长篇小说。主要由《父亲进城》《父母离婚记》《父亲离休》《父亲和他的警卫员》等中短篇小说构成。同名长篇电视连续剧即据此改编。

度长，常常将革命英雄主人公置放在从革命战争到和平建设的大时代转型中予以历史的观照，讲述英雄们从战火硝烟中的壮举到阶级斗争中的苍凉命运，在塑造他们丰富的人性世界的同时又凸显其反讽性的生命境遇。杭九枫、梁大牙、乌力图古拉、李云龙、石光荣、井宗丞……这些英雄的军人及其战友和亲人们，无论是战争年代还是和平时期都在不懈地与时代抗争、与命运抗衡，他们身上的英雄本色凌越了时代和命运的反讽性与悲剧性，令无数中国读者怀念那些激情燃烧的革命岁月，在新世纪转型时期的中国文坛奏响了慷慨的时代最强音。相对于《红旗谱》那种"人民英雄史诗"而言，这批"后人民英雄史诗"站在改革开放新时期的历史高度上重新审视新民主主义革命和社会主义革命与建设时期的大历史，写出了革命历史与置身其间的人民英雄的丰富性与复杂性，摆脱了某些廉价的历史乐观精神，体现了"人民英雄史诗"在新时期文学中的深化趋势。

　　另一种类型的"后人民英雄史诗"与乡村或农村题材有关，或重新讲述革命战争年代和社会主义革命与建设时期的中国乡村或农村社会各阶级或各阶层故事，或直面书写改革开放新时期中国"三农"问题，前者如张炜的《古船》、莫言的《红高粱家族》和《生死疲劳》、陈忠实的《白鹿原》、铁凝的《笨花》、贾平凹的《古炉》等，后者如路遥的《平凡的世界》、贾平凹的《秦腔》和《带灯》、蒋子龙的《农民帝国》、李佩甫的《羊的门》、周大新的《湖光山色》、关仁山的《天高地厚》《麦河》和《日头》、刘醒龙的《天行者》等。这些长篇小说大都属于格局广阔、气势恢宏之作，对现代中国历史与现实具有高度的涵括力和敏锐的洞察力，部分作品还精心结撰了弗莱所谓传统史诗的"循环式结构"，并努力营造传统史诗的"百科全书式"架构，举凡政治、经济、社会、文化、心理各层面，无不竭力深耕，尤其是擅于风俗文化史、精神心灵史的精细描摹，由此奠定了它们的史诗性品格。当然，决定了它们作为"后人民英雄史诗"的关键还是其对"人民"概念的突破与扩容。除了习惯上所称的"工农兵"之外，特定历史时期的开明绅士、旧社会具有民族气节的绿林好汉、背叛剥削阶级家庭的小资产阶级知识分子、沦落社会底层的富家子弟、农民工、农民企业家、民办教师等，这些特殊的社会阶层在"后人民英雄史诗"中得到了重视，弥补了"人民英雄史诗"中常见的"工农兵"

阶级书写本位的缺憾。按照毛泽东的说法，在抗日战争中"许多中小地主出身的开明绅士"不同于"大地主"和"大资产阶级"，他们"还有抗日的积极性，还需要团结他们一道抗日"①。又说："开明绅士是地主阶级的左翼，即一部分带有资产阶级色彩的地主，他们的政治态度同中等资产阶级大略相同。他们虽然同农民有阶级矛盾，但他们同大地主大资产阶级亦有矛盾。""这一部分人，我们也决不可忽视，必须采取争取政策。"②唯其如此，对于《白鹿原》中的白嘉轩、《笨花》中的向喜这样农民出身的旧中国开明绅士，在历史叙事中凸显其人民主体地位才有其合理性。至于"工农兵文学"中常见的土豪劣绅、恶霸地主之类的形象，则始终站在人民的历史对立面。而《古船》中沦落社会底层的主人公隋抱朴，虽然是民族资本家的后裔，但他已经在社会主义改造中成为农民青年，且深受《共产党宣言》的熏陶，一直在苦苦思索着中国农民阶级与社会各阶层的命运，所以《古船》的人民性立场是十分鲜明的。但它与人性、人道主义的反思精神深刻地融在一起，由此带来了《古船》的"后人民英雄史诗"底蕴。至于农村现实题材史诗性小说中写到的当代农民（农民工和农民企业家）形象，许多都在改革开放的商品经济或市场经济大潮中蜕变，包括人性的异化与德性的堕落，这在郭存先、呼天成、旷开田、荣汉俊等艺术典型上表现得至为分明而深刻，由此也使得《农民帝国》《羊的门》《湖光山色》《天高地厚》从"后人民英雄史诗"走向了它的历史对立面，准确地说，是农民主人公走向了对农民阶层及其人民性的反动。

这意味着"后人民英雄史诗"的"后"可以做多种理解：第一种是后现代意义上的"解构"之义，如《农民帝国》式的反映改革开放新时期农民及其人民性蜕变的史诗性作品；第二种是现代性意义上的"重构"之义，如《平凡的世界》和《麦河》式的反映改革开放新时期青年农民试图开创新的社会人生道路的史诗性作品，其中农民的人民性和正义性在新的历史

---

① 毛泽东：《中国革命和中国共产党》，见《毛泽东选集》第二卷，人民出版社1991年版，第638—639页。

② 毛泽东：《目前抗日统一战线中的策略问题》，见《毛泽东选集》第二卷，人民出版社1991年版，第746页。

语境中不断生长；第三种介于前两者之间，属于中国乡村历史挽歌性的史诗性作品，如贾平凹的《秦腔》和《带灯》就是典型的例证。这种作品写出了新时期农民及其人民性的蜕变，但一时还找不到农民在改革进入艰难时期之后的历史出路，所以贾平凹只能为传统意义的故乡慢慢消散树立一块牌子①，这就是文学意义上的历史挽歌。在《秦腔》和《带灯》中，从老村长夏天义和年轻一代的基层乡镇女干部带灯的身上，我们看到了作者对文学的人民性的捍卫，对底层农民命运的关切，但这种始终处于痛苦和迷惘状态的"后人民英雄史诗"还缺乏"人民英雄史诗"所应具备的强大精神力量。夏天义的死和带灯的疯，为他们始终不懈的人生对抗性追求画下了苍凉而悲情的句号。由此我们可以把这三种新时期的"后人民英雄史诗"简化成三种类型：奋斗型、解构型和挽歌型。其实不仅直面农村改革现实的史诗性作品可以分为这三种类型，那些重述农村革命与建设历史的史诗性作品同样可以据此划分，比如陈忠实的《白鹿原》和铁凝的《笨花》属于挽歌型"后人民英雄史诗"，它们都为战乱年代特殊的人民阶层唱出了一曲历史的挽歌，描述了民族传统文化精神消散的历史趋势；张炜的《古船》和莫言的《生死疲劳》则属于解构型"后人民英雄史诗"，它们都用回溯式的叙事透视了革命年代里农民阶级及其人民性的异化，而且从人民性的异化深入到人性的异化层面，由此产生了悲剧性或反讽性效果；至于莫言的《红高粱家族》则大体可以归入奋斗或斗争型"后人民英雄史诗"范畴，在"爷爷""奶奶"和罗汉大爷这群特殊的人物身上，实际上释放出了人民性的巨大力量，当然这种人民性力量与人性乃至于生命的原始野性融为一体。不难发现，如果中国当代文学前三十年的"人民英雄史诗"是"英雄化"的人民史诗，那么新时期文学三十年中的解构型"后人民英雄史诗"就是"去英雄化"的人民史诗，奋斗型"后人民英雄史诗"则是"再英雄化"的人民史诗，而挽歌型"后人民英雄史诗"介于二者之间，在"去英雄化"与"再英雄化"之间游移，集中表现为对历史或现实中的失意英雄的文学哀歌。所以挽歌型"后人民英雄史诗"的整体美学风

---

① 贾平凹：《秦腔》，作家出版社 2005 年版，第 563 页。

格是悲壮沉郁的，解构型"后人民英雄史诗"的整体美学风格是荒诞反讽的，而奋斗型"后人民英雄史诗"的整体美学风格则大多有理想主义或浪漫主义的悲歌慷慨色调，虽然与"人民英雄史诗"崇高悲壮的正典风格不完全相同，但内在的精神和艺术联系却是一脉相承的。正是在这个意义上，以路遥的《平凡的世界》和关仁山的《麦河》为代表的走向"再英雄化"的奋斗型"后人民英雄史诗"可以被视为一种"新人民英雄史诗"，它们作为新时代文学的历史先行者，已经和正在为新时代文学中人民史诗的创造埋下了历史伏笔，或者说预言了新时代人民史诗的到来。

　　其实，新时代的"人民史诗"在本质上就应该是一种"新人民英雄史诗"，只不过与"人民英雄史诗"和"古典英雄史诗"相比，"新人民英雄史诗"更愿意塑造普通人中不普通的底层人民群众形象，或者说是平凡世界中不平凡的底层人民群众形象，也就是看似英雄却平凡的平民英雄形象。这种平民英雄形象不同于"人民英雄史诗"中的阶级斗争意义上的贫民英雄形象，也不同于"古典英雄史诗"中的贵族英雄或侠义英雄形象，而是从新时代中国特色社会主义现代化建设进程中成长起来的底层平民英雄形象。孙少安和孙少平就是这种底层平民英雄形象，但他们诞生在改革开放初期的社会主义现代化进程中，虽然他们的身上已经具备了新时代底层平民英雄形象的新质雏形，但这种人民性新质还没有得到充分的发展与展示，所以还需要在新时代中国特色社会主义现代化进程中去不断洗礼和铸炼，如此方能成为新时代人民史诗中的新人民英雄形象。毫无疑问，新时代的底层平民英雄形象也不同于解构型"后人民英雄史诗"中的农民枭雄形象，如郭存先、呼天成、赵炳、赵多多、蓝解放、西门金龙之流，而且与挽歌型"后人民英雄史诗"中的白嘉轩、向喜、夏天义、带灯等苍凉形象同样有别，因为后两种人物形象系列要么违背了人民性初衷，要么忽视了人民的主体性或斗争性，因此不可能展示出新时代文学中应有的人民主体形象。所以置身于中国特色社会主义现代化建设新时代的中国作家，要想创造出新时代的人民史诗或"新人民英雄史诗"，就必须进一步在文学创作中凸显和完善新人民史诗的人民主体性建构，必须努力塑造和展示新时代文学中应有的人民主体形象及其主体战斗精神。我们要建构的文学的人民主体性，不同于革命年代里阶级解放和阶级斗争意义上的人民性，而是从阶级论深入到阶层论的新人民性。这种新的阶层论话语致力于消除社会主义发展中的贫富不均和两极分化现象，致力于中国社会各阶层的共同发展与共同富裕。按照梁晓声在《中国社会各阶层分析》中的说法，随着中国社会主义市场经济的发展，"阶级被时代'梳'为阶层"，"原先较为共同的'阶级意识'，亦同被时代'梳'为'阶层意识'"，于是"人类社会由阶级化而阶层化，意味着是由粗略的格局化而变为细致的布局化了"。"格局极易造成相互对立的存在态势，布局有望促成相互依托的存在态势。而这是人类社会的一大进步，一大快慰。""较为共同的'阶级意识'，是人类的一种初级意识，反应敏感、逻辑单纯，导致引起了暴烈到你死我活地步的行动。无论对于统治阶级还是被统治阶级，都是这样。""由阶级而细分为阶层的社会不再发生阶级斗争。生产力发达而先进的时代不再产生'革命'的英雄和'革命'的领袖。"① 这就是梁晓声致力于中国社会各阶层分析而不是各阶级分析的理由之所在。唯其如此，他才在新时代写出了史诗性巨著《人世间》，以工人阶层家庭周志刚和三个儿女的故事为中心，在近半个世纪的历史时间跨度中将笔触延伸和发散至城市平民、下岗工人（贫民）、中产阶层、知识阶层、高干阶层、灰色阶层等当代中国城市社会各阶层中，尤其是表达了对城市平民和贫民阶层的无限理解与同情。而对以周秉昆和郑娟为代表的城市平民和贫民群体形象的塑造，是《人世间》最为打动读者心灵之处，其中寄托了作者浓烈的底层意识与人民情怀。无论是老一代工人模范周志刚，还是新一代城市平民和贫民代表周秉昆和郑娟，抑或是由平民子弟上升为高干的周秉义，乃至于日后成为知识精英的周蓉，在他们身上都闪耀着永不懈怠的对抗性追求，执着而坚韧，体现了当代中国社会各阶层的生命意志与奋斗精神。毫无疑问，《人世间》所展示的人民主体形象在整体上带有积极浪漫主义色彩，虽然其中不乏悲剧性的命运描绘，但总体上张扬了当代中国底层人民群众的主体战斗精神。这与路遥当年的史诗性巨著《平凡的世界》一脉相承，只不过路遥在《平凡的世界》里张扬的是改革开放新时期中国农村社会各阶层的命

---

① 梁晓声：《中国社会各阶层分析》（增订本），人民日报出版社2021年版，第2—4页。

运与抗争，而梁晓声在《人世间》里则在更大的历史背景下凸显了当代中国城市社会各阶层的命运与抗争，都属于彰显了当代中国人民主体性进程的新人民史诗。

为了创造新时代的人民史诗，除了要努力建构新时代文学的人民主体性之外，还需要大力推进新时代文学的时代主体性建构。新时代文学的人民主体性必须通过新时代文学的时代主体性来体现，因为在马克思主义的唯物史观看来，人民群众是时代的创造者，是历史的创造者，只有在时代和历史的创造中，人民群众的主体力量才能从根本上体现出来。诚然，新时代的中国作家必须树立"大时代观"和"大历史观"①，而对于那些志在创造新时代的人民史诗的作家而言，建立新时代的"大时代观"和"大历史观"显得尤为重要和迫切。在中国当代文学前三十年的"人民英雄史诗"创作中，如果说革命历史题材的"人民英雄史诗"更多地体现了革命作家的"大历史观"，那么农村现实题材的"人民英雄史诗"就更多地体现了革命作家的"大时代观"。如《红旗谱》《播火记》《烽烟图》这样的多卷本红色经典史诗作品，就建立在鲜明而坚定的唯物史观基础上展开革命叙事，从大革命到土地革命再到抗日战争，作品始终将革命的农民阶级置放在宏大的新民主主义革命视野中予以观照，凸显了以朱老忠为代表的革命农民阶级的历史主体性进程。再如《创业史》这样的现实农村题材红色人民英雄史诗作品，试图在社会主义革命的历史总体性视野下全面而深入地反映当代中国农村的农业合作化运动，塑造了以梁生宝为代表的新一代中国农民英雄典型形象，揭示了社会主义革命时代的主体性进程。《创业史》中的这种时代主体性进程与《红旗谱》中的历史主体性进程之间具有高度的历史同一性，其中体现了现代中国从新民主主义革命走向社会主义革命与建设的历史必然性。所以"大历史观"与"大时代观"彼此联系，相互渗透，往往交织在"人民英雄史诗"的两种题材类型中。毋庸讳言，在新时期文学三十年中，无论是解构型还是挽歌型的"后人民英雄史诗"中，都带有不同程度的消解"大历史"和"大时代"的叙事倾向。唯有在《平

---

① 习近平：《在中国文联十一大、中国作协十大开幕式上的讲话》，《人民日报》2021 年 12 月 15 日。

凡的世界》和《麦河》这样的奋斗型"后人民英雄史诗"中，中国作家才站在新时期历史高度上反映了改革开放"大时代"和"大历史"的主体性进程。如果说《平凡的世界》中孙家兄弟的奋斗人生折射了改革开放勃兴时期中国农民投身思想解放和社会经济体制改革洪流中的时代主体性进程，那么《麦河》中曹双羊的人生奋斗则反映了新世纪初中国农民通过"土地流转"来探索社会主义新农村建设道路的时代主体性进程。显然，《麦河》和《平凡的世界》所反映的时代主体性进程与《创业史》和《红旗谱》所反映的时代主体性进程之间具有百年中国革命历史进程的总体性，它们都是"大时代观"和"大历史观"的文学产物。进入新时代以来，以梁晓声的《人世间》和关仁山的《金谷银山》为标志，中国作家再度贡献了能够反映"大时代"和"大历史"的"新人民英雄史诗"。在很大程度上，《人世间》是将《平凡的世界》的"大时代"和"大历史"书写加以放大和扩张，虽然人民主体有工农阶层之别，但站在"大时代"和"大历史"的立场上写作是一脉相承的，这与不少流行的"小时代"或"新历史"写作立场有着明显的区别。《人世间》对工人阶层在城市国企改革中的现实命运描绘令人印象深刻，具有强烈的时代主体性与历史现场感。而《金谷银山》则从《麦河》往前更进一步，继续讲述新时代中国农民在脱贫攻坚和乡村振兴中的奋斗故事，小说中以范少山为代表的新时代中国农村基层带头人进一步卸下了曹双羊身上的历史心理包袱，而呈现出强烈的认同梁生宝的人生价值取向，由此折射了新时代中国农村社会变革进程的历史回归性，其中隐含了时代主体性的否定辩证法。

　　最后是关于新时代文学的民族主体性建构问题，这同样是创造新时代人民史诗的重要途径。进入新时代以来，为了实现中华民族伟大复兴的中国梦，中国思想文化界和文学艺术界开始大力倡导中华优秀传统文化的创造性转化与创新性发展，中国当代文坛开始以前所未有的姿态呼吁重建新时代中国文学的民族主体性。从中国当代文学前三十年在"站起来"的意义上倡导"古为今用"，到新时期文学后三十年在"富起来"的形势下开始"文化寻根"，再到新时代文学在"强起来"的背景下提倡中华民族优秀文化的"双创"指南，不难发现中国当代文学在建构民族主体性问题上的不断深入和日渐坚定。毫无疑问，无论是文化上的闭关锁国还是全盘西化都与中华民族主体性建构背道而驰，盲目的保守会失去民族主体性重构的宝贵机遇，而一味的西化也不是民族主体性重构的正途，相反只会置中华民族主体性于文化殖民主义的陷阱中。所以那种失去了中华民族特色的西化或欧化文学是不可取的，只有在现代化与民族化交融中才能催生出新时代的人民史诗。回顾中国当代文学的人民史诗创作历程，对于中华民族主体性的呼唤与重建长期以来都是时代的文化最强音。在中国当代文学前三十年中，以《红旗谱》和《创业史》为代表的"人民英雄史诗"不仅凸显了马克思主义的红色革命文化的主导性，同时也初步实现了马克思主义革命文化与中华优秀传统文化的创造性融合与创新性发展。《红旗谱》中朱老忠身上"为朋友两肋插刀"和"出水才看两腿泥"的革命英雄豪气，正是中华优秀传统文化与马克思主义革命文化交融与互渗的产物。而《创业史》中梁生宝带领贫苦农民走农业合作化道路的革命奉献精神，同样也是中华民族儒家道德理想文化人格的正能量在当代中国农村基层干部身上的历史投影或现代转化。所以《创业史》和《红旗谱》不仅体现了时代主体性和人民主体性，还体现了强大的中华民族主体性，是能够展现中华民族重新站起来的伟大民族英雄史诗。而在新时期文学后三十年中，除了解构型的"后人民英雄史诗"主要致力于中国传统文化或农民文化的启蒙与批判之外，奋斗型和挽歌型的"后人民英雄史诗"大都致力于发掘或展示中华优秀传统文化在现代中国人民身上的人格投影，试图重构中华民族主体性与现代中华民族精神。比如在《白鹿原》和《笨花》中，白嘉轩和向喜的身上就寄托着中国作家对中华民族儒家文化理想人格在历史战火中复兴的期待，这种立足于中华民族主体性，试图重构现代中华民族精神的文化姿态，与五四以来新文学和新文化运动中全盘反传统的激进启蒙立场存在着明显的文化取向差异。陈忠实生前就曾明确地说，中华民族底层精神世界里有些优秀的品质从未消亡，它不是"一堆豆腐渣"[①]，反而坚如磐石地延续了下来。这就是中华民族主体性力量的再度绽放。再如《平

---

① 李遇春：《在自我反省中寻求艺术突破——陈忠实访谈录》，见《西部作家精神档案》，商务印书馆 2012 年版，第 163 页。

凡的世界》和《麦河》中，不仅孙家兄弟身上的传统道德人格理想及其现实践行方式得到了无数读者的民族文化心理共鸣，而且曹双羊发生人格蝶变，重新认同与回归中华传统土地文明的过程，也折射了当代中国作家重建中华民族主体性的文化诉求。应该承认，中国当代文学前三十年和后三十年中不同类型的人民史诗写作，为新时代"新人民英雄史诗"的创造提供了丰富的历史经验和艺术经验，其中就包括重建民族文化主体性的经验。实际上，在新时代出现的初具规模的"新人民英雄史诗"中，如《人世间》和《金谷银山》，这种民族主体性重建经验得到了进一步的艺术张扬。《人世间》中凸显的家庭道德伦理温情和城市底层人民之间相濡以沫的道德情感世界，就集中反映了在大半个世纪的当代中国社会变革中，有一种难以磨灭的底层民族精神在坚韧不拔地维系着整个中华民族的文化精神命脉，由此在这部朴实无华的现实主义史诗巨著中释放出了强大的中华文化力量和中华美学精神。而在《金谷银山》中，以范少山为代表的新一代中国农民工在返乡后重建社会主义新农村的过程，也折射了中华民族底层人民群众身上那种百折不挠、敢于开天辟地创世纪的民族伟力，大力彰显了当代中华民族主体性进程。

　　以上我们探讨了如何创造新时代的人民史诗的三种主要路径，即重建新时代文学的人民主体性、时代主体性和民族主体性。而这三种主要路径都与主体性建构有关，由此凸显了主体性哲学在新时代重建的重要性。事实上，早在中国当代文学前三十年中，中国人民一直就在中国共产党的领导下探索一条独立自主、自力更生的社会发展道路，那是一条超越东西政治阵营的冷战思维定式的道路，虽然在探索途中也曾遭遇到艰难与曲折，但中国人民和中华民族正是在前三十年的大时代中重建了人民的主体性与民族的主体性，从而成就了那个革命年代的时代主体性。这在前三十年的"人民英雄史诗"中有着突出的审美表现，一代红色经典史诗性巨著就是最好的艺术证明。及至中国当代文学后三十年中，在改革开放的大时代背景下，中国人民和中华民族打开国门，主动融汇世界范围内的全人类优秀文明成果，试图重构适合中国人民和中华民族发展的新主体性哲学。一时间，从哲学界到文学界，关于人的主体性哲学和文学的主体性美学成为显学；关于中华民族传统文化和中国古典美学精神的评价问题也成为理论焦点，可见在改革开放的全球化语境中如何重建中国人民和中华民族的文化主体性，如何冲破西方世界后殖民主义的文化壁垒，已经是那个时代的迫切需求。正是在这种迫切的大时代需求中，新时期文学三十年涌现出一批"后人民英雄史诗"，其中无论是奋斗型、解构型还是挽歌型的"后人民英雄史诗"，无不在尝试着推进中国人民和中华民族在改革开放时代中的历史主体性进程。当然，无论是前三十年文学还是后三十年文学，都为新时代文学的到来积蓄了巨大的历史和审美能量。随着新中国在新世纪的崛起，在世界的多极化格局中占有越来越重要的位置，中国人民和中华民族的主体性意识也越来越强烈，这在新时代初步出现的新人民史诗创作中也初现端倪。只要我们继续秉持改革开放的文化气度和胸襟，摒弃狭隘的文化民粹主义陋见，始终与西方世界保持平等对话关系，真正属于中国人民和中华民族的大时代必将到来，由此我们也必将创造出真正属于新时代的"新人民英雄史诗"！

中国文学传统的创造性转化

——重建现代中国文学研究的古今维度

一、问题提出的理论基础和学术源流

毋庸讳言，中国学界长期以来习惯于从中西维度研究现代中国文学如何受到外国文学（主要是西方文学）的显在影响而发生所谓文学现代化转型，而相应地忽视了从古今维度探究中国古代文学传统在这场百年中国文学现代化转型中所发生的潜在影响①。然而，进入改革开放的新时期以后，随着全球化进程日益加剧，当代中国文学在现代化转型中遭遇了越来越强烈的民族化危机。中国作家已经越来越不满足于做西方作家的中国替身，即令被封为"中国的卡夫卡""中国的马尔克斯""中国的福克纳""中国的博尔赫斯"……也依然掩盖不住他们在全球化的西方中心主义语境中的尴尬身影。正是在这种新的历史背景下，人们格外注意到，包括汪曾祺、王蒙、韩少功、阿城、贾平凹、莫言、王安忆、张炜、史铁生、李锐、苏童、格非、毕飞宇、红柯等人在内的中国新时期文坛翘楚纷纷先后表达他们对于中国古典文学传统的敬意。2012 年诺贝尔文学奖得主莫言近年来也已多次向《聊斋志异》和《封神演义》等中国古典文学名著致敬，他在瑞典

---

① 这种单向度的研究状况在新世纪以来有所改观，章培恒先生晚年力倡中国文学的古今演变研究，陆续与人联合主编《中国文学古今演变研究论集》（2002）及《中国文学古今演变研究论集二编》（2005）、《中国文学古今演变研究论集三编》（2010），均由上海古籍出版社出版。

学院的讲演中声称"《檀香刑》和之后的小说，是继承了中国古典小说传统又借鉴了西方小说技术的混合文本"①，这种表述很能代表那些勠力于中国文学传统创造性转化的作家们的群体心声。对于他们而言，一味模仿西洋文学的西化派或先锋派并非最佳选择，盲目固守中国文学传统的守旧派或复古派也不高明，而他们要做的就是在两派之间另辟一条中间道路，即融合古今、会通中西的中国文学传统创造性转化之路。

中国文学传统的创造性转化来自中国文化传统创造性转化这个宏大命题。早就 1964—1974 年间，当中国学者正在红色反传统浪潮中被裹挟逐流的时候，美籍华裔青年学者林毓生正在芝加哥大学师从哈耶克教授攻读博士学位，他在博士论文《中国意识的危机——"五四"时期激烈的反传统主义》中经过系统而深入地清算以陈独秀、胡适、鲁迅为代表的五四一代知识分子的全盘性反传统主义思维模式，进而明确地提出了中国文化传统的创造性转化命题。在林毓生看来，"五四式的全盘性反传统主义——以及由此衍生的全盘西化论——实际上正是未能从儒家传统一元论、有机观的'思想模式'的桎梏中解放出来的结果。那是受传统'思想模式'的影响所产生的形式主义的谬误。"②而现代中国知识分子之所以热衷于"借思想文化作为解决问题的途径，是被根基深厚的中国传统的倾向，即一元论和唯智论的思想模式所塑造的，而且是决定性的。当这种具有一元论性质的借思想文化以解决问题的途径，在辛亥革命后中国社会政治现实的压力下被推向极端的时候，它便演变成了一种以思想为根本的整体观思想模式。五四时期的反传统主义者，根据这种思想模式把中国传统视为一个有机整体而予以全部否定。既然传统的整体性被认为是由它的根本思想有机地形成的，因此五四时期反传统主义的形式，便是全盘性的思想上的反传统主义"③。虽然当年林氏援引现代西方知识社会学和科技哲学的方

---

① 莫言：《讲故事的人》，见《盛典——诺奖之行》，长江文艺出版社 2013 年版，第 81 页。

② 林毓生：《中国意识的危机——"五四"时期激烈的反传统主义》，穆善培译，贵州人民出版社 1988 年版，第 3 页。

③ 林毓生：《中国意识的危机——"五四"时期激烈的反传统主义》，穆善培译，贵州人民出版社 1988 年版，第 85 页。

法在进行论证时并非没有可商榷之处，但他的结论无疑还是令人信服的，而且他也注意到了五四一代知识分子特别是鲁迅在全盘性反传统的同时也存在着显在的现代化立场与隐示的传统文化内核之间的冲突现象，这就为中国文化传统创造性转化埋下了历史伏笔。需要补充的是，无论是胡适、陈独秀，还是鲁迅、周作人，他们的全盘性反传统主义更多还是停留在理论宣言或文化姿态上，至于他们在立身行事、学术研究和文艺创作层面，则无不体现出了现代与传统的文化纠结。在五四一代中国现代知识分子的人生实践中，其实恰恰隐含了林氏所明确提出的中国文化传统创造性转化的命题。

毫无疑问，五四一代激进的反传统思想模式是一元独断论的，这正好与中国传统文化的二元对立思维模式一脉相承。事实上，中国文化传统并非固化的整体一潭死水，而是经过漫长的文化变迁不断地融合异质文化而生成的动态文化传统，虽然它在晚清以来陷入了僵化困局，但并非要全盘摒弃而不能再度创生。林毓生十分推崇怀特海、博兰尼、哈耶克等西方现代学者的理念，即"有生机的传统"有助于维护自由和促导进步。他们认为："自由、理性、法治与民主不能经由打倒传统而获得，只能在旧传统经由创造的转化而逐渐建立起一个新的、有生机的传统的时候才能逐渐获得。"① 这意味着传统的创造性转化是现代化的必由之路。欧洲现代文明的崛起离不开近代文艺复兴和宗教改革，离不开古希腊和罗马文化传统，离不开希伯来文化和基督教文明传统，正是对多重传统的创造性转化，才成就了现代欧美文明。关于传统的性质，美国学者希尔斯在其名著《论传统》中专门论证了"作为指导范型的传统"在保持文化稳定性的同时必须随着内部和外部因素的变化而发生传统变迁的必然规律。传统的变迁不以个人的意志为转移，它必须接受异质文化的挑战和冲突进而产生交融，否则将面临解体或消亡。有人据此提炼出了新的"传统"概念，认为传统是"指一条世代相传的事物之变体链，也就是说，围绕一个或几个被接受和延传的主题而形成的不同变体的一条时间链。这样，一种宗教信仰、一

---

① 林毓生：《中国意识的危机——"五四"时期激烈的反传统主义》，穆善培译，贵州人民出版社1988年版，第3页。

种哲学思想、一种艺术风格、一种社会制度，在其代代相传的过程中既发生了种种变异，又保持了某些共同的主题，共同的渊源，相近的表现方式和出发点，从而它们的各种变体之间仍有一条共同的链锁联结其间"①。在现代视域中，传统不再是固化的正体，而是流动的变体。传统的变体与正体之间并非简单的二元对立断裂关系，而是既对立又互补，既断裂又融合，隐含着共通的时间链和文化链。在这个意义上，中国文化传统的创造性转化不仅合理而且可行，用林毓生的话来说，就是"把一些中国文化传统中的符号与价值系统加以改造，使经过创造地转化的符号与价值系统，变成有利于变迁的种子，同时在变迁的过程中，继续保持文化认同。这里所说的改造，当然是指传统中有东西可以改造，值得改造，这种改造可以受外国文化的影响，却不是硬把外国东西移植过来"②。为了证明中国文化传统中确实有值得创造性转化或变迁的种子，他举例说，虽然中国传统语汇中的"自由"一词并不能代表西方自由主义的观念，但中国儒家的"仁的哲学"中确实蕴含了西方自由主义的"人的道德自主性"（道德自律）观念，所以他认为儒家的"仁的哲学"传统可以成为现代中国自由主义与西方康德哲学"接枝"继而进行创造性转化的基础③。

这让人想起20世纪80年代初，汪曾祺复出文坛后说过的一番话："我是一个中国人。""中国人必须会接受中国传统思想和文化的影响。""比较起来，我还是接受儒家的思想多一些。""我不是从道理上，而是从情感上接受儒家思想的。我认为儒家是讲人情的，是一种富于人情味的思想。""有人让我用一句话概括出我的思想，我想了想说：我大概是一个中国式的抒情的人道主义者。"④显然，在作家汪曾祺那里，中国传统儒

<hr />

① 希尔斯：《论传统》，傅铿、吕乐译，上海人民出版社1991年版，第3页。

② 林毓生：《民主自由与中国的创造转化》，见《中国传统的创造性转化》，生活·读书·新知三联书店1988年版，第291页。

③ 林毓生：《民主自由与中国的创造转化》，见《中国传统的创造性转化》，生活·读书·新知三联书店1988年版，第287—288页。

④ 汪曾祺：《我是一个中国人——散步随想》，见《汪曾祺全集》第三卷，北京师范大学出版社1998年版，第300—301页。

家的伦理思想成了他创造性地转化西方人道主义思想的中国基础。唯其如此，汪曾祺的小说和散文才能写出中国味儿，他不仅在文学创作中实现了中国文化传统的创造性转化，而且还同时实现了中国文学传统的创造性转化。谈到西方现代派文学的引入时，汪曾祺说："我的意见很简单：在民族传统的基础上接受外来影响，在现实主义的基础上吸收现代派的某些表现手法。""但是我不赞成把现代派作为一个思想体系原封不动地搬到中国来。"又说："外来影响和民族风格不是对立的矛盾。民族风格的决定因素是语言。'五四'以后不少着力学习西方文学的格律和方法的作家，同时也在着力运用中国味儿的语言。""用一种不合语法，不符合中国的语言习惯的，不中不西、不伦不类的语言写作，以为这可以造成一种特殊的风格，恐怕是不行的。"①汪曾祺是新时期中国文坛上最早的文学创化派代表之一。他明确标举以中化西、西为中用，而坚决反对食洋不化乃至食古不化，是因为他确信中国文化传统和中国文学传统中确实存在着林毓生所谓的值得做创造性转化的民族种子，用随后兴起的"寻根派"文学家韩少功等人的话来说，就是要追寻民族的文学之根！②1985 年前后出现的"寻根派"是新时期中国文坛上最早的群体性文学创化派思潮，此派作家纷纷在文学创作中致力于中国文化和文学传统的创造性转化，这与海外学者林毓生的传统创化观念如出一辙。他们明确反对全盘照搬西洋文学样板，而力主在中国文学民族传统基础上吸纳外国文学养分而自创民族文学新形态。尽管他们对中国文化和文学传统的价值判断和理性分析并不相同，但在追求中国文化和文学传统的创造性转化这一点上却显示了惊人的一致。这也为近三十年来中国文学研究界致力于重建现代中国文学研究的古今维度打下了现实基础，中国文学理论批评界有责任和义务去总结当前中国文学创化派的经验和实绩。

---

① 汪曾祺：《我是一个中国人——散步随想》，见《汪曾祺全集》第三卷，北京师范大学出版社 1998 年版，第 302—303 页。

② 参阅韩少功：《文学的"根"》，《作家》1985 年第 4 期；阿城：《文化制约着人类》，《文艺报》1985 年 7 月 6 日；郑万隆：《我的"根"》，《上海文学》1985 年第 5 期；李杭育：《理一理我们的"根"》，《作家》1985 年第 9 期。

在中国最早回应林毓生有关传统创化观的学者是李泽厚。1986—1988
年间，林毓生的《中国意识的危机》和《中国传统的创造性转化》相继在
中国翻译出版，作者在前一本书的《著者弁言》中还专门感谢了李泽厚
为出版奔走的隆情高谊。而李泽厚则在1987年出版的《中国现代思想史
论》中明确回应了"转换性的创造"问题。他说："我们今天的确要继承
五四，但不能重复五四或停留在五四的水平上。对待传统的态度也如此。
不是像五四那样，扔弃传统，而是要使传统作某种转换性的创造。""传
统既然是活的现实存在，而不只是某种表层的思想衣装，它便不是你想扔
掉就能扔掉、想保存就能保存的身外之物。所以只有从传统中去发现自己、
认识自己从而改换自己。""只有将集优劣于一身、合强弱为一体的传统
本身加以多方面的解剖和了解，取得一种'清醒的自我觉识'，以图进行
某种转换性的创造，才真正是当务之急。"① 相对于百年中国其他领域所
进行的中国传统的创造性转换而言，李泽厚认为"五四以来到今天，以文
学在这方面做得最好"，比如中国新文学中的爱国主义精神和批判现实主
义精神就是对中国古典士大夫关心国事民瘼、以天下为己任的士人精神传
统的创造性转换，而且"它又确乎是在对传统中封建主义内容的否定和批
判中，来承接这传统心理，这就正是对传统进行转换的创造"②。但李泽
厚毕竟以治中国思想史为主，于现代中国文学研究则着力不甚深，继之而起
的是陈平原，他主动接过李泽厚的中国文学传统创造性转化的命题进行深度
开掘，希望自己能够在林毓生和李泽厚等思想史家为五四先驱者"未能很
好实现传统的创造性转化而叹息不已的时候"，特意"从中国小说叙事模
式的转变这一特殊的角度，勾勒传统文学形式的创造性转化在其中发挥的积
极作用"③。这就是他1987年在北大提交的博士论文《中国小说叙事模
式的转变》的主要创获。陈平原从西方小说的启迪和传统的创造性转化两

① 李泽厚：《启蒙与救亡的双重变奏》，见《中国现代思想史论》，安徽文艺出
版社1994年版，第45—46页。
② 李泽厚：《启蒙与救亡的双重变奏》，见《中国现代思想史论》，安徽文艺出
版社1994年版，第50页。
③ 陈平原：《中国小说叙事模式的转变》，北京大学出版社2003年版，第138页。

个方面展开论述,据说一开始主要是考察前者,可后来后者的作用凸显出来,"以至成了全书的另一个论述中心,甚至是更有理论活力的中心"①。诚然,中国文学传统在中国现代小说叙事模式转变中发生的创造性转化确实是陈平原博士论文中剖析得最透彻和最精彩的部分,因为论者摒弃了现代中国文学研究界长期以来重视中西维度、忽视古今维度的研究模式,转而认为中国小说叙事模式的现代转型中"接受新知与转化传统并重",由此他否认中国现代文学与中国古代文学之间是一种简单的断裂关系,也不认为中国现代文学是对西方欧美文学的简单移植式再生形态,而是主张前者是一种似断实连、形断神连的"脐带式的断裂",而后者则是一种汇集中外古今众香木而自焚的"凤凰式的再生"②。

当然,陈平原的文学传统创化观并非仅仅来自林毓生和李泽厚那里,实际上他的导师王瑶先生的学术理念对其有着举足轻重的影响。作为中国现代文学研究这门学科的重要缔造者和奠基者,由中国古代文学研究转入中国现代文学研究的王瑶先生晚年曾对现代文学教师进修班的学员们说:"过去讲新文学源流的人,有各种不同的说法,最有代表性的是周作人。他不承认'五四'以来的中国现代文学主要是受外国文学影响产生的。他认为新文学是从明朝末年的公安派、竟陵派发展而来的。胡风的看法和他相反,他认为中国现代文学是西方文艺复兴运动在中国产生的一个支流。"③王瑶超越了周作人和胡风的两派极端观点,他既不支持中国现代文学起源的"本土观"也反对单向的"西方观",而是认为中国现代文学的起源和发展是中国文学传统和西方文学资源二者合力的产物。不仅如此,他还尤为强调中国现代文学与中国古代文学的内在渊源,强调要大力开展中国现代文学的民族传统研究。他说:"我们要讲历史继承性,不能把现代文学与古典文学对立起来。这也是'五四'精神的一个方面。实际上,凡是'五四'以来有成就的作家,和过去的文学传统都是有联系的。

---

① 陈平原:《中国小说叙事模式的转变》,北京大学出版社2003年版,第2页。

② 陈平原:《中国小说叙事模式的转变》,北京大学出版社2003年版,第138页。

③ 王瑶:《关于现代文学的民族传统问题》,见《现代文学讲演集》,北京师范大学出版社1984年版,第26页。

我们可以研究他的作品受到的传统文学的影响，包括民间文学在内。完全和传统文学没有联系，是创作不出好作品的。"又说："中国古典文学在它的发展过程中也受到过外国文学的影响，例如佛教翻译文学就对唐代有影响。不过，我们有个好传统，就是把外国的东西融化成为自己的东西。"①王瑶先生在注重中国现代文学与外国文学关系的同时，格外注重中国现代文学与中国古代文学的关系，他甚至还在中国古代文学与外国文学关系的基础上提出了中西融合、熔铸现代中国文学新形态的构想。他的这种文学构想和学术理念与林毓生和李泽厚等人明确提出的中国文化和文学传统的创造性转化命题如出一辙。

实际上，在王瑶之外，捷克汉学家普实克的中国现代文学研究观念和方法也对陈平原的中国文学传统创化论有着显著影响。普实克十分注重探究中国现代文学与中国古代文学之间的历史渊源，他极富洞见地发现了中国古代文学中的"抒情"传统对中国现代文学的潜在影响，这在陈平原的著作中被置换为"诗骚"传统；与此同时，普实克还通过对茅盾小说的重点分析提出了影响中国文学现代转型的另一种"史诗"传统，这种传统表面上来自西方 19 世纪的现实主义和自然主义小说美学，而骨子里则与《儒林外史》《红楼梦》等中国古典长篇小说叙事传统一脉相承。而为了避免中西概念的误读，陈平原著作中将这一"史诗"传统置换成了"史传"传统，显然置换后的概念更准确、更中国化，也更符合中国文学史的历史实际。不仅如此，普实克还通过考察鲁迅、郁达夫、叶绍钧等五四一代作家的创作实践表明："尽管我们指出了欧洲文学作品与新文学作品的相通之处，我还是认为更重要的一点是中国旧文学，特别是文言文对新文学的影响。只需把新的文学观念浇灌在旧文学之上，它就会变成新创造的沃壤。"②他还特别指出："五四运动以后兴起的新文学更主要的是与'文言'传统而不是通俗文学传统发生过联系，尽管当时存在着猛烈抨击旧文人的文言

①王瑶：《关于现代文学的民族传统问题》，见《现代文学讲演集》，北京师范大学出版社 1984 年版，第 48—49 页。

②普实克：《叶绍钧与安东·契诃夫》，见《普实克中国现代文学论文集》，李燕乔等译，湖南文艺出版社 1987 年版，第 210 页。

作品的斗争。"①普实克这种尤其注重考察中国文言精英文学而不是白话通俗文学对现代中国文学影响的思路和观点，也被陈平原加以吸纳和改造，所以陈平原说自己"在论述传统的创造性转化时""着重强调'新小说家'和'五四'作家主要不是接受中国古代小说、而是接受以诗文为正宗的整个传统文学的影响"②，由此他在书中不厌其烦地分析中国古典诗词文赋包括游记、书信、日记、笔记等在内的传统文人文体对中国现代小说文体的渗透和影响，以此从深层次上揭示中国文学传统创造性转化的内在肌理。在借鉴普实克的基础上，陈平原得出了这样的结论："完成叙事模式转变后的现代小说，不是比古典小说更大众化，而是更文人化。""作家主体意识的强化，小说形式感的加强和小说人物的心理化倾向，全都指向文人文学传统而不是民间文学传统；更容易为有较高文化修养的知识分子而不是粗通文墨的工农大众所接受。"③这与中国现代小说在发生期和奠基期主要是反对中国古典通俗文学叙事传统（鸳鸯蝴蝶派小说是其余脉）而暗中接续中国古典文人文学传统是一致的，尤其是对唐宋文人传奇的艺术接受，给中国现代小说打了下深沉的民族文学底色。

二、现代中国小说的传统创化理路

从中国文化传统的创造性转化到中国文学传统的创造性转化，这是摆在现代中国文学研究者面前的一道难题。但其实在现代中国文学研究领域里，偏重中西维度的西化派研究模式长期占据主导地位，而固执于中国古典文学传统的本土派研究者则不屑于研究"新文学"，他们继续株守着现代中国的旧体文学（主要是旧体诗词）而不逾雷池；剩下的就是中西维度与古今维度并重的创化派研究模式了，这派研究尚属少数，但近些年来已有升温上涨之势。从惯常的现代文体分类来看，创化派的现代中国文学研

① 普实克：《中国文学中的现实和艺术》，见《普实克中国现代文学论文集》，李燕乔等译，湖南文艺出版社 1987 年版，第 100 页。

② 陈平原：《中国小说叙事模式的转变》，北京大学出版社 2003 年版，第 14 页。

③ 陈平原：《中国小说叙事模式的转变》，北京大学出版社 2003 年版，第 247 页。

究主要集中在小说和诗歌两个领域里，相对而言，散文和戏剧领域的创化研究比较沉寂。这主要是因为百年现代中国文学历史演化进程中，小说文体在传统创造性转化方面做得最好，而诗歌长期陷入新旧对立的争议漩涡中承受了最多的压力。当年王瑶先生曾回忆说："一九三八年，毛泽东同志提出中国作风和中国气派，要求建立为群众所喜闻乐见的民族形式，这之后，讨论民族化、民族形式的文章就更多了。当时讨论最多的是诗歌和戏剧，讨论小说和散文的很少，说明小说和散文在民族化方面取得的成就要大得多，不觉得是重要的问题；但诗和戏剧，大家觉得问题很多。例如话剧，它的民族风格不显著是有原因的，主要是因为它从外国传入以后和中国人民结合的程度不够。"[①] 这虽然说的是抗战时期民族形式大讨论的中国文坛现状，但即使是放在整个现代中国文学的百年发展进程中来看，也是大抵符合历史实际情形的。百年来，中国诗歌一直分裂为"新诗"和"旧诗"两个诗界，中国戏剧也一直分裂为"话剧"和"戏曲"两个剧坛，民族化与西方化或者说传统化与现代化之间的文体冲突始终无法得到化解，由此带来了这两种文体在传统创造性转化上的不力。至于小说和散文，则如陈平原所说的那样："如果说在 20 世纪初期的中国文学形式变革中，散文基本上是继承传统，话剧基本上是学习西方，那么小说则是另一套路：接受新知与转化传统并重。不是同化，也不是背离，而是更为艰难而隐蔽的'转化'，使传统中国文学在小说叙事模式的转变中起了不容忽视的作用。"[②]

　　回顾百年现代中国文学史，学界近年来习惯于将其分为三个大的时段加以考察，一是民国时期的第一个三十年（一般以 1917 年为开端），二是新中国的第一个三十年（以 1949 年为开端），三是新中国的第二个三十年（一般以 1977 年为开端）。我们也可以从这三个文学时段来考索百年现代中国小说的文学传统创造性转化过程。相对而言，如普实克和陈平原所说的那样，在现代中国小说发展的第一个三十年里，中国小说家在

---

　　① 王瑶：《关于现代文学的民族传统问题》，见《现代文学讲演集》，北京师范大学出版社 1984 年版，第 41—42 页。

　　② 陈平原：《中国小说叙事模式的转变》，北京大学出版社 2003 年版，第 138 页。

接受西方启蒙现实主义小说美学形态影响的同时，主要是将其与中国古代文人文学传统，尤其是文言文学传统相结合，从而对中国文学传统成功地进行了创造性的转化，因此成就了鲁迅、郁达夫、叶绍钧、茅盾、废名、沈从文、巴金、老舍、萧红、张爱玲、钱钟书、师陀等小说名家巨匠。我们从其传世的现代文学经典作品中不难窥见中国古典文学中的"史传"传统和"抒情"传统的双重印痕。中国现代小说中向来主观主义和个人主义思想和情绪比较浓厚，甚至还形成了特殊的抒情小说或诗化小说形态，这诚然是受到了西方近现代人文主义文化和文学传统的外来影响所致，但又实实在在地与中国古代文人文学传统有关，尤其是与中国古典诗歌抒情传统有关，因为中国古代精英文人向来视文学尤其是诗词和小说为"余事"，不像正经的古文那样登大雅之堂，故而笔下多有个人情怀和主观情绪流溢满纸，如所谓情趣、逸趣、谑趣之类，与正统的道统迥异其趣。中国古典文学中的这种抒情传统也可以转化为广义上的"言志"传统，与之相对应的则是"载道"传统，前一种催生了中国古典文学中的"言志派"文学，后一种形成了中国古典文学中的"载道派"文学[①]，正是前一种"言志派"文学传统在现代中国小说第一个三十年中发生了积极的创造性转化，与西方现代人道主义或个人主义文学传统互补融合，遂成就了现代中国小说的第一个艺术高峰。除了"抒情"或"言志"传统之外，"史传"传统也在现代中国小说第一个三十年中明显得到了创造性转化。"史传"传统发轫于先秦诸子史传散文，此后迭经变异，一变为六朝志怪志人小说，二变为唐宋传奇小说，三变为明清章回小说，然万变不离其宗，历史性（野史性）、传记性（杂传性）和传奇性（奇异性）一直贯穿其中。鲁迅的《阿Q正传》和《孔乙己》、沈从文的"湘西小说"系列、茅盾的"丰收三部曲"和《子夜》、巴金的"激流三部曲"、老舍的《骆驼祥子》和《四世同堂》、萧红的《呼兰河传》、张爱玲的《传奇》小说集、钱钟书的《围城》、师陀的《果园城记》，大抵属于叙写现代中国平民人物（与英雄人物相对）的生平行状和性格风采的野史杂传小说，或直接传承六朝志人小说和唐宋

---

① 周作人：《中国新文学的源流》，华东师范大学出版社 1995 年版，第 17 页。

传奇小说的文体风范，或延续明清世情写实小说如《红楼梦》（原名《石头记》）、《儒林外史》的史传叙事传统。后者的精英文人姿态有别于明清讲史系列的通俗小说叙事传统，这再一次印证了普实克和陈平原所说不虚，即民国时期的中国现代小说主要是对中国古代文人文学或文言文学传统的创造性转化，而有意地放逐了中国古代白话通俗小说的大众化叙事传统。

进入 1949 年以后现代中国文学的第二个三十年里，当代中国小说家对中国文学传统进行创造性转化的古典文学资源选择发生了显著变化。由于新中国成立以后毛泽东所倡导的"工农兵文学"新方向在中国得以全面确立，他在《在延安文艺座谈会上的讲话》中所重点阐述的中国文学民族化和大众化道路进一步在整个文坛加以推广，当代中国作家渴望写出为革命领袖所期盼的那种具有"中国作风"和"中国气派"的作品，小说家当然也不例外。由于革命领袖所倡导的这种民族化的文学形态同时也是大众化的，文学服务的对象也从知识分子和小资产阶级转向了"工农兵"或"老百姓"，也就是说由知识精英转向了普罗大众，这就注定了新中国成立后的中国当代小说必须走通俗文学的道路，由此也就与民国时期现代小说所走的精英文学道路相分野。正是这种文学道路的分野，决定了大多数新中国小说家不可能向中国古代文言文学和文人文学传统寻找创造性转化的文学资源，而只能选择向中国古代白话通俗小说和民间文学传统借鉴和效仿，由此在新中国文坛形成了蔚为大观的"革命通俗小说"或"革命英雄传奇"创作潮流。虽然这个时期也有少数作家如孙犁那样延续鲁迅式的诗化小说或散文化小说传统，坚持在革命文学形态内部向中国古代文人文学和文言文学传统学习，但这种选择的文学风险也是不言而喻的，几乎注定了在革命文坛内部处于相对边缘化的地位。而对于大多数主流革命文学家而言，他们的小说此时不约而同地转向了师法明清历史演义或古典英雄传奇，如《三国演义》《水浒传》《岳飞传》《杨家将》《说唐全传》《儿女英雄传》等中国古典通俗小说名著，它们分明有别于《红楼梦》和《儒林外史》等中国古典文人化和精英化的白话章回小说，前者大约是用来说书的底本，属于评书体，后者虽有外在的话本形态，其实内里已经是案牍之文，主要是供于阅读而不是供于视听，也就是说它已经是书面形态的精英文学而不属于口传形态的通俗或民间文学形态了。但这种明清文人小说和精英小说遭到了新中国小说家的普遍拒绝，他们不仅摒弃了明清文人小说的批判传统和精英趣味，而且也抛弃了明清文人化长篇小说的世情写实主义叙事传统，转而向明清通俗章回长篇小说学习，不仅效仿其忠君爱国的主流意识形态诉求，而且化用其英雄主义叙事模式，通过为主要英雄人物或英雄人物群像树碑立传的方式展开情节化或故事化的叙事，通常表现为英雄人物性格比较单一，而反面人物性格比较复杂，构成了明清通俗历史演义小说中常见的忠奸对照人物设置模式。毫无疑问，新中国的革命英雄传奇小说的文体形成，既有对苏联革命现实主义或社会主义现实主义小说叙事模式的模仿和借鉴，同时它更是对中国古代英雄传奇文体传统创造性转化的产物。当然，它还是对中国古代文学中"载道"传统的沿袭和化用，由此导致了现代中国小说第二个三十年内明显告别了第一个三十年时期的个人化"抒情"或"言志"传统，而走上了集体化的"载道"文学道路，尽管这种"载道"文学常常以集体化的"抒情"或"言志"形象存在。我们从《红旗谱》《红日》《红岩》《保卫延安》《林海雪原》《铁道游击队》《敌后武工队》《野火春风斗古城》《烈火金钢》等等这些红色经典长篇小说中不难辨析其单一政治主题中隐含的强大载道传统。

　　改革开放以来的三十年是现代中国文学的第三个三十年。这个时期的中国文学先是再度重启西方人道主义文学传统，同时也是对现代中国文学第一个三十年中业已转换成功的中国五四式启蒙现实主义文学传统的接续，然后当代中国新潮作家很快便在 1985 年前后进入了对西方现代主义和后现代主义文学的崇拜和模仿时期，这就是 20 世纪 80 年代所谓"新时期文学"的主潮。然而，就是在这个追逐新潮的 20 世纪 80 年代里，中国小说同时也在进行传统的创造性转化，而且这次转化的传统文学资源也再度发生了变化。20 世纪 80 年代的中国小说家和他们的民国先贤一样把转化的视野投向了中国古代文人文学和文言小说传统，无论是以晚年孙犁、汪曾祺、林斤澜、邓友梅、陆文夫、刘绍棠等人为代表的老一代小说家，还是以韩少功、贾平凹、莫言、阿城、张承志、王安忆、李杭育、郑万隆、何立伟等人为代表的新进小说家，他们都在"寻根文学"或"泛寻根文学"的视域中积极地谋求着对中国六朝志怪志人小说和唐宋传奇小说文体传统的创造性转化。"史传"传统赋予了这批作家的小说代表作品以野史杂传的艺术品格，如《云斋小说》《受戒》《大淖记事》《陈小手》《那五》《烟壶》《小贩世家》《美食家》《爸爸爸》《女女女》《太白山记》《天狗》《浮躁》《红高粱家族》《棋王》《树王》《孩子王》《黑骏马》《小鲍庄》《最后一个渔佬儿》《沙灶遗风》《老棒子酒馆》《白色鸟》等小说都显示了为民间异人轶事写史做传的艺术取向，小说中的人往往独具性格特征，小说中的事往往可以弥补正史之不足，它们的整体艺术风貌是中国文学传统形态的而不是西洋文学的简单复制品。同时这批中国小说还显示了中国古典文学"抒情"传统的美学趣味，它们普遍带有散文化小说或诗化小说的文体特征，文本中含蕴着浓郁的诗情、朦胧的诗思和精巧的诗艺。这种客观的"史传"传统与主观的"抒情"或"言志"传统的艺术融合，显示了当代"寻根派"小说家借鉴西方现代派文学精神而创造性地转化中国古典文人文学或文言文学传统的努力。值得注意的是，20世纪80年代的这种文人文学传统创造性转化的趋势一直到20世纪90年代中后期开始发生分化：一是以韩少功、格非等为代表的小说家继续坚持原先的中国古典文人文学或文言文学传统创造性转化的路径而不懈求索，比如韩少功相继推出了《马桥词典》《暗示》《山南水北》《日夜书》等长篇作品，格非则在新世纪推出了《江南三部曲》（《人面桃花》《山河入梦》《春尽江南》），实现了对20世纪80年代的艺术跨越；二是在新世纪之交及其后十年来，以都梁的《亮剑》、石钟山的《激情燃烧的岁月》、徐贵祥的《历史的天空》、邓一光的《我是太阳》、龙一的《潜伏》、高满堂和孙建业的《闯关东》等为代表的一批"新革命英雄传奇"的强势崛起，这批小说借助影视传媒的力量而再度复兴了新中国文学第一个三十年中大行其道的"革命英雄传奇"小说传统。"新革命英雄传奇"和"革命英雄传奇"一样，都是对明清通俗历史演义小说叙事传统的创造性转化，都着力渲染革命英雄人物的传奇经历和英雄品格，但"新革命英雄传奇"还传承了中国古代文人文学的"言志"或"抒情"传统，故而作品中常常饱含历史的悲怆和人生的悲凉情绪，属于个人化的艺术表达，这与"革命英雄传奇"传承的中国古典文学"载道"传统判然有别。

20世纪90年代以来中国小说所发生的第三种传统创造性转化趋向，

是以贾平凹、莫言、王安忆、刘震云等人为代表的实力派作家转而向《红楼梦》《金瓶梅》《儒林外史》等明清文人世情写实长篇小说叙事传统学习。相对于20世纪80年代中国精英作家主要向明清以前的文人文学和文言文学传统借鉴而言，20世纪90年代以来的这种传统创造性转化的转向或新变更多地体现在对新世纪之交中国长篇小说美学形态发生影响，而明显有别于20世纪80年代对文言文学传统的借鉴主要是催生出了一系列中短篇小说经典作品。如果说《三国演义》《水浒传》《封神演义》代表了明清民间通俗长篇小说的"评书"传统，那么《金瓶梅》《儒林外史》《红楼梦》就昭示了明清文人精英长篇小说的"闲聊"传统。评书体和闲聊体，都属于中国宋元以来的话本小说传统，但同样是"说话"，评书式说话与闲聊式说话明显有着不同的话语风格。由于面对的受众不同，评书式说话面对着现场听众，故而说话偏重故事的抑扬顿挫，追求情节的紧张曲折和扣人心弦，塑造人物性格也是通过外在的语言和行为来加以凸显，所以常常疏于日常生活的精细写实和描摹，因为那样会影响说书人说的故事情节节奏，导致听众的沉闷和退场；而闲聊式说话由于面对的是居家读者，《红楼梦》一类长篇明显是不适宜说书而适宜阅读的，所以这类说话就不再以情节性或故事性为主要叙事追求，叙事结构也由评书式说话注重时间化结构而转变为注重空间化结构，由此说话人有更多的余闲或闲笔去客观精细地描摹日常生活和社会生活，所以闲聊式说话的长篇小说的节奏都比较缓慢，明显不适宜热闹的书场但适宜静夜的书房。这种闲聊式的长篇小说同样继承了中国古典文人文学的"史传"和"抒情"或"言志"传统，它们在很大程度上代表了中国古典小说的最高水平，同时也开启了中国古代长篇小说向现代中国长篇小说转换的艺术关捩。20世纪90年代以来，贾平凹大约是最早向明清文人世情写实长篇小说叙事传统取径的作家。从《废都》开始，贾平凹就不断地在各种创作谈中向《红楼梦》《金瓶梅》致敬，他要创造性转化的当然不是所谓《金瓶梅》的性描写，而是古人那种精细绵密的日常生活写实艺术。《高老庄》是一个艺术转折点，贾平凹终于触摸到了明清世情写实叙事的现实脉搏，不像《废都》那样终究和底层民众的日常生活相疏离，因过于文人化而尚未脱离仿古的影子。但真正标志着贾平凹创造性转化传统成功的作品还是《秦腔》，这部长篇小说真正实现了"密实的流年式的叙写",用农民拉家常一样絮絮叨叨的口吻,闲聊式地讲述着或描摹着清风街"一堆鸡零狗碎的泼烦日子"①。这是一种生活流或日常生活细节流的写实叙事形态,它与西方现代自然主义和写实主义有关,但无疑更是对《红楼梦》和《金瓶梅》的世情写实叙事传统的创造性转化。《秦腔》之后,贾平凹又推出了《高兴》《古炉》《带灯》《老生》等长篇,继续将日常生活细节流式的世情写实传统推向极致,而且小说中的言志或抒情传统进一步强化,这与世情写实所代表的史传传统相融合或映衬,体现了贾平凹创造性转化传统的卓越才情。

相对于贾平凹而言,莫言的传统创化之路是另一番光景。《檀香刑》是莫言 20 世纪 90 年代一部公认的转型之作,莫言在这部书的《后记》中说自己"有意识地大踏步撤退",他着力向中国传统"民间说唱艺术"学习,尤其是向山东的地方戏曲——"猫腔"学习,所以小说中专门出现了"眉娘浪语""赵甲狂言""小甲傻话""钱丁恨声""孙丙说戏"等戏曲化的叙写。莫言还说"这部小说更适合在广场上由一个嗓音嘶哑的人来高声朗诵,在他的周围围绕着听众,这是一种用耳朵的阅读,是一种全身心的参与"②,由此莫言似乎依旧继承的是中国传统通俗说书人的评书体而不是精英文人的闲聊体叙事模式。但这一切只是外部文本假象而已。对于《檀香刑》的内部文本结构而言,莫言对各色人物日常生活细节包括内心生活细节的叙写和描摹无不是精细入微的,这和贾平凹所追求的密实叙写并无本质不同。而且《檀香刑》显然是不适宜说书而适宜阅读的,它打破了传统通俗评书体小说的时间线性结构,而借用了西方现代派小说中常见的多人物第一人称叙事空间组合结构,凡此种种,意味着莫言其实骨子里继承的还是明清精英文人的闲聊式说话传统。这在随后的长篇《四十一炮》和《生死疲劳》中得到了更明显的印证。在《四十一炮》中,莫言通过"炮孩子"罗小通试图用喋喋不休的诉说来"挽留逝去的少年时光"③,而就在罗小通喋喋不休的第一人称回忆性叙述中,我们似

① 贾平凹:《秦腔》,作家出版社 2005 年版,第 565 页。
② 莫言:《檀香刑》,作家出版社 2001 年版,第 517—518 页。
③ 莫言:《四十一炮》,春风文艺出版社 2003 年版,第 444 页。

乎并未感受到普鲁斯特《追忆逝水年华》那样的西洋小说风味，而是体会到了中国明清文人长篇闲聊式说话传统的叙述做派。发展到《生死疲劳》中，莫言这种狂放型闲聊式说话叙事得到了近乎登峰造极的艺术表演，作者反复借用不同的生命轮回体（诸如驴、牛、猪、狗）来自我叙说抑或絮说，把大半个世纪的民间历史生活形态用细节流和语言流相结合的方式加以逼真而自由的敞开。莫言由此形成了不同于贾平凹沉郁型风格的另一种闲聊式说话叙事形态。与莫言和贾平凹不同却形成了独特说话风格的北方作家是刘震云。自从 20 世纪 90 年代中后期写多卷本长篇《故乡面和花朵》进行先锋文体试验而反响不佳之后，刘震云便在新世纪转向了中国明清长篇小说的说话传统寻求叙事资源转化。以《我叫刘跃进》《一句顶一万句》《我不是潘金莲》等长篇小说系列为代表，刘震云不再简单地玩弄西方现代派或后现代时空交错叙事技巧，而是耐心地回到早期新写实小说的生活流或细节流写法，用一种北方人"拧巴"型的闲聊式说话进行长篇小说叙事。北方人所谓的"拧巴"本意是说话作文使人感到别扭，有意制造说话困局而乐在其中。刘震云新世纪长篇试验中的"拧巴"型说话确有此风，看上去行云流水如同流水账般的密实流年叙写，实际上却处处在制造阅读上的横生枝节，仿佛水银泻地难分主次一片混沌，叙述人的说话如同一个啰嗦的饶舌人在千方百计地弯弯绕，读者也就被叙述人的饶舌牵着鼻子绕来绕去，直至真相大白哑然失笑。这就是刘震云几乎独创的"拧巴"型或"缠绕"型的闲聊式说话叙事形态，这无疑是对明清文人长篇小说闲聊传统别具一格的创造性转化。

　　海派作家王安忆 20 世纪 90 年代以来的长篇小说，如《长恨歌》《妹头》《上种红菱下种藕》《天香》之类同样体现出了她创造性地转化明清精英文人长篇小说闲聊叙事传统的倾向。明清文人闲聊式说话传统注定了它必须采取精细的日常生活细节流的写实主义形态，而不同于评书式说话传统习惯于采用的宏大故事情节流的所谓现实主义形态。王安忆谈到《红楼梦》时这样说道："曹雪芹并没有彻底依赖时间的顺序来联络繁复的情节，所有貌似闲适的细节其实全都严格地经过了组织和筛选，附在时间的漫长的锁链上。"①这说明王安忆清醒地意识到了《红楼梦》并不是一部时间化的明清通俗长篇小说，而是一部空间化的明清文人长篇小说，它靠的不是繁复的情节流而是繁密的貌似闲适的日常生活细节流来建构文本的内部肌理。而她自己以《长恨歌》为代表的长篇正是遵循了如此的艺术路径，《长恨歌》用絮语闲聊的口吻讲述了上海女子王绮瑶的传奇一生，但作者并未将主要笔力放在传奇性的情节营构上，而是主要落墨于女主人公一生的日常生活细节形态的描摹上，那种上海女人优雅精致却繁缛琐碎的私密日常生活，被王安忆描绘得丝丝入扣、严丝合缝。她甚至还花费了大量笔墨对女主人公生活的城市环境如弄堂、闺阁之类给予精细描摹，简直是不厌其烦，这进一步放缓了小说的叙述速度，同时也就强化了小说的空间化倾向。在创造性地转化明清文人长篇小说闲聊叙事传统的同时，王安忆也吸纳了昆德拉式的"分析性叙述"或"思考性叙事"②策略，用她自己的话来说就是，"小说的思想与物质部分似乎没有距离"，小说的物质"材料就是文字和语言"，"小说不仅是思想的生产物，也是物质的生产物，具有科学的意义"③。与王安忆追求叙述文字的分析性和思想性不同，同是海派作家的金宇澄走的却是贾平凹式的近乎纯叙述性和描述性路径。金氏长篇《繁花》这两年声名鹊起，主要就是因为他致力于中国文学传统创造性转化且取得了惊艳的艺术实绩。他在跋文中说这部长篇取的"话本的样式"，"口语铺陈，意气渐平"，他不认同所谓"摆脱说书人的叙事方式"的做法，而且他想做的是一顿圆台无中心的中国饭，"人多且杂"，而不是那种狭长桌面的中心聚焦西餐模式，虽则《繁花》这桌菜"已经免不了西式调味"④。在我看来，《繁花》并非借鉴的明清通俗长篇小说的

① 王安忆：《神灵之作分析——谈〈红楼梦〉》，见《故事和讲故事》，复旦大学出版社 2011 年版，第 93 页。

② 弗朗索瓦·里卡尔：《阿涅丝的最后一个下午》，袁筱一译，上海译文出版社 2011 年版，第 140 页、第 171 页。

③ 王安忆：《小说的物质部分》，见《故事和讲故事》，复旦大学出版社 2011 年版，第 9 页。

④ 金宇澄：《繁花》，上海文艺出版社 2014 年版，第 443 页。

评书体话本传统，而是取镜于明清文人长篇小说的闲聊式话本传统，这与王安忆和贾平凹等人一脉相承。金宇澄在《繁花》中用吴侬软语（沪语）絮絮叨叨地讲述和呈现着当代上海市井生活形态的点点滴滴、枝枝叶叶，众多的人物、无数的故事和繁密的细节构成了《繁花》的"繁花"结构，真可谓繁花似锦、花团锦簇、富丽丰赡。虽然金宇澄并未走王安忆的分析型闲聊式话本叙事路径，但王安忆也并不乏追随者，比较出色的是河南女作家乔叶，她的中长篇小说代表作《最慢的是活着》《认罪书》就是如此。乔叶的小说致力于昆德拉式的分析型叙事与中国明清文人长篇小说的闲聊体说话叙事传统的融合，从中我们可以看到中国未来文学的希望。

三、现代中国散文的传统创化理路

和小说一样，现代中国散文也在中国文学传统创造性转化上取得了极高成就，这是鲁迅、胡适、周作人、郁达夫、朱自清，甚至晚清文坛耆宿曾朴也都明确地承认过的事实，他们中甚至还有人认为现代散文比现代小说更早地确立了新文学文体的合法性[①]。一般来说，现代意义上的散文概念依然比较宽泛，除了周作人等人着意倡导的"美文"，即文艺性的叙事或抒情散文——小品散文或散文小品之外，以鲁迅为代表的杂文和以胡适为代表的政论文也应纳入其中。现代散文之所以能取得如此成就，按照周作人在《现代散文导论》中的说法，他"相信新散文的发达成功有两重的因缘，一是外援，一是内应。外援即是西洋的科学哲学与文学上的新思想之影响，内应即是历史的言志派文艺运动之复兴。假如没有历史的基础，这成功不会这样容易，但假如没有外来思想的加入，即使成功了也没有新生命，不会站得住"[②]。周作人注意到现代散文发生的双重动因，外因是西洋思想的引入，内因是中国古代（主要是晚明）言志派散文传统的复兴，

---

① 曹聚仁：《文坛五十年》，东方出版中心 2006 年版，第 161 页。

② 周作人：《现代散文导论（上）》，见《中国新文学大系导论集》，上海良友复兴图书印刷公司 1940 年印行，第 192 页。

关于后者他在《中国新文学的源流》中有透彻的清理和阐说。不过周作人在《现代散文导论》里关于外援的说法并不全面，他只点明了现代散文发生的西洋新思想触媒，而忽视了西洋散文新文体对现代散文发生的点化之功。这容易给人带来错觉，似乎中国现代散文的文体发生主要是传统散文发生现代变革的结果，由此也就容易忽视现代中国散文作家在文体上立体性地融合中西、打通古今所做出的传统创造性转化。实际上，周作人当年在倡导"美文"之初就明确地指出了新散文文体建设的两条路径：一是借鉴英美作家的美文，如爱默生、兰姆、欧文、霍桑等人的美文，其实还应该包括法国的蒙田、德国的尼采、俄国的屠格涅夫、印度的泰戈尔、日本的厨川白村等人的随笔或小品；二是借鉴中国古代的美文传统，他认为"中国古文里的序，记与说等，也可以说是美文的一类"①，他后来在《中国新文学的源流》里大力倡扬的晚明公安派言志散文，尤其是他极力推崇的明末清初张岱小品文无疑正是中国古文中美文的典范。周作人向来都拿明季与民初类比，不仅历史情形相似，而且文运也相同，所以他才断言"中国新散文的源流我看是公安派与英国的小品文两者所合成"②。换句话说，中国新散文其实是在吸纳外国散文随笔小品精华的基础上对中国古文传统的创造性转化。朱自清其实也作如是观，他注意到中国现代散文既有"中国名士风"又有"外国绅士风"的复杂风貌，同时他还指出"现代散文所受的直接的影响，还是外国的影响"，"而小品散文的体制，旧来的散文学里也尽有；只有精神面目颇不相同罢了。试以姚鼐的十三类为准，如序跋，书牍，赠序，传状，碑志，杂记，哀祭七类中，都有许多小品文字；陈天定选的《古今小品》，甚至还将诏令，箴铭列入，那就未免太广泛了"③。

---

① 周作人：《美文》，见《周作人自选集·谈虎集》，北京十月文艺出版社 2011 年版，第 31 页。

② 周作人：《燕知草跋》，见《周作人自选集·永日集》，北京十月文艺出版社 2011 年版，第 85 页。

③ 朱自清：《论现代中国的小品散文》，见朱金顺编：《朱自清研究资料》，北京师范大学出版社 1981 年版，第 343—344 页。

在现代中国散文百年发展的三个三十年中，虽然总体上都属于中国古代散文传统创造性转化的新散文形态，但在不同的历史时期里还是显现出或隐含着对中国古代散文传统不同的艺术选择。对于民国时期的白话散文作家来说，他们在吸纳西方散文新潮的同时也面临着中国古代文言散文传统巨大的"影响的焦虑"，所以他们在暗中进行传统创造性转化的同时也明确地表达对中国古代散文传统的反抗甚至鄙弃。五四文学革命的急先锋胡适、陈独秀、钱玄同等人都是如此，钱玄同甚至直接把白话散文的对立面视为"选学妖孽、桐城谬种"[①]。"选学"代表六朝诗赋传统，"桐城"是指清代古文传统，推而广之，前者代表中国古代散文中的辞赋传统，这种传统滥觞于先秦，经两汉至六朝乃至唐宋，逐步形成了一种骈文传统，其中的骈赋和律赋可视为中国古代散文的文体极端，清代八股文亦可视为变体；而后者则代表中国古代散文中的古文传统，古文传统文风素朴简约，往往散句当行，骈文或辞赋传统文风华丽，讲究清词俪句。骈文（辞赋）传统发展到清代一度格外繁荣，但正如钱基博所言，"民国更元，文章多途；特以俪体缛藻，儒林不贵"[②]，仅刘师培、黄侃、李审言、黄孝纾寥寥几人聊充殿军。与之相比，古文传统在清末民初更为强势，桐城派传人马其昶、吴闿生、姚永朴、姚永概、严复、林纾等人在民国文坛声望卓著，各门下弟子不可胜数。由此我们也就不难想见，陈独秀在《文学革命论》里为何要集中火力攻击强大的古文传统了。除了视辞赋乃至骈文为"文学之末运"不屑一顾之外，陈独秀将"明之前后七子及八家文派之归、方、刘、姚"统统视为"称霸文坛"的"十八妖魔辈"[③]。陈独秀等人之所以如此将以桐城派为代表的古文传统加以妖魔化，正是因为他们自幼受中国古文传统熏染甚深而不易摆脱其牵绊，所以在他们严正声讨古文传统的情绪中其实恰恰隐含着摆脱不了的强大深厚的古文功底，后者是作为深层文体结构或集体无意识而存在的。姑且不说陈独秀和胡适两个皖籍文苑后裔深受桐城文章作法影响，即令向来推崇魏晋文而贬低桐城文的鲁迅先生，

---

① 钱玄同：《致陈独秀》，《新青年》第 2 卷第 6 号，1917 年 2 月 1 日。
② 钱基博：《现代中国文学史》，中国人民大学出版社 2004 年版，第 125 页。
③ 陈独秀：《文学革命论》，《新青年》第 2 卷第 6 号，1917 年 2 月 1 日。

其散文创作中也遗有扬弃桐城文法的痕迹①。唯有周作人敢于在《中国新文学的源流》里公开为桐城派辩护，他不仅肯定了桐城派对于五四新文学运动的桥梁过渡之功，而且由此将新文学的源头上溯至晚明公安派和竟陵派的言志派文艺。按照周作人勾画的中国文学史流变图，如果稍加变通，可以发现他赞赏的言志派文学依次出现在"晚周"、"晚汉"（魏晋六朝）、"晚唐"（五代）、"晚宋"（南宋至元）、"晚明"、"晚清"（民国）这些历史时期②，这些乱离时期的散文往往以言志派的小品文居多，文体上重古文而轻骈文，整体文风趋于古朴厚重、沉郁悲凉。

虽然从晚清至民国，中国散文发生了语体革命，但外在的语言变革掩盖不住内在的文体血脉。民国三十年的白话散文虽然接受了外国小品散文的巨大影响，但中国古代散文中的古文传统和言志传统依旧发生着潜在的艺术功能。不难发现，民国白话散文是明确拒绝中国古代散文中的辞赋（骈文）传统的，除了早期的朱自清乃至徐志摩等少数人的散文尚有华美富丽的辞赋风范之外，大多数民国白话散文家的写作都走的是朴素为宗的古文路径。换句话说，他们大多接受的是古文传统并进行创造性转化，而有意地摒弃了骈文或辞赋传统。与此同时，民国白话散文家又大都放弃了古文传统中的载道传统，而选择了言志传统。正如陈独秀在《文学革命论》里批评韩愈"误于'文以载道'之谬见"时所言，"文学本非为载道而设，而自昌黎以迄曾国藩所谓载道之文，不过抄袭孔孟以来极肤浅、极空泛之门面语而已。余常谓唐宋八家文之所谓'文以载道'，直与八股文之所谓'代圣贤立言'，同一鼻孔出气"③。故自陈独秀和《新青年》伊始，民国白话散文家纷纷弃古道而言今志。然而由于在言志的内涵上存在分歧，故而民国散文又体现出不同的艺术风貌。比如在中国现代散文史上，以周作人为代表的闲适型小品文与以鲁迅为代表的战斗型小品文（杂文）在艺术风貌上形成了鲜明对比，原因就在于前者所言之志属于偏向于个人日常生活

---

① 卢坡：《理解的批判：鲁迅与桐城文章》，《中国现代文学研究丛刊》2014 年第 9 期。

② 周作人：《中国新文学的源流》，华东师范大学出版社 1995 年版，第 18 页。

③ 陈独秀：《文学革命论》，《新青年》第 2 卷第 6 号，1917 年 2 月 1 日。

的闲适之志，而后者所言之志则属于偏向于公共社会生活的讽喻之志。然而关于这一点却存在着误解，有人认为现代散文中的杂文一脉并非言志派而属于载道派文艺。曹聚仁就曾说："五四时期的新文学，原是对'文以载道'的桐城古文的解放；一转眼间，却又撇开了表现个人的言志倾向，转入为社会政治而宣传的载道路上去。于是，从'语丝社'走出的作家，一边成为载道派的《太白》《芒种》的杂文，一边成为言志派的《人间世》《宇宙风》的小品文了。也正如周氏所说的，始终是两种互相反对的力量起伏着的。"① 曹氏认为现代散文史上存在着言志派的小品文与载道派的杂文之争，此说未免皮相。如果用周作人的话来回敬他，即"言他人之志即是载道，载自己之道亦是言志"②。以鲁迅为代表的现代杂文分明属于"载自己之道"的言志之作，当然那些纯粹做政治宣传的文字是谈不上杂文的，因为杂文既不是"小摆设"，也不是宣传品，而是"生存的小品文"③，如匕首如投枪，确实有别于那种鼓吹"闲适""性灵""幽默"的小品文。鲁迅推崇晚唐罗隐、皮日休、陆龟蒙的小品文，因为他们隐士的外表下隐含着战士或斗士的锋芒，而晚明小品文在鲁迅眼中也并非全都是闲适性灵文字，其中也有讽喻力量。可见在鲁迅的视界里，小品文既包括"美文"也包括"杂文"。实际上，周氏兄弟都是美文和杂文的好手，周作人早期也写过浮躁凌厉的杂文，并非独擅冲淡平和的美文，而鲁迅在犀利的杂文之外也写过清新隽永的美文，甚至还写过《野草》那样的散文诗。其实，五四新文学草创时期的散文本以杂文为主，随后美文代替杂文成为主潮，但杂文并未衰歇，即使是在抗战时期，杂文依旧在国统区、沦陷区和解放区流行，各种"鲁迅风"几乎无处不至。当然以周作人、林语堂、梁实秋为代表的美文风潮同样风行天下。在很大程度上，周氏兄弟所代表的"美文"和"杂文"风范构成了民国白话散文三十年二水并流的主

---

① 曹聚仁：《文坛五十年》，东方出版中心2006年第2版，第266页。

② 周作人：《现代散文导论（上）》，见《中国新文学大系导论集》，上海良友复兴图书印刷公司1940年印行，第193页。

③ 鲁迅：《小品文的危机》，见《鲁迅全集》第四卷，人民文学出版社1981年版，第576页。

潮。周作人曾将胡适、徐志摩、冰心等人的散文比作公安派小品，清新流丽但不深厚，而视俞平伯、废名等人为竟陵派，以晦涩奇僻纠正公安派的偏向①。进而言之，我们可以大体上将周作人所代表的美文风范视为公安派小品，而将鲁迅所代表的杂文风范视为竟陵派小品，后者正是以奇僻晦涩来纠正前者的清新流丽。由此我们可以在更长远的文学史视界中看清民国白话散文与中国古文传统之间的深厚渊源。

在新中国成立以后的第一个三十年里，现代中国白话散文创作发生了明显的艺术转型。如果从中国古代散文传统创造性转化的角度而言，这种艺术转型主要表现为由民国白话散文偏重对中国古代言志派"古文"传统的转化，转变为新中国前三十年的散文偏重对中国古代载道派"辞赋"传统的吸纳。说到新中国前三十年的散文主要属于载道派文艺，这难免会遭到误解，因为毕竟那个年代的散文大都以抒情见长，对祖国、人民和党的歌颂，对劳动、战争与和平的礼赞流贯于革命年代散文主潮之中。但这种抒情显然属于集体的大我的抒情，而非个体的小我的抒情，正如周作人所言"言他人之志即是载道"，一个时代的集体抒情与其说是言集体之志，毋宁说是载集体之道。于是我们发现新中国成立后的前三十年里很难再觅周作人式的美文和鲁迅式的杂文了，只因文坛风向已转向载道而不是言志的缘故，偶尔有"三家村"杂文传承民国言志派小品文余绪，但已然难以蔚为大观。值得注意的是，新中国成立后的散文不仅由言志派转向了载道派，而且还由古文传统转向了辞赋传统。如果借用汉赋分类，我们可以发现新中国前三十年的散文主要传承了"大赋"和"小赋"文体传统。就大赋传统转化而言，像刘白羽、魏巍、秦牧、碧野等人的散文不仅体制恢宏、格局盛大，而且辞藻华丽斑斓，铺陈排比、隐喻夸饰无不运用到极致，如《长江三日》《日出》《谁是最可爱的人》《依依惜别的深情》《社稷坛抒情》《古战场春晓》《花城》《土地》《天山景物记》等名噪一时之作，皆可归入此类。秦牧散文虽然较之他人多了几分随笔小品的雅致和从容，但骨子里依然更近于大赋中的博物体而非古文中的小品文。再就小赋传统转化而言，

① 参见周作人：《中国新文学的源流》，华东师范大学出版社 1995 年版，第 27—28 页。

像杨朔、冰心、吴伯箫等人的散文，如《香山红叶》《荔枝蜜》《茶花赋》《雪浪花》《樱花赞》《小桔灯》《菜园小记》《记一辆纺车》等耳熟能详之作，无不既具有辞赋体常见的铺彩摛文的一般特征，而且又具有小赋所独有的托物言志、借物抒情的诗化特点。然而只因此类小赋型白话散文所言之志乃集体意志而非个人襟抱，故而与民国白话散文中的言志小品迥异其趣。

一直到"文革"结束以后的新时期散文创作中，民国散文中的言志派传统才得以重新接续或回归。新时期三十年的散文传播史中，以周作人、林语堂、梁实秋等人为代表的民国言志小品文集被大量重印，可以说直接促成了新时期三十年言志派散文的极大繁荣。如孙犁、汪曾祺、张中行、杨绛、萧乾、季羡林、黄永玉、黄裳、章诒和、周素子等人的晚年散文，就明显主要传承了民国言志派散文中的美文传统，无论忆人记事状物，抑或抒情感怀议论，无不清新流丽、冲淡平和、婉而成章，即使寄沉痛于悠闲，也可俱见作者性灵怀抱。继之而起的年轻一代散文家贾平凹、张承志、史铁生、张炜、毕淑敏等人同样接续了民国白话散文的言志美文传统，虽然他们的艺术风貌各异，或闲适冲淡，或清刚劲拔，或诚朴隽永，但在"独抒性灵、不拘格套"这点上却显示了惊人的一致。与言志派美文的复兴相比，新时期言志派杂文则相对沉寂。巴金的《随想录》在整体艺术性上明显不及鲁迅的杂文风范，倒是英年早逝的王小波的杂文在"鲁迅风"之外另辟了艺术新境。至于韩少功和周国平的哲理散文则各擅胜场，皆属新时期言志派杂文的中坚力量。值得关注的是新时期散文中出现了辞赋体言志派散文的新形态。民国白话散文是有意放逐辞赋体乃至骈体文的，新中国成立的前三十年出现了辞赋体散文传统的创造性转化，惜乎是载道派辞赋体散文而不是言志派辞赋体散文，直至新时期之初，以徐迟华美丰赡的散文或报告文学为标志，宣告了当代言志派辞赋体散文的诞生。此后在文化散文热潮中，以余秋雨、周涛、马丽华的"大散文"为标志，当代言志派辞赋体大散文横空出世，追随者甚众。有论者早就指出过，"余秋雨的散文创作也融合了庄子的哲学散文天马行空、汪洋恣肆的思维理路和两汉赋体散文铺叙夸饰、华美凝重的修辞方式"[1]，周涛和马丽华写西部边疆的

---

[1] 於可训：《近十年"文化散文"创作评述》，《文艺评论》2003年第2期。

文化大散文也可作如是观。如周涛的《游牧长城》《兀立荒原》，马丽华的《藏北游历》《西行阿里》《灵魂像风》，和余秋雨的《千年庭院》《抱愧山西》《十万进士》《苏东坡突围》《遥远的绝响》《一个王朝的背影》一样，无不是"思接千载、视通万里"的铺彩华章，颇有汉代大赋吞吐万象、铺排万物的豪情。但较之秦牧新中国成立后写的辞赋体散文的博物，明显多了个人化的历史文化思考，辞赋体散文由此从集体载道转向了个体言志。在某种程度上，贾平凹的长篇散文《商州三录》和张承志的西部散文，乃至张炜的部分散文如《融入野地》《绿色遥思》之类，也可视为当代辞赋体言志派散文，这意味着中国当代散文作家不再简单地拒绝中国古代散文中的辞赋或骈文传统，转而积极地在中国古代散文中的古文和辞赋双重传统中寻求传统的创造性转化。

四、百年中国新诗的传统创化理路

如前所述，在现代中国文学的文体演进过程中，如果从中国文学传统的创造性转化角度看，散文和小说无疑取得了成功，而诗歌和戏剧则任重道远。迄今为止，新诗与旧诗、话剧与戏曲之间依然处于近乎二元对立的文体状态。众所周知，话剧在现代中国依旧未能摆脱"舶来品"的尴尬身份，除了曹禺的《雷雨》和老舍的《茶馆》之外，百年来具有中国特色的话剧经典作品十分鲜见，而传统戏曲直到今天还拥趸甚众，这说明西洋话剧并未真正地完成它的中国化进程，它与中国戏曲文体传统之间还缺乏深入的艺术对接或创造性转化，这就导致了它与中国民众之间的艺术隔膜。与话剧相比，中国新诗在发展了近百年后，虽然其艺术身份的合法性依旧遭到质疑，比如百年来中国诗界不断发生着大大小小的新旧诗之争就是明证，但毫无疑问，百年中国新诗毕竟能够在现代中国诗坛占据主潮，旧体诗词也许可以与之分庭抗礼，但它究竟还是无法剥夺新诗的合法地位。这意味着百年来中国新诗在中西诗学融合或者创造性地转化中国古典诗歌传统的层面上还是取得了不菲的实绩，其中的经验和教训都值得后人认真汲取并反思。

百年中国新诗与古典诗歌传统渊源深厚。早在中国新诗草创和初建时期，闻一多就表达过对欧化的不满，他说："现在的一般新诗人——新是作时髦解的新——似乎有一种欧化底狂癖，他们的创造中国新诗底鹄的，原来就是要把新诗做成完全的西文诗。""我总以为新诗径直是'新'的，不但新于中国固有的诗，而且新于西方固有的诗；换言之，他不要做纯粹的本地诗，但还要保存本地的色彩，他不要做纯粹的外洋诗，但又要尽量地吸收外洋诗底长处；他要做中西艺术结婚后产生的宁馨儿。"由此闻一多提出"恢复我们对于旧文学底信仰，因为我们不能开天辟地（事实与理论上是万不可能的），我们只能够并且应当在旧的基础上建设新的房屋"①。显然，闻一多的新诗发展观是比较辩证的，是中国早期新诗发展阶段中很有代表性的传统创化观，既反对单纯移植的西化或欧化派，也反对一味守旧的本土派，而主张中西诗学交融或通过借鉴西方诗学来创造性地转化中国古代诗歌传统。应该说，在中国现代新诗史上，持有与闻一多相近的新诗发展观的诗人或诗论家不在少数，除了新月派诸君外，包括沈尹默、周作人、俞平伯、刘大白、废名、梁宗岱、叶公超、朱光潜、何其芳、卞之琳、林庚、朱英诞、吴兴华等不同流派的现代诗家都属于中国诗歌传统的创化派，甚至那些明确标举中国新诗走西洋化或散文化路径的诗家，如胡适、陈独秀、鲁迅、刘半农、郭沫若、冯至、戴望舒、胡风等人也在不同的历史时期或在实际的诗歌写作中或隐或显地表达过他们对中国古典诗歌传统的尊重和创化。正如有论者指出的那样，"中国现代新诗与古典诗歌传统的关系时隐时现，时而自觉，时而不自觉，时而是直接的历史继承，时而又是现实实践的间接契合"②。其实不止于此，如果回顾中国当代新诗史同样可以发现新诗与中国古代诗歌传统之间若显若隐、若即若离的艺术渊源。从革命政治抒情诗人郭小川、贺敬之到朦胧诗和后朦胧诗人食指、舒婷、顾城、海子、欧阳江河、王家新，再到晚年的唐湜、郑敏、牛汉、流沙河等老诗人，在他们的诗论和诗作中无不体现着中国当代新诗

---

① 闻一多：《〈女神〉之地方色彩》，见唐达晖整理：《闻一多全集》第二卷，湖北人民出版社2004年版，第118页。

② 李怡：《中国现代新诗与古典诗歌传统》，西南师范大学出版社1994年版，第11页。

转化古代诗歌传统的艺术印记。

在中国新诗发展的第一个三十年中，尽管其起点是以激进的反传统古典诗词的姿态出现的，比如胡适、陈独秀等人的文论中就充满了对明清诗坛复古派的激烈批判，但这一切还是掩盖不住中国新诗无论在发轫阶段还是发展时期都与中国古代诗歌传统之间藕断丝连的现实。首先，从言志与载道两种诗歌精神传统来看，中国新诗第一个三十年的主潮显然继承了中国古代诗歌的言志传统。也许有人会说现代新诗中一直有载道传统发生潜在影响，理由是包括胡适在内的早期新诗人以及后来的左翼诗人，还有抗战时期的七月派诗人和九叶派诗人，在他们的创作中都有宋诗式的"道统"观念在起潜在作用，其中隐含了中国文人源远流长的"复古明道"心理①。这里面其实存在着误解，因为左翼诗歌确有载道使命，且载集体之道或言公共之志，但就早期新诗人或现代大多数新诗流派而言，毕竟还是以个体化的抒情和说理为主，按照周作人的说法，依旧属于言志派范畴。胡适早年倡导文学改良"八事"，涉及"精神上之革命"者有三端，即"六曰，不做无病之呻吟。七曰，不模仿古人，语语须有个我在。八曰，须言之有物"②。而涉及"须言之有物"，胡适又说："吾所谓'物'，非古人所谓'文以载道'之说也。吾所谓'物'，约有二事：（一）情感……（二）思想……文学无此二物，便如无灵魂无脑筋之美人，虽有秾丽富厚之外观，抑亦末矣。"③显然，胡适明确反对"文以载道"传统，他强调文学创作中的个体意识和自我意志，无论情感抑或思想，只要立足于个体生活经验和生命体验基础之上，均属于言个体之志或载个体之道，这与周作人的文学观如出一辙。因此我们不能把言志传统狭隘地理解为单纯的抒情传统，且将说理拒之于言志之外，而应将言志理解为一种包孕情与理的生命主体精神的艺术表达。胡适作诗虽不拒绝说理，但他反对抽象地说理，即反对离情之理或离相之理。他说："诗须要用具体的做法，不可用抽象的说法。

----

① 李怡：《中国现代新诗与古典诗歌传统》，西南师范大学出版社1994年版，第93—96页。

② 胡适：《寄陈独秀》，《新青年》第2卷第2号，1916年10月1日。

③ 胡适：《文学改良刍议》，《新青年》第2卷第5号，1917年1月1日。

凡是好诗，都是具体的；越偏向具体的，越有诗意诗味。"①应该说，在现代白话新诗中虽然也有片面的抽象说理之作，但这并非主潮，真正的新诗主潮是个体化的抒情之作或融会情理的言志之作。早期白话新诗各流派都是如此，如新青年社和新潮社同仁的诗、小诗派诗人的诗、湖畔诗社诗人的诗，还有早期创造社诗人的诗，大都属于个体本位的言志之作。此后，无论是主张"理性节制情感"的新月派，还是苦心追寻"纯诗"理想的象征派和沉醉于"智慧诗"写作的现代派，抑或倡导"主观战斗精神"的七月派乃至标举"玄学"融入诗学的九叶派，这些诗人的现代诗都属于言志诗派的不同表现形态。这些不同流派的现代新诗或主情或主理，但都以现代生命个体价值为本位，它们既是中国新诗人广泛吸纳西洋近现代诗歌经验的艺术结晶，同时也是中国古代言志派诗歌传统的现代转化形态。

其次，从自由与格律两种诗体传统来看，中国新诗第一个三十年的主潮其实传承的是中国古代诗歌的自由传统。据胡适后来在《逼上梁山》中回忆文学革命起始时说："我认定了中国诗史上的趋势，由唐诗变到宋诗，无甚玄妙，只是作诗更近于作文！更近于说话。近世诗人欢喜做宋诗，其实他们不曾明白宋诗的长处在哪儿。宋朝的大诗人的绝大贡献，只在打破了六朝以来的声律的束缚，努力造成一种近于说话的诗体。我那时的主张颇受了读宋诗的影响，所以说'要须作诗如作文'，又反对'琢镂粉饰'的诗。"②胡适认为晚清宋诗派同光体诗人并不懂宋诗"以文为诗"的精髓，反而一味地做那种佶诎聱牙的古文化或文言化的宋诗，而不是古白话的宋诗，这是与宋诗反抗唐诗格律化的自由精神背道而驰的。其实宋诗的以文为诗包括两种路径：以文言文或古文为诗；以古白话或俗语为诗。后者较前者更能体现中国古典诗歌中的自由文体精神。胡适之所以从宋诗传

---

① 胡适：《谈新诗》，见欧阳哲生编：《胡适文集》第二卷，北京大学出版社1998年版，第145页。

② 胡适：《逼上梁山》，见姜义华主编：《胡适学术文集·新文学运动》，中华书局1993年版，第198页。北京大学出版社1998年版《胡适文集》第一卷第145页中同一段文字里作"我那时的主张颇受了读宋词的影响"，有误。此文原载《东方杂志》第31卷第1期，1934年1月1日。

统中吸纳新诗建设的资源，看重的正是宋诗在诗体上的自由传统。不仅如此，胡适还很看重宋词对新诗文体的建设意义，他在《谈新诗》中认为词的出现是中国诗歌史上第三次诗体的解放。以《诗经》的四言诗为起点，在词的出现之前还有两次诗体解放，分别是楚辞体或骚赋的出现——第一次诗体解放，以及五七言古体诗的出现——第二次诗体解放，而新诗的出现则是"第四次的诗体大解放"①。它"不拘格律，不拘平仄，不拘长短"，彻底颠覆了中国古典诗词的格律传统，进而将中国古代诗歌中的自由传统推向极致。尽管胡适在《谈新诗》里还是专门谈到了新诗的音节形式问题，但他也只能总结出"语气的自然节奏"和"用字的自然和谐"②这类松散而宽泛的艺术规范，毕竟现代新诗的主体就是自由诗！此后朱自清在《新诗杂话》、废名在《谈新诗》、艾青在《诗论》里都坚持从新诗的自由文体精神方面立论，而且都重点论析到了新诗散文化的问题，这与胡适所论新诗继承了宋诗以文为诗的自由诗体传统一脉相承。废名甚至干脆为新诗下了这样的断语："新诗要别于旧诗而能成立，一定要这个内容是诗的，其文字则要是散文的。"③然而，在民国新诗发展阶段中，尽管以胡适为代表的自由体诗学明显占据主导地位，但新格律体诗学也已顺势兴起，以闻一多为代表的前期新月派诗人率先要为新诗诗体立法，闻氏所标举的"三美说"④（音乐美、建筑美和绘画美）明确为格律体新诗张目，同时也为中国古典律诗辩护。此后朱光潜在《诗论》、王力在《现代诗律学》里进一步从事新诗格律体的系统化诗学建设，但都局限在学术领域中，而未能对现代新诗创作产生更大的影响。朱著虽有现代新诗发展作为参照，但主要建构的是中国古典诗歌的形式美学体系；王著仅第一章分析自由诗

① 胡适：《谈新诗》，见欧阳哲生编：《胡适文集》第二卷，北京大学出版社1998年版，第134—138页。

② 胡适：《谈新诗》，见欧阳哲生编：《胡适文集》第二卷，北京大学出版社1998年版，第141页。

③ 废名：《谈新诗》，商务印书馆2018年版，第275页。

④ 闻一多：《诗的格律》，见蓝棣之编：《闻一多诗全编》，浙江文艺出版社1995年版，第355页。

的形式美学，余下各章主要用来探讨中国现代诗人如冯至、卞之琳、戴望舒、梁宗岱等人的西式十四行体诗歌美学。王力最后指出："近二十年来，中国一部分的诗人确有趋重格律的倾向，而最方便的道路就是模仿西洋的格律。纯粹模仿也不是个办法；咱们应该吸收西洋诗律的优点，结合汉语的特点，建立咱们自己的新诗律。"[①]然而建构中国新诗格律学谈何容易，更何况民国时期的中国新诗主潮本身就是自由体而非新格律体，自由体传承着中国古代诗歌文体的自由传统，它在整体上抑制了中国古代诗歌格律传统的发扬。

再次，从文学的雅俗关系来看，中国新诗第一个三十年的主潮传承的是中国古代诗歌的高雅传统或文人诗歌传统，而非通俗传统或民间诗歌传统。正如前文所引普实克所言，五四以后的新文学发生虽然是以传统的文言旧文学为对立面，但新文学其实暗中主要传承了中国古典文学的文人文学或文言文学传统而不是民间通俗文学传统。这一点在民国时期的现代新诗领域里表现得十分明显。尽管早期白话新诗也曾写过人力车夫之类的平民生活来回应五四平民文学口号，但从总体上来看，民国新诗潮流无论是早期白话诗潮还是继起的新月派、象征派、现代派诗潮，抑或七月派、九叶派思潮，这些民国新诗史上最有成就的诗潮基本上都属于现代知识精英的高雅文学范畴。这些不同流派的民国新诗人虽然一致标举白话写作，但他们的诗歌语言其实主要并非平民大众的口头语，而是现代知识精英的书面化的白话，它在本质上既有别于传统文人的书面化的文言，也有别于现代平民大众的口语化的白话。瞿秋白当年曾把这种夹杂着文言残余和欧化语词文法的"五四式的白话"称作"非驴非马的'骡子话'"，甚至说这种现代白话是一种"新式文言"[②]，因为它和普罗大众的语言之间严重隔膜。因此在20世纪30年代的左翼文艺大众化运动中，革命文学理论家们纷纷主张革除这种"新式文言"传统，力主用普罗大众的大众语写作。

---

① 王力：《王力别集·现代诗律学》，中国人民大学出版社2004年版，第142页。
② 瞿秋白：《普洛大众文艺的现实问题》，《文学》第1卷第1期，1932年4月25日。

陈子展还明确区分了"文言——白话——大众语"①三者之间的界限，其实也就是传统文言——现代知识精英白话（"新式文言"）——民间底层大众口语三者之间的差异。但在民国年间的新诗界，民间通俗形态的大众口语诗歌终究未能取得主导地位，从早期新诗人刘半农到中国诗歌会的左翼新诗人，再到延安解放区的李季等人，虽然他们也一直在延续中国新诗的歌谣化传统，但这种大众口语化的歌谣体新诗实验的影响主要局限在少数人或者政治性和地域性的文学群体之内，始终未能撼动民国新诗的知识精英"新式文言"写作主潮。由于民国新诗主潮主要延续的是中国古代文人诗歌或文言诗歌传统，所以这一时期的新诗在意象的捕捉和意境的营造上主要体现出知识精英的陌生化写作取向，民国新诗精英们广泛地借鉴和吸纳欧美浪漫主义和现代主义诗歌的艺术资源，刻意雕琢和构筑中国古典诗歌传统中所匮乏的现代意象或意境，或者融汇中西诗歌意象和意境资源而使中国传统诗词意象和意境再现生机和新意，比如创造性地将西典与中典、古典与今典融入中国新诗意象和意境的建构中，由此使得民国新诗主潮在意象和意境上给人陌生新奇甚至怪诞奇崛的印象。在各种民国新诗浪潮中，各派苦吟式的诗人不在少数，他们作诗既取法于西方浪漫主义和现代主义的精英诗歌传统，也得益于中国古代文人或文言诗歌传统的滋养，特别是得益于以韩愈、李贺等为代表的中晚唐诗歌乃至由宋至清的宋诗派诗歌传统的滋养，这一流脉的文人诗歌或硬语盘空、或清苍孤峭、或生涩奥衍，追求诗歌语言和意象的陌生化，给民国新诗带来了潜在的艺术活力。当然，这也是中国新诗在第一个三十年中始终未能全面走向大众化的深层原因。

及至新中国成立以后，中国新诗开始步入它的第二个三十年，即20世纪50年代至70年代。这个三十年的新诗主潮与民国三十年的新诗主潮相比，无论是在诗歌语言、诗歌体式还是诗歌精神上都发生了显著的变化，从中我们可以发现两个三十年间中国新诗在创造性地转化中国古代诗歌传统的问题上存在着不同的艺术选择。首先，从文学的雅俗关系上看，与

①陈子展：《文言——白话——大众语》，《申报·自由谈》1934年6月18日。

民国三十年间新诗主潮主要发扬了中国古代诗歌的高雅传统或文人诗歌传统不同，新中国第一个三十年间的新诗主潮主要继承的是中国古代诗歌的通俗传统或民间诗歌传统。新中国成立后由于毛泽东的革命大众化文艺思想在全国范围内被确立为创作指南，包括中国新诗在内的全部文艺创作迅速地全面走向大众化和民族化，曾经在新中国成立前风行一时的知识精英诗歌写作浪潮，如七月派和九叶派诗歌潮流等很快陷入沉寂，或者被政治运动强行中断，或者因不合时宜而悄然解散，而作为革命大众化诗歌潮流重要表征的政治抒情诗和新民歌开始逐渐占据了新中国新诗主潮位置。新中国的主流诗人主动运用民间大众化的口语进行写作，而尽量刷洗五四式的新式文言腔调，他们以人民大众的语言作为"新诗的基本用语"，即使在"改造、锻炼和创造新语"时也自觉地"坚持以中国人民的习惯语法和朴素风格为基础"[①]。而少数民国精英诗人进入新中国后则因诗歌语言风格不够大众化和民族化受到批评，如1951年《文艺报》第3卷第8期就曾发表了两篇以《对卞之琳的诗〈天安门四重奏〉的商榷》为总题的文章。承伟等人在《我们首先要求看得懂》中指出："这首诗的主题是歌颂天安门歌颂新中国，但是整个诗篇所给予读者的，只是一些支离破碎的印象，以及一种迷离恍惚的感觉，这首先就表现在这首诗的语言方面。""这些诗行都是一些似通非通，似懂非懂的句子。""我们希望诗人们更好地去注意自己的诗的语言。"面对这种指责，卞之琳很快在《文艺报》上做了自我检讨，他表态说："我接受'首先看得懂'的要求。""我应该——而没有——加深我对读者负责的精神。""我又一次体会到了普及基础上提高的意义。"[②]卞之琳的新诗曾经受过晚唐五代乃至南宋诗词幽峭清空风格的熏染，又吸纳了西方后期象征主义诗歌的艺术营养，其诗歌语言风格的晦涩朦胧必然与新中国成立后新诗朴实通俗的民族大众化风格相违背，这不仅是卞之琳的艺术苦恼，而且也是冯至、艾青、何其芳、穆旦等民国精英诗人共同的艺术苦恼。而新中国的主流诗人李季、贺敬之、郭小

---

① 冯雪峰：《我对于新诗的意见》，见杨匡汉、刘福春编：《中国现代诗论（下编）》，花城出版社1986年版，第6页。

② 卞之琳：《关于〈天安门四重奏〉的检讨》，《文艺报》1951年第3卷第12期。

川、闻捷等人则顺应时代政治文化潮流，将苏联传入的革命政治抒情诗风与中国古代诗歌的民间通俗传统相结合，既继承古代文人的白话诗风，又借鉴通俗流畅的民间歌谣，从而形成了民族大众化的革命通俗诗歌潮流。

如果从自由与格律两种诗体传统来考察，与民国新诗主潮主要借鉴中国古代诗歌的自由传统不同，新中国第一个三十年间的新诗主潮主要传承的是中国古代诗歌的格律传统。革命领袖毛泽东在1958年曾明确提出中国新诗的出路在于学习民歌和古典诗词，二者"结婚"产生的"第三个东西"就是未来的新诗①。由此新中国诗坛在郭沫若和周扬等人的推动下掀起了轰轰烈烈的新民歌运动，直至"文革"时期依旧余韵不衰。一般说来，中国文人的古典格律诗体起源于民间大众的民歌或歌谣体，二者诗体同源，毛泽东之所以首先强调新诗向通俗的民歌学习，主要是为了祛除向古典诗词学习所可能带来的精英化或雅化的流弊，而实际上对二者的同步学习能够进一步强化新中国新诗的格律化趋势。毛泽东的这种诗学主张并非为他所独有，早在新中国成立之初就已经有很多诗人或诗论家开始纷纷主张新中国的新诗诗体建设应该走格律化道路了。冯雪峰、卞之琳、臧克家、林庚、何其芳、张光年、公木、郭沫若、朱光潜、王力等人纷纷撰文从不同的角度阐述自己的新格律化诗学主张，但他们之间也并非没有分歧，比如张光年就积极响应毛泽东的诗学号召，强调新诗首先要向民歌学习，走新民歌道路，为中国新诗回归民族本位和民间本位的本土格律化诗学辩护，因此他批评了何其芳和卞之琳的所谓新格律诗或"现代格律诗"主张，因为后两人的新格律化诗学对直接继承本民族的民歌体或古典诗词格律传统颇有微词，而强调要继承并发扬五四以来中国新诗的格律化传统，其实主要是对早期新月派的新格律诗传统的扬弃②。何其芳明确认为：五七言体与现代口语的矛盾很大，不赞成以它来作现代的格律诗体；民歌体虽然在节奏上属于五七言体的系统，但在字数上却常常突破了五七言，

---

① 中共中央党史和文献研究院编：《建国以来毛泽东文稿》第七册，中央文献出版社1993年版，第124页。

② 张光年：《在新事物面前——就新民歌和新诗问题和何其芳、卞之琳同志商榷》，《人民日报》1959年1月29日。

因此表现能力比严格的五七言体强一些，它可以作为格律诗的一种体裁；但民歌体每句的收尾基本上是三个字，仍和两个字的词最多的现代口语有些矛盾，因此在民歌体之外，还需要建立一种每行基本上以两个字收尾的新的格律诗①。卞之琳则将"以两字顿收尾占统治地位或者占优势地位"的诗歌的调子视为"说话式"，或旧说的"诵调"，而将"以三字顿收尾占统治地位或者占优势地位"的诗歌的调子视为"歌唱式"，或旧说的"吟调"②。二者都具有音乐性，他称前者为"口语格律体"，而后者为民歌体。和何其芳一样，卞之琳尽管也不绝对化地反对新诗走民歌化的格律道路，但他显然更倾向于跳出三字顿收尾的民歌体或五七言体的古典诗词格律，而另创以两字顿收尾为主的口语格律体，换句话说，新诗的格律化要走"说话式"的诵调路径，而不是重复古老的歌唱式吟调。此外还有林庚，其新诗格律化理论与何其芳、卞之琳如出一辙，他在新中国成立后陆续发表《新诗的"建行"问题》《九言诗的"五四体"》《五七言和它的三字尾》等诗论参与新中国新诗格律化问题的大讨论，他的经验是要"警惕'五字节奏音组'的三字尾"，"尽量只采用'三·二'而不采用其'二·三'的组合"，只有这样才能"尽量地口语化"，反之就难以避免新诗"无形中文言化的影响"③。可见林庚、卞之琳、何其芳等人与毛泽东等人的新诗格律化主张是不一致的，前者主张在新诗格律化传统上继续探索，后者主张复活民间歌谣体传统，但两者在致力于中国诗歌格律传统的创造性转化上有着共同的诗学诉求。不仅在诗歌理论界如此，在当时的新诗创作界里，以郭小川、贺敬之等为代表的主流诗人也都在致力于新诗格律化探索，他们大都实验过民歌体新诗，郭小川甚至还独创了将民歌与古典诗赋词曲相融合的"新辞赋体"诗歌④，甚至连"文革"地下诗歌先行者食指也写过新月派风味的

① 参见何其芳：《再谈诗歌形式问题》，《文学评论》1959 年第 2 期。

② 卞之琳：《哼唱型节奏（吟调）和说话型节奏（诵调）》，《作家通讯》1954 年第 9 期。

③ 林庚：《从自由诗到九言诗（代序）》，见《新诗格律与语言的诗化》，经济日报出版社 2000 年版，第 32—33 页。

④ 於可训：《新诗文体二十二讲》，武汉大学出版社 2012 年版，第 126 页。

新格律体。所以完全可以认为，新中国第一个三十年的新诗主潮传承了中国古代诗歌的格律化传统，而与民国年间的新诗自由体主潮区分开来。

如果从言志与载道两种诗歌精神传统来考察，我们将不难发现，与民国新诗主潮属于言志派文学范畴不同，新中国前三十年的新诗主潮属于典型的言集体之志或载公共之道的载道派文学形态。这与同时期的散文创作和小说创作的主流意识形态性质完全相同，前面已做过分析。虽然在当时的主流政治抒情诗人的笔下也曾出现过另类的诗篇，如郭小川的叙事诗集《雪与山谷》里就有个人精神探索性质的作品，但这并不是那个时代的新诗精神主流。同样，虽然在那个时代也曾出现过个人精神探索性质的地下诗歌潮流，如以食指、多多、芒克等人为代表的"白洋淀诗群"之类，但同样无法构成新中国前三十年间的主导诗歌精神。只有到了"文革"结束之后的新中国第二个三十年里，中国新诗主潮才重新回到了个体本位的言志传统的轨道上。在新时期之初的中国诗坛，归来派诗人与朦胧诗人最为引人注目，前者以劫后重生的牛汉、绿原、曾卓、郑敏、陈敬容、唐湜等七月派和九叶派诗人为代表，后者以北岛、舒婷、顾城、江河、杨炼等年轻一代诗人为旗手，共同将新中国新诗主潮由前三十年的集体化载道模式扭转到了第二个三十年的个体化言志模式，他们的诗歌创作中充满了人性人道主义的呼声和对生命异化问题的体验和反思，虽然有时也不免遗留有上一个三十年充当集体代言人的思维印痕，但毕竟主导诗歌精神的已然是生命个体本位的价值形态了。

从 1985 年左右开始，新时期中国新诗开始发生分流，以韩东、于坚、伊沙等人为代表的"民间写作"作为潜在的诗歌潮流开始崛起并蔓延，他们要反对的就是作为朦胧诗和后朦胧诗一脉精神延续的"知识分子写作"潮流，如海子、西川、多多、王家新、欧阳江河等人为代表的主流新诗潮。这种分流乃至对抗日趋激烈，到 20 世纪 90 年代末终于酿成了中国诗坛的一场大规模论战。其实论战的双方在个人化写作立场上是一致的，无论知识分子写作还是民间写作都属于个人化写作范畴，他们从不同角度发扬了中国诗歌的言志传统。比如欧阳江河就认为知识分子写作具有二重性："一方面，它把写作看作偏离终极事物和笼统的真理、返回具体的和相对的知识的过程，因为笼统的真理是以一种被置于中心话语地位的方式设想出来的；另一方面，它又保留对任何形式的真理的终生热爱。这是典型的知识分子诗歌写作。"① 这意味着知识分子诗歌写作追求的是个人化、具体化、相对化的真理，而拒绝那种集体化、抽象化、绝对化的真理，这种诗歌写作姿态既是解构性的，也是建构性的，它立足于诗人的个体生命体验和思索，而排斥抽象逻各斯式的外在真理植入。所以当"民间"诗人攻击"知识分子"诗人是"买办诗人"或"殖民诗人"的时候，王家新站出来为自己所属的群体辩护，他说陈东东经过欧洲超现实主义的洗礼后转向了"本地的抽象"，肖开愚从对奥哈拉的欢呼中沉潜下来写出了《向杜甫致敬》，翟永明从普拉斯崇拜中醒来，转向在本土文化经验和个人家族史中重构叙事，欧阳江河看上去在写西方经历，实则书写的中国诗人的异国经验，至于他自己也在不断以"回头看"的方式对深受西方影响的一代中国人的文化矛盾和危机进行沉痛的反讽性揭示②，凡此种种，无不表明知识分子诗歌写作具有中国性、本土性和个体性，而不是纯粹地贩卖西方知识共同体理论的"后殖民写作"。至于以于坚等人为代表的"民间写作"诗人，其实他们并非传统意义上的民间诗人，他们的诗更不是传统意义上的民间歌谣，在精神本质上他们与所谓知识分子诗人同源而异趣。相对而言，"知识分子写作"偏重现代主义诗歌传统，而"民间写作"偏重后现代主义诗歌传统，后现代主义就是现代主义的解构的再解构，它将解构进行到底，于是出现了"民间写作"的反崇高、反文化、反诗歌倾向。于坚甚至主张"拒绝隐喻"，他还"拒绝垂直性，拒绝价值，拒绝深度，拒绝获得深度的所谓'直觉''灵感''激情'等等。拒绝'自我'，拒绝'我们'。"但在拒绝的同时于坚又宣称"诗是为了让世界在语言的意义上重返真实（存在）的努力"③，其实在他所有的拒绝背后依旧隐含着重新发现或者书写

---

① 欧阳江河：《1989 年后国内诗歌写作：本土气质、中年特征与知识分子身份》，见《如此博学的饥饿：欧阳江河集 1983—2012》，作家出版社 2013 年版，第 292—293 页。

② 王家新：《从一场濛濛细雨开始（代序）》，见王家新、孙文波编选：《中国诗歌：九十年代备忘录》，人民文学出版社 2000 年版，第 5 页。

③ 于坚：《拒绝隐喻》，见《于坚集卷 5·拒绝隐喻》，云南人民出版社 2004 年版，第 132—133 页。

个体生命存在体验的精神诉求，这与他所反对的知识分子写作的精神旨趣并无二致，可见二者殊途同归，在言个体之志上一脉相承。其实"知识分子写作"中还应包括以翟永明、唐亚萍、伊蕾、海男等人为代表的"女性写作"，作为现代中国知识分子女性的个人化或私人性的生命经验书写，它无疑是对中国古代闺秀诗词的精神超越。而"民间写作"在新世纪滋生出"下半身写作"末流，以身体沉沦来表现精神超越，多少已经变味乃至变调。好在从"民间写作"中派生的"底层写作"或"草根写作"势不可挡，以郑小琼为代表的"打工诗人"的崛起给新世纪诗坛带来了被压抑的底层声音。

再回到文学的雅俗关系角度，我们将发现，与新中国第一个三十年新诗主潮转向民间通俗诗歌传统不同的是，新中国第二个三十年的新诗主潮又回归到了民国三十年间的知识精英高雅诗歌传统。新时期的中国新诗人群体，无论是晚年的七月派和九叶派诗人，还是新崛起的朦胧诗人或后朦胧诗人，一直到所谓的"知识分子写作"诗人，他们纷纷抛弃了此前三十年间流行的大众化诗歌语言和政治化抒情模式，重新接续上了民国新诗主潮的知识精英语言（"新文言"）和意象化抒情模式。这也就是朦胧诗初兴时期遭到"古怪""晦涩""朦胧""看不懂"等讥评的主要原因。由此还引来了谢冕、孙绍振、徐敬亚的"三个崛起"论为其辩护[1]。根据老诗人郑敏的总结，革命年代的新诗语言是一种高度透明的语言，而且严重地被意识形态所制服化，而变革后的新诗语言则追求凝练、含蓄、模糊和暗喻，高度个人化[2]。换言之，前三十年的新诗语言是公共化和透明化的，后三十年的新诗语言转向个人化和隐喻化。前一种诗歌适合通俗大众传播和革命政治传播，后一种诗歌属于知识精英小众化范畴，适宜个人化的文人诗歌沙龙活动。徐敬亚在谈到朦胧诗群的崛起时指出："在艺术主张、

---

① 参见谢冕：《在新的崛起面前》，《光明日报》1980 年 5 月 7 日；孙绍振：《新的美学原则在崛起》，《诗刊》1981 年 3 月号；徐敬亚：《崛起的诗群》，《当代文艺思潮》1983 年第 1 期。

② 郑敏：《世纪末的回顾：汉语语言变革与中国新诗创作》，《文学评论》1993 年第 3 期。

表现手法上，新倾向主张写自我、强调心理；手法上反铺陈、重暗示，具备较强的现代主义文学特色。"① 应该说这种重暗示、重隐喻、重意象、反透明的现代主义精英诗风在新时期诗坛十分具有代表性，从朦胧诗到"知识分子写作"几乎一以贯之。一路走过来的王家新借用女诗人翟永明的话说，所谓知识分子写作就是"献给无限的少数人"，他特别强调这种精英化写作是一种"互文性写作"，它超越了日常生活经验，必然与中外文学文化传统相指涉，因此他高度推崇"读书破万卷、下笔如有神"的杜甫，反对所谓的"天才""巨星""原创力"②。与王家新的书卷式精英写作理念相映成趣的是欧阳江河的"中年写作"理念。他说："中年写作的迷人之处在于，我们只写已经写过的东西，正如我们所爱的是已经爱过的：直到它们最终变成我们从未爱过的、从未写下的。我们可以把一首诗写得好象没有人在写，中年的写作是缺席写作。我们还可以把一首诗写得好象是别的人在写，中年的写作使我们发现了另一个人、另一种说话方式。"于是在欧阳江河眼里就有了两个西川、两个万夏、两个翟永明，也有两个欧阳江河；而且柏桦、钟鸣和陈东东在他眼中也都是双重性的人③。这就是中年写作的深邃与厚度，它比青春写作更加瘦硬与荒寒。

　　而在"民间写作"的诗歌旗手于坚看来，从朦胧诗到"知识分子写作"其实都是延续的中国当代"普通话诗歌"传统。这种"普通话把汉语的某一部分变硬了，而汉语的柔软的一面却通过口语得以保持"，所以于坚提倡以柔软的"口语写作"来与坚硬的"普通话写作"对抗④。于坚不仅认为革命年代的政治抒情诗人属于"普通话写作"体系，而且他还指责朦胧诗人以至"知识分子写作"诗人都未摆脱"普通话写作"模式，

---

① 徐敬亚：《崛起的诗群》，《当代文艺思潮》1983年第1期。

② 王家新：《知识分子写作，或曰"献给无限的少数人"》，见王家新、孙文波编选：《中国诗歌：九十年代备忘录》，人民文学出版社2000年版，第162—163页。

③ 欧阳江河：《1989年后国内诗歌写作：本土气质、中年特征与知识分子身份》，《如此博学的饥饿：欧阳江河集 1983—2012》，作家出版社2013年版，第297—299页。

④ 于坚：《诗歌之舌的硬与软》，见《于坚集卷5·拒绝隐喻》，云南人民出版社2004年版，第137页。

因为这不同代际的诗人在诗歌意象、象征体系和抒情结构上却存在着雷同和相似性。而且这种"普通话写作"的诗歌大都受到欧化的译文的影响，大体而言，革命诗人明显受到苏俄翻译诗歌的影响，而朦胧诗人以降则普遍受到晚期苏联和欧美诗歌译文的影响。他还进一步指责以西川为代表的"普通话高度发达的首都诗人"拒绝口语化，而是固执于"由书面语到书面语继而转向翻译语体"。正是在这个意义上，于坚强调朦胧诗的"普通话诗歌"性质，以此否定这场"诗歌美学的现代革命"性质，因为"这场美学革命所暗接的却是古代贵族文学的写作传统"。由此他在整体上认为"普通话诗歌""趋向形而上脱离具体时空的语式，暗接的乃是中国文学中贵族化的'小品抒情诗'传统，并把这一传统意识形态化了"。应该说，于坚指责朦胧诗乃至"知识分子写作"诗人写作上的贵族化和文人化倾向是有道理的，因为新中国第二个三十年的新诗主潮确实存在着知识精英的雅化和书面化倾向，但于坚将"普通话写作"与"口语写作"二元对立起来确实存在着偏颇，而且也抹杀了朦胧诗以至"知识分子写作"与革命年代的政治抒情诗写作之间的艺术界限。事实上，革命年代的"普通话写作"并非贵族化而是大众化，而改革年代的"口语写作"也并非真正的大众化而是另一种意义上的精英化或小众化。于坚明确表示他继承的是胡适在五四时期所倡导的白话诗传统，他对胡适肯定过"吴语文学的传统"十分欣赏，这激发了他的口语诗和方言诗的激进写作理念。他反对北方首都诗人的"公开话本"写作，而肯定南方外省诗人的"私人话本"写作，因为前者是坚硬的、抒情的、隐喻的"普通话写作"，而后者是柔软的、反抒情的、非意识形态的、拒绝隐喻的"口语写作"或"方言写作"。不仅如此，他还认为"口语写作""也复苏了与宋词、明清小说中那种以表现饮食男女的常规生活为乐事的肉感语言的联系"，也就是重建了中国诗歌语言与母语的深层血肉联系①。如此看来，提倡"口语写作"和"民间写作"的于坚其实一直在清醒地、有选择地继承着中国古代白话文学传统和早期五四白话诗歌传统，他并未真正地传承中国古代民间通俗诗歌传

① 于坚：《诗歌之舌的硬与软》，见《于坚集卷 5·拒绝隐喻》，云南人民出版社 2004 年版，第 138—148 页。

统，他传承的只不过是中国文人诗歌传统中相对另类或边缘的白话传统，而不是文言传统或者"新文言"传统，后者正是朦胧诗或"知识分子写作"诗人所暗中接续的中国正统文人诗歌传统。不仅于坚如此，几乎所有倡导"民间写作"或"口语写作"的诗人如韩东、朱文、伊沙等人都是如此，他们坚定不移地延续和捍卫着中国文人诗歌中的白话传统，他们的诗歌在语言表层上是白话的、口语化的，但在语言的深层却具有解构性和多义性的先锋品质，因此要阅读和理解这一脉的当代白话诗或口语诗并不容易，如果没有对西方现象学、存在主义、结构主义、解构主义或后现代主义的深入了解，其实是很难进入这些口语诗文本的，这再一次证明了民间口语诗写作的知识精英本质，它与中国新诗史上的歌谣体或民歌体诗歌写作的通俗大众本质是暗相反对的。但新世纪以来，民间口语诗写作也出现了泛滥化趋势，所谓"梨花体""羊羔体""废话体"诗风的流行，正折射了民间口语诗沦落为网络口水诗的危机。口语诗与口水诗的最大区别其实在于前者属于中国文人诗歌或精英诗歌范畴，而后者则是对前者的异化，它与中国古代的打油诗传统有关，但又带有我们这个新媒体时代特有的草根性、狂欢性和戏谑性。

最后，如果从自由与格律两种诗体传统来考察新时期三十年的中国新诗，一个显而易见的事实是，这个三十年里已经很少见到新诗人探讨新诗格律化问题了。虽然在民国三十年间自由诗体占据主导地位，但那个时代的新格律体诗歌也占有一席之地，而到了新中国第一个三十年间，新格律体（含民歌体）已经跃居中国新诗的诗体主位，而纯粹的自由体悄然边缘化，就连大诗人艾青在新中国成立初也曾在新诗格律化浪潮下遭遇尴尬，他不得不站出来为自由体新诗和新诗散文化辩护①，但这依旧难以抵挡当时新诗格律化全面推进的步伐。而到了新中国第二个三十年里，新格律诗体的命运陡转直下，自由诗体重新回到了新诗的主导地位，这次轮到老诗人卞之琳为新格律体焦虑了，虽然他只是呼吁在保持自由体主位的同时也

---

① 参见艾青：《诗的形式问题——反对诗的形式主义倾向》，《人民文学》1954 年 3 月号。

能"恰如其分地"让新格律体与之共存①，但就连这点要求也几乎成了奢望。而朦胧诗的鼓吹者徐敬亚则总结道："在几十年的新诗史上，一直存在着自由化与格律化的斗争与竞争，完全开放式的新诗形态从郭沫若起就表示出了自由抒发的优势。解放后，由于我们强调了学习民歌，由民歌的传统节奏、韵律带来的四行一节的形式越来越泛滥（包括一些变体，如二、三、五、六行一节），造就了千百首四平八稳诗，在一定程度上对诗形成了一种束缚。新的创作倾向对此作了相当猛烈的冲击，基本冲开了一个大缺口，现代人的情感流动起来了，出现了一批不拘格式，不讲严谨排列的新型诗。"又说："传统的诗的韵律正在被打破。三十年代艾青等人单枪匹马做的事，今天已随处可见。戴望舒说过的，诗的韵律不在字上，而在情绪和诗情上，今天才有了更广泛的实践。"②徐敬亚所归纳和描述的这种新诗诗体自由化和散文化的倾向不仅适合于当时的朦胧诗创作实情，即使对于朦胧诗之后的整个中国新诗创作实践而言也是大体适用的，自由体确实已经占据了中国新诗的主体位置。王家新甚至还从事一种介于诗与散文之间的新诗文体实验，他称之为"诗片断系列"，如《词语》《游动悬崖》等。但不容回避的是，新时期中国新诗三十年的自由体主潮中也隐含着诗体危机，过度的散文化和口水化导致中国新诗越来越不像诗而走向了"反诗"，由此中国新诗越来越边缘化，越来越远离了中国读者的诗歌需求，这大约也是新时期以来伴随着新诗的喧嚣与沉寂，旧体诗词越来越受到中国读者关注和欢迎的重要原因。旧体诗词在新世纪之交中国诗坛的强势崛起，已经并将继续预示着中国新诗的发展必须走对中国诗歌传统乃至整个中国文学传统的创造性转化之路，一味地模仿西洋的欧化诗或翻译体是不会有好前途的。

---

① 卞之琳：《今日新诗面临的艺术问题》，《诗探索》1981年第3期。
② 徐敬亚：《崛起的诗群》，《当代文艺思潮》1983年第1期。

新时代中国文学传统的复兴小议

一、复兴论：重构中国形象的文学新范式

文学与中国的关系，牵涉到现在世界范围内流行的国家形象学。在全球化时代，一个国家的形象建基于经济硬实力，更关乎文化软实力。通常我们认为，一个国家形象的建构与重构，是一种社会政治实践活动，但不能忽视的是，它其实还是一种话语行动，或者说是符号的编码与解码、传播与接受活动。显然，在众多的话语或符号形式中，文学正是一种能够充分发挥其国家形象建构功能的文字符号审美系统。事实上，我们对世界上许多国家的形象定式的形成，经常离不开我们对特定国家的文学经典作品的解读与阐释，所以文学经典往往是建构一个国家形象的重要载体。但我们在今天讨论文学与中国的关系，不仅仅关涉到中国古代文学经典的传播与接受问题，更重要的是还牵涉近百年来现代中国文学如何通过创制我们时代的文学经典来重构我们的国家形象。

回眸近百年的中国新文学发展历程，我们在建构"文学中国"形象的过程中有过成功的经验，但也存在着无法回避的缺憾。众所周知，由于中国是一个后发性的现代化国家，所以我们的现代民族国家观念是在西方列强的强势入侵下被动发生的，我们被迫采用新型的世界观念取代了原有的天下观念，用现代民族国家观念取代了原有的家国或王朝观念，由此展开了由传统中国向现代中国的形象转变。近现代的历史风雨告诉我们，这个现代化的国家形象转型进程并非一帆风顺，更不是一蹴而就，而是掺杂着种种曲折的蜕变、激进的冒险与自我的迷失。这主要是因为我们没有很妥善地处理好两种关系：一个是主体性与他者性的关系，再一个是同一性与

差异性的关系。就前者而言，我们在竭力认同西方现代民族国家形象时，不由自主地丧失了我们民族的文化主体性，不经意间沦落为西方国家文化规训的他者。就后者而言，有时候我们过于强调我们民族国家作为文化共同体的同一性，由此压抑乃至放逐了民族国家内部生命个体的差异性，而另一些时候，我们又过于强调我们民族国家内部的生命个体差异性，由此导致文学的碎片化与欲望化，这虽然有利于破除或拆解既有的落后的文学国家形象定式，但终究无法重构我们作为现代民族国家形象的同一性与整体性。

迄今为止，在现代中国文学史上主要出现过三种建构中国形象的文学范式，它们分别受制于三种现代中国文学话语体系，由此呈现出三种不同的建构理念与思维方式。首先是启蒙文学范式，作为中国现代启蒙话语体系的产物，它长期以来一直在支配着中国作家笔下的中国形象建构，不仅影响深远而且拥趸甚众。这种文学范式主张以西方视界审视中国，此时的中国成为被审视的客体，沦为西方眼中的他者形象，期待着强势的现代西方话语的拯救与重构，而原本应该是他者的西方则一举在中国的现代化浪潮中僭越为高高在上的话语主体，它主宰着传统中国向现代中国的形象转型逻辑与方式，于是现代性崇拜逐渐深入中国人心，并以民族集体无意识的形式成为现代中国人心目中神话般的存在。毫无疑问，这种启蒙文学范式在现代中国文学史上已经并将继续发挥着重要作用，无论是五四启蒙文学运动还是新时期以来的新启蒙文学思潮，都扮演着借助西方话语权柄消解或重估中国既有的主流权力话语的角色，对于现代中国的思想启蒙产生过巨大的历史推动力，也为提升或重构中国的现代或当代形象做出了巨大贡献。但毋庸讳言，中国的启蒙文学范式中隐含着一种与生俱来的话语权力等级结构，西主中客或西上中下的思维定式决定了现代中国启蒙作家的价值立场，他们在颠覆近代洋务派中体西用思维定式之后，走向了西体中用的另一极端，甚至是滑入了全盘西化的陷阱。中国新文学的启蒙先驱者鲁迅和胡适等人都未能幸免。自从 20 世纪 90 年代后殖民主义理论在中国风行以来，包括著名作家冯骥才在内的诸多当代中国知识分子开始对以鲁迅和胡适为代表的现代中国启蒙文学话语体系加以理性的反思和清算，虽然其中有些言论有过激之嫌，被认为亵渎了五四启蒙先驱的神圣性，抹杀了他们不应被抹杀的历史功绩，犯了反历史主义的错误，但不能不承认，这种对五四启蒙文学话语范式的反思和清算是历史的必然趋势，在新的历史时期我们需要新的话语逻辑与言说方式。值得指出的是，现代中国启蒙文学范式不仅未能解决中国形象建构中的主体性与他者性问题，而且遮蔽了同一性与差异性问题。现代中国启蒙作家过于注重中国走向世界和融入西方的同一性，而在很大程度上忽视了中国特殊的民族性，后者的个性和差异性被无原则地消融到了前者之中，这就是现代中国启蒙文学胜利的代价。

作为中国现代革命话语体系的产物，革命文学范式在新中国形象建构中发挥着巨大功能。中国现代革命话语起源于五四时期中国早期共产党人对马列主义思想的译介与传播，但在毛泽东等老一辈革命家的倡导和践行下，原本来自西方的现代革命话语走上了马克思主义的中国化进程，最终在中国生根发芽并且枝繁叶茂。与之相匹配的是，现代中国革命文学范式也经历了一个逐步中国化和本土化的文学史进程，从左翼文学到延安解放区文学再到"十七年"文学，现代中国革命文学一直在探寻着属于中国自己的革命文学道路。以土改和合作化小说、革命历史小说、政治抒情诗和革命样板戏为代表的红色中国文学形态各自以其独特的文学体式参与到新中国形象的审美建构之中，翻身解放的工农兵形象一跃成为新中国文学形象的主体，曾经自诩精英的知识分子形象在革命文学话语体系中沦为被改造和规训的对象。这是革命文学范式对启蒙文学范式的历史反拨，也是革命文学范式对启蒙文学范式中隐含的话语等级结构的颠覆，即颠覆了现代中国知识精英的文化启蒙霸权，拆解了那种流行一时的西上中下、西主中客、西体中用乃至全盘西化的现代启蒙话语逻辑与思维定式。于是我们看到，在毛泽东时代里，当代中国文学开始走上了一条民族化与大众化的道路，通过对中国传统文学样式的学习与改造，革命中国的文学呈现出不同于启蒙中国的另一种文学形态，这就是毛泽东所说的中国作风与中国气派。在这种革命中国形象的文学话语建构中，中国作家不再以西方视界审视中国，不再把中国当作西方的客体，而是以中国为话语主体审视西方和整个世界。正是在这个意义上，当年的红色文学经典作品具有不可替代的文学史功能，它向我们展示了新中国文学建构新中国形象的另一种努力。

毋庸讳言，这种革命中国的形象建构进程中曾经发生过某些激进的偏差乃至失误，这直接导致了 20 世纪 80 年代新启蒙文学的兴起、对激进革命文学话语的清算与反思。但必须正视的是，随着 90 年代市场经济转型以来所导致的诸多社会公平与正义问题的出现，新左翼文学或后革命文学再度回潮，以底层文学的兴起为标志，宣告了新左翼文学与新启蒙文学一样，依然具有强大的中国形塑力量。然而，现代中国革命作家的左翼文学或者新左翼文学，在新中国形象的主体性与同一性建构中，很容易陷入民族国家本位主义，总是或显或隐地忽视了与西方的平等对话机制，在破解西方中心主义圈套的同时，不经意间走向民族自我中心，而缺乏中西对话主体间性的民族国家想象无疑是需要警惕的。

只有在阐明革命论和启蒙论这两种建构中国形象的文学范式的基础上，我们才能在比较中鉴别复兴论作为一种建构中国形象的文学新范式的特点和价值。其实，现代中国复兴话语的起源由来已久，早在近代民族危机日渐加深加剧之际，中国近代知识分子便开始想象着中华民族实现伟大复兴的愿景。资产阶级维新派旗手梁启超在《少年中国说》和《新中国未来记》中所想象的新中国，就是一种古老的中华民族在不割断传统的基础上借助西方外力而复兴的现代中国形象。及至五四时期，中国早期共产党人李大钊在《青春》中呼唤的"青春中国"与梁启超的"少年中国"一脉相承，都是期待传统中国蜕变为现代中国，仿佛生命返老还童或者病夫经妙手而回春。至于五四新文学主将郭沫若的《凤凰涅槃》更是一则古老中国死而复生的诗歌预言，其中同样隐含着中华民族复兴与重建的理念与逻辑。这种坚守中华民族国家本位的现代复兴话语与那种以西方现代民族国家为认同中心的中国启蒙话语之间的差异是根本性的，前者主张借鉴西方但不丧失民族主体性和同一性，后者在认同西方的过程中往往沦为西方的他者与客体，逐渐失去了中华民族自身的本源与特色。新中国成立以后，革命领袖毛泽东主张在百废待兴的历史语境中自力更生、艰苦奋斗，不断重塑世界范围内独立自主的新中国新形象。但同时期的新中国文学中所建构的新中国形象因为缺少了西方外力资源的借镜而显得孤独而倔强，中华民族虽然站起来了但并没有实现真正意义上的民族重生与复兴。及至新时期以来，新一代的中国领导人尤其是习近平总书记在新的世界语境中进一步把中华民族伟大复兴的历史进程推向了新的历史高度。他明确提出当代中国文学的发展要与中华民族的复兴同步，这意味着实现中华民族伟大复兴的同时我们也要实现中国文学的伟大复兴，要对中国文学传统进行创造性转化与创新性发展，要发扬中华民族优秀的传统文化，要借鉴世界各民族国家的优秀文化资源，坚持古为今用和洋为中用，如此才能开创出有别于现代中国启蒙文学和革命文学的第三种新型的中国文学形态。同理，我们才能用第三种建基于复兴论的中国文学话语体系重构我们民族国家新形象。

回望新时期之初的中国文学，在拨乱反正和改革开放的新历史语境中，文学中国形象也开始一反此前激进的革命姿态而发生转型。最初呈现在读者面前的是"伤痕中国""反思中国"和"改革中国""先锋中国"形象，它们标志着当代启蒙中国形象谱系的重建或重塑。与此同时，另一种中国文学复兴思潮开始崛起，这就是"寻根文学"的出现，由此开启了"复兴中国"的文学形象帷幕。但在众多的"寻根文学"作家及其作品中，借助西方文化力量批判性地审视中国本土文化劣根性的作品依然占据多数，这类"寻根"作品中依旧延续着启蒙中国形塑的五四路径，唯有阿城的《棋王》、莫言的《红高粱》、陈忠实的《白鹿原》等少数"寻根"作品在致力于挖掘中华民族的本土文化传统力量，包括精英文化大传统和民间文化小传统的力量，在此基础上展开现代与传统、中国与西方的文化对话，由此呈现出一个别样的中国形象来。《棋王》让中外读者看到了一个以道家为核心的中国传统文化形象的复活，王一生外柔内刚的文化性格彰显了一个有别于西方世界的现代中国民族国家形象在乱世中的重建。《红高粱》让中外读者看到了中国民间本土野性文化力量的现代崛起，这部作品是关于中国复兴或民族复活的历史文化寓言，不能简单地视为向西方兜售中国落后文化的后殖民主义文本。至于《白鹿原》，它以"寻根文学"集大成的千钧笔力，更是向世人直接昭示了中华民族文化传统不死的现代神话。不管政治历史风云如何变幻，也不管欧风美雨如何展开文化侵袭，中华民族必将在历史和文化的阵痛中复活乃至复兴复壮，而一切的牺牲都成了痛苦的代价。如果说鹿子霖最后的疯癫隐喻了中华民族本土儒家功利主义文化的崩溃，那么白嘉轩宁折不弯的脊梁骨则象征着我们民族儒家文化传统中精英德性人格的巨大力量。《白鹿原》的结局固然是苍凉而反讽的，但并不能掩盖作者骨子里的民族文化自信，这当然不是简单的盲目的文化自大，而是建立在自由思想和独立人格基础上的民族文化自信或曰自性的重建。

自性是自信的源泉，无自性即无自我，也就谈不上自信。正如陈忠实先生生前接受我的访谈时所说，他相信中华民族传统文化绝不是一个"豆腐渣"工程①。我们民族之所以能绵延数千年而文化不亡，就是因为中华民族传统文化系统中包含着优秀的文化因子或精华。历朝历代，凡是政权更迭或者民族危难之时，总是有那么一些超拔卓群的豪杰之士站出来担当推动民族历史前行的重任。近代鸦片战争以来，无数的仁人志士像普罗米修斯一样从西方文化中盗火，他们希望用西方火种来重新点燃我们民族复兴的理想之灯。即使是鲁迅先生这样经常在批判中华民族传统文化时不遗余力的五四先驱，也曾在 20 世纪 30 年代一片亡国论的绝望情绪中希望能重建我们民族的自信力。他说："我们从古以来，就有埋头苦干的人，有拼命硬干的人，有为民请命的人，有舍身求法的人，……虽是等于为帝王将相作家谱的所谓'正史'，也往往掩不住他们的光耀，这就是中国的脊梁。"② 可见鲁迅先生并没有失去民族的自信力，他一辈子要批判的是"他信力"和"自欺力"。"他信力"就是信他者或者他者性，把民族的未来简单地寄托在外来力量的身上而忽视了激发民族自身的潜能，这就是丧失了主体性的后果。"自欺力"就是陶醉在民族自身的文化幻觉中而不知道反思和自我批判，由此简单地拒绝援引西方外在文化资源而犯下文化保守主义的错误，这样的民族主体性是虚幻或虚构的主体性，骨子里是自欺欺人。唯有破除"他信力"和"自欺力"，才能在吸收人类世界一切优秀文化成果的基础上重建我们民族的"自信力"。在当下全球化的时代里，真正的"自信力"必须建立在"公信力"的基础上，而"公信力"就是人

---

① 李遇春：《在自我反省中寻求艺术突破——陈忠实访谈录》，见《西部作家精神档案》，商务印书馆 2012 年版，第 163 页。

② 鲁迅：《中国人失掉自信力了吗》，见《鲁迅全集》第六卷，人民文学出版社1981 年版，第 118 页。

类思想文化的精华。我们需要在文化公信力的基础上对中华民族传统文化进行重估，然后开展创造性转化或现代转换，把那些优秀的民族文化因子转换到新中国民族国家形象的重构中。比如贾平凹的《带灯》和刘醒龙的《蟠虺》，这两部新世纪长篇小说力作虽然谈不上是"寻根文学"作品，但两位作家在致力于寻找和发掘当代中国社会现实生活中的民族文化力量上却显示了惊人的一致。贾平凹笔下的乡村女干部带灯和刘醒龙笔下的知识精英曾本之，他们的"青铜人格"和"带灯人格"中均折射了中国传统文人的风骨。这就是当代中国文学中复兴中国或中国复兴的艺术标本。这两部作品不仅在文化取向上向中华民族的优秀传统文化致敬，而且在语言形式和文体风格上均散发出浓郁的中国风味。俗话说画鬼容易画人难，当前我们并不缺乏那种将中国人妖魔化或丑陋化的作品，而是缺乏那种在批判中重建的作品，各种苦难大展览和黑镜头集锦并不鲜见，各种人性恶的表演和极端的暴力叙事也随处可见，而我们需要的是在中西文化平等对话中重铸我们民族的灵魂或重镀我们民族的自我。那种单向度的西式批判所导致的文学中单向度的中国人形象谱系需要理性清算，其历史功绩虽然不能简单地否定，但毕竟到了新的文学中国形象学话语转型的时候了。

　　但通往光明前途的道路也许充满了曲折，我们在展望中国文学复兴与重构中国形象的同时也必须保持足够的历史清醒。建立在中国复兴论基础上的新中国形象建构工程必须吸收启蒙论与革命论的历史经验和教训，要妥善处理好主体性与他者性、同一性与差异性的辩证关系。我们要坚持中西主体间性立场，要时刻保持中西文化与文学的对话性。我们不能因为要固守或确保中华民族国家本位立场而忽视或者中断了与世界文明和世界文学的对话，我们也不能为了拆解长期盛行的中西话语权力等级结构而退回狭隘的文化民族保守主义立场。无论以西方中心主义把中国异化成他者或客体，还是以中华文化民族保守主义把西方想象成他者或客体，都违背了中西主体间性哲学基础，都不利于重构新中国形象。只有中西彼此互为主体、平等交流，才能辩证地重构全球化时代的中国新形象。没有他者的主体性是虚妄的主体性，没有差异性的同一性是伪造的同一性，哲学上是如此，文学上亦然。让我们一起期待中华民族文学的伟大复兴！

二、激活中国文艺传统　建设中华民族现代文明

在建设中华民族现代文明的历史进程中，中国文艺是不可或缺的重要文化力量。作为中华文化土壤中培植和生长出来的精神花朵，中国文艺具有与生俱来的文化传承优势。这不仅体现在中国文艺长期以来以其深刻的中华民族文化意蕴而丰富了中华民族的精神生活，还因为中国文艺素来以其中华美学精神和民族艺术形式广受人民群众的欢迎，乃至于中国文艺对于中华文明的形塑已经深入到了中国民众日常生活的外在形态和内在机理中，如盐入水，融化于无形。这就是中国文艺在建设中华文明中的巨大力量的特殊表现。在当下全国各界广泛学习习近平总书记《在文化传承发展座谈会上的讲话》之际，我们需要重新审视中国当代文艺发展对于新时代建设中华民族现代文明的重要意义和基本路径。

进入新时代以来，习近平总书记高度重视中国文艺的建设与发展，多次对中国文艺家的文艺创作发表重要讲话。因为在总书记的心目中，中国文艺事业始终是建设新时代社会主义文化强国的重要组成部分，始终是推进中国式现代化以实现中华民族伟大复兴的强大精神力量，始终是传承中华优秀传统文化以建设中华民族现代文明的鲜活文化现场。事实上，在中国共产党的光辉历程中，以毛泽东、周恩来、邓小平为代表的老一辈无产阶级革命家始终注重在中国革命、建设与改革进程中大力发挥中国文艺的引领作用，而以习近平同志为核心的新一代中央领导集体更是在新时代极大地发扬了我们党一贯重视文艺的光荣传统，进一步彰显了新时代中国文艺发展的民族伟力，深度拓展了新时代中国文艺在建设中华民族现代文明中的话语空间。在总书记看来，新时代中国文艺的建设与发展必须坚持以人民为中心的创作导向，必须坚持守正创新的原则对中华优秀传统文化进行创造性转化与创新性发展，必须在与中国具体国情相结合的基础上实现马克思主义与中华优秀传统文化的"第二个结合"，由此才能广泛而深入地激活中国本土优秀文艺传统，全面促进具有中国作风和中国力量的文艺大发展与大繁荣，为中华民族现代文明建设添砖加瓦。诚然，传统在古代，但传承在当下，新时代文艺家必须致力于在当前新时代背景下全方位地激

活中国古代优秀文艺传统，因为正如中华文化传统具有连续性一样，中国文艺传统也有自身的连续性。我们的文艺家不能简单地割裂传统，人为地制造中国文艺传统的断裂，而应该从"守正不守旧，尊古不复古"的文化立场和文艺态度出发，创造出具有高度人民性的文艺作品，积极融入新时代中华民族现代文明建设的历史进程，勇敢地肩负起新时代中国文艺家的文化使命。

正如总书记所指出："中华优秀传统文化有很多重要元素"，"共同塑造出中华文明的突出特性。"① 这首先就表现为中华文明具有突出的"连续性"，它不仅从根本上决定了中华民族必须走自己的文化道路，而且决定了中国文艺必须走自己的艺术道路。我们必须坚定文化自信和文艺自信，要在新时代文艺创作中自觉地彰显中华文化传统和中国文艺传统的连续性，反对那种割裂我们民族文化传统和文艺传统的创作倾向。与中华文化传统一样，中国文艺传统不仅源远流长，而且百花齐放，在历史上诞生了无数的中国文艺经典作品。但曾几何时，我们的唐诗宋词沦为了"旧体诗词"，我们的戏曲沦为了"旧剧"，我们的话本和章回小说沦为了"旧小说"，还有我们的古文骈文更是沦为了"谬种""妖孽"。毫无疑问，在中华民族文明进行深度现代转型的一百多年前，我们的五四先贤将中华固有之文艺传统以一个"旧"字以蔽之有其历史的必要性，但那种彻底告别民族文艺传统的激进话语姿态所产生的历史流弊毕竟是客观存在的事实，值得一百年后的我们警醒并反思。诚然，中国文艺传统中存在糟粕与垃圾，但我们不能形而上学地把婴儿和洗澡水一起倒掉，我们必须看到中国文艺传统中的精华和血脉，这才是我们建设中华民族现代文明和现代文艺的精神根底。今天谁也无法否认，在中国现当代文艺发展史上，那些曾经以"旧"的名义被打倒或排斥的诗词联语、小说戏曲、古文骈文的巨大历史贡献，更无法否认近百年来民族绘画、书法、音乐、舞蹈、曲艺所取得的巨大文化成就。如果说现当代"旧文艺"的发展主流是与时俱进，由旧开新；那么现当代"新文艺"的发展主潮就是"取今复古，别立新宗"，

---

① 习近平：《在文化传承发展座谈会上的讲话》，《求是》2023 年第 17 期。

也就是"外之既不后于世界之思潮","内之仍弗失固有之血脉"①。所以今天我们需要调整那种西洋化或精英化的"纯文学"和"纯艺术"观念或范式,要彻底激活中国式的"大文艺"和"杂文艺"传统,大力推进中国文艺传统在社会主义新时代的复兴。

中华文明不仅具有突出的"连续性",还具有突出的"创新性",这就要求我们在进一步增强文化认同感,不断加强文化传承意识的同时,还要大力强化我们民族文化的进取精神和创新意识。《诗经·大雅·文王》云:"周虽旧邦,其命维新。"中华民族向来不畏惧接受新挑战,虽历经沧桑而百折不回,那种"知其不可为而为之"的勇毅,还有"吾将上下而求索"的坚韧,都显示了我们民族自强不息、奋斗不止的历史进取精神和文化创新意识。具体到文艺创作领域,中国古代文艺传统虽然绵延至今,但有因有革、代有新变,中国文艺家不断因时势变迁而创造出新的文艺形式,或者对旧有的文艺形式进行改良革新,以此冲破固有的文艺藩篱。他们深知"若无新变,不能代雄"(萧子显《南齐书·文学传论》),中国文艺要想永葆生机和活力,就必须不断创新,不断追求新的文艺境界。清代以来,从焦循的文学"一代有一代之所胜"到王国维的"凡一代有一代之文学",再到五四时期胡适立足于进化论而提出的"一时代有一时代之文学",中国文学艺术的发展始终充满了时代精神和创新意识。相对而言,文艺形式的更新换代比思想内容的与时俱进更加缓慢,但这也符合世界范围内的文艺发展规律,我们不能以此苛责前贤。五四新文化运动以来,中国文艺的创新意识得以大爆发,不仅本土的民族文艺形式得到了充分的改造和利用,而且我们"别求新声于异邦",大胆引进外国文艺样式,创造出了以新诗、话剧、油画、交响乐、影视、网络文学为代表的中国现当代文艺新品种,而且在不断的中国化时代化进程中加以改进,催生出了一大批具有中国作风和中国气派的新文艺经典作品。可见在中国文艺的历史进程中,一方面是固有的民族文艺形式不断加强时代化和现代化建设,另一

① 鲁迅:《文化偏至论》,《鲁迅全集》第一卷,人民文学出版社1981年版,第56页。

方面是引进的外国文艺样式不断进行民族化和本土化改造，由此彰显了中国文艺巨大的创新能力和无限的发展潜能。

我们永远不应忽视的是，中华文明还具有突出的"统一性"。在中华民族五千多年的辉煌文明史中，尽管我们在古代屡经历史起伏，也曾在近现代遭受过帝国主义列强的野蛮入侵，但维护国家统一是中华儿女的共同心声和永恒信念。正如习近平总书记所说："国土不可分、国家不可乱、民族不可散、文明不可断的共同信念，决定了国家统一永远是中国核心利益的核心。"①所以中国文化向来倡导家国情怀、推崇民族气节，一代又一代的中国历史典籍和文艺作品向来褒扬忠臣贤良而鞭挞奸佞小人，与此同时对历史上那些不辨忠奸、混淆黑白、颠倒是非的乱世衰世则进行无情的讽刺和批判，由此达到激浊扬清、明辨是非的精神境界。在中国文艺史上，以屈原、杜甫、岳飞、陆游、辛弃疾、文天祥、夏完淳、秋瑾、闻一多、艾青、田间、夏明翰等为代表的爱国主义诗人及其爱国主义诗篇永远彪炳史册、光悬日月，而在中华现代书画戏曲界，齐白石、徐悲鸿、梅兰芳、程砚秋等大师级人物在抗日战争期间皆留下了可歌可泣的具有民族气节的千古佳话。与之相对应的是，无论一个文艺家的审美造诣有多高，倘若在家国情怀和民族气节上有亏，那就无法得到历史的原谅，至少其历史地位要大打折扣。比如古代的钱谦益、现代的周作人，这样的例子并不少见。所以新时代的中国文艺家要牢固树立爱国主义精神底线，要永远坚持国家利益至上，要坚定维护祖国统一和国家安全，大力弘扬中国文艺的爱国主义传统，做一个具有家国情怀和民族气节的当代文艺家。不仅如此，新时代的中国文艺家还要在文艺创作中高度重视有关国家利益和民族命运的重大题材，要善于塑造具有家国情怀和民族气节的文艺形象，要努力践行社会主义核心价值观，做到用文艺作品弘扬主旋律、传播正能量，以高尚的爱国情怀巩固中华文明的统一性。

如果说中华文明的"统一性"是中华民族命运共同体的必然要求，那么中华文明的"包容性"就体现了中华民族对于构建人类命运共同体的历

---

① 习近平：《在文化传承发展座谈会上的讲话》，《求是》2023年第17期。

史担当。一部中华文明史，既是中华民族内部汉族与各少数民族交往交流交融的历史，也是中华民族与世界范围内各民族交往交流交融的历史。所以，中华文明从古典到现代的发展史，虽然也曾出现闭关锁国倾向，但整体而言体现了一个世界大国兼收并蓄、兼容并包的开放型文化胸襟，一直推崇多元并存、和谐共生的国家文化生态和世界文化格局。比如中古时期印度佛教文化的深度传播对中国传统文化的发展起过巨大作用，由此不仅在唐代形成了具有中国本土特色的禅宗文化形态，而且直接催生并促进了近古时期宋明理学理论话语体系的成熟。近现代以来，无数仁人志士为了拯救中华民族于历史倒悬之中，更是广泛而深入地学习借鉴世界范围内先进的现代性文化和理论话语资源，从人文主义、启蒙主义、科学主义到马克思主义，无不受到国人的青睐和大力传播，由此形成了具有世界性影响的现代新儒家思想，尤其是中国化的马克思主义理论话语体系更是赢得了全世界的瞩目。马克思主义来到中国，不仅坚持与中国具体国情相结合，而且致力于与中国传统文化相结合，这不仅体现了马克思主义的理论威力，而且彰显了中华民族现代文明的强大包容性。新时代的中国文艺家应该秉持中华文明从古典到现代历久弥新的包容性文化传统，要善于学习和勇于借鉴外国文艺理论与实践资源，不管是现代主义还是后现代主义，不管是西方新马克思主义还是后马克思主义，我们都要以鲁迅倡导的"拿来主义"方法博取中外众多文艺流派之长，大力推进新时代中国文艺走向世界。

习近平总书记在畅谈中华文明的五大突出特点时，最后提到了"和平性"。中华民族历来热爱和平，反对穷兵黩武。在中国古代文艺史上，谴责战争、呼唤和平、关注民生的经典作品不计其数。"可怜无定河边骨，犹是春闺梦里人。"这是唐人陈陶在《陇西行》中写下的旷世经典诗句，至今充满了巨大的艺术感染力。实际上中国古代无数的边塞诗人无不是和平主义者，他们在歌颂前线将士奋勇杀敌的同时总是怀抱着对战士作为普通生命个体的无限关切和悲悯。进入近现代以后，虽然长期遭受西方列强侵略，但在坚持为了民族解放正义事业而斗争的同时，中华民族在中国共产党的领导下依旧坚持推进和平、睦邻友好的外交政策，始终坚信和平与发展是符合世界人民需要的历史潮流。所以中国现代爱国主义诗人中，以闻一多和艾青为代表，他们的诗歌中同样充满了热爱和平的人道主义情怀。中华文明的和平性从古至今一以贯之，这是中华民族值得世界人民尊重的传统美德，也是植根于中华民族集体无意识深处的人性美和民族精神正能量的外在表现。新时代的中国文艺家要在具体的文艺创作实践中大力凸显中华文明的和平性，要在处理历史和现实题材时将中华民族热爱和平、勤劳善良、兼爱非攻、仁者爱人、民胞物与、厚德载物、齐物不争的和平精神发挥到淋漓尽致，总之是要向世界展示出一个可亲可敬可爱的和平崛起的新时代新中国形象。

三、"传统"与当代长篇小说的经典化难题

谈到中国当代文学的经典化，长篇小说的经典化无疑是重中之重。新中国成立七十余年来，与其他文体相比，长篇小说所取得的成就无疑是最令人瞩目的，长篇小说因此被认为是衡量中国当代文学总体成就的标杆性文体。大体而言，中国当代长篇小说出现过两次高潮：一次是在 20 世纪五六十年代之交，集中涌现了一批后来被称为"红色经典"的长篇小说，尽管其经典性在学术界依旧存在争议，但作为一个时代的文学典范依然长存于当代文学史册；再一次就是 20 世纪 90 年代以来以至于新世纪之交，随着 80 年代作家普遍进入艺术成熟期，他们在逼近世纪末和新世纪来临以后集中在长篇小说创作中发力，由此掀起了又一次当代长篇小说新高潮。与第一次高潮的经典化难度相比，第二次高潮的经典化难度无疑更大，这主要还不是因为缺乏必要的时间距离，而是因为人们对于文学经典化的评判标准始终存在着难以弥合的分歧。

在我看来，中国当代长篇小说创作的这两次高潮的到来，都与国内兴起的民族化文学思潮有关，甚至可以说，两次高潮都是不同时期民族化文学思潮的产物。众所周知，新中国成立以后，"工农兵文学"迅即成为当代文学主潮，而"工农兵文学"走的正是民族化和大众化路径。当代文学的民族化要反拨的是现代文学的西洋化，而提倡当代文学的大众化则在强调民族化的前提下进一步反对精英化或贵族化。这意味着新中国文学的民族化思潮偏向于继承中国本土的大众化或通俗化传统，即

俗文学传统，而相应地排斥了中国古代的雅文学传统。这在"红色经典"长篇小说创作中表现得十分明显，明清通俗长篇小说的传统资源被他们大量征用，由此"革命英雄传奇"作为新的长篇小说文体形态得以确立或定型。可见当代长篇小说第一批经典文本的形成，与当时的民族化文学思潮有着深刻的文体关联。换句话说，当我们评价当代红色长篇小说能否构成"红色经典"时，其实存在一个根本性的评判标准，即民族化的程度，或曰，在何种程度上写出了具有中国特色的长篇小说。继续引申下去则是，只有实现了对中国古代通俗小说传统的创造性转化的红色长篇小说，才能置身于"红色经典"之林，才能彰显我们的民族文学特色。

　　至于当代长篇小说第二批经典作品的诞生，情形要复杂得多。进入20世纪90年代以后，曾经在80年代呼风唤雨或崭露头角的那批作家开始进入艺术沉潜期，都在酝酿着各自的文学转型或艺术变革。那批作家在80年代大多顶着"寻根小说家""先锋小说家"或"新写实小说家"的耀眼光环，其实用当今流行的代际划分来看，他们大多被还原为"50后"和"60后"小说家。这两大创作群体在改革开放以来的长篇小说创作中举足轻重，当代中国长篇小说的经典之作主要就是由他们所创造的。他们中的翘楚，既开80年代中国文学现代化思潮之先河，复归90年代中国文学民族化之正轨；既有80年代文学的西洋化经验，又有90年代文学的本土化自觉，故能就此成立一番文学大业，而长篇小说正是他们集中展现自身才华的文体实验场。有一点需要说明，90年代诚然是在市场经济大潮中拉开序幕，但随着全球化浪潮席卷而来，中国本土民族化浪潮就地而起，由此引发了"50后""60后"两大创作群体在90年代以后的集体本土化转向。包括莫言、贾平凹、韩少功、王安忆、张炜、刘震云、苏童、格非、迟子建、刘醒龙等在内的一大批小说家开始向中国文学传统致敬，莫言宣称的"大踏步后退"和韩少功倡导的"进步的回退"，其实是这两代作家共通的艺术新取向。与此同时，那些拒绝民族化和本土化转型的昔日"先锋小说"精英，如残雪、马原等人，则被新一轮的民族文学浪潮所无情地弃置。

　　虽然当代长篇小说两批经典作品的生成都与国内民族化文学思潮有关，都与中国古代文学传统在当代长篇小说创作中的创造性转化有关，但二者之间的差异也是明显的。与"红色经典"长篇小说偏重借鉴中国古代通俗文学传统资源，尤其是古代英雄传奇小说资源不同，90年代以来诞生的长篇小说新经典更多地挖掘中国古代文人文学传统资源，文人传统即中国古代精英传统。当然，相对于精英的诗文而言，小说在中国古代整体上属通俗文体。但毕竟在中国古代小说内部依旧有雅俗之分，如文言小说与白话小说之间就有雅俗之别；还有白话小说内部也存在文人化白话小说与通俗化白话小说之分，如《金瓶梅》《红楼梦》这样的文人长篇小说与《说岳全传》《隋唐演义》那样的市井长篇小说就判然有别。不难发现，进入90年代以后，当代中国精英小说家纷纷把眼光投向中国古代文人小说传统，甚至是文言小说传统。向《红楼梦》致敬、向《金瓶梅》效法的长篇小说不断涌现，当然是否达到曹雪芹和笑笑生的文学境界则是另一码事。除了《红楼梦》和《金瓶梅》之外，中国古代文人小说或文言小说经典不断被当今小说家所激活，如《山海经》《世说新语》《儒林外史》《聊斋志异》《浮生六记》等一时间成了当代小说界的高频词。中国小说家不再满足于被誉为"中国的马尔克斯""中国的博尔赫斯""中国的卡夫卡"，转而着力于讲述中国故事，创造中国文本，成就民族文学新经典。事实上，90年代以来诞生的共和国长篇小说新经典大都是善于激活本民族文学传统的作品，如《白鹿原》《废都》《马桥词典》《长恨歌》《丰乳肥臀》《活着》《许三观卖血记》《生死疲劳》《秦腔》《额尔古纳河右岸》《圣天门口》《江南三部曲》等等，都是如此。

通过检视当代长篇小说的两批经典化作品，我们可以继续强化这一判断，即中国当代长篇小说的命运取决于民族文学传统资源的激活或再生。那种纯西洋化的"先锋文学"实验价值确实是有的，但它不会成为中国当代长篇小说创作的主流。事实上，无论是革命语境中的"红色经典"长篇小说，还是改革语境中的长篇小说新经典，它们都并不排拒西方（域外）文学资源，区别仅在于前者偏重吸纳俄苏文学资源，而后者偏重挖掘欧美文学资源。但在利用西方（域外）文学资源激活本土文学传统这一点上，二者别无二致。这一方面是实现西方（域外）文学资源的中国化与本土化，另一方面则是推进中国本土文学传统资源的创造性转化，二者双向互动、二位一体，如此方能成就中国当代长篇小说经典之作。这样说并不意味着我们对中国当代长篇小说的经典化进程充满了绝对自信，恰恰相反，忧虑无时无处不在，对这两批当代长篇小说经典的质疑声可谓不绝于耳。其实问题就出在我们的所谓经典尚未能达到激活本土民族文学传统的理想境界。我们的长篇小说作家对民族的本土文学传统资源还缺乏全面而深入的认识与领悟，而更多地受到一些时尚文学观念和理论思潮的误导。比如新世纪以来被学界和文坛反复念叨的"抒情传统"，由于普实克、陈世骧、高友工、王德威等海外汉学家的持续倡导，国内长篇小说家也明显受到了影响和熏染。但这种理论倡导对文学创作而言其实是一柄双刃剑，因为并非每个小说家都有抒情气质，尤其是长篇小说并非一定要制造抒情氛围，一旦长篇小说创作中抒情成为潮流，甚至泛滥成灾，那对当代长篇小说创作而言不啻一场灾难。众所周知，孙犁有抒情气质，他的中短篇小说以抒情见长，但其长篇小说《风云初记》就流于散漫，缺乏足够的叙述结构控制力。孙犁如此，很多现当代抒情小说家都是如此，包括沈从文、废名、汪曾祺等名家巨擘在内，都未能贡献出堪称经典的长篇小说，这已经足够说明问题。贾平凹的《秦腔》、格非的《江南三部曲》，都是我推崇的长篇小说新经典，但不能回避这些长篇小说创作中为了抒情而淡化了人物的艺术弱点。

其实，中国文学传统资源是丰富多元的，所谓抒情传统主要是以诗文辞赋而言，尤其是抒情诗传统，这是中国古代文学经典的正宗嫡传。但就中国古代小说而言，抒情传统其实并非主流，唐传奇当然是重抒情的，但宋元至明清的话本小说、章回小说就未必了，重抒情的《红楼梦》只能算是异类。这样说并不意味着我们要反对抒情传统，只是为了强调抒情传统在中国古代小说艺术传统中实在并非主潮，但全面而深入地挖掘中国古代文学中的抒情传统资源还是很有必要的，比如中国古代戏曲就比古典小说更善于吸纳诗文的抒情传统，元杂剧《西厢记》、明传奇《桃花扇》就是家喻户晓的例子。这说明同样是叙事文学，在宋元以来的通俗文学中，戏曲比小说更接近唐传奇，更善于发挥唐传奇的抒情功能，而明清戏曲以"传奇"驰名就是有力的证明。但我们不要忘了唐传奇的文体核心是"史传"而不是抒情。古往今来，中国小说最大的传统其实是"史传"，就是"野史杂传"，正所谓"史统散而小说兴"①。从志怪志人小说到传奇，再到话本小说和章回小说，以史传为宗的传奇体小说始终是中国小说的主流。这种中国式的传奇小说文体传统即使到现当代小说创作谱系中依旧得以传承，从鲁迅到莫言，从张爱玲到王安忆，他们的中长篇小说经典莫不打下了深刻的中国传奇烙印。而他们的小说经典除了抒情性之外，其实最核心的还是史传性，还是以塑造民间野生人物性格或艺术形象为中心，这种中国传奇传统其实比所谓抒情传统更能彰显中国古典小说艺术传统的力量。而当今有些长篇小说恰恰在中国传奇传统（以史传传统为中心）上存在明显的艺术弱点。由于无法塑造深入人心的人物性格或典型形象，必然会妨碍作品的经典化进程。我想，这应该是当下中国年轻一代长篇小说家需要努力的方向，或者说，是他们需要跨越的艺术关隘。

四、江西诗派依旧存在着并发展着

说到江西诗派与新时代诗歌创作的关系，这是一个非常宏大的文学史命题。我们今天谈论这个话题的重要学术背景，就是要探讨以江西诗派为代表的中国古代诗歌传统如何在新时代语境中进行创造性转化、创新性发展的问题。这也是当下中国不断倡导文化传承与发展、大力建设中华现代文明、全面实现中华民族伟大复兴的应有之义。

按照惯常思路，江西诗派作为一个古代诗歌流派，五四新诗革命以来，早就烟消云散了。但这样说未免皮相，因为随着中国现当代文学史研究中史料学的崛起，越来越多的现当代旧体诗歌史料不断被发掘出来，越来越多的现当代文学史家开始正视旧体诗歌与新诗长期以来二水分流或并行不悖的历史真相。这意味着，作为具有千年历史的江西诗派其实一直存在着并发展着，它作为中华诗歌传统中的民族美学基因依旧活着，并且不断地参与了中国现当代诗歌的历史进程，不仅在旧体诗词创作中是如此，对于新诗创作同样影响深远。只不过长期以来我们习焉不察而已。

---

① 绿天馆主人：《古今小说叙》，见丁锡根编著：《中国历代小说序跋集（中）》，人民文学出版社 1996 年版，第 773 页。

　　这些年我一直在带领学术团队做国家社科基金重大项目《中国现当代旧体诗词编年史》，前段时间我在 1923 年的编年史料中偶然发现了一个词条，与我们这次讨论的话题有关。晚清民国时期有个很有名的湖北籍诗人叫樊增祥，他在近现代诗坛交游特别广泛，胡适当年倡导新诗革命时还重点批评过他，可见其在当时传统诗坛上地位之显要。1923 年，樊增祥给江西诗人胡朝梁刊行的诗集题过一首七古，《题〈诗庐诗钞〉》前四句写道："西江人似西江山，石骨刻露苍且坚。西江诗似西江人，瘦健少肉丰于筋。"胡朝梁是陈三立的弟子，以陈三立为代表的近现代宋诗派一直以传承和发展江西诗派为己任，虽然文学史对此评价不一，但其历史地位之显赫也是不争之事实。樊增祥的这几句诗很形象，也很应景，描绘了湖北诗人眼中江西诗人的人格形象以及江西诗派的审美形象。

　　其实还有一个湖北籍诗人聂绀弩也表达过对宋诗（江西诗派）的喜爱。他在 20 世纪五六十年代写了很多旧体诗，创造了别具一格的"聂体"或"绀弩体"。众所周知，钱钟书很重视宋诗，他的《宋诗选注》名重一时。而聂绀弩给钱钟书的《宋诗选注》曾题过诗，有句云："早知吾句无人识，七百年前赠宋人。"[①] 言下之意是说，作为宋诗核心的江西诗派在当代诗坛是有传承的，至少聂绀弩自己清醒地意识到了他传承的是宋人之诗。这让我想到了一个问题，今天我们讨论的江西诗派不仅仅是地域性、地方性的诗派，它更是全国性的、具有引领性的诗派。从整个中国诗学史来考量，中国古典诗歌最早的传统，当然是诗骚传统，既长于抒情也喜欢议论。这个"原诗"传统后来发生了分离和分化，从汉魏六朝到唐代，中国诗歌的抒情传统一路发展到了极致，中国诗歌也发展到了一个高峰，这就是唐诗的形成，作为中国诗歌的一个范式得到了举世公认。钱钟书在《谈艺录》里围绕唐诗和宋诗两种范式有过非常精辟的论述。钱钟书是支持宋诗作为一种范式的，他对尊唐抑宋表达了不满。其实，以江西诗派为代表的宋诗是对唐诗抒情传统的反拨，其所张扬的恰恰是唐诗所忽视的尚意传统。宋人尚意，崇尚儒家理学，但宋诗的妙处不在于简单地载道，而是尚意，追求诗的意义和意境，由此与唐诗偏爱的情感与情境区别了开来。这些比较

---

　　① 罗孚编：《聂绀弩诗全编》（增补本），学林出版社 1999 年版，第 289 页。

出来的侧重当然是相对的，所以说唐诗推崇诗人之诗，喜欢本色诗人，宋诗推崇学人之诗，倡导诗人也要有学问。

自宋代以降，大体而言，明代人作诗推崇唐诗范式者居多，但效果并不显著，不但得不到唐诗的精髓，反倒是落下了唐诗的一堆臭毛病，充斥着空疏迂阔之词。这与大明王朝综合实力远逊于大唐气象有关。而整体上清代人作诗推崇宋诗范式者为多，虽然清代诗坛一直也存在唐宋之争，但清代宋诗派不断发展壮大，特别是在清中叶和晚清以降，宋诗可谓引领全国诗坛风潮。所以不难发现，近现代以来的中国诗坛变革，无论是诗界革命派、南社还是五四新诗的发生，都是以反对宋诗派为嚆矢，这也反过来说明了宋诗派力量之强大。在中国诗歌史上，宋代的江西诗派和明代的公安派可谓影响深远。如果说黄遵宪、柳亚子和郭沫若等早期新诗人更多地传承了晚明公安派的诗学，这一条传统创化道路得到了学界不断的研究和深化，那么以江西诗派为代表的宋诗传统对中国现当代诗歌（无论新旧）的影响就严重地被低估和忽视了。这正是新时代倡导激活江西诗派传统资源的意义之所在。

毋庸讳言，江西诗派作为一种绵延不绝的中国诗学传统，其文学史地位和价值在中国现当代文学研究界被严重地遮蔽了。从我有限的视野来看，在近现代旧体诗坛，江西诗派的作用实在是太大了。一代又一代的江西籍旧体诗人承前启后、继往开来，无论是旧体诗词创作还是诗学理论建构，都留下了灿烂而珍贵的文学遗产。除了我们耳熟能详的同光体宋诗派首领陈三立在近现代旧体诗坛是巨人一般的存在之外，我们不应忽视，作为《学衡》杂志主要发起人和学衡派代表性诗人的胡先骕是江西人，甚至学衡派诗人阵营中还有许多江西诗人都有深厚的诗歌家学渊源，如陈氏父子（陈三立、陈衡恪、陈隆恪、陈寅恪），王氏兄弟（王易、王浩），都是素有令名的文学世家。他们在新诗革命背景下依旧坚持守正创新，在学习西洋文学的同时不废中国诗歌传统血脉，为中国诗歌传统的复兴保留了文化种子。随着《学衡》杂志办刊难以为继，在九一八抗战背景下，又一个江西诗人陈灏一挺身而出，他领衔创办了全国性的旧体诗文杂志《青鹤》月刊，一直坚持到 1937 年被日本人炸毁最后一期稿本而被迫停刊，再一次在国难当头延续着中华民族传统诗学的命脉。此外，在 20 世纪三四十年代，江西籍词学大家龙榆生还先后创办了大型旧体诗词期刊《词学季刊》和《同声月刊》，为中华诗词的现代传承留下了浓墨重彩的一页。

不难发现，在我们习惯上所说的"中国现代文学三十年"中，如果我们撇开固定的新诗流派史视角，转而从旧体诗词流派史来看，在那个三十年里从《学衡》杂志诞生了学衡派，从《青鹤》杂志产生了青鹤派，再到《同声月刊》及其同声派，这已然构成了一个大体清晰的中国现代旧体诗歌流派史脉络，而江西诗人及其江西诗派正在其中扮演着举足轻重的历史角色。可惜长期以来，我们囿于新诗一家独尊之偏见，遗忘了这样一条现代旧体诗词流派史脉的存在，而这种不断强化新旧对立的学术偏至于今亟待矫正。在新时代语境中我们需要大力倡导新旧融合而不是新旧对立，需要大力弘扬守正创新而不是割裂传统，所以在新时代如何开掘江西诗派的传统诗学资源已经成为摆在我们面前的一道崭新的课题。

这些年我注意到许多当代诗人，如西川、欧阳江河、王家新、张执浩都纷纷重新解读中国古典诗歌，但他们接触最多、推崇最甚的还是唐诗，而不是以江西诗派为代表的宋诗。其实当代诗人的新诗创作更接近江西诗派和宋诗，喜欢议论和哲思，离标举"兴象"、醉心抒情的唐诗还是远了一点，倒是离宋诗很近，因为宋诗尚意。自朦胧诗以降，我们的新诗人老想追求意义、追求思想、追求传道，但脱离民族国家命运的碎片化思想或意义居多，脱离中华传统文化母体的个人化思想或意义居多，所以离真正的宋诗境界又有不小的差距。比如杜甫是宋诗或江西诗派的不祧之祖，但放眼当下，寻找将民族大我与个体小我关联在一起的新时代大诗人，显然还是一道历史难题。其实当下的新诗创作明明接近于宋诗，而不是唐诗，但新诗人谈论最多的却是唐诗，讳言宋诗，这说明我们对问题的认识依然有待深化。对江西诗派与新时代诗歌创作关系的研讨，必将有力推进中华诗歌传统复兴之大业。

五、启功：让诗词既文又白、亦旧亦新

在启功先生长长的曲折人生中，他的文名常为书名所掩，作为书画家的启功在现当代艺苑中可谓举足轻重，而作为文学家的启功在现当代文坛

上并未得到充分重视。之所以出现这种评价的偏至，主要还是百年中国流行的主流文学观念所致。长期以来，主流学界习惯于站在"新文学""纯文学""雅文学"的现代性精英文体中心立场，将"旧文学""杂文学""俗文学"予以排斥或放逐，由此导致主流学界越来越陷入一种欧美式精英化小圈子自我循环，而带有中国传统民族特色的本土文学文体样式也就有意无意地被遮蔽了。遗憾的是，启功先生的诗文创作也因其突出的"旧""杂""俗"特色，被现当代文学主流学界所长期遮蔽或排斥，这与他的诗文在大众读者与圈内行家中广受赞誉形成了强烈的对比与反差。时值启功先生诞辰110周年之际，尤其是在国家大力倡导中华优秀传统文化的创造性转化与创新性发展的新时代语境中，回顾和检视其诗文创作，不能不让人深切地意识到，确实到了客观而理性地评价启功诗文的文学史经典地位的时候。

作为作家，启功在诗文创作中一直致力于传承中华民族优秀的古典文学传统，其旧体诗词创作甚至形成了亦庄亦谐、独具个性的"启体"，其散文创作也悄然延续着中国古代散文的文体命脉，可见其毕生都在捍卫中国诗文的文人文学传统。以诗词创作而言，启功的"三语"（《启功韵语》《启功絮语》《启功赘语》）驰名海内外，另有《启功论书绝句百首》多种版本流传。作诗而能成体，这在漫长的中国诗史上并不多见，而在现当代旧体诗史上就更属于奇珍异卉。在当代旧体诗坛耆宿中，聂绀弩与启功，堪称旧体打油诗词的双璧。不仅各自圈粉无数、追步者众，甚而分别以"聂体"和"启体"著称，一同为中国当代旧体诗词创作开辟了新路径与新境界。有意味的是，启功生前对聂诗评价甚高，如七律《次韵聂君绀弩一首》尾联云："学诗曾读群贤集，如此心声世所稀。"由此可见两人之间确实惺惺相惜、声气相求。与聂体相较，启体不仅是诗体，而且还是书体，诗书俱能成体，启功的文学艺术造诣委实不同寻常。启功一辈子追慕苏东坡，他在《论词绝句二十首》之七中赞美"浩瀚通明"的苏长公，说他"无数新声传妙绪，不徒铁板大江东"，又在《启功论书绝句百首》跋文中说"窃谓坡书境界，亦正如其诗所喻，绕树春风，化工同进者"①,不难从中窥见启功以诗书见长的文学艺术道路其实深受东坡影响。诗文书画无所不精的苏东坡,是很多中国文人的精神偶像,启功自然也不例外。他的散文创作主要集录于《启功丛稿》的《题跋卷》和《艺论卷》,身后又有《坚净居忆往》《绝妙好辞》等选本行世。启功散文深得以苏东坡为代表的传统古文个中三昧,行文雅洁清隽,神韵萧散通透,呈现典型的中国传统文人文学气象。

　　相对而言,启功的诗词创作成就更高,审美个性更为鲜明,不仅受到国内学者的关注与评析,而且得到了日本学者木山英雄的高度赞赏,其诗词选本也行销广远,可见启功诗词已经进入文学经典化进程。但从经典化的文学史书写环节来看,启功诗词尚未"入史"也是毋庸讳言的事实。这主要归咎于现当代文学史书写中的"新文学"本位论,它直接导致了包括"启体"在内的众多现当代旧体诗词名家名作成了文学史的"局外人"。不仅如此,启功的散文创作原本也应像老友张中行的散文一样,在当代散文中占有一席之地,但因其中有很多文言写就的题跋短札,不像张中行散文那样能被纳入新文学范畴,故而如同其旧体诗词一样被文学史遗忘。虽然启功诗文尚未正式成为文学史经典,但这并不意味着它缺乏经典性。事实上,从具有经典性的文本到正式成为经典文本,中间必然会经历一个或长或短的文学经典化过程。毫无疑问,启功诗文,尤其是他的旧体诗词,在文学传播与接受进程中已经大受欢迎,目前正行进在文学经典化的途中。但有关启功诗文的经典性内涵,依旧有待深入挖掘与阐释。一般而言,可从历时性与共时性相结合的立体维度来阐释经典性。从历时性看,经典性表现为对历史时空的超越,即所谓永恒性。从共时性看,经典性表现为对某种结构性的话语模式或范式的创造,可以称之为生产性或创造性。显然,创造性是永恒性的基础,经典的永恒性建立在创造性的基础之上。我们说启功诗文,尤其是他的旧体诗词具有经典性,正建立在对他的诗文创作具有艺术创造性的判断基础上。正如金子总会闪光,真正具有艺术创造性的作家作品,迟早会得到文学史的客观评价或重新认证。随着新时代的

----

① 启功:《启功论书绝句百首》,荣宝斋出版社1995年版,第49页。

到来，启功诗文的艺术创造性正在中华民族伟大复兴的语境中不断彰显。曾经被视为"旧""杂""俗"的启功诗文，正在中国当代文学的现代性反思进程中体现出难得的当下性，对当下中国文学如何创造性地转化中国古代文学传统具有重要的文学启示。

　　启示之一，在当代文学创作中不应再过度渲染传统与现代之间的文化对立性，而应着眼于二者的辩证统一性，进而探寻文学创作中文化融合与传统转化的可能性。在启功诗词中不乏与古今文人的互动交流之作，诸如怀古、步韵、题跋、唱酬、赠答之什应有尽有。其笔下涉及的古代文人有王羲之、白居易、苏东坡、杨诚斋、沈石田、徐文长、文徵明、八大山人、石涛、郑板桥、曹雪芹、赵悲盦等，都是千古风流雅士，不仅对启功的文艺创作多有启发，而且对启功的文人气质的塑造也有重要影响。至于现当代文人墨客，举凡溥儒、陈垣、吴镜汀、齐白石、张大千、李叔同、张伯驹、聂绀弩、潘天寿、林散之、潘伯鹰、谢稚柳、唐长孺、黄苗子、陆俨少、李可染、黄胄、徐邦达、杨宪益、钟敬文、台静农、张中行等名家大师，都与启功有过诗词笔墨因缘。这些闪烁着文人个性色彩的旧体诗词，其实带有强烈的现代气息。它们是作为现代人的启功与古人和今人进行精神对话和文化传递的艺术结晶，散发出浓烈的生命气韵，而非仿古贩古的诗词假古董。如《仿郑板桥兰竹自题》云："当年乳臭志弥骄，眼角何曾挂板桥。头白心降初解画，兰飘竹撇写离骚。"晚年启功的艺术反省意识和他对郑板桥画中寄寓离骚情结的新理解，正体现了诗人对传统入而能出的过人胆识。再如《龙坡翁书杜陵秋兴八首长卷题后》云："杜陵乡思系孤舟，秋菊何时插满头。识得中华天地大，海堧一寸亦神州。"这首题赠台静农的绝句寄托遥深，既是对老友僻居台岛的精神抚慰，也传递了海峡两岸祖国统一的爱国情怀。在启功散文随笔中，同样隐含着作者对古今中国文人风骨的推崇，如《我心目中的郑板桥》《忆先师吴镜汀先生》《平生风义兼师友——怀龙坡翁》《夫子循循然善诱人——陈垣先生诞生百年纪念》《记齐白石先生轶事》《记我的几位恩师》《溥心畬先生南渡前的艺术生涯》《玩物而不丧志》等篇，通过日常生活细节塑造现当代文人的文化人格，无不跃然纸上。不难发现，启功的诗文之间具有鲜明的互文性，可供读者比照对读，可收诗史互证之效。

　　启示之二，在当代文学创作中不应再过度强调新体与旧体之间的文体对立性，而应立足于二者的艺术贯通性，进而开辟文学创作中文体融合与审美互渗的新境界。启功在诗文创作中向来不分新旧文体畛域，选择何种文体写作根据具体的实际需要来决定，适合新体就用新体，需要旧体就用旧体，甚至在旧体中化入新体，在新体中渗入旧体，以两副笔墨自在游弋，尽显中国文人文学传统的潇洒风度。启功擅古文，时或骈散兼行，融入辞赋，风神雅健。《启功论书绝句百首》中每一首后都附有精妙的古文，我们千万不能简单地将它们视为百首诗作的阐释性副文本，因为它们本身就是辞雅思深的绝妙文章。启功还作有许多古今书画碑帖的题跋札记，以及谈艺论文和记人记事的散文随笔，行文不拘文言白话，文言文中穿插现代语汇，白话文中蕴藏文言格调。长篇短制俱佳，尤以文言题跋札记为上品。当然最值得称道的还是启功诗词的文体传承与创新之道。虽然启功不写新诗，但他的旧体诗词中有新诗的影子。其实启功旧体诗词有两种类型：一种以守正为主，基本属于文言旧体诗词形态，风格偏于雅正沉郁。从早年的《社课咏春柳四首》《清平乐·社课咏落叶》到晚年的《镜尘一首》《自题浮光掠影楼》《高阳台·自忏》，这是一条自觉传承中国古典诗词正格或正体的创作路径，显示了启功诗词深厚的正本清源根底。再一种以创新为主，大抵属于白话旧体诗词范畴，风格大多诙谐荒诞。如自我调侃的《自撰墓志铭》《沁园春·自叙》《沁园春·烤鸭》《贺新郎·癖嗜》，评析社会的《贺新郎·咏史》《鹧鸪天八首·乘公共交通车》《卡拉OK》，悼念亡妻的《痛心篇二十首并序》《赌赢歌》，还有以日常生病失眠入诗词的《沁园春·美尼尔氏综合征》《渔家傲·就医》《南乡子·颈架》《转》《颈部牵引》《彻夜失眠口占二首》《失眠三首》《心痛》等，无不在语言和意境上大胆求新求变，为传统旧体诗词另辟蹊径、别开生面，因此得到了广大读者和行家的喜爱。这种亦新亦旧的白话诗词堪称"启体"诗词的艺术精华，当下旧体诗词创作应该从中汲取宝贵的艺术创新经验。

　　对于启功先生而言，这两种诗词类型其实在他笔下并行不悖、互补共生，无论少了哪一种都是缺憾。因为新体与旧体、文言与白话、高雅和通俗、纯正与杂糅的对立，正是启功先生毕生想要超越的文学艺术壁垒。如组诗《痛心篇》虽然言辞看似直白浅俗，但寄意遥深，诚为古今悼亡诗中之杰作。"相依四十年，半贫半多病。虽然两个人，只有一条命。""今日你先死，此事坏亦好。免得我死时，把你急坏了。""枯骨八宝山，孤魂小乘巷。你且待两年，咱们一处葬。"这样寄沉痛于浅白的诗句确实拆解了现当代文学中所谓新旧、文白、雅俗二元文体对立，抵达了旧体新诗的艺术境界。又如《对酒二首》其一云："去年唱罢鼓盆歌，也拟从头战病魔。心放不开难似铁，泪收能尽定成河。终归火葬新规律，近距风瘫剩几何。血压不高才二百，未妨对酒且婆娑。"前两联出以庄语，后两联也谐语应之，亦庄亦谐、庄谐互见，既有沉郁顿挫之风，又有诙谐旷达之貌。颔联尤其精警动人，腹联也堪称新旧杂语的模范。类似诗句还有《频年》中的"饮余有兴徐添酒，读日无多慎买书"，《乙亥新年》中的"行吟逼近数来宝，坐忘难成不倒单"，《北宋陵古迹征题》中的"几千百年置棋劫，二十一部相斫书"，《题乾坤一草亭图》中的"小亭无语乾坤大，坐阅青黄又几回"，《见镜一首》中的"江河血泪风霜骨，贫贱夫妻患难心"，《喜晤牟润老》中的"励耘著籍人余几，敢附青天效羽毛"，《剑南春酒题赠》中的"海棠十万红生颊，都是西川醉后人"，无不给人既旧又新、既文又白、既雅又俗的印象，可见启功先生深谙文体正变之道与通变之理。总之，以"启体"为代表的当代白话诗词必将具有永恒的经典魅力。

新时代文学丛谈

一、百年大变局下的文艺新指南

继 2016 年的第十次文代会之后，我有幸再次出席了第十一次文代会。两次现场聆听了习近平总书记的文艺讲话，我感受到讲话的主题与思想一以贯之而又不断拓深，均切中了当代中国文艺发展的时代脉搏与问题症结。这次的讲话，总书记站在新的历史和政治高度上对新时代中国特色社会主义文艺的发展道路和发展方向做出了更为明确和深刻的阐述，对当前中国文艺发展而言具有重要的精神引领作用。这是总书记在我们党成立一百周年之际做出的重要文艺讲话，它为我们党领导全国人民开启新的百年奋斗征程确立了新的文艺指南。相对于 2016 年的文艺讲话而言，2021 年的这次讲话在坚持理论性的同时更加强化了实践性，总书记重点提出并加以详细阐述的几点希望，具有极强的针对性和指引性。

作为一个文艺理论评论工作者，我听了这次报告后体悟到了三点重要的启示。首先是当代中国文艺家应该树立"大历史观"和"大时代观"，不能陶醉在"小时代"和"小历史"观念中不能自拔。曾几何时，我们很多文艺家执迷于脱离了大历史和大时代的日常生活欲望化书写模式，在各种现代主义和后现代主义的解构思维驱使下盲目地消解我们的主流革命史和人民文学史，逃避理想，沉湎低俗，给当代中国社会主义文艺发展带来了畸形影响。但近年来随着总书记有关百年未有之大变局的深刻论断的提出，当代中国文艺家日益坚定文化自信，对中华民族的历史命运与光明前途有了更加深刻的理解。从近代的三千年未有之大变局，到当下的百年未有之大变局，中华民族的历史命运与现实处境正在发生着深刻变化。无论如何，全世界都应该正视中华民族的重新崛起，那种任由西方列强宰割的民族苦难史已经一去不复返，新世纪的中国如同朝阳喷薄，有力地复兴于世界的东方。如同总书记所说，唐代大诗人李白用"大鹏一日同风起，扶摇直上九万里"的诗句描绘了大唐盛世气象，骨子里透露出一代诗仙的民族文化自信，展现了古老中国文化强国的艺术风度。而在新时代里，我们热切地呼唤着属于我们民族的大文学和大艺术，我们期待着真正属于大时代和大历史的大文学家和大艺术家的出现。我们应该站在百年未有之大变局的大历史和大时代节点上提高民族文化自信力，敢于书写大国崛起的时代强音，善于表达文化强国的审美气象。

其次是要树立"人民生活观"和"人民史诗观"，反对丑化人民形象、歪曲人民生活。近年来总书记多次强调当代中国文艺要坚持以人民为中心的创作导向，因为只有人民才是历史的创造者，而且中国人民长期以来保持和发扬"自强不息、厚德载物"的民族传统美德，中华民族是非常了不起的民族，所以我们要敢于并善于书写立足于"人民生活"的"人民史诗"。总书记说"生活就是人民，人民就是生活"，人民与生活其实二位一体，不可须臾分离。这种崭新的"人民生活观"的提出，对于当代中国文艺的发展具有重要的理论价值。而"人民史诗"的新概念则是对我们习惯上所说的"民族史诗"范畴的新发展，我们不能满足于书写既有的文化视角上的民族史诗，我们还要在新的历史条件下大胆地探索政治视野下的人民史诗新形态。按照总书记在讲话里的提醒，我们的文艺家要像现代文学巨匠茅盾一样具有剖析中国社会现实生活的能力，我们要勇于回应我们的人民生活，书写我们的人民史诗。

最后是坚持守正创新，重塑中国新形象。总书记重要讲话中强调了继承与创新的关系，他以柳青等人的创作为例，阐明了创新与继承之间的艺术辩证法。当年新中国百废待兴，以柳青的《创业史》为代表的红色文学经典有力地在海内外彰显了新中国形象。所以总书记号召我们的文艺家要向全世界艺术地呈现一个"可信可爱可敬"的中国新形象，而不是相反。百年中国革命文艺实践告诉我们，文艺源于生活而又高于生活，需要抵达"可信"与"可爱"的辩证统一，把可信的"真"与可爱的"美"融为一体。唯其如此，才能让全世界人民尊重中国、礼敬中国，让我们的祖国和人民彻底摆脱近现代以来西方列强所谓的东亚病夫之类落后民族国家形象。总之，当前的中国文艺家应该自觉地践行中华优秀传统文化的创造性转化与创新性发展道路，让新时代的中国文艺有力地镀亮中华民族文化名片，从而艺术地重塑中国新形象。

二、新时代文学对中国当代文学的挑战

这个题目其实是一个非常具有介入性的话题。这些年来，当代文学的研究具有显著的史料化和历史化的趋势。历史化和史料化是联系在一起的。黄发有教授以《以史料开掘拓展和深化当代文学史研究》为题，也专门谈到了这个问题。其实我们在做史料的过程中也会有一种介入的态度，比如我在做现当代旧体诗词编年史中也会问：为什么要做这些史料？那么你肯定是带着一定的现实问题意识来做的。事实上，历史化的研究，或曰当代文学研究的历史化趋势，它和我们从事当代文学研究一定要介入现实、介入现场这两者之间并不矛盾。

我所谈论的这个题目中关于新时代文学的话题，是这些年来一个非常重要的文学话题，包括中国作协、中国文联在内，都在倡导这方面的讨论。有杂志跟我约稿，要我写关于新时代文学的话题，这也激发了我的一些思考。因为长期在高校从事当代文学的教学和研究，必然会接触到各种各样的作家、作品和文学现象。在教学和研究过程中就会发现，我们当代文学走过的七十多年的时间里，有关它的历史叙述，实际上在慢慢地进入一种固化的状态。但当代文学的历史叙述，作为一种叙事的框架，不可能是永远固定和不变的，因为当代文学和其他很多的文学史分支学科相比，它有一个非常重要的特点，就是不断有新的元素生发出来，如新的作家、作品，新的文学现象不断会介入进来。一旦新的因素或元素进来了之后，整个当代文学其秩序必然就会发生改变。例如，如果你去留意自 20 世纪 50 年代以来的"十年来的新中国文学"，就会发现，当时中国社科院文学所就编了一本以此命名的文学史性质的小册子。还有武汉、济南等地学者也编写了有关"新中国文学"最早的文学史教科书。在改革开放之后，又形成了"新时期文学"文学史分期概念，包括最近又重点提倡"新时代文学"的概念，

我认为，它们既是政治性的概念，同时也兼具文学性和学术性。

我们现在提倡的"新时代文学"的概念，和以前提的"新中国文学"，还有"新时期文学"相比而言，一些学者认为"新时代文学"的概念更多是一种政治性的划分，这就忽视了这个概念的文学史属性。那么这个概念和我们真正的文学创作之间，究竟是一种什么样的关系呢？这种理论的倡导和文学实践本身之间是否存在一些隔膜或者脱节的问题呢？我认为这些问题都是值得我们来探讨的。

目前来看，我认为在影视领域里，特别是在影视作品评论中，更多地探讨了"新时代文学"的话题。相反，在我们自认为是"纯文学"的领域里，关于"新时代文学"这个方面讨论的声音是不多见的。如果从理论、学术上来探讨，从文学史的角度来梳理，我认为还是有很大的讨论空间的。从整体上来说，我认为"新中国文学"，或者说狭义上的"新中国文学"，特指 20 世纪 50—70 年代文学，它实际上是为当代文学确立了一个最早的写作范式，即社会主义"人民文学"范式，它是以大时代、大历史为主的宏大叙事，是从人民性立场来写作的，包括对于古典文学传统的复归、民族文艺形式的征用等。这一方面其实已经确立了当代文学传统。例如以红色经典作品为主的文学写作方式，让这种范式达到了一定的极致。但事物往往是物极必反，正如勃兰兑斯在《十九世纪文学主流》里面所说的，当人类的文学思考达到一个顶峰时，就必然会把它的优点全部发挥出来，同时也把它的弱点暴露无遗，这个时候就需要"反拨"。勃兰兑斯使用了"反拨"这一概念，它也指思想和艺术上的纠偏。于是在我国就有了后面的"新时期文学"。

从 20 世纪八九十年代以来，很多作家都以"新时期文学"的名义开启了一种新的写作方式，这也形成了一种文学创作机制，有其优点，甚至可以说成就了一大批作家和作品，包括莫言、贾平凹、韩少功、王安忆、余华、苏童、格非等。很多作家在改革开放的背景下，其创作已经形成一种写作定式，杨庆祥教授也提到这个问题。每一个时期都会有特定的写作范式，当它达到一种极致时，它的优点被放大的同时，也会暴露出其弊端。这种弊端，我认为可以借用黑格尔所说的"正—反—合"那种模式来理解。例如当代文学的第一个时期，从 50 至 70 年代，实际上是"正写"的方式。80 年代以来的文学作品，特别是 1985 年以后的一些作品，就由 50—70 年代的那种人民性写作，转到一种存在论的写作，作家们深受现象学、存在主义的影响，其中所谓的存在论，关心的是现代人、当代人的生命存在困境这种话语和主题，是关于"存在"的话语，当然也是一种介入性的存在主义意义上的人性、人道主义话语。

整个"新时期文学"，主要是改革开放以来"前三十年"的"新时期文学"，我认为它实际上存有一个写作的参照系，那就是 20 世纪 50—70 年代文学的正写模式。众所周知，红色经典是一种正典模式的写作。那么到了新时期，文学更多地带有一种"反写"的味道，我们看到的很多文学作品，包括《古船》《白鹿原》等，无论是写农村的，还是写城市的，都有意识地与 50—70 年代红色文学那种正典写作，即正写的模式区别开来。它们以 50—70 年代那种正典范式作为一种文学史参照。说他们是"改写"并不为过，说是"改编"也可以。其实，广义上的"反写"也是另一种正写。当然，我这里说的"反写"是一种艺术上的"反动"，它绝不同于政治上的反动，而是指的艺术上的创新。

从理论层面、逻辑层面，从文学史的发生发展逻辑进程来讲，任何一个时期的文学，它发展到了极致，必然会发生一种变化，那么到现在，这种变化是否转向一种融合阶段，所谓"正—反—合"，由正写、反写达到融合的合写呢？如果可能，我认为应该把前面两个时期的文学书写范式极致进行纠偏，然后做一种文学内部的调整和融合。比如说，第一个时期特别强调宏大叙事，而第二个时期，特别强调日常叙事，第二个时期的作品，即使有宏大叙事，我们会发现它往往在写作中用日常叙事去解构宏大叙事。作品内部是一种对抗的关系，而不是一种融合的关系。实际上在第一个时期的文学经典作品里面，我觉得像《创业史》《山乡巨变》这样的作品，之所以在同时代里能够脱颖而出，就是因为它们不仅仅包含宏大叙事的方面，而且也有日常叙事的元素。

我认为当代文学第二个时期的一些经典作品，往往是把宏大叙事或过于结构性和颠覆性的东西放在了主导地位，作家们往往有一种强烈的反拨和反抗的冲动，想用日常叙事去彻底颠覆宏大叙事，那么能否在宏大叙事与日常叙事间把它们融合起来呢？我认为梁晓声的《人世间》、孙甘露的

《千里江山图》给我们提出了一些新的创作思路，因此，我认为这种融合是有可能的。再如关于人民和人民性与存在和现代性方面的一些融合话题，法国马克思主义文论家加洛蒂的《论无边的现实主义》就给我们提供了新的思考空间。还有马克思主义文论与中国古典文论传统如何融合、如何转化方面的问题，都有很多可突破的空间。

　　总体来说，"新时代文学"不光要从概念上进行研究，还得从实践的经验方面进行总结和提炼。但这种总结和提炼应该建立在对当代文学第一个时期和第二个时期经典写作范式进行研究的基础之上，再来寻求当代文学史新的叙述方式，创造当代文学第三个时期的经典之作。因为当代文学应该永远是开放的，如果不断有新的元素融合进来，那么我们当代文学史的叙述秩序、学术话语、研究问题与方法等方面，就都要及时做出调整，而不能固守既有文学秩序或学术范式不变。

三、走向"新人民性"的文艺评论

　　当前中国的文艺评论工作确实遇到了危机，各种质疑的声音不绝于耳。这种危机其实早就出现了。早在新世纪之初，当各地作协系统的专业评论家纷纷改行进高校当教授的时候，当高校系统的学术评价标准只重视学术论文而不重视评论文章的时候，当当代文艺评论处在所谓学术鄙视链的最末端而越来越不受当前的学术体制所待见的时候，当代中国文艺评论的危机就从渐露端倪逐步滑向了愈演愈烈的下行轨道。于是真正专业的文艺评论家越来越少了，人才队伍在不断地流失，而在现有的文艺评论家队伍中鱼目混珠者又实在太多，做学术的不做或少做评论，而做评论的又荒疏于学术，既良莠不齐又真伪难辨，所以当前的文艺评论越来越出现了空心化的迹象，到处都是话语泡沫，而不见真的评论家，不见真的评论。

　　现在终于落到了要党和政府亲自出面抓文艺评论工作的境地。各种指导性的文件从上至下吹响了中国文艺评论再出发的集结号。看来文艺评论家这个群体真的到了必须自我反思的时候了。我们要反思我们的文艺评论的问题究竟出在哪里？其中最核心最关键的问题又是什么？按套话说，出现问题的原因肯定是多方面的，这种答复自然也没错，但问题在于我们得抓住主要矛盾。其实问题的症结已经很清楚了，从上到下都看得很明白。这就是我们的文艺评论越来越失去了读者，失去了观众，失去了民众，失去了大众，失去了草根，失去了底层，失去了最广大的受众，而不管用什么概念来指代，归根结底还是那句老话，那就是失去了人民群众。这当然是老生常谈，但有些话就是经典，经典就是能常谈常新。如果我们的文艺评论都躲进了象牙塔，都写成了远离人民群众的高头讲章，那哪里还有什么文艺评论存在的必要性呢？对不起，那是学术研究，不是文艺评论。我们当然不能将这二者对立起来。真正的文艺评论必须有学术研究做根基，否则游谈无根；但如果固执于学术研究和论文生产，那样的文艺评论必然面目可憎而拒人于千里之外。所以，我们的文艺评论要倡导深入浅出的文风，要把学理性的话题用通俗易懂的语言表述出来，让人民群众喜闻乐见，而不是扭头就走，觉得专家又在睁着眼睛说瞎话骗人。

然而真正的文艺评论家是不会忽视理论建设的。所有的文艺评论实践工作都应该建立在扎实的文艺理论基础之上。但毫无疑问，我们需要的文艺理论不是那种灰色的理论，不是那种僵死的理论，我们需要的是从活生生的当代中国文艺实践中提炼出来的文艺理论。这种文艺理论有现实的质感，有中国的温度，它从中国的文艺实践中来，又到中国的文艺实践中去，它始终以当代中国人民群众为文艺接受与传播的中心，坚持把人民的利益和需求放在首位，而不是以少数的知识精英群体或者职业化的专家集体为中心，那样只会忽视人民群众的文艺心理需求，只会伤害到广大人民的文艺利益。我们需要三思而后行。我们必须坚持以人民为中心的文艺评论工作导向，我们要把人民的利益和需求放在心中、摆在首位。我们还要从人民的文艺需求与利益中提炼出"新人民性"文艺理论，这方面当年的"工农兵文艺"理论给我们今天提供了很好的历史借鉴。但借鉴不是照搬，我们要勇于并敏于在当下中国的各种文艺创作实践中去发掘为当代中国老百姓所喜闻乐见的具有中国作风和中国气派的文艺作品，而不要受外力和偏见的影响，大胆而真诚地为那些弘扬时代主旋律和民族正能量的文艺作品鼓与呼！

事实上，只有坚持文艺评论的人民性标准，才能有效地抵御各种消费主义或者欲望化的文艺创作潮流，才能让当前的中国文艺真正地满足人民群众不断增长的精神文化需求，而不是以轻俗、庸俗或低俗的精神产品误导人民群众。但在新时代语境中，我们所说的人民性也要与时俱进，人民性的内涵和外延也要随着新时代的发展而发展，要争取与新时代同步同频共振，要能真正触摸到我们这个时代人民群众脉搏的跳动。我们不是要简单地回归到"工农兵文学"意义上的人民性，而是要螺旋式地上升到一种"新人民性"。这种新人民性是对过去这些年来当代中国文艺评论过于精英化、过于小圈子化、过于脱离人民群众的一种反拨，但这种反拨并不是简单地否定，不是要完全否定改革开放以来尤其是社会主义市场经济体制建立以来的文艺评论价值和实绩，而是要坚持辩证地看待消费语境中所出现的各种复杂的文艺评论问题。毫无疑问，正是在市场经济和消费文化的潮流和语境中，当代中国人民群众开始大规模地实现了文艺审美自觉，他们对文艺鉴赏有了更多的需求和期待，他们作为文艺接受主体的主体性在不断增强，少数专家或职业文艺评论家的工作已经越来越跟不上他们的节奏，总之新世纪以来的中国人民群众不再是简单的受众和受体，他们开始争取做真正意义上的文艺接受与传播的主体。他们的知识文化水平，他们所普遍接受的文艺教育，他们接受知识的渠道，与以前相比都已经发生了很大变化。这意味着，随着新时代的发展，我们的文艺创作和文艺评论的接受主体发生了根本性变革，他们成了新时代的新人民群众或"新人类"，这也就为"新人民性"文艺理论的建构打下了坚实的主体哲学基础。

如何构建以"新人民性"为核心的文艺评论话语体系，这是摆在我们面前的一道理论难题。具体来说，就是要创造性地处理好有关人民性与人性、民族性、人类性之间的辩证关系。我们谈论人民性必须坚持马克思主义的理论思维和原则，不管新的提法是叫"草根"也好、"底层"也好、"庶民"也好，人民归根结底还是以我们时代的老百姓为主体，只有他们才是我们时代的最大多数，但他们不再是沉默的大多数，而是有着相当的文艺审美觉悟，我们千万不能低估了当今中国平民百姓的文艺审美需求。但我们也不能把人民给神圣化，把人民当作空洞的政治概念，因为人民都是有血有肉的活着的生命个体，他们都有喜怒哀乐、七情六欲，所以我们提到人民性的时候一定要处理好人民性与人性的关系，一切的人民性必须建立在人性的基础上，否则就是舍本逐末，把人民性悬置在虚空的概念空壳中。但如果仅止于强调普遍的共通的人性，而忽视了人民性，忽视我们时代最大多数人的利益，这样的人性概念显然是虚伪的名词，是为了少数人的利益而服务的概念装饰品。不仅如此，我们还要处理好人民性与民族性的关系，因为所有的人民都必然是特定的民族的人民，而民族性归根结底是一个文化概念，特定的民族是由特定的文化土壤孕育出来的精灵，一个民族的集体性格就是其文化性格的外化，所以当我们谈论人民性的时候不能失去了民族性的维度，否则就会沦为空洞的政治口号，而失去了人民性生长的民族文化土壤。

同样，我们谈论人民性的时候也不能忽视了人类性。人类性不同于人性，人性偏重于人类生命个体的本能欲望，而人类性则建基于人类生命群体或整体的理性需求，所以才有人类命运共同体的说法。但这个世界上有人类命运共同体，也有人民命运共同体，因为所有的人民都是所在国家的最大多数，他们无形中结成了坚实的命运共同体，而人民共同体的利益虽然在国家内部至高无上，但如果置放于全球化与世界范围来看，它也必须服从人类命运共同体的利益。我们是社会主义国家，我们的文艺评论工作当然必须坚持以人民性为中心，但我们不能忽视人类性维度，我们的文艺工作需要有更高和更大的人类历史担当。但在强调人类性的同时，我们也要重视文艺的民族性，让我们的文艺更有自己的文化特性，而不是沦为西方文化的传声筒或复制品。总之在新时代语境中，我们需要不断完善"新人民性"理论话语体系，既一如既往地坚持以人民性为中心，同时也不断吸纳改革开放以来的古今中外优秀人类文明成果，让新时代的新人民性理论话语体系抵达新的历史高度。只有站在新的理论和历史高度上，我们的文艺评论工作才会有根本的改观及长足的进步。

四、从"新人民性"到"话体批评"

《关于加强新时代文艺评论工作的指导意见》前一段时间由中央各部委发布以后，在全国引起了很大反响。据我所知，在媒体上，包括纸媒和网媒都有很多报道，有的省份反应得非常快捷，像广东等地方都采取了相应的行动。在我们湖北这边，我记得周璐当时在《长江日报》上面做了一个专版，约了於可训老师和樊星老师写文章，也约了我，我迅速参与其中，写了一篇读后感，主要是谈了一下如何建设"新人民性"的文艺评论的问题。

在当前的新时代背景之下如何加强党的文艺评论工作，中间非常重要的一点就是要坚持以人民为中心的创作导向，在创作方面要坚持人民性的导向，同时在评论方面也要坚持以人民为中心的评论导向。现在文艺评论界，包括文学界，很多人都在提人民性，我关注到也有一些评论家提出了"新人民性"的概念，就是在新时代这样一个新的语境之下如何重新认识人民性的问题。大家知道，我们党早期的马克思主义文艺理论家，以及后来毛主席在延安文艺座谈会上的讲话中，都明确提出了这个问题，就是要重视文艺的人民性的问题，主要是文艺要为工农兵服务的问题。1962年延安文艺座谈会讲话二十周年纪念，明确提出文艺要为最广大的人民群众服务的问题。1979年第四次文代会后，党中央明确提出了"二为"方向，即文艺要为人民服务、为社会主义服务。人民性的标准在党的历史上一直备受重视，历届的中央领导人关于文艺工作都强调了人民性问题，习近平总书记在新的历史背景下强调人民性是继往开来。

我在高校工作，政治学习一直抓得很紧。在学习的过程中，我读了习近平总书记在2014年关于文艺工作座谈上的讲话，还有最近很多的重要讲话。学校要求全体老师要认真学习《习近平谈治国理政》。在阅读的过程中可以发现，习近平总书记非常强调以人民为中心的创作导向以及评论导向。建党百年大会上，他提到了一个金句："江山就是人民，人民就是江山。"中国的大好河山是人民创造的，历史也是人民创造的。当下的中国作家、文艺工作者如何用自己的文学艺术的方式去表现我们这个伟大的时代？人民性就非常重要了。但是人民性又不是简单地回到原来的工农兵标准，我觉得要更全面、更准确地理解人民性的内涵，要与时俱进。根据习近平总书记的阐释，他在提倡人民性的同时特别强调了民族性的问题，强调了要处理好人民性和民族性的关系，因为中华民族是一个文化共同体，我们有千百年伟大的文学传统、文化传统，我们是有很深厚的文化血脉的，这里面体现出来就是民族文化精神。所以我们在进行文学创作和文学评论的过程中，当我们强调人民性的时候，一定要考虑到人民不是一个抽象的概念，它必须和中华民族的民族性结合在一起。

同时，习近平总书记在讲话里面提到，人民不是抽象的概念、符号、口号，他是有血有肉的人，他是有喜怒哀乐的，甚至有内心的痛苦和挣扎。我们在做文学评论，包括文学创作的过程中，不要简单地去写那种美化现实、回避现实的文学创作和文学评论，要敢于直面社会发展中碰到的各种各样的问题，只要和人民群众休戚相关、反映人民群众喜怒哀乐，包括他们内心复杂的精神世界的东西都要加以强化。所以我们所谈到的新的人民性，不仅仅是广义上的社会上的广大人民群众，还要和民族性、人类性、人性结合起来。习近平总书记谈的人民性是有血有肉的，并不排斥我们经常谈到的人性的概念，所以我们不能把人民性的概念完全变为政治的符号，它和人性、民族性乃至于和人类性都有关。在世界范围内中国人民要发展，在新世纪的背景下中国要崛起，都要处理好中国人民和世界的关系，要处理好我们的民族和全人类之间在世界范围内的关系。我们的文学创作，包括文艺评论，也要提到人类命运共同体的高度上来。所以我觉得关于坚持以人民为中心的创作导向与评论导向，很可能涉及对人民的概念要做一种全新的理解。

其次，习近平总书记一系列关于文艺的谈话中，包括由中宣部牵头发布的《关于加强新时代文艺评论工作的指导意见》中，都特别强调"双百"方针、"二为"方向和"双创"路线，即要对中国的优秀传统文化进行创造性的转化和创新性的发展。这是习近平总书记这些年来反复提到的文艺发展路径问题。学术界，包括当代文艺理论界和创作界，很多人都在谈"双创"的问题，即怎么样对传统进行创造性的转化和创新性的发展。从文化的角度来讲，我们该怎样来面对五四以来对中国传统文化曾经采取的激烈的批判姿态，该如何认识以儒道为主的中国传统文化，就是如何处理好关于精华和糟粕的关系。我觉得重估五四以来对中国传统文化的态度和立场，在新世纪的背景下，特别是在新时代的形势下，这是一个非常重要的文化命题。当下的文学创作和文学评论该怎样从传统文化里面寻找资源，这一点非常重要。当下中国活跃在文学艺术界中的不同代际的作家，从"50后"到"80后"，都很注意到传统中去寻找资源。习近平总书记提出的"双创"命题，也是中国共产党几代领导人集体智慧的结晶，同时充分吸纳了文学艺术家，包括理论工作者的理论与实践，然后高瞻远瞩、高屋建瓴地在新时代提出了"双创"理论，这对于我们加强新时代的文艺评论工作是非常有帮助的。但是"双创"也不能停留在概念上、口号上，最终还是要落实到具体的文艺评论工作中去。

复旦大学的资深教授黄霖先生是做近代文论研究的著名学者，他组织人编纂了有关19世纪后期到20世纪上半叶近现代中国的"话体批评"大型文库。所谓话体批评，就是指中国传统的诗话、词话、小说话、曲话、剧话、文话等批评文体。我所理解的话体批评，就是中国本土固有的、传统的旧体文学批评形态。我们现在写的论文，包括王国维写的《红楼梦评论》之类，都是从西方人那里学来的文学批评文体。我们学习西方人的论文体所写的文艺评论，在一百年来取得了非常大的文学理论评论成就，这个非常重要，不能轻易否定，它强调理论的思维、抽象的演绎、逻辑的推理，这是对中国传统的文学理论批评文体的一个重要改进。但是与此同时，在当前的新时代下，我们该如何利用好中国传统的旧体文学批评资源？如何利用好所谓的话体批评资源？我们在利用西方式的"论文体"撰写文艺评论文章的同时，是否可以更好地激活我们本土的"话体"或者"旧体"文学批评传统？在重视长篇大论的同时，是否可以注重三言两语的、一鳞半爪的、短小精悍的印象式、感悟式评论？我们不用把二者对立起来，搞非此即彼；我们应该让这两种批评文体相得益彰，彼此促进，互相成就。

黄霖教授他们在整理中国近现代转型时期、新旧过渡时期的话体批评文献和资源，这不仅是一个学术问题，还是一个实践问题，它涉及我们当下的批评文体和文风问题。我们迫切需要提倡那种短文章，不是"论文体"的，而是带有传统话体批评特色的新时代话体评论。这样的一种中国话体文学评论，对于我们当下加强新时代文艺评论工作，改进文艺评论文体和文风的建设，应该会非常有借鉴的价值。我觉得重建我们本土化的、民族化的话体批评，对于我们改善、提高当下的文艺评论工作是一个非常重要的路径。除了当下流行的论文体之外，能否有中华民族传统的文学评论文体的一席之地，这个问题至关重要。我以为我们必须从话体批评文体中去寻找资源。

五、文化强国战略与新时代文艺创作

回眸十八大以来，以习近平同志为核心的党中央引领中华文化创造性转化、创新性发展，在21世纪的中国开辟了一条振奋人心、举世瞩目的文化强国道路。总书记曾在党的十九大报告中深刻指出："文化兴国运兴，文化强民族强。没有高度的文化自信，没有文化的繁荣兴盛，就没有中华民族伟大复兴。"①当前，在以中国式现代化全面推进中华民族伟大复兴的新时代征途中，以百年未有之文化自信大力推进文化强国战略，是我们党到21世纪中叶把我国全面建成社会主义现代化强国的总体战略安排的重要组成部分。最近，习近平总书记在文化传承发展座谈会上又强调指出："在新的起点上继续推动文化繁荣、建设文化强国、建设中华民族现代文明，是我们在新时代新的文化使命。"②显然，只有建立在文化自信基础上的文化强国战略，才能创造中华民族现代文明新形态。

众所周知，近现代以来在西方列强的坚船利炮入侵下，中华民族的文化自信力遭受重创。在清末"数千年来未有之变局"中，中华民族长期引以为傲的传统文化面临分崩离析之局。此后，民族文化自卑心理长期成为中华民族面对现代世界格局时挥之难去的阴影。各种全盘反传统的激进文化声音不绝于耳。诚然，作为一个后发现代化国家，在民族救亡的历史危机中，我们必须大力引进和借鉴西方文化思想资源，但这不应该成为我们由此失去民族文化自信力的理由，更不能成为鲁迅当年批判的所谓"他信力"③的借口。中国共产党诞生以来，以毛泽东和邓小平为代表的党的领导人一贯尊重中华民族传统文化，主张古为今用和推陈出新，反对崇洋

① 习近平：《决胜全面建成小康社会，夺取新时代中国特色社会主义伟大胜利》，《习近平谈治国理政》第三卷，外文出版社2020年版，第32页。

② 习近平：《在文化传承发展座谈会上的讲话》，《求是》2023年第17期。

③ 鲁迅：《中国人失掉自信力了吗》，见《鲁迅全集》第六卷，人民文学出版社1981年版，第117页。

媚外和全盘西化。然而毋庸讳言，在改革开放新时期，虽然我国经济实力得到飞速发展，但我们的民族文化自信力依然未能重新树立，各种唱衰中国文化的"假洋鬼子"依旧四处出没。不仅如此，在我国社会主义文化建设各领域中，某些丧失文化尊严、自毁文化长城之举时有耳闻，而各种扬西抑中、以西驭中的文化论调也不在少数。这反映了改革开放新时期中国经济发展与文化建设之间存在不平衡性与不协调性。为了破除近现代以来中华民族长期存在的文化自卑心理，在"百年未有之大变局"视野下，习近平总书记高瞻远瞩，明确提出全党全国各族人民要坚定中华民族文化自信，要自觉推动社会主义文化的大发展与大繁荣。这是百年未有之中国声音，向全世界传递着中华民族伟大复兴的历史脚步正在稳健前行。

十年来，在文化自信和社会主义文化强国战略指引下，新时代中国文艺的格局、境界和气象令人耳目一新。以前长期泛滥的"三俗"现象遭到抵制，各种兜售历史虚无主义的文艺创作逐渐失去市场，与此同时，许多作家艺术家被重新激发了文艺创造活力。除了耳熟能详的电影《我和我的祖国》《长津湖》、电视剧《觉醒年代》《人世间》《山海情》成了民众追捧的新爆款之外，在传统的纯文学创作中也不断涌现出新的现实主义文学精品力作。且不说电视剧《人世间》改编自著名作家梁晓声的同名长篇小说，实际上近年来在中国作协的"新时代山乡巨变创作计划"和"新时代文学攀登计划"的引领下，不仅出现了《乡村国是》《十八洞村的十八个故事》这样唱响主旋律的报告文学，而且还涌现了一批深受读者好评的长篇小说。与此前很多长篇小说虽然受到评论家的好评，甚至屡获大奖，而读者大众却不买账相比，新时代涌现的主旋律长篇小说重新获得了专业评论家和大众读者的双重关注，这充分体现了新时代以人民为中心的现实主义文学的力量。不仅如此，以《人世间》和《千里江山图》为代表的新时代长篇小说产生了巨大的社会轰动效应，再次将文学从学院派的象牙塔内重新拉回人民群众日常生活之中，这无疑成为新时代文学大发展与大繁荣的重要标志。

在这批日益受到读者关注的现实主义长篇力作中，杨志军的《雪山大地》、乔叶的《宝水》、赵德发的《经山海》、藤贞甫的《战国红》、王松的《暖夏》、关仁山的《白洋淀上》和《金谷银山》、付秀莹的《陌上》

和《野望》、欧阳黔森的《莫道君行早》、陈应松的《天露湾》等主要讲述中国当代乡村振兴故事，徐怀中的《牵风记》、孙甘露的《千里江山图》、朱秀海的《远去的白马》、徐贵祥的《琴声飞过旷野》等主要正面重述战争年代中国革命历史故事，水运宪的《戴花》、罗日新的《钢的城》、阿莹的《长安》等主要正面讲述新中国工业建设与改革故事。这些长篇小说的集中涌现展示了新时代文学十年积累的硕果。它们集中代表了新时代文学人民美学的新崛起。如在现实农村题材的作品中，作家积极深入新时代中国特色社会主义新农村建设生活中，他们的足迹遍布祖国的大江南北，他们与新时代农民同甘苦共命运，不再株守在书斋里以虚构故事为乐，而是展现了新时代中国作家必须具备的高尚的人民情怀。在涉及革命历史题材时，新时代作家也不再以解构或戏说宏大历史为乐，而是选择站在人民史观的立场上忠实地再现革命战争年代的英雄壮举，虽然也不乏悲情故事，但历史初心不改。这些作品重新为中国当代文学赢得了大众读者的支持和喜爱。实际上，这批长篇不仅上承新中国"红色经典"长篇小说的文脉，而且也是对改革开放新时期以《平凡的世界》为代表的现实主义长篇小说传统的弘扬与发展，对于新时代文学创作实绩而言意义重大。

追根溯源，新时代文艺繁荣局面的形成，是与总书记在十八大以来大力倡导文化强国战略分不开的。在总书记文化思想的指引下，新时代中国文艺家努力创造社会主义先进文化、切实传承中华优秀传统文化，致力于马克思主义基本原理与中国具体国情相结合、与中华优秀传统文化相结合，从而取得了各种文艺形式的艺术丰收。具体而言，在书写革命、建设与改革的宏大题材时，新时代中国文艺家不再剥离人物与时代、事件与历史的关系，而是把人物或事件置放在大时代大历史中予以审美观照，深刻揭示出党和人民在近百年中国历史进程中的主体性，让革命文化与社会主义先进文化的精神魅力在文艺作品中熠熠生辉。与此同时，新时代文艺家不再简单粗暴地对待中华优秀传统文化，而是坚持创造性转化与创新性发展原则，着力在文艺创作中凸显中华民族文化美德与美学精华，诸如民本思想、民族气节、爱国情怀、仁爱之心、刚健精神、和谐意识、民族形式、本土气韵等。凡此种种，无不在新时代文艺创作中从文化意蕴到文体形式层面被改造和再生。我们坚信，只要坚持以人民为中心的社会主义文化发展道路，坚持中华文化创造性转化与创新性发展战略，新时代文艺必将攀登上新的艺术高峰，为文化强国建设与民族复兴大业做出更大的贡献。

六、观照传统，滋养创作

习近平总书记在中国文联十一大、中国作协十大开幕式上的重要讲话中指出，希望广大文艺工作者坚持守正创新，用跟上时代的精品力作开拓文艺新境界。作为一名来自湖北武汉的文艺工作者，置身于庄严的人民大会堂，我倍感振奋。面对百年未有之大变局，新时代的中国文艺工作者何为？现场聆听了习近平总书记的讲话，其实答案已经清晰地摆在了世人的面前。这就是我们要毅然坚持走守正创新之路。诚然，没有创新就没有文艺，但只有守正创新才是文艺的正道。那种脱离了中国的具体国情，割裂了中国的优秀文化传统，丧失了民族文化自信力，一味求新逐异，专门搞怪作秀的所谓文艺创新是不会有长久的艺术生命力的。真正的文艺创新必须建基于中华优秀传统文化的创造性转化与创新性发展，这既是文艺创作的必由之路，也是文艺评论、文艺研究应当努力的方向。

今天的中国不再是百年前积贫积弱的旧中国，新时代的新中国需要新的文艺发展纲领，也需要新的文艺研究战略。这些年来我不断地沿着中国文学传统的创造性转化与创新性发展问题展开思考，在从事中国当代文学研究的同时不断将学术视野回溯到中国古代文学传统，力求在新旧融合、古今演变、中西对话的立体视野中表达我对新时代中国文艺发展道路的学术思考。我的理想是大力推动文艺上的新旧融合，破解长期以来新旧对立的文艺发展壁垒。目前以诗歌和小说为突破口，然后逐步扩展到散文、戏剧等领域的新旧交流与对话。我认为当代文艺研究者要有力介入近百年来的中国旧体文艺研究，这不仅包括诸如"旧体诗词""章回小说""旧剧""百年文言""话体批评"等旧体文学研究，而且还包括"国画""书法""民乐""民族舞"等旧体艺术研究在内，逐步拆解百年来盛行的新旧对立文艺发展模式，建构新时代中国文艺新秩序。

回顾自己多年来的学术经历，我深有感触的一点就是，没有把中国的新文学与旧文学割裂开来进行研究，而是注重挖掘新文学里的传统性，观照传统资源如何滋养今天的文学创作。比如，我有意识地挖掘当代中国小说创作中的传统因子，揭示"传奇""话本""博物""方志"等文体资源是如何被当代作家活学活用的。在中国现当代旧体诗词研究中，我注重挖掘旧体文学中的新变化，通过考察鲁迅、郭沫若、茅盾、老舍、叶圣陶等新文学大家的旧体诗词创作，揭示古为今用、推陈出新的民族文学发展新前景。随着研究的不断深入，我越来越意识到，"五四"新文学与传统文学有着丰富、多样的内在联系，它们共同熔铸成我们新时代的文学传统。一方面，"五四"新文学的诞生与发展离不开传统文学词汇、文体以及思想的影响，另一方面，传统文学也因"五四"新文学而得以转化，从而适应于新的时代要求而留存下来。如果说中国文学传统有何卓绝之处，那正在于这种富于包容性和转化力的文化弹性。

我的这些学术积累，汇集成《中国文学传统的复兴》《中国文学传统的涅槃》《中国文体传统的现代转换》《新世纪文学微观察》等书，得到越来越多的师长与同道的鼓励。我的老师於可训先生对我说，要"怀中国文学复兴之志"。在他们的鼓励下，这十多年来，我努力搜集百年中国旧体诗词文献史料，以中国传统的编年史体例编纂多卷本《中国现代旧体诗词编年史》，试图全景式呈现中华民族传统诗歌文体在百年风雨历程中的发展轨迹。目前第一辑四卷共计四百余万字已由人民出版社出版。这还只是冰山一角，我们学术团队还在集体攻关，预计最终现代部分就可以整理出五辑二十卷，总字数规模将达到两千余万字。我们在做现代诗词编年史的过程中，坚持以时间性的历史绵延为主轴，以空间性的文学地理为广角，以媒介性的接受与传播为载体，力图三位一体地建构百年中华传统诗歌史图谱。而以毛泽东和鲁迅为代表的中国革命旧体诗人群体的旧体诗歌发展则是这部规模庞大的断代诗歌编年史的核心叙事线索。

毫无疑问，中国现当代文学研究离不开史料建设，但中国现当代文学史料建设又离不开现当代旧体文学史料建设，它与现当代新文学史料建设比翼颉颃，不可或缺。二者相互独立又彼此渗透，新中有旧，旧中有新，莫作等闲看。现代旧体文学史料包括旧体诗歌史料、旧体小说史料、旧体文章史料、旧体戏剧史料和旧体文论史料。每一种史料的开掘都是一座学术富矿，值得现当代文学研究者珍视。整理并研究现当代旧体文学史料对于中国现当代文学学科在国家新文科战略背景下的生存与发展至关重要。在目前中国古代文学学科下沿至晚清民国旧体文学领域之际，现当代文学学科不应再株守新文学藩篱，失去学科发展的新机遇。一时代有一时代之学术，当庞大的现当代旧体文学史料浮出历史地表，我们现当代文学学科不应漠视文学史实，而应实事求是，超越新旧意识形态壁垒，赓续千年文脉，走向古今中西新旧融合的大文学场域。

习近平总书记说："博大精深的中华文明是中华民族独特的精神标识，是当代中国文艺的根基，也是文艺创新的宝藏。"[①] 这对我是莫大的鼓舞。中国现当代旧体诗词是传统中国与现代中国碰撞出的文学回响，我们愿以这些融典雅文学形式与现代情思为一体的作品为纽带，与新时代的广大读者和同道一起成长。

七、浅谈高科技与文艺前沿问题

非常感谢大家从全国各地赶来参加本次由湖北省文学艺术界联合会、中南民族大学联合主办的"文艺与高科技：挑战、对话及其前景学术研讨会"。这次会议的策划选题非常前沿，真正体现出了挑战性、对话性和前瞻性，很多与会者都认为必将在未来对人文科学与文艺创作产生深远的影响。中国文联和中国文艺评论家协会对本次会议十分重视，高度肯定了湖北省文联和湖北省文艺评论家协会对本次会议的精心谋划。出席本次会议的专家学者具有多种学科背景，除了人文社会科学领域的专家学者之外，我们还邀请到了理工科的自然科学工作者，就是为了打破既有的学科藩篱和学术壁垒，探讨高科技时代的文艺发展前沿问题。在这里我想代表湖北省文艺评论家协会，针对这个前沿问题谈几点粗浅的理解和看法。

众所周知，科技与文艺的关系自古以来就很密切，甚至有人说二者是

---

① 习近平：《在中国文联十一大、中国作协十大开幕式上的讲话》，《人民日报》2021 年 12 月 15 日。

孪生兄妹。20世纪80年代在中国文学界产生巨大社会轰动效应的报告文学《哥德巴赫猜想》，想必大家记忆犹新。著名诗人、作家徐迟先生当年用自己的生花妙笔精心地描绘了数学家陈景润卓越的科学思维图景，还有他的其他报告文学，如写李四光的《地质之光》，写常书鸿的《祁连山下》，一起在改革开放初期的中国知识界和人民群众中产生了深刻反响。当然，徐迟先生的报告文学不仅仅是为科学春天的到来辩护和赞美，更是为了告诉我们真正的科学工作是美的，包括科学思维、科学实践和科学家人格，都和文学艺术一样，都能抵达审美境界。这意味着科技与文艺之间绝非老死不相往来，而是彼此血肉相连，如影随形。在古代科技时期，主要是西方工业革命之前的漫长的前现代时期，科技对文艺的影响更多地处于比较和谐的状态。古代科学观念对于古代文艺家的世界观和美学思想的塑造是顺理成章的，古代技术革新对古代文艺家的艺术媒介和创作技法的推动也是水到渠成的，古代文艺家对于古代科技的影响和渗透不会有种种不适感，如盐入水，那是古典时期科技对文艺渗透的理想状态。之所以如此，主要是因为古典时期的科技进展缓慢，尚未能对文艺产生根本性的挑战。而随着工业革命时代的到来，世界科技开始步入现代科技的快车道，很快就迎来了所谓的"机械复制时代"。此时的科技已非古典科技可同日而语，慢慢成了世人眼中令人震惊的"高科技"。高科技对文艺的影响是蛮横而霸道的，不再像古典科技对文艺的渗透那样"润物细无声"，而是"飞流直下三千尺"，直接给文艺工作者和爱好者带来巨大的视觉冲击和心理冲击，乃至激发起强烈的心理震撼。其中固然有欣喜，但也有种种不适感。

在我有限的知识储备中，归纳起来，近百年来文艺与高科技之间曾发生过三次激烈的冲击与碰撞，其中的酸甜苦辣和悲喜交集至今还残留在各种学术史和知识史上。第一次发生在20世纪上半叶，随着机械复制时代的来临，电子技术广泛应用于电影、电视、摄影等大众艺术门类，现代科技对文艺创作产生了巨大冲击，形成了崭新的文化工业形态，法兰克福学派对此从理论上进行了批判性审视。这一次电子高科技对文艺的冲击至今余震未了，与文化工业有关的大众通俗文艺形态的崛起让传统的"纯文学"日渐边缘化，只能躲进古老的知识界象牙塔寻求学术庇护。这大约就是20世纪世界范围内的文艺发展主旋律，即大众文艺的崛起和纯文学或纯艺术的自我救赎。这种状况在 20 世纪之前的文艺界完全是不可想象的。纯文艺的天之骄子身份在 20 世纪的机械复制时代里有了变成弃子的风险。及至 20 世纪末和本世纪初，随着现代信息社会的高度发展，网络时代终于降临，网络文学和各种网络文艺样式不断涌现，高科技由此对文艺发动了第二次巨大的冲击。在文艺界的一个显著症候就是围绕"网络文学"的合法性问题引发了巨大争议。面对网络文学是不是文学，网络文艺是不是艺术，知识界进行了漫天飞舞的口诛笔伐。但"无可奈何花落去"，保守的学院知识界不得不退而求其次，重新将机械复制时代的各种大众通俗文艺形态，如影视艺术纳入等级森严的现代学科体制中，而一致对外，也就是以艺术的名义集体应对网络文艺的巨大冲击和挑战。第三次冲击就发生在此时此刻。2023 年被认为是 ChatGPT 元年，关于元宇宙、GPT、AI 写作等人工智能时代文艺创作与文艺研究的大讨论层出不穷，这说明我们已经来到了新的历史关口。如果说网络文学和网络文艺的崛起还属于"人类内部矛盾"问题，那么数智时代的人工智能文艺对传统文艺和现代文艺的挑战就属于"敌我矛盾"性质的问题了。面对真正意义上的"后人类时代"的到来，人类何为？文艺又该何去何从？在当今高科技时代，人类的竞争对手不再是人类而是新人类和仿真人类，人类文艺的竞争对手不再是什么网络文艺而是人工智能文艺，而传统的或现代的文艺研究所面临的竞争对手则变成了人工智能学术机器。

那么如何看待当今高科技与文艺的复杂关系？通过本次大会的各种讨论，我大致将其划分为三种观点或立场。第一种观点认为高科技对当下文艺的生产、传播和接受主要产生了负面的压抑性作用。这种观点从传统的以审美为核心的文艺观出发，认为高科技对文艺的冲击是某种压抑、扭曲、变形和困扰，整体上压抑了人文艺术的创造。第二种观点认为高科技对文艺的作用是生产性的，这是一种积极开放的面向未来的立场。他们认为在人类社会历史上，科技的发展变化始终保持着对文艺的巨大影响，虽然每个时期都会有人控诉科技造成了文艺之死，但文艺总是能死而复生，不会完全被科技所扼杀。相反，当人们能够熟练驾驭科技，并用以拓展文艺生产的空间和方式、内容和形式时，就能秉持更加开放的姿态来面对高科技对文艺创作所带来的新变化。这就涉及第三种观点和立场，认为文艺与高科技的融合是历史发展的必然趋势。但在二者融合过程中，主体性重建的问题显得尤为重要。面对高科技对文艺的渗透，文艺的主体何在？究竟是人还是机器？还是人机莫辨的"机器人"？这是哲学问题，也是高科技时代的社会伦理问题，更是我们时代日益凸显的文艺技术伦理问题。我们不禁质疑，AI 技术、GPT 技术所建构的文艺作品、文艺论文究竟有没有温度、精神和灵魂？灵魂和技术之间怎么结合？这是艺术与技术的问题，是学术与技术的问题，也是主体与客体的问题，需要在高科技时代不断思考和开拓。同时，这个问题为当下跨学科融合与新文科建设提供了具体路径与方法，对现有学科体系、学术体系、话语体系的建构与调整具有重要意义。总之，我以为本次会议是对新时代加快构建中国哲学社会科学三大话语体系的有益探索，具有无限的可能性。

下 编

传统之变

新历史演义小说文体的生成

——论贾平凹的长篇小说《山本》

在贾平凹的长篇小说创作系列中，《山本》无疑是一部不可或缺的重量级作品。这不仅是因为这部长篇小说的体量大，长达五十万字，超过其体量的唯有《古炉》，更重要的是，《山本》是贾平凹迄今为止唯一一部单独书写新中国成立以前的旧中国史的长篇小说，虽然此前《老生》也写过秦岭游击队的历史，但仅作为《老生》的四个叙事单元之一，其余三个单元都是写的新中国史。这意味着贾平凹的长篇小说创作已走在从现实题材向历史题材掘进的广阔道路上。作为巍然屹立、蜿蜒曲折的文学山脉，贾平凹的长篇小说系列正如同他笔下横亘在中华广袤大地上的秦岭龙脉一样，既有北方的豪壮又有南方的灵秀，既有现实的广度也有历史的深度，体现了我们这个时代中国文学所能抵达的艺术高度。但《山本》似乎有些生不逢时，这部不仅在陕西文坛而且在中国文坛上能与陈忠实的《白鹿原》相颉颃的长篇力作，面世后毁誉参半，甚至一度还出现了激烈的否定声音[1]。事实上，贾平凹在创作之初并非没有顾虑，但他还是怀着谨慎的善意与乐观，期待文学解人的出现。"我还是试图先写着吧……写作有写作的责任和智慧，至于写得好写得不好，是建了一座庙还是盖个农家院，那是下一步的事，鸡有蛋了就要下，不下那也憋得慌么。"[2] 这看似幽默，

---

[1] 参见贺仲明：《思想的混乱与自我的复制——对〈山本〉文学价值的重新考量》，《南方文坛》2019 年第 2 期。

[2] 贾平凹：《山本》，作家出版社 2018 年版，第 523 页。

其实隐含了贾平凹低调的自信。问题是，贾平凹的这种艺术自信从何而来，他究竟在《山本》中想要表达什么，而且又是如何表达的？在我看来，贾平凹在《山本》中试图创造一种长篇历史演义小说文体新形态，换句话说，他想创造性地转化中国古典历史演义小说叙事传统，以民族化风格传达现代性忧思。所以他在写作《山本》的过程中，室中左边挂的条幅是"现代性、传统性、民间性"，右边挂的是"襟怀鄙陋、境界逼仄"①，这是提醒自己既要吸纳中国本土的文学传统资源，也要防止坠入中国传统文人大多思想境界不高的陷阱，借此实现中西文学与思想的艺术交融。

一

熟悉中国当代小说创作潮流的读者一看便知，《山本》是一部典型的新历史小说文本。所谓新历史小说，在中国当代文学思潮中大体上是一个与革命历史小说相对应的概念。一般而言，革命历史小说讲述的是新民主主义性质的革命历史故事，大多数革命历史题材红色经典小说就是如此。但也有偶尔突破新民主主义革命范围的红色经典作品，比如李六如的三卷本《六十年的变迁》就将叙事时间范围上溯至旧民主主义革命时段，从清末辛亥革命一直写到新中国成立，可惜第三卷未能终篇。而新历史小说则是在改革开放后的新的历史语境中对原有的革命历史小说形态的改写或重构，它所涉及的叙事历史时段大体涵盖从旧民主主义革命到新民主主义革命的整个中国近现代革命史。与革命历史小说相比，新历史小说不再执着于主流意识形态叙事模式，不再执着于战争史或军事史的文学书写范式，而将叙事立场确立在民间本位，将叙事主干由战争史或军事史拓展至社会史、经济史、文化史、风俗史以及日常生活的书写。由此，新历史小说实现了对旧中国史的整体性重构或改写，让读者体察到了与新中国史不一样的历史面目，也领略到了与革命历史小说不一样的叙事魅力。对于贾平凹这样一位长期执着于讲述新中国史或新中国故事的大作家而言，追溯

---

① 贾平凹：《山本》，作家出版社 2018 年版，第 526 页。

起来，在他四十多年的创作历程中讲述旧中国史或旧中国故事的作品并不多见，除了《老生》部分地涉及旧中国史之外，值得注意的再就是上世纪八九十年代之交的土匪题材中篇小说系列了。事实上，那本以《逛山》命名的中篇小说合集给长篇力作《山本》打下了坚实的艺术基础，至少可以说，早在三十年前贾平凹就已经埋下了创作《山本》的艺术伏笔，因为在《山本》中我们可以看到太多的山地土匪故事。但《山本》毕竟不是一部土匪题材的长篇小说，它不是对早年的《逛山》系列的简单扩大或改写，因为这部长篇巨著中涉及的秦岭各种社会力量或社会群体实在过于庞杂，除了不同类型的土匪群体之外，还包括红军内部的不同群体、"国军"内部的不同群体、绅商内部的不同群体、乡民内部的不同群体等等，这就远远超出了单纯的题材类型小说范围，而深入到了立体地重构旧中国史的小说艺术境界。

然而，如何让秦岭的历史进入文学，这对于贾平凹而言也并不是一件容易的事情。他在《山本》后记中说自己在数年里陆续去过秦岭起脉的昆仑山，去过秦岭始崛的鸟鼠同穴山，去过太白山和华山以及其间的七十二道峪，自然也多次去过他的文学原乡"商州"（商洛）境内的天竺山和商山。最初他去是为了收集和整理秦岭的草木记和动物记，终因能力和体力原因未能完成，但无心插柳柳成荫，没料到这期间收集到了秦岭上世纪二三十年代的诸多传奇故事。"那年月是战乱着，如果中国是瓷器，是一地瓷的碎片年代。大的战争在秦岭之北之南错综复杂地爆发，各种硝烟都吹进了秦岭，秦岭里就有了那么多的飞禽奔兽、那么多的魑魅魍魉，一尽着中国人的世事，完全着中国文化的表演。"[1]面对如此庞杂混乱的秦岭历史素材，贾平凹感觉自己就像一头企图追捕兔子的狮子，眼看着兔子钻进了历史的荆棘藤蔓中却无计可施。终于有一天他从老庄的比较中意识到，虽然自己面对的是秦岭二三十年代的一堆历史，但那堆历史其实也面对着他，他"与历史神遇而迹化"，《山本》应该"从那一堆历史中翻出另一个历史来"[2]。这意味着贾平凹从庄子的"天我合一"美学而不是老子的"天人合一"哲

---

[1] 贾平凹：《山本》，作家出版社2018年版，第523页。
[2] 贾平凹：《山本》，作家出版社2018年版，第525页。

学中获取了新历史小说叙事灵感，但无疑也暗合了西方后现代历史叙事学和解构主义元史学的精神旨趣。所以贾平凹才会这样说："过去了的历史，有的如纸被糨糊死死贴在墙上，无法扒下，扒下就连墙皮一块全碎了，有的如古墓前的石碑，上边爬满了虫子和苔藓，搞不清哪儿是碑上的文字哪儿是虫子和苔藓。"①这就形象地揭示了历史的模糊性和不确定性，同时也给作者以"天我合一"的方式重构秦岭大历史提供了艺术合法性。但"天我合一"毕竟不是"以我为主"，"以我为主"容易陷入"我注六经"的主观主义泥淖，而"天我合一"则强调了"我"与"天"之间的主体间性或对话机制。显然，贾平凹在《山本》的创作中并未落入诸多新历史小说习惯性陷落的戏说历史窠臼，他在构思和写作中格外重视历史素材的搜集与消化，尤其强调创作主体（"我"）与历史主体（"天"）之间的平等对话，由此恪守了历史文学创作中的历史主义底线，在整体上把握住了历史真实与艺术虚构之间的平衡，避免了主观宰制和随意切割历史的反历史主义行为。因为"改写历史和艺术虚构完全是两回事。艺术虚构是必要的，而改写历史却是要不得的，是反历史主义的"②。对于贾平凹而言，要想真实地写出秦岭的历史，不是说反对虚构，而是要处理好历史素材与艺术虚构的关系，其中最重要的就是写出历史的真实，揭示历史的真实性，让历史的隐秘真相或本相自动敞开，这就是《山本》命名的由来。

那么问题在于，一个作家究竟该如何处理历史素材与艺术虚构之间的关系？众所周知，在中国古代历史小说叙事传统中，关于这个问题大体上

---

① 贾平凹：《山本》，作家出版社 2018 年版，第 525 页。

② 茅盾：《关于历史和历史剧》，见《茅盾文学评论集（下）》，人民文学出版社 1978 年版，第 210—211 页。

形成了两种"历史演义"①处理模式：一种是以《三国演义》为代表的"七实三虚"处理模式，即大部分遵从既有的正统历史叙述，如《三国志》和《资治通鉴》的相关历史记载，只有少部分由小说家来进行合情合理的艺术虚构。再一种则恰好相反，就是以《水浒传》为代表的"三实七虚"处理模式，即少部分得自于既有的历史叙述，且正史和野史相混合，如《宋史》《宋江三十六人赞》《大宋宣和遗事》，而大部分则由小说家进行合情合理的艺术虚构。关于前一种演义模式，鲁迅指出："然据旧史即难于抒写，杂虚辞复易滋混淆，故明谢肇淛（《五杂组》十五）既以为'太实则近腐'，清章学诚（《丙辰札记》）又病其'七实三虚惑乱观者'也。"②显然，鲁迅对这种"实过于虚"的处理模式给予了讥评。而关于后一种演义模式，茅盾也表达了不同看法，他认为《水浒传》"不是严格的或正宗的历史小

①　在中国古代，"演义"一词最早见于《后汉书·周党传》。该传录光武朝博士范升弹劾周党的奏语，有"党等文不能演义，武不能死军"等语。范升所言"演义"，指推演发挥儒家经典，也用作动词，指一种言说方式。所以在先秦两汉时期，"演义"本是一种用于释经的言说方式，其言说体例则有传、记等名目。章学诚在《文史通义》内篇《传记》中列举《春秋》三传、《礼经》的大小戴《礼记》和《易经》的"大传"《系辞》等。章氏断言，言"传"言"记"，实无区别，如《春秋》三传"各记所闻，依经起义，虽谓之'记'可也"；而《大戴礼记》《小戴礼记》"各传其说，附经而行，虽谓之'传'可也"。故而先秦两汉时期，诸如《左传》演事之作，抑或其他演言之作，书名多称"传"而不称"演义"。"传"可与"演义"一样作为释经方式，也可另作释经体式，即文类名称。但无论作为释经方式的"演义"或"传"，抑或作为释经体式的"传"，都包含推演某部原书、增广内容与文辞、发明意义的共同特征。在历史演义成熟后，很多作品沿袭秦汉经传成例，用"演义"表示叙事方式，用"传"表示叙事体式，如《新刊京本按鉴补遗通俗演义三国志传》《残唐五代史演义传》《大宋演义中兴英烈传》《杨家将演义全传》《岳王传演义》等。此外尚有"记""录""志""史"等命名者，大体与"演义"或"传"相当。以上参阅董乃斌主编：《中国文学叙事传统研究》，中华书局2012年版，第452页、第461—463页。

②　鲁迅：《中国小说史略》，见《鲁迅全集》第九卷，人民文学出版社1981年版，第129页。

说"，因其"历史性只在于史有其人、史有其事"① 而已。言下之意是不赞成这种"虚过于实"的历史与文学（虚构）处理模式。至于今人，我们已经很难说究竟哪一种处理模式更好，因为二者都取得了令后世仰望的艺术成就，并形成了各自不同的历史小说叙事典范。在中国当代小说创作中，大体而言，传统意义上的历史小说家大都遵从《三国演义》那种历史演义模式写作，从姚雪垠的《李自成》到二月河的"清帝系列"和唐浩明的"清吏系列"都是如此，偏重于历史的实，而以文学的虚为辅。而在新历史小说家笔下，如陈忠实的《白鹿原》、莫言的《丰乳肥臀》、迟子建的《伪满洲国》、刘醒龙的《圣天门口》，则有意无意或显或隐地传承了《水浒传》那种历史演义叙事传统。虽然这些作家在写作前也做足了历史功课，但在具体的创作中则以文学之虚凌驾于历史之实之上。显然，贾平凹的《山本》属于后一种历史演义一脉。当然，并非所有的新历史小说都是"新历史演义小说"，只有那种带有历史演义文体特征的新历史小说才能划入"新历史演义小说"范畴。比如刘震云的《故乡天下黄花》和《故乡相处流传》、刘恒的《苍河白日梦》、李锐的《旧址》、苏童的《米》和《我的帝王生涯》这类常常被人划归为新历史小说的小长篇，它们从文体上看显然与中国传统的历史演义小说关系不大，而且大多明显带有外国现代派或后现代小说叙述游戏的痕迹，所以并不符合我们所谓的"新历史演义小说"文体形态。而《山本》与《白鹿原》《丰乳肥臀》《伪满洲国》《圣天门口》这类新历史小说巨著则不同，虽然它们有的也被贴上了外国小说流派影响的标签，比如魔幻现实主义之类，但总体而言，它们更能显示世纪转型之交中国小说的中国气派来。而这种中国气派的形成，在很大程度上得益于中国古代长篇历史小说的"演义体"传统的发扬，尤其是《水浒传》那种"泛历史演义"文体传统的滋养。

显然，在贾平凹众多的长篇小说作品中，唯有《山本》具有历史演义特质。据贾平凹自己说，这部长篇小说最初题名《秦岭》，后来为了避免

---

① 茅盾：《关于历史和历史剧》，见《茅盾文学评论集（下）》，人民文学出版社1978年版，第229页。

与"茅盾文学奖"获奖作品《秦腔》重复，改名《秦岭志》，再后来又嫌命名读起来不够响亮，最终定名《山本》①。在我看来，三个名称中《秦岭志》最能传达中国古典历史演义体小说的文体特征。它很容易唤醒中国读者对《三国志通俗演义》《东周列国志》等民族历史文学经典的集体记忆。事实上，贾平凹确实在搜集秦岭历史素材方面下了很大功夫，但遗憾的是我们一时还无法知道贾平凹究竟掌握了哪些第一手的秦岭历史素材。这就决定了我们一时还无法做出那种严格的《山本》本事考证。但陈思和先生还是慧眼独具，他敏锐地第一时间发现了《山本》的"本事"来源，而历史本事正是历史演义和历史虚构的基础。按照陈思和的初步考证，《山本》的历史故事主要来源于上世纪二三十年的革命史，在整体上站得住脚，但中间也夹杂了历史疑点，体现了民间说史无时间感的叙事特点。具体来说，小说中写到了冯玉祥部在中原向红军大举发动进攻，红军分三路突围，一路进了秦岭；秦岭特委指示游击队一方面与冯部周旋，另一方面还要护送一位重病的首长通过秦岭去陕北延安。陈思和认为这里的历史背景描写有不尽合史实之处，因为冯玉祥与蒋介石在 20 年代末联合反共不假，但那时反共主要是"清党"，还不是大规模作战，此其一。其二，冯玉祥在中原发动战争主要是与奉系军阀及河南当地军阀作战，不存在与红军的中原部队作战。其三，写游击队护送首长去延安，护送事件只能发生在抗战以后，在 20 年代末红军既不可能有中原部队也不可能有延安根据地。但陈思和同时又指出："1927 年是红军草创时期，小说写到阮天保与井宗秀分裂，从保安队倒戈红军，可能是影射 1927 年 10 月共产党人唐东源、李象九、谢子长等利用陕北军阀井岳秀部第十一旅第三营发动清涧起义，分裂了井岳秀部队，创建陕北红军的历史事件。红军与冯玉祥的军事交锋应该是在 1928 年 6 月，冯玉祥以三个师的兵力围剿唐东源、刘志丹等人创建的工农革命军，革命军失败后，有一路军队进入商洛地区，与当地零星的游击武装结合在一起。也就是小说里蔡一风、井宗丞领导的游击队。"②

①贾平凹：《山本》，作家出版社 2018 年版，第 522 页。

②陈思和：《民间说野史——读贾平凹新著〈山本〉》，《收获》长篇小说专号 2018 年春卷，第 289 页。

不难看出，如果将小说中的平原游击队置换成陕北工农革命军，问题便可迎刃而解。显然，贾平凹在《山本》中将史实中冯玉祥部与陕北红军的战争改写或置换成了小说中与平原游击队的战争，也就是说，小说中关于平原游击队的历史演义正来源于陕北红军的历史本事。至于为何不明写这段历史本事，答案也并非不可理解，无非是因为那段历史的特殊性与复杂性。唯其如此，我们才能理解为何贾平凹在叙事中会不经意间留下了叙事破绽，即陈思和质疑的秦岭游击队护送首长去延安不符合史实的问题。因为贾平凹的历史本事确实就是来自陕北红军史，小说中置换成"平原游击队"实乃不得已而为之，故而一念间露出了小说中根本不必出现的地名"延安"，即使要出现也应该换成"平原"或"中原"的某地即可。

除了发现《山本》中的"本事"大体是真事外，陈思和先生还初步证实了《山本》中的"本人"大体是真人。按照陈思和的说法，《山本》中最重要的人物原型是陕北军阀井岳秀。只不过不是实写而是虚写，贾平凹根据井岳秀的生活原型塑造了井宗丞、井宗秀两个人物，以此为井氏兄弟树碑立传[①]。这个说法似可商榷，为井氏兄弟树碑立传不假，但兄弟俩的生活原型都来自井岳秀则不那么合情理。更为合理的说法应该是，根据历史上的井家兄弟故事塑造了小说中的井家兄弟形象。陈思和文中将历史上的井家兄弟误记为哥哥井勿幕、弟弟井岳秀，其实井岳秀（1878—1936）才是兄长，井勿幕（1888—1918）乃胞弟。井勿幕早年在外进新式学堂，后参加中国同盟会，为陕西辛亥革命先驱，曾被孙中山誉为"西北革命巨柱"。可惜年仅三十一岁时因在陕西参加反北洋军阀战争而被人暗杀。井勿幕的生平与《山本》中的哥哥井宗丞的经历颇为暗合，都是在外求学参加革命，只不过史实中的旧民主革命被置换成了新民主革命，至于被人暗杀的结局则与史实高度一致。历史上井勿幕死后，井岳秀为弟弟报仇，曾将革命叛徒李栋材活捉归案，对其施加砍头挖心、剥皮抽筋等酷刑，祭于亡弟灵前。他甚至还将仇人的人皮制作成马鞍，整天骑于胯下解恨。这在

---

① 陈思和：《民间说野史——读贾平凹新著〈山本〉》，《收获》长篇小说专号2018年春卷，第289页。此段中关于井宗秀与井岳秀之间的文史互证借鉴了陈思和先生的相关成果，略有修正和补充。

《山本》中也被移植到了井家兄弟的复仇故事中。小说中写井宗秀派人捉拿凶手邢瞎子，施加挖眼凌迟等酷刑祭奠亡兄，至于剥皮则移植到了另一个叛徒三猫的身上，井宗秀下令用奸细的人皮做成人皮鼓挂在城楼上警示众人。如果说井宗丞的原型是井勿幕，多少有些犹抱琵琶半遮面，那么井宗秀的原型是井岳秀的事实，就昭然若揭了。历史上的井岳秀被称为"榆林王"，在治理榆林地区经济建设、维护领土统一等方面政绩卓著。虽然在政治上井岳秀不如胞弟井勿幕有正声，但陕北军阀井岳秀的一生就是一部传奇，至今在陕北榆林地区还流传着井岳秀的种种野史杂传[①]。其中比较典型的是 1992 年陕西省榆林地区文学艺术界联合会出版发行的《井岳秀传奇》，此书系章回体长篇小说，署名李云峰著，共计二十五回，有回目，有绣像插图，可供评书演播之用。历史上的井岳秀擅长骑马，治理榆林二十年间每天晚上都骑马巡查，这一点在《山本》中作为井宗秀的标志行为被多次刻画。历史上井岳秀之死充满传奇性，一说死于偶然，说他看家眷打牌时起身坠枪走火，命中要害而死；另一说死于必然，说是被共产党指使刺客暗中枪击身亡。《山本》取后一说，暗示被红军团长阮天保指使人行刺而死。但小说中也综合了第一说的场景，即死前他确实在宅中看妻子和戏子打牌。

　　从以上简略的文史互证中不难发现，《山本》所讲述的历史故事确实有着比较坚实的历史基础。尽管我们无法清晰地判明贾平凹具体依据了哪些正史或野史来展开他的秦岭历史演义，但得出贾平凹在《山本》的创作中实际上是在演义一段上世纪二三十年代的秦岭历史这一结论，应该是完全成立的。按照茅盾讨论历史与历史文学的关系时提出的四种思路，即"真

---

　　① 除了李云峰著《井岳秀传奇》之外，有关井氏兄弟的文献还可参阅李峰荫著《井氏双雄　血沃中华——孙中山和井勿幕、井岳秀弟兄们的英雄故事》，甘肃民族出版社 2009 年版；井晓天编《辛亥先烈井勿幕先生遗作及纪念文选》，陕西人民出版社 2010 年版；井晓天著《乱世云烟：井勿幕、井岳秀昆仲史事钩沉》，中国文史出版社 2018 年版；万少平著《陕西蒲城人物丛书·井勿幕》，世界图书出版公司 2012 年版；《陕西文史资料》第 22 辑《陕西民国人物 1》等丛书。

人真事""真人假事""假人真事"和"人事两假"①来看，《山本》中的"真人真事"其实所占比例并不低，但由于作者采用了"真人隐去、真事留下"的做法，除了冯玉祥、吴佩孚、张作霖、阎锡山等极个别的历史人物采用真名外，绝大部分小说人物都采用了"假名"或"化名"，这就给这部历史小说披上了神秘的文学面纱，但不会从根本上改变这部作品的历史演义小说本质。从宽泛的意义上讲，小说中关于井宗秀的叙事大体上属于真人真事的范畴，但其中必然隐含了"真人假事"，即根据井宗秀的性格而虚构的故事。至于"假人真事"或"人事两假"的情形，即把真实的历史素材安插在一个虚构的人物身上，或者根据特定的历史环境而虚构某个有性格的人物形象及其故事，这在《山本》的创作中更为常见。正是在这个意义上，《山本》的创作更接近《水浒传》那种"虚过于实"的历史演义模式，即小说中的绝大部分人物来自作者合乎历史条件的虚构和想象，只有少数重要人物形象有比较可靠的历史原型做基础。这就与《三国演义》那种"实过于虚"的历史演义模式区别了开来。当然这仅仅是就历史与文学之间的虚实关系而言所做的判断，如果换成其他角度，比如从单体型或拼贴型的叙事结构比较而言，显然《山本》更接近《三国演义》而不是《水浒传》，因为前者叙事的整体性和统一性显然高于后者。但无论接近哪一种历史演义体，都无法改变《山本》的"新历史演义小说"的内在性质。

二

我不知道贾平凹是否见过李云峰的那本章回体或评书体小说《井岳秀传奇》，即使没有见过那本书，也不妨碍贾平凹在构思和创作中受到了中国古典章回体历史演义小说叙事传统的启发，因为《山本》的叙事结构确实与古典历史演义的章回体结构之间有着高度的暗合。这种结构或体例上的暗合，甚至会让熟悉中国古典章回体历史演义小说的读者产生跃跃

① 茅盾：《关于历史和历史剧》，见《茅盾文学评论集（下）》，人民文学出版社1978年版，第209页。

欲试的冲动，即为《山本》补拟回目，由此还原这部"新历史演义小说"的潜在章回体本色。但《山本》体量庞大，全书不分任何章节，这就给文本分析带来了难度，以至于有些读者看得一头雾水，甚至有的职业批评家也不明就里，结果得出作者思维混乱的印象。事实上，《山本》虽然没有明确地分章节，但章节又确实隐含其中，即文本中那些以"※※※"标识的空行处，每出现一次即标志着一个旧章节的结束和一个新章节的开始。据笔者统计，《山本》共有八十二个章节，我们完全可以将它们编排为章回体文本的八十二个回目。这种做法在现当代武侠言情小说中屡见不鲜，而在新文学和新小说中确实比较鲜见。但也不是没有，比如大家熟悉的革命历史小说《吕梁英雄传》《烈火金刚》就是很好的例子。莫言带有新历史小说色彩的长篇巨著《生死疲劳》也别出心裁地采用了仿章回体，不仅没有遭到读者反对，反而取得了出人意料的好效果。当然，今人借鉴古典章回体结构谋篇布局并非全盘照搬照抄，而是会做必要的文体改造。一般而言，新文学家在借鉴章回体时会有意省略程式化的回目文字以及每章首尾的套语，但去掉或隐去章回体程式套语并不意味着彻底否定了章回体的叙事结构。在章回体分章叙事、分回标目的显在叙事框架中，分回标目很容易被今人作为叙事程式取消，但分章叙事却无法完全取缔，尤其是对于那种规模庞大、人物众多、情节复杂、线索交叉的长篇叙事性小说而言，章回体的分章叙事经验更是无法舍弃。对于《山本》这样大体量的长篇新历史演义小说制作而言，吸纳古典历史演义小说的章回体叙事经验确实很有必要，因为《山本》在很大程度上可以易名为《秦岭演义》或《秦岭志演义》，它所讲述的战乱年代秦岭故事充满了战争与死亡、英雄与枭雄、阴谋与爱情，这很容易与古典章回体历史演义小说传统之间发生关联。

如前所说，《山本》共隐含有八十二个章节，我们完全可以借用章回体的成例将其视为八十二回。笔者不揣谫陋，曾尝试将《山本》的八十二个隐性章节划分为显在的八十二回，并代拟回目，以此检验《山本》究竟是否暗合了中国古老的章回体叙事结构。不难发现，《山本》的八十二回中，确实每回只叙述一两个中心故事，这样便于以两句对仗之词概括每一回的内容。如果根据男主人公井宗秀人生轨迹的阶段性来划分，我们可以把这八十二回划分为六个叙事单元：第一单元包括第一回（"童养媳巧取胭脂

地　陆菊人初嫁涡镇城"）至第十回（"蔡一风初创游击队　井宗丞首立英雄功"），这个叙事单元是整个长篇小说历史演义的开端，通过外来者陆菊人嫁入涡镇的视角介绍秦岭中最大的镇"涡镇"的历史风土人情和时代社会背景，尤其是介绍井家兄弟（宗丞、宗秀）的出场。前十回徐徐拉开20世纪20年代的历史大幕，主要人物悉数登场，包括女主人公陆菊人、丈夫杨钟、公公杨掌柜、独生子剩剩一家；互济会井伯元掌柜、长子井宗丞、次子井宗秀一家；还有井家兄弟的同学或师兄阮天保、杜鲁成等乡党；以及吴掌柜、岳掌柜等涡镇富户和一些小手工业主；另外还引入了安仁堂的陈先生、城隍庙的宽展师父、平川县新来的麻县长等贯穿全篇的角色。这一单元主要讲述陆菊人出嫁后的婚姻家庭生活，还有井掌柜遭绑架死亡后井家兄弟的分道扬镳：一个进山加入秦岭游击队，一个回到涡镇善后，而后者无意中得到了陆菊人陪嫁过来的龙脉地。正是这块地神秘地塑造着井家兄弟日后的传奇命运。紧接着的第二单元包括第十一回（"时来运转兴业娶亲　情动怨生明躲暗藏"）至第二十六回（"耍社火强人更逞强　误聪明弱者终示弱"），这个叙事单元是全部秦岭历史演义的发展，但仅仅是初步发展阶段。主要讲述井宗秀的发迹史，讲他如何在初步创业娶亲之后利用土匪五雷、王魁的力量相继除掉涡镇的两大势力岳掌柜和吴掌柜，并利用土匪内部矛盾设计除掉五雷和王魁，从而确立了自己在涡镇的正式地位，这以其被任命为预备团团长为标志。与此同时还讲述了游击队在方塌县、麦溪县发动农民暴动的故事，重点讲到了井宗丞被叛徒出卖被俘脱险及其红色绝恋故事。这个叙事单元中，陆菊人告知了井宗秀关于那块风水宝地的秘密，从此他们之间有了正式的心灵默契，互相成就彼此。之后的第三单元包括第二十七回（"城隍转世涡镇驻军　宗秀再婚菊人劳神"）至第四十三回（"斩情丝欲斩丝还乱　修慧根且修根乃直"），这个叙事单元发展到了全书历史演义的第一个高潮阶段，集中讲述井宗秀依托预备团招兵买马，不断壮大涡镇武装势力，并打败阮天保进犯涡镇的保安队，以此擢升预备旅旅长。但伴随着井宗秀在军事上的成功，陆菊人的丈夫杨钟战死，她与井宗秀的关系显得扑朔迷离。而随着阮天保的战败，他无意中投奔了游击队，这也给井宗丞带来了危机。所以在这个表面的故事高潮中其实隐含了重要的故事转折，有待进一步彰显。

第四单元包括第四十四回（"井旅长谋划新涡镇　杨家人珍惜旧交情"）至第五十六回（"大雄藏内禽兽有意　至柔显外草木无情"），这个叙事单元可以说是整部长篇历史演义故事的再发展，为后面的高潮来临蓄势聚力。一方面讲述井宗秀野心膨胀，以旅长身份重新谋划涡镇的城建规划，为此他不仅挟持麻县长到涡镇办公，而且委托陆菊人壮大茶行生意，为军事割据提供经济保障，但涡镇守军随之而来滋生享乐主义，危机出现。另一方面又讲述了红军内部的路线纷争和宗派矛盾，以蔡一风、井宗丞为代表的原秦岭游击队与宋斌、阮天保为代表的红15军团内部新势力之间矛盾初显，这就为后面发生的历史悲剧埋下伏笔。第五单元包括第五十七回（"城隍再世涡镇抹黑　唐建上吊宗秀蒙羞"）至第七十三回（"兄弟默契虎山借道　上下密谋涡潭归阴"），这个叙事单元紧随第四单元的故事再发展而来，再次掀起故事发展的新高潮。新高潮主要表现为三个方面：一是井宗秀开始穷兵黩武、好大喜功，他发动预备旅主动进攻阮天保所在的红军队伍，结果两败俱伤，涡镇人更是死伤惨重，只得以迁怒于阮氏族人消解民愤；二是井宗丞在红军内部与阮天保的矛盾愈发尖锐，不仅如此他还带领游击队与井宗秀的预备旅之间打了一场默契战，为此种下政治祸根；三是陆菊人知悉井宗秀每晚巡城都会带女人回家内幕，先是逼井宗秀与刘花生完婚，后又请陈先生为井宗秀治疗暗疾，这就为井宗秀的心理变态与政治疯狂提供了生理学基础。由此进入了全部秦岭历史演义的最后一个单元，即历史大幕落下，人物纷纷谢幕，一切尘埃落定。第六单元包括第七十四回（"阮天保计赚井宗丞　水晶兰凋谢崇村崖"）至第八十二回（"归尘土红军轰涡镇　叹秦岭县长沉涡潭"），这个叙事单元其实就是故事大结局。这场结局首先从井宗丞被"肃反"、被阮天保指使邢瞎子暗害开始，而彼时的井宗秀还蒙在鼓里，他由穷兵黩武发展到大兴土木，不仅要将涡镇的老街道改造成军事迷宫，而且还要仿造平川县城造钟楼和鼓楼，还要请戏班子唱大戏，甚至在旅长私宅和军部唱堂会，由此激发了涡镇民众的强烈反抗，这使他大失民心。等到他得知兄长被害，又勃然大怒誓死复仇，虽将仇人邢瞎子凌迟处死祭灵，但最终还是被阮天保派人暗杀身亡。如此复仇循环，难有终结。最终在红军炮火声中，涡镇沦为废墟。井宗秀尸骨横飞，他的同伙大都葬身火海，唯有陆菊人和剩剩母子以及陈先生、宽展师父两个世外高人守望着最后的秦岭。

有意味的是，不仅全篇正文暗合章回体例，《山本》还前有题记，后有尾诗，这就更与中国古典章回体小说的体例相契合了。在题记中，作者写道："一条龙脉，横亘在那里，提携了黄河长江，统领着北方南方。这就是秦岭，中国最伟大的山。山本的故事，正是我的一本秦岭之志。"这段题记语言雅洁，境界雄阔，有古典诗文的精练，完全可以当作长篇章回体小说的开篇序诗来看待。而在作家出版社的单行本《山本》的封面勒口上，贾平凹的一首手写体古诗印在其间，题为《写完〈山本〉所记》。诗云："横亘国之中，秦岭深似海。风硬折千木，雨急倾百岩。日出瞎眼熊，月来白面豸。路瘦蛇蝎乱，潭黑鬼声骇。英雄随草长，阴谋遍地霾。世道荒唐过，飘零只有爱。"在我的印象中，莫言近年来大写旧体打油诗，而贾平凹的旧体诗则未曾见过，但这首《山本》五言古诗却出手不凡，不仅诗语新警瘦硬，而且格调清苍幽峭，让人一睹西部鬼才神采。更重要的是，这首五古凝结了这部五十万字长篇历史小说的精髓，作为尾诗作结确实可以令全书生辉添彩。当然，仅仅有章回分目和题记尾诗还不够，还不能充分显示《山本》演义历史时借鉴或转化古典章回体叙事经验的潜在动机。事实上，虽然在《山本》中我们看不到古人说书常见的套语陈词，如"话说""且说""上回说到""且听下回分解"之类，但中国传统话本小说、章回小说、历史演义小说的叙事模式或故事原型还是隐含在了整个《山本》文本的字里行间。比如从章节（章回）的衔接安排来看，《山本》十分注重章节（章回）之间内在有机关联性的建立。比如第二回（"行割礼小丈夫圆房　凿石窟杨掌柜避兵"）至第三回（"说黑白强人初出世　遭绑架掌柜终殒身"）之间的叙事关联性就离不开作者的有意设置，本来第二回主要讲述陆菊人成婚和杨掌柜避兵二事，第三回主要讲述井家兄弟的正式出场和井掌柜之死二事，前者与后者之间本没有内在关联性，但作者在第二回中不仅一笔点到了井宗丞在城里上学听到政治风声，而且还在第二回结尾处顺带讲到井掌柜手中握有互济会的大洋，这就为接下来的第三回集中讲述井家故事做了叙事铺垫，让第三回与第二回之间的叙事过渡十分自然顺畅。这种章回叙事关联性的建立在《山本》中还有很多，比如第九回（"麻县长巧题测宗秀　岳掌柜老谋算宗丞"）与第十回（"蔡一风初创

游击队　井宗丞首立英雄功"）之间，前一回主要讲述麻县长出题测试井宗秀师兄弟和井宗秀出狱后向吴掌柜、岳掌柜求助二事，后一回主要讲述蔡一风领头创建秦岭游击队和井宗丞初立军功被提拔为二分队队长二事，原本两回之间不具备叙事关联性，但作者巧妙地将二者关联起来，这就是写井宗秀向吴掌柜求助被拒而向岳掌柜求助成功，因为岳掌柜意识到井家长子宗丞加入游击队手中有枪杆子，未来前途不可估量。经过第九回的这个叙事纽结处理之后，第十回直接转入秦岭游击队的创建和军事行动的叙述就水到渠成、顺理成章了。

　　除了章回体内部的叙事衔接模式，我们还可以发现在《山本》中隐藏着许多古典历史演义（以及其他题材的经典章回体小说）的叙事程式或故事原型。有论者已注意到："或许与这部长篇小说主要描写战争有关，作品的许多艺术设计，都与罗贯中的那部古典名著《三国演义》存在着不同程度的契合之处。且不说三支武装力量的对峙与碰撞让我们联想到魏蜀吴三国鼎立，预备团（预备旅）领导层中的井宗秀、周一山与杜鲁成他们三位，让我们联想到刘关张'桃园三结义'，虽然说其中的周一山，其实更带有诸葛亮足智多谋的特点。除此之外，井宗秀他们把麻县长硬生生地从平川县城挟持到涡镇，显然也就是曹操的'挟天子以令诸侯'，而杨钟带着井宗秀专门前往煤窑那里延请周一山的故事情节，其中三请诸葛亮的意味也是特别显豁的。"[1] 需要补充说明的是，《山本》不仅与《三国演义》存在着互文性，其文本中隐含了很多三国历史演义的原型故事，而且它还与《水浒传》《西游记》《红楼梦》等古典名著之间存在着互文性，这说明作者在创作中总是不经意间或潜或显地转化着中国古典章回体小说叙事传统，在更宽泛的意义上传统作为集体无意识已经深深地融入了作者的艺术想象或形象思维中。就《三国演义》来说，除了引文所提到的"三国鼎立""桃园结义""三顾茅庐""挟天子以令诸侯"这几个故事原型之外，《山本》中还有其他的三国故事原型也值得一提。比如第十九回（"泄军机井宗秀成事　送沉香韩掌柜识人"）中，写土匪头子五雷与井宗秀喝

---

　　[1] 王春林：《历史漩涡中的苦难与悲悯》，《收获》长篇小说专号2018年春卷，第296页。

酒，五雷责怪井宗秀有事瞒他，居然隐瞒了游击队二分队队长井宗丞是他哥的消息，井宗秀当即就哭起来，想方设法为自己辩解，而且不断招呼媳妇上菜上酒，直至恍惚醉倒一般。五雷哈哈大笑，觉得井宗秀"真没彩，一坛子酒就把你喝成熊样子了"。但媳妇看出了他的异样，认为他不至于喝醉，但井宗秀偏说自己醉了。媳妇说："能说自己醉了的都还没醉。"井宗秀不再言语，继续装睡。其实这个情节中隐含了"青梅煮酒论英雄"的故事原型，出自《三国演义》第二十一回"曹操煮酒论英雄 关公赚城斩车胄"。当曹操说出天下英雄"惟使君与操耳"时，刘备吓得闻言失箸，幸亏空中惊雷掠过，方才掩饰过关。贾平凹巧妙地借用这个原型故事加以改编，让井宗秀以醉酒掩饰自己的恐惧与野心，多少有些不露痕迹。再如第七十四回（"阮天保计赚井宗丞 水晶兰凋谢崇村崖"）中写井宗丞之死，其误犯地名的细节也值得玩味。邢瞎子在杀死井宗丞之前说："井团长，你真不该来崇村。""你不要恨我，也不要恨阮团长，崇村是你的坎么。""崇字是一座山压你宗啊！"邢瞎子就这样在崇村后山崖把枪头顶着井宗丞的人头扣了扳机，看着他一声没吭掉下山崖。虽然在古典历史演义小说中这类犯地名的故事情节有不少，但最有名的无疑还是《三国演义》第六十三回"诸葛亮痛哭庞统 张翼德义释严颜"中写到的庞统之死。庞统道号凤雏，但他误入"落凤坡"，被西川守将张任乱箭射死于坡前。显然，《山本》中的井宗丞之死并非《三国演义》中庞统之死的简单模仿，但在谶纬叙事传统的化用上，二者有异曲同工之妙。此外《山本》第六十七回（"红军逛山两相决裂 宗丞天保二士争功"）写红军内部井宗丞与阮天保不同派别之间的争强好胜，与《三国演义》第一百十八回（"哭祖庙一王死孝 入西川二士争功"）写曹魏大军内部邓艾与钟会二士争功的情节也存在暗合或化用之处。还有《山本》第三十一回（"冉双全演说神算子 井宗秀诱逼智多星"）写井宗秀去煤窑延请周一山，除改写刘备三顾茅庐的故事原型外，还隐含了曹操逼徐庶进曹营的原型故事。《三国演义》第三十六回（"玄德用计袭樊城 元直走马荐诸葛"）写曹操利用徐庶是孝子，伪造徐母书信逼其进曹营，结果是众所周知的"一言不发"的故事。而《山本》中写井宗秀同样利用周一山的孝子身份，通过把周母接来涡镇安居善待而诱使周一山归顺，这就完成了对三国故事原型的改写，巧妙地实现了井宗秀（属虎）与周一山的结盟，即小说中的"老虎上山"。

除了《三国演义》之外，《山本》与其他古典章回名著之间也存在紧密的化典互文关系。比如第十回（"蔡一风初创游击队 井宗丞首立英雄功"）中，写井宗丞投奔蔡一风，蔡一风正在刀客头子牛文治手下当保镖，适逢政府军 69 旅联合逛山头领林豹进攻牛文治，两股土匪军之间开展激烈对抗。此时蔡一风和井宗丞等人合谋设计捆绑了牛文治献给林豹，林豹先是想杀掉蔡一风，但很快被蔡一风的胆识所威慑，二人还结拜了兄弟。林豹杀掉了牛文治，理由是豹子是吃牛的，牛文治就是不犯地名（卧牛沟），迟早也是他的肉。有意味的是蔡一风就此借势有了自己的武装，以后更名为秦岭游击队，自任队长，井宗丞由班长提升为排长。这一段故事情节中其实隐含了《水浒传》中林冲怒杀王伦的原型故事。《水浒传》第十九回（"林冲水寨大并火，晁盖梁山小夺泊"）写梁山原寨主王伦目光短浅、妒贤嫉能，一直压制逼上梁山的豹子头林冲，适逢托塔天王晁盖上山投靠，王伦又出于嫉妒而百般抵制，终于在智多星吴用的激发下，林冲怒杀了王伦，晁盖由此成了梁山新头领。当然，《山本》对《水浒传》的化用并非简单照搬照抄，而是复杂的改写化用，但二者之间的互文性确实是意味深长的。再如《山本》第二十回（"杀妻除奸不动声色 美人离间巧结连环"），写井宗秀发现媳妇与土匪五雷有奸情后并未勃然大怒，而是暗中设计除掉媳妇，让她失足坠井死亡。此后又利用妻妹的姿色离间土匪内部五雷与王魁的关系，借王魁杀五雷，借保安队杀王魁，从而确立了自己在涡镇的地位。这与《水浒传》第二十一回（"虔婆醉打唐牛儿 宋江怒杀阎婆惜"）中宋江杀妻之间构成了明显的反写关系。宋江得知阎婆惜与同为押司的张文远之间的奸情后，尤其是来自梁山的机密信函与酬金被阎婆惜截获之后，他只能怒杀阎婆惜以绝后患，终至逼上梁山。而井宗秀周旋于山寨土匪间不动声色地杀妻除奸，最终把自己变成了土匪般的涡镇新首领，堪称宋江的改写版和变异版，有过之无不及。此外，《山本》第三十回（"闹世事唯闹大动静 抚人心犹抚弼马温"）中井宗秀接受陆菊人的劝告让杨钟管马的情节，化用自《西游记》里玉皇大帝安排孙悟空当弼马温的故事原型，实际上杨钟就是个不听话的孙悟空，他就喜欢骑井宗秀的马，当妻子反对他骑马时他认为"马就是皇帝金銮殿上的椅子"，井宗秀可以骑，他也可以骑得威威风风。还有第三十四回（"保安队力压预备团 周一山智激井宗秀"）的情节，也可以发现《西游记》里猪八戒智激美猴王的影子。至于《山本》中多次写到陆菊人乃金蟾转世有财运一说，也不难看到《西游记》里唐僧乃金蝉转世的痕迹，当然也可以找到《红楼梦》的影响，诸如林黛玉为绛珠仙草转世、贾宝玉乃神瑛侍者转世之类。尤其是《山本》中安仁堂陈先生（得道盲医）、城隍庙宽展师父（女尼）这两个神秘人物及其系列情节的设置，与《红楼梦》中多次出现的"一僧一道"人物情节之间委实有着很深的艺术渊源。

三

作为一部长篇新历史演义小说，《山本》是作家贾平凹对中国古代历史演义小说资源进行创造性转化的艺术结晶。从《山本》的文体形态而言，这种中国文学传统的创造性转化不仅体现在作者对古代历史演义小说在章回体制上的借鉴和故事原型上的化用上，而且还体现为作者有意识地将古代"讲史"小说的宏大历史叙事模式与明清"人情小说"或"世情小说"[①]的日常生活叙事模式结合起来，由此打破二者之间的文体界限，将"战争与人"的现代性命题落到实处。贾平凹深知："秦岭的山川河壑大起大落，以我的能力来写那个年代只着眼于林中一花、河中一沙，何况大的战争从来只有记载没有故事，小的争斗却往往细节丰富、人物生动、趣味横生。读到了李耳纳的话：一个认识上帝的人，看上帝在那木头里，而非十字架上。《山本》里虽然到处是枪声和死人，但它并不是写战争的书，只是我关注一个木头一块石头，我就进入这木头和石头中去了。"[②] 对于贾平凹而言，写战争不是他的本意，他关心的其实是战乱年月里的人性与人的命运。一方面，他不能不写战争和大历史事件，为此他不能不借鉴中

① 鲁迅：《中国小说史略》，见《鲁迅全集》第九卷，人民文学出版社1981年版，第179页。

② 贾平凹：《山本》，作家出版社2018年版，第525页。

国古代历史演义小说和中国当代革命历史小说的战争书写模式和宏大历史叙事模式；另一方面，他又不得不关心战争和历史中的人性和人情，不能不着眼于宏大战争与广袤历史的细节与细部，为此他选择了将中国古代"人情小说"或"世情小说"乃至于当代新写实小说的日常生活叙事模式引入《山本》的新历史演义小说叙事形态中。正是这两种中国传统叙事结构模式的融合，造就了新历史演义小说《山本》的文体新特质。当然，这种文体融合并没有从根本上改变《山本》作为历史演义的本质，《山本》并没有像某些新历史小说那样完全消解宏大历史叙事或回避战争书写，它要做的是重建中国历史演义文体新传统，而不是简单地否定中国历史演义文体传统。显然，《山本》不是《废都》，不是《秦腔》，不是以日常生活叙事为主导，而是隐含着日常生活叙事与宏大历史叙事的融合。《山本》的叙事经验表明，在我们这个时代重构中国长篇小说的宏大叙事依然有着广阔的艺术空间。

　　大体而言，《山本》这部长篇小说讲述了上世纪二三十年代秦岭发生的战乱故事。这就在很大程度上决定了《山本》的宏大历史叙事本质或主干。故事的起止时间大约在北伐战争至抗日战争爆发之间，也就是中国现代革命史上常说的第一次国内革命战争（"大革命"）和第二次国内革命战争（"土地革命"）时期。由于当时中国共产党已经创建，所以这属于典型的"新民主主义革命"时期，这在小说中主要表现为党领导下的秦岭游击队的故事和红15军团的故事。在秦岭的红军历史叙事中，井宗丞无疑是叙事的关键性或枢纽型人物形象。如果在常规的革命历史小说叙事框架中，井宗丞必然成为整个文本结构的中心人物，红军叙事也必将成为整个文本的叙事主干甚至是唯一的叙事线索，但在《山本》中的大秦岭史显然更为丰富、更为立体，除了以井宗丞为核心的红军叙事线索之外，小说中还设置了以井宗秀为核心的历史叙事线索，这是一条色彩斑斓、复杂难辨的历史线索，因为井宗秀领导的预备团（预备旅）隶属于国民革命军西北军第6军，是冯玉祥的麾下而不是蒋介石的队伍，即小说中所说，预备团"姓冯不姓蒋"。不仅如此，小说中还多次强调冯玉祥联合阎锡山反蒋，展示了"国军"内部的复杂性，而且还凸显了井宗秀和井宗丞之间由血缘所导致的复杂政治关系，由此带来了"国军"与红军、涡镇预备团（旅）

与秦岭游击队和红15军团之间的复杂关系。不能忽视的还有阮天保这个叙事枢纽人物所引发的历史复杂性。阮天保最初协助井宗秀剿匪，随后加入新成立的"国军"预备团，不久又转投平川县保安队并很快成为队长；此后由于与预备团对抗失败，偶然加盟秦岭游击队，且一路升至红15军团下辖某团团长，直至最终带领红军彻底打败"国军"预备旅并占领涡镇。阮天保身份的多变性带来了秦岭历史书写的复杂性。他在红军内部矛盾中借"肃反"之机杀害了井宗丞，又在国共军事斗争中借助红军的力量巧妙地除掉了井宗秀，从而给上世纪二三十年代的秦岭大历史蒙上了一层神秘而诡异的面纱。除了红军（游击队、红15军团）和"国军"（保安队、预备团或预备旅、西北军第6军）这样的正规政治军事力量之外，小说中还写到了大量的非正规民间军事力量，包括秦岭的刀客和逛山等各种土匪武装组织。他们与红军、"国军"之间的复杂关系构成了秦岭历史书写的另类风景。在很大程度上，正是红军、"国军"和匪军三种军事势力构成了《山本》中的三足鼎立格局，而保安队、预备团（旅）与西北军之间的矛盾在本质上都属于"国军"内部矛盾。《山本》中的土匪部队虽不团结，处于四分五裂的碎片状态，但作为一个叙事整体却贯穿于小说叙事的全过程，或散布于小说的总体文本结构中。看得出来，贾平凹确实为《山本》的写作做足了历史功课，他耐心地收集并仔细地清理着大秦岭深处的复杂历史脉络，然后果断地放弃了单线性的主流历史叙事模式，而理性地选择了多线性的网状历史叙述框架，让大秦岭的历史本相或历史真实在文学家的历史虚构场域中敞开，从而避免了以历史正确或权力话语的名义改写秦岭历史的真相。这说明《山本》中的宏大历史叙事框架是复杂的、立体的，它在很大程度上回归了以《三国演义》为代表的中国古代历史演义叙事传统，实现了对革命历史演义小说叙事传统的跨越，因为后者的单线性或平面化叙事无法完全抵达历史本相。

但《山本》不仅发扬了以《三国演义》为代表的古典历史演义（"讲史"）小说的多元化宏大叙事优势，而且还创造性地将《红楼梦》为代表的古代"人情"或"世情"小说的日常生活叙事形态熔铸其间。对于贾平凹而言，前者是其初步的艺术尝试，后者则是他的看家本领。多年来，贾平凹一直致力于对《红楼梦》代表的古典日常生活叙事形态的现代转化，从《废都》到《秦腔》一路探寻，终于确立了其标志性的"密实的流年式的叙写"①方式。这是一种现代意义上的"生活流"乃至于"细节流"的空间化叙事形态，它不同于传统小说的故事情节结构或"情节流"的时间化叙事形态，也不完全等同于《红楼梦》《金瓶梅》那种古典写实主义叙事形态，而是将现代西方的"意识流"或"心理流"叙事方式注入其中，从而带有强烈的"日常生活细节流"叙事特征。在很大程度上，贾平凹将这种"日常生活细节流"的叙事方式成功地植入或融入了《山本》的宏大战争历史叙事模式中，从而催生出一种刚柔相济、秀美与崇高兼具的新历史演义叙事风范。就具体的战争叙事而言，《山本》中发生在涡镇的较大规模战争一共有三次，这三次战争直接改变了涡镇的历史走向和命运。第一次战争发生在第二十四回（"设迎亲局宗秀运筹　端土匪窝王魁落网"），叙写时为酱笋坊掌柜的井宗秀发动涡镇民众力量的同时，又借助平川县保安队的军事力量，对长期盘踞在涡镇的土匪势力集中进行最后的剿灭。这场土匪歼灭战并非正规的现代军事战斗，而是带有强烈的民间械斗色彩，其传奇性的战争描写容易让读者联想到《水浒传》之类古典小说中打家劫舍、短兵相接的情节。需要注意的是，作者在该回中并没有单刀直入描写战事，而是充分发挥延宕叙事策略，在正式的战事书写之前大量引入和铺排涡镇的日常生活叙事。该回起始即交代中秋节要发动歼灭土匪的攻势，但作者以静制动，战事打响之前一切仿佛平静无事。除了涡潭旋转尸体的隐喻暗示着山雨欲来风满楼之外，其余的描述都采用了将战争叙事加以日常生活化的写法。如写井宗秀到陆菊人家里动员她把银镯子贡献出来给土匪娶亲，遭到其夫杨钟的反对；写吴掌柜出尔反尔不接待土匪娶亲，王魁遂至吴宅劫走了所有的日常生活物资；写护兵蚯蚓与牲口贩子施四司的日常口角纠纷；写杨掌柜、杨钟、陆菊人一家子的争执与斗嘴；如此这般一番铺叙，将宏大战争叙事带入了日常生活细节流动的慢节奏中。然而也就在这种慢节奏叙事中，突然城隍庙内枪声四起、喊声一片。此时作者巧妙地借助滑稽角色杨钟的视角来聚焦战争场面，写保安队和土匪之间多少有些滑稽的战斗，尤其是土匪头子王魁从粪坑中被活捉的场景

---

① 贾平凹：《秦腔》，作家出版社 2005 年版，第 565 页。

令人捧腹，保安队杜鲁成和阮天保浑身屎尿的描写更是让人啼笑皆非。这都属于作者有意识地将战争宏大叙事加以日常生活化描述的策略。更有意思的则是战后描写，小说第二十六回（"耍社火强人更逞强　误聪明弱者终示弱"）写为了庆祝战斗的胜利而举行的民间社火仪式"耍铁礼花"，写战争的主导者井宗秀跳出的火花竟然比杨钟跳得还高，连陆菊人都看入了迷，觉得井宗秀就是一个火人，这番诗意化的描述再次将《山本》中的宏大战争叙事消解于日常生活形态中。

涡镇的第二次大规模战争发生在第三十九回（"保安队大举犯涡镇　陆菊人小心探伤情"）、第四十回（"断粮草保安动军心　找相好双全伏军法"）和第四十一回（"以人质攻城被包抄　因相好遭困旋围解"）中。这场战争比第一场战役规模要大得多，由阮天保的保安队强势攻打井宗秀的预备团开始，双方围绕涡镇城展开了一场攻坚战和持久战，最终胜利属于井宗秀的预备团，但阮天保失败后改投游击队，一步步发展成为井家兄弟日后的掘墓人，这是谁也难以料想到的历史结局。第三十九回中，叙写保安队与预备团的城外拉锯战像极了《三国演义》中的两军交战对垒场景，井宗秀站在城楼上指挥，城外的战事此起彼伏，老魏头和蚯蚓在城墙内死命敲打警锣，双方虽是使用现代武器，但更像冷兵器时代的火拼场面。紧接着是井宗秀中弹受伤的情节，随即转入陆菊人对井宗秀伤势的挂念，这种挂念既是抽象的心理流动过程描写，也外化为具体的日常生活细节流动描叙，如陆菊人看望井宗秀途中遇到的那个老婆子用针扎战士王路安的小布人的插曲就令人忍俊不禁。然而就在日常生活叙事将宏大战争叙事的节奏拖慢到濒临临界点之时，作者突然之间将笔触转入保安队用抢来的骡子当"物质"（区别于人质）来掩护攻城的激烈场景。紧接着第四十回叙写战争转入持久战，阮天保发动保安队围而不攻，而且把城外的麦田放火烧光，这就彻底断了城内涡镇守军的粮草，城内军心开始动摇，局势顿时严峻起来。然而就在宏大战争叙事的间隙中，作者将笔触对准了守军将领冉双全，写他私通白姑娘，在被撤职后又与白氏父女一道偷凿城墙洞，企图畏罪潜逃，这一段私人化叙事在很大程度上很好地调节了该回中的宏大战争叙事节奏与氛围。第四十一回是这场战事的高潮部分，叙写保安队利用县城中抓来的涡镇人作人质强行攻城，而在此千钧一发之际，作者一方面写预备团去找冯玉祥部 12 师暗中搬救兵，另一方面插叙李掌柜因为独生儿子作为人质被杀而发疯的情景，以此私人化叙事有意放慢宏大战事叙述节奏。甚至还宕开去大写陆菊人被城民围攻的非战争场景，因为城民认为陆菊人是井宗秀的"相好"，把怒气转移到她的身上，这样就进一步延宕了战事叙述节奏，为随后发起战略大反攻营造了欲扬先抑的叙事心理基础。至于发生在小说最后第八十二回（"归尘土红军轰涡镇　叹秦岭县长沉涡潭"）的第三次涡镇战争描写，直接将涡镇化为废墟，将秦岭推向历史尘埃深处。相对于前两次战争叙事而言，这是一场非常正规的现代战争书写，红军炮火轰炸涡镇的场景很容易唤醒读者的革命历史小说记忆，如《铜墙铁壁》《保卫延安》《红日》的战争书写场景。然而即使在这场激烈的现代军事场景描述中，作者也没有忘记将宏大战争进行日常生活化处理，如插叙卤肉店安掌柜错把蚯蚓当作井宗秀而破口大骂的场景；插叙蚯蚓目睹麻县长冷静地走向涡潭自沉的场景，以及蚯蚓把麻县长散落在地的秦岭草木禽兽书稿用衣服包好放在梧桐树上的老鸹窠里藏起来的场景；插叙陆菊人把女戏子尸体被炸弹毁容的一面掩藏起来，而把剩下的好看的那一面脸对着人的场景，凡此种种，无不体现了作者在宏大战争叙事中融入日常生活叙事的艺术匠心。

如果我们把《山本》中的战争叙事从涡镇为中心或从井宗秀为中心转移到涡镇以外以井宗丞为中心的叙事线索上，将会看到另一番宏大历史战争的日常生活化叙事场景。以井宗丞为中心的秦岭游击队战争叙事虽然大都规模不大，但次数很多，散布在大秦岭山区的各个城镇和村落中，小说中对这种小规模的游击战事的描述花费了大量笔墨，与前面所透视的以涡镇为中心的相对大规模的战争叙事之间形成了潜在比照。这类游击战争叙事在革命历史小说中曾经非常流行，如《铁道游击队》《敌后武工队》《林海雪原》《野火春风斗古城》等红色经典中就有很多类似的地上地下游击战事书写。但《山本》的游击战事书写显现出了不同的叙事策略，它不是简单地停留在对游击队正面战场进行描绘，而是把这种游击战争与秦岭山区的土地革命运动结合在一起叙写，换句话说，就是将上述红色战争经典中的游击战争叙事与红色革命经典中的土改叙事结合起来，后者如《暴风骤雨》《太阳照在桑干河上》，由此实现了红色经典叙事中的文体融合，而且在新的历史视角中释放出了新的历史意蕴。实际上，《山本》中的这种游击战争叙事形态较早出现在贾平凹的另一部长篇力作《老生》中。在《老生》的四部曲中，第一部讲述的就是秦岭游击队秘史，主要围绕正阳镇的阶级斗争展开，着重叙写游击队的武装斗争和国民党的暴力复仇以及革命者的反复仇场景，但作者致力于宏大历史叙事的日常生活形态建构，突出了暴力革命运动中的日常生活欲望机制的解析。在很大程度上，贾平凹是把《老生》第一部中的秦岭游击队叙事经验移植到了《山本》中并予以放大和扩张了。《山本》不再盯住某一个山镇叙事，而是将秦岭地区众多城镇和村落纳入游击战争的叙事视域中，不断透视和解析游击战争中围绕打土豪、分田地的土地革命而展开的武装斗争给当地原有的日常生活秩序所带来的强烈冲击，从而深刻地揭示了革命年代秦岭山区日常生活"空间的政治"，即那一系列的秦岭城镇村落已成为被政治性"加工和塑造"的日常生活另类空间①。如第十回（"蔡一风初创游击队　井宗丞首立英雄功"）中，讲述井宗丞带领游击队员袭击桑木县城，收拾了保安队长但留下了队长老婆，战事中误杀了一个老太婆和孙子的场景格外触目惊心。第十七回（"井宗丞被俘险化夷　尹品三伏诛乐生悲"）中，将土改斗争叙事与革命爱情传奇结合在一起，讲述井宗丞在方塌县毛坪乡带队打倒当地土豪劣绅，抄家了多户财东，其后养伤中与杜英按照组织安排结婚，婚后联手除掉了三合县工职校长尹品三，截获了秦岭共产党员名单，但随后两人的浪漫山地之恋导致杜英的偶然死亡。第十八回（"游击队暴动麦溪县　蔡一风忍除李克服"）中，讲述游击队在麦溪县蒲梁村发动农民暴动，蔡一风领头杀掉催粮委员梁伍、井宗丞除掉地主恶霸程茂雨，然后兵分三路进城暴动，杀人游街示众场面激烈。尽管麦溪县长李克服口碑不错，甚至有群众求情，但他依旧在劫难逃。

第二十九回（"云寺梁游击队蓄力　太峪村保安队复仇"）中，讲述游击队到达留仙坪云寺梁，当地村民有人逃跑被游击队员砍断绳索死亡，

---

① 勒菲弗（通译列斐伏尔）：《空间与政治》，李春译，上海人民出版社2008年版，第46页。

有队员强抢民女被严厉军法处理，新任农协会长张栓劳批斗村中首富周长安的场景写得尤为深入，但随后保安队的疯狂报复让游击队损失惨重，由于奸细王三田的出卖，多名游击队领导人被暗算或明杀，张栓劳也惨遭复仇。第四十二回（"阮天保加入游击队　井宗丞复仇告密者"）中，先讲述蔡太运手下三个姓周的游击队员在高门镇被保安队当众铡死，随后蔡太运清除了叛徒薛宝宝和他的妻子为队员复仇；紧接着又讲述井宗丞复仇告密者黄伯项，起因是张老仓父子在黑沟帮助掩护首长离开秦岭被黄伯项告发，张家惨遭灭门，井宗丞随后为张家报仇，黄氏满门被处决。第五十二回（"白秀芝以身换粮食　黄三七被杀因邪念"）中，先讲述井宗丞在兰草镇寻找到了失散的红军战士白秀芝等人，但此时白秀芝在给山民钱老大当老婆换粮食，为了防止泄密只好把钱老大勒死；接着讲述队员黄三七在大户人家中抢枪，因临时的生理邪念被护院所杀，而井宗丞发觉后迅即向藏身席筒开枪，复仇护院。第五十四回（"游击队遭遇泥石流　土匪军窃夺战利品"）中，讲述游击队在土匪村达子梁联合当地逛山武装一起反"围剿"，其中骆驼项伏击战因为遭遇泥石流而格外艰险，元小四点导火索炸桥牺牲的场景写得极具戏剧性。第六十七回（"红军逛山两相决裂　宗丞天保二士争功"）中集中讲述了四次小规模战斗。第一次是红军派团长张福全协助逛山攻打曹庄，逛山对曹庄富户和百姓巧取豪夺甚至奸淫妇女，还开枪射杀张福全，导致红军与逛山彻底决裂；第二次是红军撤至留仙坪收拾了当地最大富户一个窑主，没收全部财产，但烧窑师傅极具个性，他不管政治只管烧窑，从经济效益上给红军以很大帮助；第三次是井宗丞指挥的花镇战役，他带着队员混进戏班子把保安队一锅端，颇具传奇性；第四次是阮天保主动邀功攻打横涧寨土匪曹地，曹家全家被杀，曹地藏在山林中也被烧死，但阮天保要缴获的驳壳枪却被烧成了铁疙瘩。

　　第六十八回（"蔡一风犹豫攻县城　井宗丞单干杀富户"）中，讲述秦岭红军准备攻打麦溪县城建立苏维埃政权，拟用抗粮抗租形式把多家农会武装组织起来，但攻打县城需要用山炮轰炸，于是井宗丞挺身而出，到安邑县劫山炮。直至各种酷刑用尽，大财东柴广轩终于交代山炮藏身之所，可惜挖出来已是锈迹斑斑的废物。井宗丞经过访贫问苦，得知此人为当地恶霸地主，遂抄其全部家当，毁掉地契账本，又怕地主回头算账，干脆杀掉柴氏全家。第七十四回（"阮天保计赚井宗丞　水晶兰凋谢崇村崖"）中，讲述井宗丞没有追赶红军大部队，而是带队到方塌县打土豪、灭匪盗，随后又经受不住立功诱惑，带队去三合县高坝村攻打做水晶生意的富户高云干，结果借高云干保镖之手杀了高云干，转手又清除了那个保镖。等到达南平县香炉寨时，离红军主力很近的井宗丞再次立功心切，他没有去及时会师而是选择了顺道去玉虚观，从不法老道手中截获一千多大洋，准备以此作为红军钱粮向军团首长邀功。但井宗丞不知此时自己已经死到临头，他在秦岭深处一路的剿杀最终也将自己送进了虎口。不难看出，以上红军游击队的各种战事都围绕着特定的秦岭城镇村庄而展开，小说中深入地揭示了红军游击队作为外来武装力量对于秦岭深处民众日常生活空间的政治介入和运作机制，这就使得红军游击叙事融入秦岭民众日常生活空间叙事中，而不是像惯常的红色战争经典那样，简单地将红军游击叙事作为单纯的战争战场描述来呈现，转而立体地敞开了秦岭历史深处的红军游击秘史。作者始终恪守民间讲史立场[1]，不回避游击战争中的暴力书写，不回避游击队中或红军内部的派系之争，不回避游击战争中的人情与人性问题，不回避民众对于战争的复杂矛盾心理，故而能够客观冷峻地还原一段真实的秦岭游击队史和红军史。《山本》的游击队叙事可谓细致入微，深入秦岭城镇村落的日常生活纹理中，充满了大量的细节化的历史情节，显示了政治化的日常生活与日常化的政治生活之间的相互渗透和彼此融入，这就与单纯的革命现实主义中的战争叙事、土改或合作化叙事区别了开来。

四

从人物形象角度考察，《山本》也有可圈可点之处。众所周知，贾平凹从《废都》开始明确借鉴《金瓶梅》《红楼梦》的艺术资源，其中就包括借鉴两部古典文学名著的人物群像塑造经验，并将这种艺术经验从古典贵族人物形象系列转化为当代平民人物形象系列，《秦腔》就是这种艺术

① 陈思和：《民间说野史——读贾平凹新著〈山本〉》，《收获》长篇小说专号2018 年春卷，第 288 页。

经验转化的卓越代表。而《山本》作为贾平凹的第一部新历史演义小说，它所要塑造的人物形象不再是贾平凹多年来擅长的当代平民人物形象，而主要是革命年代旧中国的各色传奇人物，这里面有枭雄、英雄和奸雄，有土匪、政客和商人，还有种种神秘的世外高人，当然也有旧中国的众多底层平民百姓形象。在这种情况下，贾平凹不可能不做出相应的艺术选择与调整。如前所说，贾平凹此时转向了以《三国演义》《水浒传》为代表的古典章回体历史演义小说，从中去主动寻找现代转化的传统资源。由此提振了贾平凹小说的艺术风格，由原先师法《红楼梦》《金瓶梅》所形成的阴柔之风，转向了取径《三国演义》《水浒传》之后的雄健气魄。准确地说，是两种艺术风格的兼容与杂糅，借用古人评杜诗的说法，谓之"沉郁顿挫"，庶几近之。显然，这种文学传统取向的变化，对贾平凹的小说创作而言，其意义不容低估，它在很大程度上预示了贾平凹日后新的文学可能性。值得注意的是，当贾平凹转向中国古典历史演义小说复古开新的时候，他再次选择了效法那种人物群像结构的历史演义小说传统，至少在主观上他有意识地回避了古代历史演义小说中的中心人物结构模式，这显然与他长期以来效仿古典世情或人情小说过程中热衷于《红楼梦》那种人物群像结构所形成的散点透视审美习惯有关。对于贾平凹而言，以《说岳全传》为代表的那种在中国民间高度流行的历史演义小说，其中心主义人物结构模式在新中国成立后的革命历史演义小说中实在过于常见，乃至于在特定历史时期形成了"三突出"新英雄人物塑造指南，这自然无法适应当代中国新历史演义小说的创作发展趋势。遗憾的是新时期以来在世纪之交流行的"新革命历史小说"创作潮流中，以《亮剑》为代表的新革命历史演义作品再度落入中心主义人物塑造成规。这就更加促使有艺术使命感的作家积极向多中心或反中心主义的人物群像结构方法汲取艺术资源。这种人物群像结构方法中隐含着一种法国理论家德勒兹所谓的"块茎状思维"，它不同于中心主义的"树状思维"，而是一种去中心化的后现代思维方法，由此形成的"块茎（状）文本"自然也就不同于"树状文本"①。在某种

---

① 参见道格拉斯·凯尔纳、斯蒂文·贝斯特：《后现代理论——批判性的质疑》，张志斌译，中央编译出版社 1999 年版，第 128—133 页。

意义上，西方所谓后现代主义对现代性或现代主义的超越，与中国古代文学史上以复古为革新的文学思想传统高度契合。而这种融通中西的返古开新路径，正是贾平凹多年以来行之有效的艺术方略。于是我们看到，在《山本》的创作中贾平凹以"块茎思维"构思和设计人物群像结构，用中国传统的散点透视美学逐一雕刻人物群像，从而在人物形象塑造上达到了很高的艺术境界。

如果粗略地分类，我们可以把《山本》中众多的人物形象划分为若干系列：一是军人土匪系列，其中又可分为红军（游击队）系列、"国军"（保安队、预备团–预备旅）系列和土匪系列。红军（游击队）系列中比较重要的人物形象有井宗丞、蔡一风、宋斌、夏开轩、米家成、杜英、范哈子（叛变）、程国良、许文印、李得旺、王三田（叛变）、蔡太运、程育红、周瑞政、薛宝宝（叛变）、白秀芝、黄三七、元小四、张福全等，其中不局限于纯粹的军人，也包含了中共地下党组织地方领导人形象。"国军"系列中，属于保安队的主要有阮天保（先投预备团，后投游击队）、史三海、邢瞎子（投游击队，又叛逃）等，属于预备团（旅）的主要有井宗秀（以酱笋坊掌柜起家）、杜鲁成、周一山、杨钟（离开）、冉双全（叛逃）、李文成、王成进（西北军第6军下派）、陈来祥、郑蚯蚓、巩百林、赖筐子、马岱、唐景、唐建、三猫（叛变）、陆林、张双河、苟发明等，另外还包括麻县长、刘必达、尹品三、李克服、梁伍、王喜儒、白仁华等国民党不同派系的大小地方官吏形象。土匪系列形象中主要包括牛文治、林豹、五雷、王魁、玉米、崔天凯（投韩掌柜）、夜线子（投预备团）、梁广、曹地、罗树森、瓜子老大、璩水来等。二是绅商地主系列，其中绅商系列主要有陆菊人（茶总领）、杨掌柜、井掌柜（伯元）、吴掌柜、岳掌柜（附姨太太）、韩掌柜、李掌柜、崔掌柜、陈皮匠、方瑞义等；地主系列主要有程茂雨、柴广轩、高云干，还有红军游击队攻打的许多秦岭地区无名富户都包括在内，部分属于恶霸地主。三是民人系列，即平民百姓人物系列，主要有涡镇民人系列，如老魏头、阮船公、白起、柳嫂、五魁、刘老庚、刘花生、白氏父女、剩剩、吴妈、阮上灶、赵屠户、孙举来等；其他秦岭民人系列，如孟星坡父女、张拴劳、张老仓、黄伯项、钱老大、烧窑师傅、任老爷子、严松、女戏子等。四是高人系列，即民间世外高人形象，主要是陈先生和宽展师父，至于陆菊人、麻县长、杨掌柜、杨钟、周一山，他们这几个人也在不同程度上具有这方面的某些精神特点。不难分辨，这是一个堪称庞大的小说人物形象群体，有名有姓的就有一百多人。这些不同系列的人物形象群体之间有交叉组合或者移动换位的现象，充分说明了革命年代秦岭历史的复杂性。《山本》的作者就如同文学界里的一个高级农艺师，精心地创造着一切艺术条件，让这百来号人物自由自在地在文本"块茎结构"土壤中各自野蛮生长。当然，正如自然界的阳光雨露也不可能均等地赋予每个生命以完全同等的造物福利一样，《山本》中的人物形象也不可能获得完全均等的表现机会，因为平等并不是绝对性的固化概念，不意味着平均主义的均等，每个人物形象还需要在文本"块茎结构"中自由地参与竞争，以期获得足够的艺术表现机会并成就自身艺术形象。说到底，"块茎思维"和"块茎文本"仅止于提供自由平等的艺术发展条件，仅止于赋予艺术人物形象以民主发展权利，但不可能也没必要决定每个艺术形象的最终发展高度。在"块茎文本"中，唯一能规定的就是每个人物都可以完成自己的艺术使命，作者不会有意扼杀某个人物的艺术声音，不管是达官贵人、英雄豪强，还是贩夫走卒、平头百姓，他们在文本结构中都有自己的位置和声音，哪怕与权力话语无关，但依然在文本中有独特的艺术显示度。正是在这个意义上，我们判定《山本》是具有"块茎思维"的新历史演义小说"块茎文本"，与众多的革命历史演义小说的"树状思维"和"树状文本"区别了开来。

不难看出，在《山本》的庞大人物形象群体中，不同系列的人物形象群体均有各自的艺术地位与使命，同一人物系列中的不同人物形象也有各自的艺术地位与使命。从小说"块茎文本"建构的角度而言，这些人物都属于自由平等的芸芸众生，谁也无法取代他者的艺术生命。但"块茎文本"并非绝对意义上的反中心，反中心的本质其实是倡导文本的多中心，多中心不是不要中心，而是主张文本的多种声音，类似于巴赫金所谓的多声部小说和复调小说。依此而言，《山本》中有大量的人物形象其实是多中心的艺术产物，他们尽管召之即来、挥之即去，但并非可有可无，而是不可或缺，因为他们都有自身或大或小的艺术使命。这些小人物虽然如鲁迅评《儒林外史》时所言，"事与其来俱起，亦与其去俱讫"，但《山本》毕竟不是《儒林外史》那种"集锦"式组合体小说，全书不唯有叙事主干而且有多条叙事主干，故而能将众多的小人物统一纳入多中心的叙事框架中，使其"皆现身纸上，声态并作，使彼世相，如在目前"①。显然，在那种过度现代性的小说文本中习惯于秉持绝对的中心主义人物立场建构单调文本或主旋律声音，而中国古典小说名著中的杰出作品往往擅长于"块茎文本"或"复调小说"营造，这正是今人应该大力发扬的中国古典小说的伟大传统。多年以来，贾平凹一直致力于创造性地转化这种中国古典小说伟大叙事传统。从《废都》到《秦腔》到《山本》，贾平凹小说中的人物越来越多，结构越来越复杂，他的小说艺术实验从未停止脚步。《山本》中除了那些偶尔露真容的人物之外，还有很多贯穿全书的人物，而在这些贯穿全书的人物中，又有少数人物在"块茎文本"结构中发挥着关键性的叙事枢纽作用。比如红军系列中的井宗丞、"国军"系列中的井宗秀、周旋于"国军"与红军之间的阮天保、绅商系列中的陆菊人，还有国共双方的重要基层领导干部蔡一风和麻县长，这些都是《山本》中举足轻重、贯穿全局性的叙事枢纽人物，毫无疑问，他们也是这部长篇小说作为"块茎文本"中生长得最为充分、形象也最为立体的中心性人物形象。他们作为《山本》"块茎文本"的多个中心，其命运之间不断地同频共振、彼此对话（对立），在复杂的差异性中又显示出深刻的同一性。简单地说，他们的人生命运轨迹中都隐含了特定的历史悖论和历史反讽意味。这就暗合了中国古典章回体小说的"奇书"结构传统。按照海外汉学家浦安迪的说法："在研究中，我们已经发现奇书文体有刻意改写素材的惯例，在某些场合下甚至对素材作戏谑性的翻版处理，不再单纯地复述原故事的底本，而注入了一层富有反讽色彩的脱离感。"②比如《三国演义》《水浒传》《西游记》《金瓶梅》《红楼梦》这样的奇书文体，不论它们在题材上存在着多大的差异性，但其叙事框架中都隐含了高开低走、前后背反的反讽性原型结构。如三国故事和水浒故事中，最后的历史归宿与当初的历史目标之

---

① 鲁迅：《中国小说史略》，见《鲁迅全集》第九卷，人民文学出版社 1981 年版，第 221 页。

② 浦安迪：《中国叙事学》，北京大学出版社 1996 年版，第 167 页。

间存在背离，西游神话故事中也隐含着人生成长的意义悖论，至于《金瓶梅》《红楼梦》这样的世情小说更是揭橥了现实人生中的巨大反差与戏剧性反转。

具体到《山本》中，主要人物的命运轨迹都隐含了历史的苦涩与荒谬。比如井宗丞，他少年得志，为了追求革命理想以大义灭亲的方式出卖了父亲井掌柜的财富秘密，以致其父遭绑架后一蹶毙命，此后他走上职业革命家的道路，在土地革命战争中屡建功勋，多少地主富户和保安队员成为他的枪下之鬼，但就在他的革命事业蒸蒸日上之时，这位叱咤风云的红军团长遭到内部"肃反"而牺牲，他的人生戏剧性转折中隐含了深刻的历史悖论。无独有偶，井宗秀从早年的家道困境中崛起后一直励精图治，事业不断扩张，威望日渐隆盛，然而也就在这种盛世奇才翻云覆雨的鼎盛状态中，井宗秀兵败如山倒，走到了人生与事业的尽头。井家兄弟高开低走的命运轨迹如出一辙，其中隐含的历史悖论堪称异曲同工。与之相对应的是阮天保，他在国共党争的复杂历史局势中左右逢源，最终成了井家兄弟的历史掘墓人，其命运轨迹的低开高走与井家兄弟之间形成了鲜明的比照。在中国当代文学史上，阮天保这个形象的复杂性与《白鹿原》中的白孝文差堪比拟，且两人最终都是历史的胜利者和人生的大赢家，这让人不禁联想到《三国演义》中三国归晋的历史大结局，当魏蜀吴三足鼎立消解之时，即司马家族开创新政权之始。与井宗丞命运轨迹相似的红军将领是蔡一风，作为秦岭游击队的创建者和红15军团的政委，他在土地革命战争中厥功至伟，但最终和井宗丞一样惨遭"肃反"。而麻县长作为国民党西北军下辖的平川县政府首脑，他的命运轨迹同样是高开低走，这个旧中国的书生官吏原本想在秦岭山区建功立业，但生不逢时、怀才不遇，被井宗秀的预备团（旅）以挟天子以令诸侯的方式操纵于股掌之间，最终他选择了自沉涡潭，尾随井宗秀走向历史的终结。至于陆菊人，其人生命运堪称女界传奇，她以一个早慧的童养媳身份一步步地介入涡镇乃至秦岭地区的革命历史大漩涡中。陆菊人一直期待自己从娘家带来的那块龙脉宝地能够在涡镇显灵，当她发现唯有井宗秀堪当大任时，就把无限的救世希望寄托在井宗秀身上，并竭尽所能地帮衬和辅助井宗秀在涡镇成就自己的大事业，让涡镇人民能够过上幸福安宁的日常生活。但陆菊人万万没有想到的是，她所盼望的那种不世出的大英雄，那种挽救苍生黎民于乱世水火的所谓大人物，最终将涡镇以及涡镇民众带入了万劫不复的历史绝境。这个大英雄就是井宗秀，他使陆菊人最终陷入了历史的虚无陷阱。从这些贯穿全书的叙事枢纽型人物的人生轨迹来看，他们的历史命运中都隐含着挥之不去的荒谬感，带有强烈的历史反讽色彩。其实不仅叙事枢纽型人物如此，其他主要人物的命运同样如此，比如井宗秀的左膀右臂杜鲁成和周一山，主动投奔井宗秀的绿林好汉夜线子，被陆菊人引导嫁给井宗秀的民女刘花生，还有陆菊人的公公杨掌柜和丈夫杨钟，他们的苦涩命运也带有黑色反讽色调。杨掌柜至死都难以明白为何井宗秀和阮天保这样从小一起长大的弟兄们要你死我活地杀来杀去，一直像个贾宝玉的"混世魔王"杨钟最终稀里糊涂地在战争中送命，刘花生嫁给井宗秀后"越想爱他心里越乱越苦"，她对陆菊人说"我现在活得没意思，像被抽了筋，是一堆软肉"，这就进一步强化了井宗秀历史人生的荒谬性。

虽然《山本》作为"块茎文本"让多达百人在其中自由生长和发声，但井宗秀无疑是其中得到野蛮生长因而形象最为丰满的"这一个"艺术典型。这就如同《山本》虽然涉及大秦岭地区诸多城镇，如方塌县、三合县、桑木县、麦溪县、平川县之类，但最终着墨最多的还是地处平川县的涡镇。作为秦岭深处最大的乡镇，涡镇和它所孕育的"这一个"艺术典型井宗秀无疑是《山本》这部新历史演义小说的核心或灵魂。因此井宗秀和他的涡镇故事就成了《山本》历史叙事的重中之重。于是我们看到《山本》虽然由多个系列的秦岭历史人物形象的野史杂传组合而成，但"涡镇传"和"井宗秀传（传奇）"无疑是其中最意味深长的叙事组合体。井宗秀和涡镇可谓彼此成就、互相拆解，及至最终同归于灰烬。一句话，井宗秀及其涡镇故事中其实隐含了这部新历史演义小说的"义"之所在。它与古典历史演义小说所演之"义"迥异其趣。中国古典历史演义由于起源于儒家经传的"演绎""衍义""衍绎"，最初是指用于释经的言说方式[1]，故而所演之"义"多为儒家圣经贤传的纲常伦理信条。如古本《三国志通俗演义》的庸愚子《序》即云，《三国演义》之"义"与孔子因获麟而作《春秋》的春秋笔法和春秋大义相合相通，正所谓"欲其劝惩警惧，不致有前车之

---

[1] 董乃斌主编：《中国文学叙事传统研究》，中华书局2012年版，第450页。

覆"，"此孔子立万万世至公至正之大法，合天理，正彝伦，而乱臣贼子惧"①。其他古典历史演义小说的"义"大都可作如是观。而《山本》所演秦岭现代革命史之"义"则带有强烈的现代主义意蕴，这包裹在小说叙事框架的重中之重，即井宗秀及其涡镇故事中。从精神实质上剖析，井宗秀及其涡镇故事中其实隐含了一个从乌托邦叙事到反乌托邦叙事的内在断裂或反向拆解过程。在《山本》中，以井宗秀无意中得到陆菊人的龙脉地为暗示，井宗秀就是陆菊人理想的"真龙天子"；而以井宗秀赠给陆菊人古铜镜为隐喻，陆菊人就是井宗秀人生的一面镜子。最初的井宗秀还尚在陆菊人的理想期待视野中发展，他在关键时刻还能以陆菊人为镜子反思自己的人性弱点，如他听取陆菊人的建议不要重蹈土匪五雷和岳掌柜在涡镇的历史覆辙，但随着井宗秀在涡镇的政治和军事地位日渐得到巩固，他已经被诩为涡镇的活城隍，被涡镇人当作土皇帝而顶礼膜拜，此时他已经听不进陆菊人的逆耳良言，他内心深处的权力欲望日渐膨胀，开始醉心于穷兵黩武和大兴土木，对外主动攻击阮天保的红军游击队，对内集资仿照平川县城重建涡镇城，为此都付出了惨重代价。此时他的人性阴暗面日益暴露，不仅报复心重，杀人如麻，而且人格虚伪分裂，手段阴险歹毒。井宗秀以自己的喜好将涡镇的城墙和军营全部装点成黑色，而且每晚分两次骑着高头大马巡查全城，总之他以自己的至高权威为涡镇的日常生活确立规则，他成了涡镇说一不二的立法者。但井宗秀越活越色厉内荏，小说中暴露了他的生理暗疾，这个白面少须的中年男人其实是"人里面的骡子"，不男不女，他经常整宿难以入眠，只能变态地让妻子刘花生裸身在床供他半夜欣赏，而每夜找来的涡镇女人们不过是陪他解闷而已。就这样，《山本》中真实地揭示了井宗秀由造福涡镇的英雄异化为祸害涡镇的枭雄乃至奸雄的过程，同时也深刻地揭橥了在井宗秀的主宰下涡镇由一度的理想型乌托邦异化为最后的荒诞型反乌托邦的过程。

　　这样的反乌托邦叙事虽可以让人联想到西方文学的"反乌托邦三部曲"，但《山本》中对乌托邦异化为反乌托邦的叙事进程做出了极具中国

---

　　①庸愚子：《〈三国志通俗演义〉序》，见黄霖等编：《中国历代小说论著选》，江西人民出版社2000年版，第108页。

本土化色彩的深刻描绘与细腻表达，而且作者将其巧妙地纳入了中国传统文化的现代诠释之中。正如贾平凹在《后记》中所言："在我磕磕绊绊这几十年写作途中，是曾承接过中国的古典，承接过苏俄的现实主义，承接过欧美的现代派和后现代派，承接过建国十七年的革命现实主义，好的是我并不单一，土豆烧牛肉、面条同蒸馍，咖啡和大蒜，什么都吃过，但我还是中国种。就像一头牛，长出了龙角，长出了狮尾，长出了豹纹，这四不像的是中国的兽，称之为麒麟。"① 显然，《山本》就是贾平凹所期许的中国"四不像"作品，从中可以看到中外革命现实主义文学的改写，可以看到中国古典历史演义叙事传统的传承，还可以看到欧美现代派和后现代派的影响。在《山本》中，这种欧美现代派和后现代派的影响，就集中体现在小说的乌托邦叙事与反乌托邦叙事的历史背反中，其核心哲学基础即西方现代欧美流行的存在论或存在主义话语体系。这种存在论话语体系所催生的荒诞派美学对于贾平凹的小说创作长期以来有着重大影响，但它常常被包裹在贾平凹小说中习见的以谈佛说道为特色的中国叙事外衣中。贾平凹在《山本》中再次通过佛道文化叙事将小说的现代派和后现代派精神包裹起来，或者说让后者天衣无缝地融入前者中，以此达成中国传统文化的现代化进程或曰西方现代文明的中国化进程。小说中的安仁堂陈先生是个盲人郎中，早年随元虚道长学医，因无辜被拉壮丁当兵，只好自己弄瞎双眼回涡镇行医。陈先生在小说中是作为中国传统道家文化的信徒而出现的，在他看来，井宗秀诚然是英雄，但涡镇要是没有英雄就好了、就可以天下太平，这是典型的"圣人不死，大盗不止"（《庄子·外篇·胠箧》）的翻版。而在陆菊人看来，涡镇不可能不要英雄，问题主要在于英雄太多而且又英雄得不够大所致，如果做大了且只有一个英雄那涡镇就天下太平了。陈先生对陆菊人的说法不置可否，因为他早就预料到涡镇的大结局，当涡镇在炮火中化为尘土时，一切都会有答案。与陈先生不同，城隍庙的宽展师父是个佛门弟子，在她那里众生平等，不分所谓政治派别，人死了都需要超度亡魂。她带着陆菊人、刘花生一起在旅店里念《地藏菩萨本愿经》超度井宗丞的亡灵回故乡的场景，神秘而又慈悲。意味深长的是，陈

---

① 贾平凹：《山本》，作家出版社 2018 年版，第 524 页。

先生和宽展师父在小说中都成了战争劫难的幸存者，与他们性情相近的陆菊人和剩剩母子最终也劫后余生，而小说中的儒家士人文化传承者，那个曾经幻想着自己能传承张载《西铭》精神的现代儒生，最终不但未能为天地生民立心立命，更不能为万世开太平，就连他写的"绝学"《秦岭志》手稿也毁于战火，而他自己则在绝望中走向了涡潭。在这个意义上，小说对中国传统文化体系中的儒道释三家文化的立场可见一斑。事实上，贾平凹更看重佛道文化的悲悯情怀和空无境界，因为与西方现代派和后现代派精神相通，二者可以会通融合。如果借用晚清张之洞的名言而反其意，我们也许可以说贾平凹在文学创作上是一个另类的"中体西用"论者，即以中国本土文学文体为体，而以西方域外思想精神为用。或者反过来说，贾平凹是一个文学意义上的"西体中用"论者，即他自己所言："我主张在作品的境界、内涵上一定要借鉴西方现代意识，而形式上又坚持民族的。"① 此处的西体指文学的精神、内容，而中用指文学的文体、形式。两种说法皆通，直指贾平凹的文学理想境界。

附：秦岭志演义（《山本》）回目

贾平凹原著　李遇春编次

题记

第〇一回　童养媳巧取胭脂地　　陆菊人初嫁涡镇城
第〇二回　行割礼小丈夫圆房　　　凿石窟杨掌柜避兵
第〇三回　说黑白强人初出世　　　遭绑架掌柜终殒身
第〇四回　张狂兄偏行张狂事　　　隐忍弟暗布隐忍局
第〇五回　齐门生陆菊人产子　　　龙脉地井宗秀葬父
第〇六回　失宝地贤菊人叹命　　　练轻功痴杨钟耍宝
第〇七回　拜菩萨陆菊人祈福　　　绘殿梁井宗秀受命

---

① 贾平凹：《我心目中的小说》，《小说评论》2003 年第 6 期。（本文由李遇春根据贾平凹的创作随笔摘抄、整理而成）

如何赓续中华千年文脉

——漫评刘醒龙地理笔记三部曲

长期以来刘醒龙以小说创作驰名，尽管他写过散文和诗歌，尤其是出过多种散文集子，但他的散文创作成就依旧还是为其小说创作盛名所掩，这不能不说是一桩幸福的烦恼。不难发现，许多评论刘醒龙小说的评论家，也读过不少刘醒龙的散文，但大都是为了研究他的小说而去从散文中寻找佐证的材料，这就不能不影响到评论家对刘醒龙散文阅读的纯粹。毋庸讳言，这种以小说家的散文作为研究其小说的佐证材料的做法，在当代文学评论中并不鲜见，虽然有其必要性与合理性，但其中隐藏的学术隐患也值得我们反思。在我看来，这是一种以小说为文体中心的学术思维定式，是一种需要破除的"小说文体中心主义"研究范式。如果不破除这种"小说文体中心主义"，我们就很难将刘醒龙这样的文学（文体）多面手予以"全人"评价。想当初，鲁迅就很为评论家只看到了陶渊明"浑身静穆"的一面而忽视了其"金刚怒目"的一面而抱憾。所以他才指出："我总以为倘要论文，最好是顾及全篇，并且顾及作者的全人，以及他所处的社会状态，这才较为确凿。"[1]鲁迅这话针对的虽然是"选文家"和"摘句家"，他认为许多作家作品其实是被这两家所"缩小"或"凌迟"了，但对于当今的评论家而言，也不啻于一记当头棒喝。

追溯起来，"小说文体中心主义"在中国文坛的流行并不是太久远的事情。众所周知，诗文自古以来长期是中国文学的正宗。如果说《诗经》《楚辞》和先秦诸子散文开启了中国诗文传统的渊薮，那么从汉乐府和汉

---

① 鲁迅：《"题未定"草（七）》，见《鲁迅全集》第六卷，人民文学出版社1981年版，第430页。

赋到魏晋南北朝时期诗人与文人的集体大觉醒，则作为文学史的过渡期将中国诗文传统在唐宋两朝推向了历史高峰。以至于"唐诗"与"宋诗"、"宋诗"与"宋词"之争，至今都是后人津津乐道的话题。进入元明清三朝，尽管由于复古主义大流行而导致中国诗文传统疲态尽显，但诗文的文体正宗地位在当时并未发生根本改变。只是到了清末民初以降，经过晚清维新派文人和五四新文化知识分子的追认，戏曲和小说才被视为元明清文坛的正宗文体。尤其是小说，得力于梁启超的一番鼓吹，终于成为"文学之最上乘"①。大抵可以说，在中国文学文体体制变迁中，梁启超算是最有代表性的"小说文体中心主义"倡导者，虽然他的小说概念中包含了戏曲，那也不能从根本上改变他的小说文体至上观念。实际上，打破中国文学的诗文中心主义传统，建立新型的"小说文体中心主义"，这是梁启超为代表的近现代中国知识精英的一大贡献。他们看重的是小说相较于其他文体所具有的强大思想启蒙功能，这在五四新小说创作中表现得至为分明，而在后起的左翼革命小说创作中，小说的政治宣传功能又被展现得淋漓尽致，这就进一步强化了小说在中国现当代文学文体体制中的至尊地位。但无论是古代的诗文中心还是现当代的小说中心，归根结底都属于文学文体等级制，其中隐含的权力话语偏见会在长时段内制约中心文体之外的文学文体的生长或评价。如现代文学界至今还在为鲁迅杂文算不算文学聚讼纷纭，为鲁迅后来不写小说醉心杂文痛心不已，这都是如今流行的"小说文体中心主义"暗中作祟，仿佛杂文家鲁迅就比小说家鲁迅低一等级，而完全忘记了"唐宋八大家"不以小说见长却照样成为中国文学史上的经典作家。这样说并不意味着要反对小说文体的重要地位，而是希望能重建一种新型的文学文体多中心格局，让小说之外的文体，无论是外来的新文体还是本土的旧文体，都能在这个多中心的文体新格局中自由生长、交叉融合，从而以海纳百川之势赓续和转化中华千年文脉。

如今看来，一百多年前逐步建立起来的以小说为中心的中国文学文体中心主义体制到了需要拆解和重建的时候。倘不如此，不仅会影响到中国

---

① 梁启超：《论小说与群治之关系》，见陈平原、夏晓虹编：《二十世纪小说理论资料》第一卷，北京大学出版社1997年版，第51页。

古典文学传统的再评价，而且会严重地制约中国现当代文学的创作与评论。我们需要以鲁迅所倡导的"全人""全文"视角切入中国现当代文学研究，不仅要平等地考察中国现当代文学的"各体"文学创作，而且要平等地对待同一个作家的不同文体的文学创作，唯其如此，才能扭转近百年来中国现当代文学研究中的小说文体偏至论，让当下的文学百花园各种花卉争奇斗艳。对于那些现当代文学经典作家而言，打破了小说文体中心制后，很多文学史和文学评论上的评价难题都会迎刃而解。事实上，除了鲁迅之外，现当代文学史上还有许多经典作家的散文创作为其小说创作盛名所掩，如沈从文的湘西散文被其湘西小说的盛名所掩，如巴金的晚年随想录被其早年长篇小说的盛名所掩，还有张爱玲的《流言》在很大程度上也被其《传奇》所掩，但在作家或读者心目中，他们各自的散文创作是有其文学独立性的，绝非小说的附庸式存在。这意味着要打破文学史上的小说文体偏至论并非易事。至于当代作家中散文成就被小说光芒遮蔽的就更多了。著名者如贾平凹、韩少功、张炜，其散文造诣常常未能得到文学史的尊重。还有两位不幸早逝的作家，史铁生和王小波，虽然他们的散文成就及其影响力已经超过了各自的小说，但依旧在文学史教科书中主要被纳入小说家群体中予以叙述。这直接导致许多中国当代文学史异化成了以小说为中心的文体等级制度史。而这种异化的文学史或文体史叙事亟待改变，于是当向来以小说饮誉的刘醒龙集中推出其地理笔记三部曲的时候，改变或调整中国当代文学文体偏至论也就变得愈加迫切了。

刘醒龙新近集中推出的地理笔记三部曲分别是《上上长江》《天天南海》《脉脉乡邦》，总题曰"刘醒龙地理笔记"①。这套书实际上由三部专题散文集所构成，各自独立又相互依存，可谓三位一体。其实，刘醒龙自 21 世纪以来出过不少散文集了，其中除了《一滴水有多深》《如果来日方长》《上上长江》三部属于专题长篇散文（集）外，其他大都以某部散文名作作为散文集名，如《重来》《寂寞如重金属》《抱着父亲回故乡》《在母亲心里流浪》，等等。总体而言，这些专题式长篇散文（集）或萃编式散文集反响不如他的长篇小说影响大，但其中确实不乏名篇佳作，如

① 刘醒龙：《刘醒龙地理笔记》，长江少年儿童出版社 2023 年版。

《抱着父亲回故乡》就曾荣获第五届在场主义散文奖、第七届老舍散文奖，而且拥有无数的读者，其影响力并不比他的很多小说名作小。但如何从中国当代散文史中脱颖而出，乃至于成为中国当代散文大家，这对于刘醒龙而言也并非一蹴而就之事。客观地讲，中国当代散文园地虽然良莠不齐但也确实不乏优秀的作家，也许刘醒龙在小说创作领域里一向雄心勃勃而不过是把散文创作视为余事，但从这次集中推出的地理笔记三部曲来看，刘醒龙对于散文事业确实已经认真上心起来了。不难窥见，刘醒龙想在中国当代散文园地里争得一席之地，成为一个在文学史上具有鲜明艺术特色的散文家已然是他无法回避的宿命。他想改变自己以前那种在散文园地里散兵游勇式的写作做派，然后像当初在小说创作领域中敢于正面强攻一样开辟出专属他自己的散文领地来。这也就是他敢于下大气力完成《一滴水有多深》和《如果来日方长》两部长篇大散文的原因。前者袒露和解剖了刘醒龙的乡土情结或乡村情怀，后者记录和抒写了刘醒龙的疫情记忆和疫中体验。对于中国当代散文史而言，这两部书都堪称不可或缺的大散文杰作，其意义和价值也许未来会继续凸显。需要指出的是，虽然《上上长江》前几年有过单行本，但那个单行本的内容仅局限于参加 2016 至 2017 年"万里长江文人行走"期间所作篇什，这次新版《上上长江》则增补了他在不同时期为长江一衣带水的地方写过的不少篇章，所以比初版的体量扩大了许多 ①。刘醒龙之所以做如此调整，主要是为了重新系统地清理自己的散文创作路径，从而更清晰也更明确地构筑起自己的散文领地，他把这个特殊的散文领地或曰散文特区命名为"刘醒龙地理笔记"，而新版《上上长江》当仁不让地居首，居中的则是很少有作家敢于涉足的《天天南海》，又以具有共情性的《脉脉乡邦》殿后，这就完成了许多专业散文家一辈子都难以企及的大散文版图，为当代小说家的散文创作再次赢得了艺术的尊严。

正如刘醒龙在《上上长江·后记》中所言："行走之时，最是如信了王黄州那样信赖地方志。每到一地，先读地方志。早年的方志，客观真实，没有炒作之嫌，编纂者也还讲究风骨，不像现在的互联网，看似方便各类

---

① 刘醒龙：《上上长江》，长江少年儿童出版社 2023 年版，第 392 页。

查找，非常便捷，真的涉及史实，不靠谱的甚多。"① 如此热衷于阅读地方志，这就道出了刘醒龙以"地理笔记"命名这套散文三部曲的深层缘由，其意在于创造性地转化中华"地方志"书写传统。虽说在小说创作中，刘醒龙已经长期致力于讲述家乡鄂东大别山区（以黄冈为中心）的地方故事，并业已形成了独具特色的鄂东方志小说叙事形态，这在《异香——大别山之谜系列》《凤凰琴》《天行者》《圣天门口》《黄冈秘卷》等短、中、长篇小说中表现得十分鲜明，但落实到散文创作领域，迄今为止这种地方志书写特色及其内在的复杂性尚未被评论家所重视，也就更谈不上予以深刻揭示并阐释了。实际上，地方志的编纂在中国史学中由来已久，东汉班固的《汉书·地理志》则是其中绕不过去的界碑之作。按照刘醒龙的鄂东乡贤王葆心在《方志学发微》中的说法，"班氏所祖，实出《禹贡》《职方》及《山经》之属。《禹贡》推表山川以及田产、贡赋、土俗、贡道，殿以疆域；而叙次则以治水先后列之。班氏之志，于上数者都详；又参以《职方》州之方位，次及山薮、川浸、土产、民畜、谷食，一一依之；又参之《山海》古迹、冢墓。但循汉制京畿、郡国、县邑排次，而加详焉。此其源也。"② 这就明确揭橥了中国地方志书写的三大源头，即《尚书·禹贡》《周礼·职方》和《山海经》，其中最有文学价值的则是《山海经》。实际上中国古代方志典籍中一直存在两个系列，一个是历朝正史中的《地理志》和各种行政区划的地方志，以史学见长；再一个是具有文学性的地方志系列，如《山海经》《水经注》《洛阳伽蓝记》《徐霞客游记》之类，可谓文史兼工。毫无疑问，正是文史兼工的地方志系列在不同历史时期促进了中国山水游记散文创作的发展与繁荣。这也是刘醒龙在他的地理笔记三部曲中乐于承认的文学史实，他多次在地理笔记中对郦道元和徐霞客赞不绝口，而对于柳宗元、王禹偁、欧阳修、苏东坡等唐宋山水文章大家，刘醒龙更是充满了礼敬之心。

所以，刘醒龙创作地理笔记三部曲的艺术出发点在于中国古代地方志

---

① 刘醒龙：《上上长江》，长江少年儿童出版社 2023 年版，第 386—387 页。

② 王葆心原著：《方志学发微》（注析本），湖北省地方志编纂委员会办公室 1984 年印行，第 279、284 页。

书写传统的赓续与传承，其中文史兼工的地理志是其艺术根底，而山水游记则是其艺术源泉。在中国当代散文大家中，贾平凹的长篇散文《商州三录》无疑是最早赓续中华千年方志散文文脉的经典作品，但和贾平凹向来推崇的沈从文一样，无论是《商州三录》还是《湘行散记》，因时常出以"小说家言"，故形成了小说化的散文或散文化的小说。贾平凹近作《秦岭记》就很难分辨其散文或小说属性。但刘醒龙地理笔记三部曲则不同，小说家的笔法在这里基本被祛除，散文的文体界限被恰到好处地坚守，记人、写景、抒情、议论这些最古老的散文技法得到凸显，而作为"小说家言"的虚构性叙事则消遁于无形，如此延传这种正宗的中国传统散文之道，不能不说是刘醒龙地理笔记三部曲的一大特点。周作人曾将中国文学尤其是散文传统划分为"载道"与"言志"两派[1]，但在刘醒龙这里已然超越了两派的畛域，将二者熔冶于一炉，既抒发生命个体情感、表达生命个体思考、描绘独具生命个性的景观，又能将这些生命个体话语与民族国家命运、与人类终极关怀相结合，从而让散文真正成为"经国之大业，不朽之盛事"（曹丕《典论·论文》）。这才是真正的"大散文"格局，与那种"爽文""软文""鸡汤文"拉开了距离，也与种种"时文""美文""小散文"划清了界限。若谓余不信，不妨系统品评清点刘醒龙地理笔记的长江系列散文、南海系列散文和乡邦系列散文，从中不难发现刘醒龙在赓续中华方志体散文文脉中大力激活中华优秀传统文化资源、主动注入中华现代文明精神的艺术努力。

在我看来，这首先表现为刘醒龙地理笔记中散布着浓郁的文人血脉气息，对中国历史上文人风骨的文化认同构成了刘醒龙地理笔记的内在精神支柱。且看《茉莉小江南》中的李清照，刘醒龙笔下的李清照不是"婉约派首席情感大师"，而是敢于在诗中以盖世英雄项羽垓下自刎的豪举让自己的丈夫赵明诚活活郁闷致死的女中豪杰。当江宁知府赵明诚面对突如其来的兵变带着两名部下落荒而逃时，他不仅置全城百姓性命于不顾，而且深深地伤透了妻子李清照的心。所以当兵变被他人平息后，李清照虽然跟随赵明诚离开江宁去湖州赴任，但途经乌江时突然豪情喷薄，写下了那首

---

① 周作人：《中国新文学的源流》，华东师范大学出版社 1995 年版，第 17 页。

千古杰作："生当作人杰，死亦为鬼雄。至今思项羽，不肯过江东。"在刘醒龙看来，世人不解诗中玄机，其实在英雄史诗后藏着一部旷世爱情悲剧。赵明诚之所以在湖州任上很快亡故，本质上就是因李清照这首诗活活郁闷致死。李清照直教懦夫明白，他已经没有资格谈情说爱，这才是真正了不起的女中大丈夫！刘醒龙写的是身为美艳之首的南京的人与事，但他眼中只有充满血性的李清照，而不是世人熟悉的那个"寻寻觅觅冷冷清清凄凄惨惨戚戚"的李清照，正可见出刘醒龙对李清照和南京这座城的不一样的理解。在《乌江不渡》中，刘醒龙继续对项羽和刘邦进行品评，他认为刘邦之所以能在鸿门宴上全身而退，只有一种最关键的原因，那就是全身流淌着贵族血液的项羽无法举起阴险而丑陋的屠刀。尽管苏东坡感叹项羽不能忍，但在刘醒龙看来，那个不忍的项羽才是真的项羽。鸿门宴上的项羽其实享受了强者不可凌辱弱者的孤独求道，这是项羽被千古文人万世景仰的贵族人格奥秘。所以刘醒龙在文末感叹道："刘邦身边多宵小，项羽之后无贵族。"刘醒龙就是如此这般推崇精神贵族或贵族精神，不是从阶级政治意义上推崇，而是从纯粹的文人风骨和精神人格上推崇。他自己说："长江万里长，我们的行走弯弯曲曲远不止一万里，走了那么多地方，我只在屈子祠和杜甫墓前鞠过躬。这也是没办法的事，他们的品格文章太令人肃然起敬了。"[①]毫无疑问，刘醒龙在屈原和杜甫的身上看到的也是古老中国的文人风范与贵族精神。所以在《汨罗无雨》的煞尾，刘醒龙为屈子献上心香一瓣，撰联语云："八帝追封，纵然与孔圣齐名，不如离骚总天问；千载竞渡，只为个忠魂沉冤，从此汨罗永怀沙。"而在《走读第四才子书》中，面对寂寞荒凉的杜甫墓，刘醒龙不禁悲从中来，汨水西流，天地间还有比杜甫更难堪的圣贤吗？诚可谓千古一叹！

　　完全可以理解，出生于黄州的刘醒龙对苏东坡充满了异乎寻常的热情与钦慕。对于刘醒龙而言，喜欢苏东坡其实是一种深层次的文化人格心理认同，就如同一个浑身充溢着"五水蛮"血性的黄冈之子面对一尊中国古老文化神祇的顶礼膜拜。所以他才在《赤壁风骨》中写道："偶尔有机会

---

① 刘醒龙：《上上长江》，长江少年儿童出版社 2023 年版，第 388 页。

回来小住，不只是深情牵挂，重要的是为文之人，面对古来宗师，在品格操守上再行受戒。"不仅如此，在《仁可安国》中，刘醒龙还独具慧眼地指出，一般人都认为黄州人爱苏东坡是因为爱他的诗词书法，因为苏东坡的到来旧黄州的陈腐就被新黄州的文采所取代，而刘醒龙却认为："在苏轼的黄州，重要的是传承一个仁字。""不要小看了仁字，也不要不在乎仁字，更不要有意无意地糟蹋了这个仁字。""须知仁可安家，仁可安城，仁可安国。"显然刘醒龙从苏东坡那里领悟到的"仁"，不仅是儒家常说的"仁者爱人"，同时还直抵人性之大善本真至美，这才是具有超越性的精神文化向度，是苏东坡文人风骨中真正深入骨髓的精神内核，必然会引来皈依仰慕者无数。所以在《赤壁风骨》的最后，刘醒龙终于揭橥了黄冈文化的内在秘密，这就是："黄侃、熊十力、闻一多、胡风、秦兆阳等，风骨挺拔几乎构成中华晚近以来的精神圣界。"而这种风骨的传承正是以苏东坡为其精神渊薮。即使是来到天涯海角的海南岛，面对苏东坡留下的浮粟泉，还有李德裕、李纲、赵鼎、李光和胡铨五位宰相级别的古代高官大吏留下的五公祠，刘醒龙也是毫不犹豫地做出了他的价值选择与判断，认为"就算是五位宰相级大员聚到一起，也不及一介小吏苏东坡"，因为人生在世不是靠张牙舞爪虚张声势，而是靠掘地寻泉润物无声，由此可见"仁"的力量。由于喜欢改变了黄州的苏东坡，刘醒龙对人称"王黄州"的王禹偁也充满了不平与同情。他同情仁义耿介的王黄州的寂寞遭际，甚至不惜拿欧阳修来反衬王禹偁的了不起。在刘醒龙看来，《醉翁亭记》容易让读者暗生邪念，而《黄州竹楼记》则深得圣心。降及现代，刘醒龙对忠信仁义之文人从不掩藏自己的赤诚景仰之心。在四川江津的晚年独秀小院旧址，刘醒龙"满脑念头全是宁肯被历史碰得头破血流，也不可以遭受历史遗弃"的现代人文精神（《青年独秀》）。而在昆明面对黄冈乡贤闻一多先生被害处，刘醒龙心中始终激荡着"不识时务者为圣贤"的灵魂之音（《滇池巴水闻先生》）。从王禹偁、苏东坡到陈独秀、闻一多，万里长江就这样引渡着无数的中华古今圣贤，他们是中华文人风骨的伟大传承者，也是刘醒龙在地理笔记中表露出来的骨子里超级认同的至尊人格偶像。

　　其次，刘醒龙地理笔记中还随处迸发出浓郁的家国情怀，对国家和民族前途命运的忧患意识与担当意识为刘醒龙地理笔记三部曲的写作树立了不可逾越的民族精神标杆。对于那些为了拥抱所谓世界性而一不小心逾越了民族精神底线的文学创作，刘醒龙向来是不屑一顾、深以为耻的。千古流传的《文心雕龙》为何要以"原道""征圣""宗经"为文学总论，这绝非没有来由的随意之举。正所谓"道沿圣以垂文，圣因文以明道"[①]，千百年来虽然文以明"道"或载"道"的思想不断变迁，内涵理解代有差异，但国家利益和民族大义始终都是历代文人关注的"道"之硬核。在刘醒龙地理笔记三部曲中，有关家国情怀的抒写可谓随处可见，这不仅表现在诸多篇什对包括家乡在内的全国各地自然山水、名胜古迹的倾心礼赞和无限眷念上，如《钢构的故乡》《白如胜利》《重来》《天香》《天姿》《天心》《迷恋三峡》《滋润》《莼乡千里》《星斗摇香》《树大山河远》《寻找文学的绿水青山》等篇什即是如此，还突出地表现在那些饱含民族气节和爱国精神的美文佳构中。《水边的钢铁》就是这样一篇充满民族骨气的散文。站在鄂东黄石的汉冶萍历史遗址前，刘醒龙不禁感叹如今说汉冶萍荣耀的人多而说其历史屈辱者少。想当初在第一次世界大战和全民抗战中，日本侵略者掠夺了汉冶萍多少资源。但如今竟然有人说汉冶萍旧址上一座日本人修建的水塔质量如何之好，仅仅因为换上国产阀门就不能再用，甚至连建筑水塔的红砖也被认为是从日本运输而来，言下之意国产的红砖质量也不过关，这不能不让早年当过阀门厂工人的刘醒龙感到愤怒和耻辱，他深知其中隐藏的科学无知与文化自卑，他坚定地反对这种自卑与无知，他要为重建民族文化自信大声疾呼！他在文中写道："对人来说，可怕的不是财富被掠夺，而是文化意志的屈从，这才是莫大的耻辱。""侵略者最为得意的肯定是文化的奴役，文化的奴役则表现在文化的自卑。"如果时至今日我们还在对民族的血泪史信口开河，谁也无法保证那不是另一场民族灾难到来的前奏。于是我们看到刘醒龙在《金口晶正平》里为被日寇击沉了六十年的中山舰重见天日而感受到深沉的国耻折磨，又为中国人民海军福建舰的正式下水而升腾起强烈的民族自豪感和治愈感。我们还看到刘醒龙在《岩石上的公主》中倾情歌颂大唐文成公主，他没有单纯地从人

---

① 周振甫：《文心雕龙今译》，中华书局1986年版，第14页。

性出发，像文人墨客那样为文成公主的和亲感到遗憾和痛楚，而是从民族大义出发赞美文成公主的德性之美与人性之光。在刘醒龙看来，王昭君如果不出塞和亲，西施如果不以身许国，貂蝉如果不献身连环大计，这些绝代美女都无法成为千载美人。因为做美女容易，做美人却难，它要求在美女素质之外还要识大体、懂大局、留大德。所以文成公主之事，事事在朝廷与国家、在民族大义和国家利益这一边，而不在个人的恩怨得失另一边。文成公主之所以千载流芳，正在于她不朽的民族家国情怀。

在刘醒龙的地理笔记三部曲中，我们时常能感受到他内心深处的家国情怀在涌动和奔流。有时候这种家国情怀集中表现为对当代军人的颂歌，不断释放着他内心浓郁的军人情结。在《两棵树上，一棵树下》《怀念一九九八》中，刘醒龙作为历史的亲历者和见证者，以独具个性的观察角度抒发了他对九八抗洪精神的怀念，尤其是重点抒发了对抗洪抢险中英勇无畏的人民子弟兵的礼赞，且为自己曾经穿上军装参与这场历史事件中感到无比光荣和自豪。这类散文让我们不禁想起了一代红色经典散文名篇《谁是最可爱的人》，它接续了当代红色经典散文传统，但又不乏独特的个人化表达。在《走向胡杨》中，刘醒龙为新疆生产建设兵团的"兵团人"精神所感动，他们不仅要接受将令，而且要安家立业，因为家园就是要塞，边关就是庭院。在刘醒龙眼中，兵团人就是胡杨，胡杨就是兵团人，二者不仅形似而且神似，其命运实属殊途同归。在《独木何以成林》中，刘醒龙一再被驻守查果拉哨所的军人所感动，因为那位军人将一棵白杨树拥抱成故土亲人的爱，而对于六十年前的塞罕坝而言，正是因为培植了一棵老得不能再老的沙漠大树，才有了六十年后的百万亩林海。树树皆有阻断风沙之功勋，棵棵都是改变地理的英雄。刘醒龙的英雄崇拜于兹可见一斑。不仅如此，在南海系列散文中，刘醒龙尽情地抒发自己的军人情结与英雄崇拜，他将无法抑制的民族气节与家国情怀最大限度地予以释放，为中国当代散文坛坫贡献了独具风采、气魄沉雄的一组大散文。在《我有南海四千里》中，刘醒龙刻画了赵述岛上唯有的一对居民夫妇，他们对着大海一边唱着国歌一边升起国旗，对于他们来说出海就是出征，安家就是卫国。他们是不是军人的军人，是南海中神圣中的神圣。这无法不让人想起刘醒龙在《凤凰琴》和《天行者》中刻画过的经典文学场景，在大山深处的小学里，民办教师和他们的学生们用笛子和二胡演奏国歌升国旗，那场景曾经打动了无数的中国人！所以当我们在《鸭公岛外考古船》中读到，在海上台风袭来后，漆黑程度快到十级的鸭公岛上空，始终高高飘扬着一面五星红旗时，那种崇高的爱国情和民族自尊心很难不随着作者富有力度的文字而心潮澎湃。想当年，法国侵略者曾冒犯我国南海九小岛，但法国侵略者却在岛上意外地发现一个供奉着中国渔人家神的小木屋，屋中所悬板文略云："余乃帆船之主德茂，三月中旬带粮食到此，但不见一人，余现将米留下，放在石下藏着，余今去矣。"[1]刘醒龙在《余乃轻帆信海游》中摘抄了南海博物馆的史料原文，正是为了证明南海自古就是中国领土，中国先民在南海留下的足迹才是信史，足以告慰后人。总之，南海与中华大地血脉相连、根系相依，所以刘醒龙才会在《蓝洞》中写道："沙牛儿的细小沙窝将南海送达年少时的乡土，叫永乐龙洞的蓝洞要关联与通达的是天下少年与中华血脉。"又在《万泉之意在于河》中写道："说椰子树只会顺风倒向北方，所在意的是每个人的家和家乡。"这是南海人的亲情与乡情的汇聚，也是伟大的中华民族共同体精神的南海表达。

　　刘醒龙地理笔记三部曲中的军人情结不仅表现在当代中国军人情怀上，还集中表现为对中国工农红军历史足迹的追寻与敬仰。作为来自鄂豫皖大别山革命老区的作家，刘醒龙成长起来的这片黄冈热土不仅是中国传统文化的沃土，也是中国红色文化的摇篮。生于斯长于斯的刘醒龙，其精神血液中其实充满了红色基因与革命情怀。所以他才在地理笔记三部曲中醉心于挖掘包括鄂豫皖在内的革命老区留存的红色文化资源。如在《一座山，一杯茶》中，刘醒龙为今人篡改大别山的天堂寨主峰，遗忘叫做红山中心县委的苏维埃感到痛心不已，他认为这种失忆与篡改是对历史的亵渎和对文化的轻慢。他情不自禁地写道："没有记忆就没有文化，没有文化就没有精神，没有精神就没有灵魂，没有灵魂也就等于没有文化。"这就由红色文化的追寻上升到了整个民族文化的建构与反思。在《自公一去无狂客》中，刘醒龙描绘了红军长征途中当红二十五军政委吴焕先牺牲后，

---

　　[1] 刘醒龙：《余乃轻帆信海游》，见《天天南海》，长江少年儿童出版社2023年版，第160页。

副军长徐海东抱着他的遗体嚎啕大哭并亲手擦洗战友脸上血污，再将自己心爱的军大衣披在战友遗体上那令人心痛的一幕。这不仅仅是人与人之间的情分，更重要的是徐海东最了解吴焕先的现实与理想。他们在艰难的战斗岁月里相互砥砺，同声相应、同气相求，这是一种超越血缘的高尚革命情谊。而在《浔阳一杯无》中，刘醒龙又将"黑矮胖子"宋江所题浔阳楼反诗与彭德怀大将军"我为人民鼓与呼"的诗句做了对比，为了个人私利造反的宋江之诗其境界是卑下的，而彭大将军区区六句诗没有一个字是为了自己，一笔一画全是舍身为民，这样的中国共产党人才真正体现了民族进步的大仁大义。彭大将军诚然是大英雄，但真正的集体英雄是那支踏上长征路的名叫中国工农红军的革命队伍。在四川境内的乌江畔，刘醒龙不禁为那些头戴红星的军人折腰击节，他们当年硬是以血肉之躯征服了这条从未被征服过的河流！这就是刘醒龙在《山水有情，天地对饮》中所要表达的红色激情。最令读者难忘的还是那篇《虎族之花》，"虎族之花"原本是纳西语"剌巴"的汉译，而"剌巴"则是纳西族人对石鼓小镇的称呼。但刘醒龙别具慧眼，他心领神会地意识到当年长征来到乌江与赤水的中国工农红军才是真正意义上的"虎族之花"。"热的血为赤，铁的血为乌。"是红军用鲜血染透了赤水，用铁血铸就了乌江，从此长江上游的山山水水为中国历史镌刻下了一个个更加伟大和不朽的红色经典。所以历史必须铭记，红色文化不能淡忘，刘醒龙在《让钢铁拐个弯》中回忆了一个老将军的回乡往事，让今人要坚守革命年代的一诺千金。他还在《青年独秀》中为陈独秀和毛泽东这样的中国共产党缔造者为了革命失去了至亲悲怆难抑，他深深地意识到，"从青年的理想，到理想的青年，才是一个民族的脊梁"，这就从红色资源中滋长出了浓浓的民族家国情怀。

除了我们前面所说的文人风骨和家国情怀之外，刘醒龙地理笔记三部曲中还随处可见那种浓得化不开的生态意识。这种当代生态意识往往散布在作者浓郁的乡愁以及对祖国大好河山的无穷眷念之中，它给刘醒龙的地理笔记三部曲不仅提供了强大的现代性反思精神支撑，而且也给其注入了恒久的审美文化力量，为刘醒龙开放性地继承中国古代地理文化散文传统奠定了思想基石。老黑格尔曾指出："只有黄河、长江流过的那个中华帝国是世界上唯一持久的国家。征服无从影响这样的一个帝国。"①这曾经是西方哲人眼中的大中国形象，而中国国家形象的建构始终与黄河、长江这两条大江大河联系在一起，至今依旧如此。作为长江边上生长起来的中国作家，刘醒龙对母亲河长江充满了感恩之情，在他的长江系列散文中总是可以见到对长江流域大江大河大湖自然风光和城镇乡村文化风俗的描绘与赞美，但这种长江自然风景或文化风俗书写绝不是那种流俗化的"小清新"笔法或故作深沉的"《读者》体"路径，而是别出机杼地将长江大美风景用奇崛雄健的文字贡献在世人面前，并深深地楔进读者的心灵。不仅长江系列是如此，刘醒龙的南海系列和乡邦系列也是如此，无论长江还是南海书写，抑或北方或西部书写，刘醒龙都能将那些人迹罕至或世人罕见的大中国壮美风景展现在全世界面前，显示出一个当代中国作家的大格局及其散文作品的大气象。这不仅体现了作者对中国古代地理散文史上郦道元与徐霞客传统、柳宗元与苏东坡传统的继承与转化，而且其中时常有开新之举与创格之篇。在刘醒龙地理笔记三部曲中不仅能寻觅和领悟作者的文化乡愁与自然风景，更能感受到刘醒龙浓烈的生态意识。在《寻找文学的绿水青山》中，刘醒龙书写了"一场与山水盟约的长途行走"，从湖北的丹江口水库这南水北调的源头一直走到首都北京，只为了纪念南水北调工程全线通水一周年。在这篇散文中，刘醒龙不仅赞美了中原作家李佩甫在文学上集南北美学于一身的地理文化风景，而且将笔触放在朴素动人的汉江移民老赵的身上，透过新移民视野作家看到了南水北调后整个华北平原上不一样的壮美风景。绿水青山又回来了，首都和华北平原的生态环境逐渐在恢复淋漓元气。在长江系列散文的最后一篇《上上长江》中，站在长江源头沱沱河畔，刘醒龙不仅心潮澎湃，他对母亲长江奉献上了如诗如画、如泣如诉的壮美文字。面对长江之源，刘醒龙意识到心若不净，即便是格拉丹东的冰川也难称为净土。我们不仅要善待动物，也要善待人类自己。如果我们的欲念过于贪婪，将万里长江之水视为上苍过于慷慨的礼物而不知道珍惜，大自然对人类的报复就是肃杀的警示。在《吉祥是一匹狼》中，刘醒龙同样将生态环境保护上升到人类心灵保护的精神高度，

---

① 黑格尔：《历史哲学》，上海书店出版社1999年版，第122页。

他认为时下国人说狼事的越来越多，信仰狼性的也越来越多，但这只会让生命变得更加凶猛，让人间变得更加残酷，然而"那绝不是真正的狼。真正的狼，应当是保持住狼性的吉祥一样的存在"。而面对通天河边的三江源国家公园，刘醒龙意识到接下来的商业开发会有太多利益可供抢夺，那就等于回到了原始的狼性争夺，这绝不是我们子孙后代需要的结果，只有全方位对三江源进行生态保护才是唯一应当的选择。无独有偶，在《麝乡之香》中，刘醒龙借公獐遇绝境时会将麝香自我毁掉的古老传说再次警告世人，从通天河到扬子江的万里长江就是名贵的麝香，"谁想伤害她，她就会以自己伤害自己的方式回敬对方"，最终受到伤害的不仅是长江，而且是全世界和全人类。所以在《荆江十六玦》中，刘醒龙大力肯定了荆江两岸对野生物种的亡羊补牢，认为这是对世界满怀悔意的一种修补。这不仅是自然修补，而且是文化修补，唯其如此，地理学意义上由十六道河环组成的荆江才会变成为人文学意义上的十六只巨大的玉玦，江汉平原才会真正成为被鲜花飘带簇拥的自然之玦和文化之玦。在《万千是非朱砂红》中刘醒龙更是为贵州朱砂古镇的资源枯竭与环境破坏痛心疾首，他深情地呼唤着国人"将真实古镇还给朱砂，将朱砂一样的美艳归还给古镇"。即使是在世人足迹罕至的南海，刘醒龙依旧时刻保持清醒的环保头脑，他在《龙洞云霞接海天》中生怕人类惊扰了古老的蓝洞，祈盼人类就像在陆地上保持一方净土一样在南海保持一洞净水；又在《传说不识红树林》中为保护红树林大声疾呼，他盼望人类将胎生的红树林真诚地当成一种信仰，因为保护红树林就是保护人类自己，由此流露出浓烈的生态意识。

在浓烈的生态意识之外，刘醒龙地理笔记三部曲中还有强烈的生命意识。刘醒龙是一位重情有义的作家，他的文学创作既有筋骨"思理"又有血肉性情，情理交融一直是其各体文学文字的显著特色。他的地理笔记自然也不会例外。而且因为是散文随笔体，这种情理交融的特点只会更加突出和鲜明。刘醒龙骨子里其实是一位行者，他喜欢像司马迁、郦道元、徐霞客那样足迹遍布祖国的四面八方，四处探险，但由于一次未遂的空难事件而遗留下来的恐高症，刘醒龙长期以来只坐火车或自驾汽车出游，不到万不得已坚决不坐飞机。但高铁的出现改变了刘醒龙的人生轨迹和写作方式，他从此真正喜欢上了作为九省通衢的大武汉，只因为这座城市是无与伦比的出行极为便捷的高铁运行中心，其独步天下的气质重建了武汉的整体城市形象。对于刘醒龙而言，"一个人坐高铁，可以发很深刻的呆"，"一个人坐高铁，可以读很艰涩的书"，置身高铁上的刘醒龙"悬挂在神经末梢上的思绪也会变得异乎寻常地敏感犀利"[①]，由此对个体生命体验的领悟更加深沉，对自我生命处境的观照更加锐利。他竟然在高铁上读青铜重器且能找到金属的天然质感。在《青铜大道与大盗》中，刘醒龙讲述了自己与楚国国宝级青铜重器曾侯乙尊盘的神奇相遇，他从"令人眼花缭乱、连表面都难以看清，更别说透空蟠虺纹饰内部复杂得难以复制的神奇铸造工艺"的背后领悟到了世间哲理，这就是青铜重器越是优雅，与之相关的丑恶也就会越多，但越是丑恶，越是映衬出作为国之重器的伟大。至于曾侯乙尊盘上的蟠虺纹饰是表示毒蛇还是展现小龙，是隐喻奸佞小人还是象征圣贤君子，"正可以看作是每个人心境的一种浮现"。由此可见，青铜大道与大盗之间真假难辨，而这正是人世间的真相。而在《钢构的故乡》里，刘醒龙在故乡新近崛起的亚洲最大的钢构件生产基地周围徘徊，他恍然间明白："越是现代化的建筑物，对钢构件的要求越高。历史渊源越是深厚的故乡，对人文品格的需要越是迫切。故乡的品格正如故乡的钢构。"所以是故乡给了刘醒龙以坚韧顽强的灵魂和血肉，这是那些收获思想与智慧的地方所无法给予的。如此理性的故乡情结在《抱着父亲回故乡》中终于被有关父亲的各种日常生活物件或细节所浸透、所消解。芭茅草和小秦岭，青烟和牛粪，一切的一切都归入天地之间。"我的怀抱里空了，却很宽阔。因为这是父亲第一次躺过的怀抱。""我的怀抱里轻了，却很沉重。因为这是父亲最后一次躺过的怀抱。""天地有无声响，我不在乎，因为父亲已不在乎。人间有无伤悲，我不在乎，因为父亲已不在乎。"如此人间父子情，怎不让人潸然泪下，刘醒龙在送父亲魂归故里的路途中体验到了朴素而博大、真切而深沉的生命境界。

这种深沉的生命意识和强烈的自我体验在刘醒龙的南海系列散文中也有着透辟的抒写。在中国当代作家中能对南海身临其境的人不可能很多，

---

① 刘醒龙：《脉脉乡邦》，长江少年儿童出版社 2023 年版，第 292 页。

而去过南海又能写下坚实而优美文字的就更少见了。所以刘醒龙的南海地理笔记或南海系列散文足以让历代先贤和当世同侪艳羡。"我在南海游过泳",这一定是刘醒龙这辈子感觉最为豪壮的一件事,否则也不至于以此为题作一篇散文。刘醒龙在《我在南海游过泳》中自我剖析道,虽然自幼向往大江大河大海,但天地之遥的南海山高水远、波高浪急,自己其实犯不着要在年过花甲且眼疾尚未痊愈,根本不能碰含碘甚多的海产品时依旧再次来闯荡南海。但他还是毅然决然地来了,当然不是为了自讨苦吃,而是为了"不与自己妥协,也不对时光妥协",只有保持这种近似《老人与海》中老人的孤独与决绝,才是对南海最大的尊敬。刘醒龙是用心热爱南海、用情拥抱南海的性情中人,唯其如此他才会如此向往南海,才会不管有没有理由只管义无反顾奔赴南海。在《寻得青花通古今》中,刘醒龙自道一直想给南海的颜色找一个合适的参照物,直到在南海上度过十日后见到中国南海博物馆藏的元青花,他才恍然大悟,只有世代相传的元青花才能与南海相互拥有彼此气象。因为"元青花里有一种空前绝后的壮烈底色",只有这种蓝色才是"文化的灵魂之色"。人类在空中看到的地球是蓝色的,就如同在高山上看南海,在南海上看龙洞,一切都是蓝色,因此地球上的人类无法不崇尚蓝色。天空是蓝色的,海洋是蓝色的,地球的命运也是蓝色的,所以蓝色是人类别无选择的选择。如此这般的生命体悟和人类经验,大约只有在南海上才能体验和抒写。于是我们看到刘醒龙在《我有南海四千里》中宣称"南海就是一门宗教",今生今世"能在这海水里做一条奇丑无比的石头鱼便是前世修行的福报"。南海这门宗教意味着每个生命个体都应该对大自然怀抱敬畏之心,如果丧失了敬畏之心,人类将无法明白神圣之于天下的意义。一个人来到南海,不是为了做大海的主人,而是"为了与每一粒海沙、每一朵海浪、每一座海岛、每一片海洋,成为兄弟"。这就是博大的南海给予刘醒龙的生命启示。在《菩提南海树》中,刘醒龙干脆宣称要"做一棵树!做一棵椰子树!做一棵生长在南海的椰子树!"因为唯有这样才能"懂得与任何一朵小花、任何一棵小草共生共荣的意义"。"南海蓝,蓝南海,将蓝颜色发挥到撼动人心的南海,是开在人世间的一朵最大的蓝色花。"如此生命顿悟,简直醍醐灌顶。于是每一个生命都息息相关,更何况是兄长一般的同行作家陈忠实,他的去世让刘醒龙不禁回忆起曾经在南海西岛共同栽下一棵树的情景。这就是悼念陈忠实的《去南海栽一棵树》，据说这是最让陈家后人感念的一篇悼文，读起来让人热泪长流。刘醒龙无法忘记与陈忠实共同栽下的那棵南海树，也无法忘怀陈忠实送给他的在白鹿原上亲手种植的艳丽的红樱桃，它们都是人世间超凡脱俗、大美无言的精神极品，如同永恒的缪斯女神引领着刘醒龙的精神不断飞升，直到升腾至南海广袤无垠的上空俯视人寰。

　　最后要说到刘醒龙地理笔记三部曲的语言与文体风格问题。整体而言，刘醒龙的散文笔法属于刚柔相济、骈散兼行的那种类型，这种类型的文体风格在中国古代散文创作中并不鲜见，但在当代作家中就近乎稀有文类品种了。从这里也不难看出刘醒龙散文创作的艺术趣味与历史认同，他实在是想着如何创造性地接续和转化中国古代包括散文和骈文在内的文章学传统，给清浅浮躁的当代散文注入沉着厚实的古典基因，只不过这种艺术诉求与努力往往被当下评论家所忽视或遗忘了而已。说起刚柔相济，这必然与刘醒龙所置身的文学地理有关，其故乡鄂东黄冈属于楚尾吴头交界地，而其常年栖身的武汉则是南北交界的九省通衢，如此东西南北交会之所，必然能吸纳南北两种不同的文学传统滋养。近人刘师培论及南北文学不同时有言："大抵北方之地土厚水深，民生其间，多尚实际。南方之地水势浩洋，民生其际，多尚虚无。民崇实际，故所著之文不外记事析理二端。民尚虚无，故所作之文或为言志抒情之体。"[①] 诚如此，刘醒龙的地理笔记则确乎集记事析理与言志抒情于一体，且将崇实与务虚、形上与形下聚拢于笔端，既有北方之文的朴实刚健，又有南方之文的秀美滋润，这就不能不让人称道其文学艺术上的吸纳与转化力了。但刘师培又言："清代中叶，北方之士咸朴僿蹇冗，质略无文，南方文人则区骈散为二体。治散文者，工于离合激射之法，以神韵为主，则便于空疏，以子居、皋闻为差胜。治骈文者，一以摘句寻章为主，以蔓衍炫俗，或流为诙谐，以稚威、

---

　　① 刘师培：《南北学派不同论》，见《中国近代思想家文库·刘师培卷》，中国人民大学出版社 2015 年版，第 122 页。

容甫为最精。"① 这虽是说的清代中叶文坛分流现状,从中不难发现两种文体各擅胜场,但大抵也切中各自时文弊端。如散文易空疏,骈文易蔓衍,要想集散文之神韵与骈文之华美于一体又谈何容易!进入近现代以来,尤其是五四新文学革命以来,相对于桐城派散文(所谓"桐城谬种")而言,选学派骈文(所谓"选学妖孽")②所受摧折更大更深,这就进一步阻碍了现当代散文与骈文的文体融合。稍有进者,如治六朝文学的朱自清写散文明显借鉴了骈文语言与文章技法,还有杨朔名满天下的政治小品文也汲取了骈文养分,但他们对骈文的吸纳整体上并未受到好评,讥其雕虫小技、炫耀文辞、"形式主义"者不少。至于以《文化苦旅》名噪一时的余秋雨,其散文与辞赋、骈文的渊源甚深,其实六朝骈文本就源于先秦两汉辞赋,但被评家不幸而言中,其散文创作确实后来越来越跌入炫技与僵化的泥淖。所以学骈文学辞赋确实存在一定艺术风险。

从刘醒龙的地理笔记三部曲来看,其散文创作虽然刚柔相济,但偏于刚健,其用字遣词造句"惟陈言之务去"(韩愈《答李翊书》),颇有韩文公倡导古文运动的勇气,只不过刘醒龙不似韩文公那样要反对骈文,相反他似乎着意要借鉴骈文辞赋来修补散文与骈文的裂痕,所以刘醒龙的散文虽然骈散兼行,且终究是以散文为本,但由于大量使用宽泛或广义上的俪词偶句,故而给读者以骈文气息浓郁之印象。毫无疑问,作为当代白话文作家,刘醒龙吸纳文言和骈文养分是合理的,且其并非抱残守缺,而是返古开新,将古典僵化的"四六文"加以当代改造和转化,形成一种尽量整饬而不绝对整齐、追求华美而绝不铺张的新的骈文句法,如此便给他的

---

① 刘师培:《南北学派不同论》,见《中国近代思想家文库·刘师培卷》,中国人民大学出版社 2015 年版,第 126 页。

②1917 年 2 月 1 日《新青年》第 2 卷第 6 号发表陈独秀的《文学革命论》,视"前、后七子"和归有光、方苞、刘大櫆、姚鼐等人为"十八妖魔"。同一期《新青年》通信栏内刊载钱玄同致陈独秀一封信,信里钱玄同首次使用"选学妖孽,桐城谬种"的说法。1918 年 3 月 15 日《新青年》4 卷 3 号《文学革命之反响》一栏刊载钱玄同(化名王敬轩)的《王敬轩君来信》,信中把林纾和黄侃等斥之为"桐城之谬种"和"选学之妖孽"。

散文文体注入了珍稀而宝贵的骈文因素。如果考虑到刘醒龙成长之地鄂东黄冈从古至今的文脉绵延，我们也许更能理解他所做的这种文体选择。唐宋时期的杜牧、王禹偁和苏轼都曾在黄州为官一任，都以诗文见长，且都留下了骈文或辞赋杰作，即使古文也不拒骈文笔法。如杜牧的《阿房宫赋》、苏轼的《前赤壁赋》《后赤壁赋》、王禹偁的《黄州竹楼记》，这都是刘醒龙心心念念的千古好文章！近现代以降，黄冈地区人杰地灵，文星闪耀，如蕲春黄侃酷嗜魏晋六朝文，平生诗文多擅辞赋华章；还有浠水闻一多不仅早岁擅诗文辞赋，写新诗后又大胆倡导新格律体，追求诗歌的"三美"（所谓"音乐美""绘画美""建筑美"），这显然受到了屈原以来的辞赋骈文传统影响；至于黄梅废名，其对六朝和晚唐诗文的推重也为天下人共知，由此不难窥见刘醒龙的文学地理渊源对其文学趣味的塑造与影响。刘醒龙在《上上长江》中曾对杜甫推崇备至，明显"扬杜抑李"，而杜甫《戏为六绝句》其五云："不薄今人爱古人，清词丽句必为邻。窃攀屈宋宜方驾，恐与齐梁作后尘。"无论作诗作文，没必要轻薄古人、轻慢传统，也没必要一味拒绝清词丽句或骈词偶句，但学骈文辞赋一定要以屈原宋玉为榜样，不能坠入六朝齐梁诗文的形式主义陷阱。这是杜甫的切身经验，也是其艺术警示，值得包括刘醒龙在内的当代散文家共勉。其实杜甫《戏为六绝句》的第一首正好可以借来赠给刘醒龙："庾信文章老更成，凌云健笔意纵横。今人嗤点流传赋，不觉前贤畏后生。"唯愿刘醒龙在"不与自己妥协，也不对时光妥协"（《我在南海游过泳》）的人生征途中创造出更多的传世之作。

"我们的父亲"与传统

——解读刘醒龙的《黄冈秘卷》

　　《黄冈秘卷》是作家刘醒龙的长篇小说，初看题目，读者很容易误以为是市面上的流行教辅材料《黄冈密卷》。但这不是一字之差的问题，而是其中隐含了作家刘醒龙的金蝉脱壳之计。诚然，这部长篇小说有一个吸人眼球的教育叙事外部框架，即"我"私下侦探并且破解市面上《黄冈密卷》的隐秘市场发行机制，这牵涉到基础教育背后的"政治经济学"，但明眼的读者一定能够发现，这个教育叙事外部框架其实不过是作家刘醒龙施展的叙事障眼法，而他真正的意图在于破译包裹在教育叙事外部框架之中的地方文化叙事内核。不错，对黄冈地方文化传统的深度叩问和深层解密才是作家刘醒龙的兴趣之所在。作为土生土长的黄冈人，刘醒龙长期以来都以书写以黄冈为中心的鄂东地方风土人情而著称，其代表作《圣天门口》和《天行者》都是讲述的鄂东大别山区故事。但这都是广义上的大黄冈叙事，而真正献给故乡黄冈（即民间说的老黄冈县）的长篇小说力作还得算是这一部《黄冈秘卷》。此前的长篇力作《蟠虺》虽然主人公曾本之是黄冈人，但那毕竟是一部写武汉的城市知识分子题材作品，其间虽然也有黄冈的叙事线索和文化笔墨，但显然在整体上不以解密黄冈地方文化秘史为叙事意图。《黄冈秘卷》则不然，它讲述的就是黄冈秘史，而这秘史的讲述离不开对主要人物形象的深层文化人格心理结构的透视和解析。因为所谓秘史即心史，黄冈秘史就是承载黄冈地方文化的黄冈人的心灵史或精神史，其集中体现的就是当代黄冈人的典型性格与文化人格。于是我们无法绕开《黄冈秘卷》中的一个独特的艺术典型人物——绰号叫"老十哥"的刘声志。

刘声志在这部长篇小说中除了叫"老十哥"之外，他还有一个响当当的称谓是"我们的父亲"。《黄冈秘卷》的叙事人最先出现在读者面前的是"我"，小说以"我"接连接了两个电话拉开叙事大幕。一个电话是北京的少川和北童母女俩打来的，为了《黄冈密卷》而兴师问罪；另一个电话是母亲从老家里打来求助的，说"你伯要打我"，而母亲口中的这个古怪的方言称呼"你伯"其实就是"我们的父亲"。"我们"在日常生活中都叫"我们的父亲"为"伯"，这是黄冈人自汉代以来所形成的民俗方言传统，亘古未易。表面看来，小说中的"我们"除了包括"我"在内，还包括了大姐、小妹和弟弟，但事实上，这个"我们"的范围要大得多，在作家设置的整个叙事框架和语境中，"我们"其实包含了我们兄妹四人在内的整整一代人，甚至是几代人。除了小说中的人物，甚至还包括读者在内。换句话说，小说中的"我们的父亲"不仅仅是第一代（曾祖母、曾祖父）、第二代（祖父、祖母）、第三代（父亲和叔父等）之外的晚辈人物的集体父亲形象，而且也被作者预设为小说读者群体的集体父亲形象。这不能不说是作家刘醒龙的神来之笔。当然，这种集体的叙事人称设置并非刘醒龙的全新创造，当年的老一代革命作家中就有人惯常使用这种手法，著名者如柳青，他在《创业史》的讲述中经常会跳出来说上一句"我们的生宝"如何如何，这当然是为了增强叙事的亲切感，拉近人物与读者之间的距离。以至于后来深受柳青影响的路遥在长篇巨著《平凡的世界》的创作中还时不时会流露出这种叙述套路，类似"我们的润叶""我们的少安""我们的少平"之类的句子随处可见。老实说，这种集体叙事人称的设置一旦成了套路也会变成遭人厌弃的俗套，不但不能拉近读者与人物的距离，相反有生硬隔涩之感，给读者带来潜在的阅读心理障碍。故而在新时期以来的各种文学新潮中，这种集体叙事人称模式在文坛渐行渐远，因为此时的作家更为看重所谓个体化叙事或私人化叙事，"我们"成了不受待见的叙事人称，"我"则成为时髦的叙事视角，甚至还派生出莫言那种"我爷爷""我奶奶"之类的第一人称叙事变体，一时模仿者甚众。然而也就是在这种个体化或私人化的第一人称叙事泛滥中，随着"我"的凸显，"我们"开始淡化乃至消失，因此，如何重建"我"与"我们"之间的叙事主体间性，就成了摆在当下中国作家面前一道待解的难题。于是当我们读到《黄冈秘卷》时不禁惊异地发现，这道叙事难题在刘醒龙的笔下居然迎刃而解，作家游刃有余地周旋于"我"与"我们（的父亲）"之间，不仅用"我"的第一人称视角，而且还同时调动其他所有人的视角来审视"我们的父亲"，让"父亲"在"我们"的集体多元视角聚焦中全面而立体地敞开他自己的形象。这就不仅克服了单一的第一人称视角"我"的局限性，而且还避免了全知视角"他们／我们"的叙述中常见的主观性和间离性。

显然，"我们的父亲"不仅仅牵涉到一个叙事人称和视角的问题，还牵涉更重要的文化诗学问题。"我们的父亲"不同于"我的父亲"，写"我的父亲"也许只需要写出父亲形象的个人性与独特性就行，但写"我们的父亲"就不能止于此了，还必须写出父亲形象的普遍性与集体性，用荣格著名的神话原型批评术语来说，就是要写出父亲的神话原型形象及其所隐含的集体无意识①。所谓集体无意识其实质是一个民族的或全人类的文化无意识，这是一种公共的或共通的超稳定的文化心理结构。一个作家如果写出了这种集体无意识，那一定得归功于这种集体无意识在暗中起作用，所以荣格才说"不是歌德创造了《浮士德》，而是《浮士德》创造了歌德"②，因为浮士德作为民族神话或民间传说中的著名人物，他积淀了德国人的集体无意识和民族文化精神，而《浮士德》不过是歌德从民族集体无意识中窃听来的天籁。如果仿照荣格的话来说，我们也可以这样认为，不是刘醒龙创造了《黄冈秘卷》，而是《黄冈秘卷》创造了刘醒龙；因为创造《黄冈秘卷》的刘醒龙其实是一个黄冈文化的窃听者或盗火者，他不过是忠实地回应或者传达了自己内心深处的故土文化声音。如果觉得荣格的解释太过于神秘和神奇，那么艾略特的解释也许更实际一些。荣格的所谓集体无意识在艾略特那里其实可以理解为"传统"，谈到传统与个人才能的关系，艾略特明确主张"非个人化"写作而尤其强调作为民族集体文化原型的传统的重要性。但艾略特又声明"传统并不能继承"，"假如你需要它，你

---

① 荣格：《原型与集体无意识》，徐德林译，见《荣格文集》第五卷，国际文化出版公司 2011 年版，第 36 页。

② 荣格：《人、艺术与文学中的精神》，姜国权译，见《荣格文集》第七卷，国际文化出版公司 2011 年版，第 130—131 页。

必须通过艰苦劳动来获得它"。此时的"你"首先需要具备"历史意识","这种历史意识既意识到什么是超时间的，也意识到什么是有时间性的，而且还意识到超时间的和有时间性的东西是结合在一起的。有了这种历史意识，一个作家便成为传统的了"①。毫无疑问，刘醒龙正是具备这种现代历史意识的"传统"作家。他不仅深谙自己的故乡黄冈文化血统，而且对于艾略特所说的"欧洲文学"和现代民族国家文学都广有涉猎，至于百年中国新文学传统更是流淌在他的阅读经验和生命血液之中。刘醒龙相信："文学不是自生自灭的野火，而是世代相传的薪火。"②又说："在母语显得至关重要的文学范畴中，在地域文化传承上能有多大建树，是一方水土中的作家能有多大建树的宿命。"③所以在《黄冈秘卷》中，刘醒龙直接叩问从杜牧到王禹偁到苏东坡以来的黄州浩然硕儒千百年来为何"总是要以某种简单明了的方式流传"，这是因为"贤良方正的黄州一带，确与众不同，从古至今，贤身贵体的君子，出了许多，却不曾有过十恶不赦的大坏蛋"，而"以黄州为中心的原野传说甚多，传承甚广，最重要的还是这些有如乡贤的品格"，不管黄冈人的外在如何"看上去相去甚远，内在的精髓是一脉相传"④。其实，这种一脉相传的内在精髓就是"贤良方正"的黄冈文化人格。而在《黄冈秘卷》中，能够集中凸显这种黄冈文化人格的人物莫过于"我们的父亲"老十哥。

毫无疑问，刘醒龙笔下的"我们的父亲"老十哥是一个将来能够在中国现当代文学史上站得住脚的典型父亲形象。由于中国儒家道德伦理文化的影响，中国古代小说中的父亲形象往往与政权、族权与夫权联系在一起，往往都是儒家道德理想人格的化身。刘醒龙对于中国古代小说中的传统父

---

① 艾略特：《传统与个人才能》，李赋宁译，见《艾略特文学论文集》，百花洲文艺出版社1994年版，第2—3页。

② 刘醒龙：《生命之上诗意漫天》，见《重来》，河南文艺出版社2015年版，第266页。

③ 刘醒龙：《晓得中原雅音》，见《抱着父亲回故乡》，重庆出版社2015年版，第39页。

④ 刘醒龙：《黄冈秘卷》，《当代》（长篇小说选刊）2018年第2期。

亲形象不会陌生，因为在《黄冈秘卷》中他塑造了善于说书的祖父形象，而祖父的说书传统与传统说书对于刘醒龙确实有着重要熏陶①。诸如《杨家将》《岳飞传》这样的民间通俗演义在中国可谓家喻户晓，无论杨业还是岳飞都是中国古代家族小说中的儒家父亲正典形象，上为国尽忠、下为家尽孝，当忠孝不能两全时选择舍生取义、杀身成仁，且带领或影响子孙及家族成员以国家和民族的利益至上，金沙滩双龙会杨业和他的儿子们成了满门忠烈，风波亭岳飞和他的儿子及女婿魂断临安，这样的古典中国父亲形象确实令人唏嘘感慨，以至于被后人责为愚忠。当然古代家族小说中也有反对这种儒家中国父亲形象的作品，如曹雪芹在《红楼梦》中塑造的贾政，就属于那种现代性视野中所批判的专制型父亲形象，这种父亲形象也开了中国现代家族文学的先河。于是我们看到，在中国现代家族文学中，作家们基本上都是站在现代性立场上塑造父亲形象②，比如巴金在《家》中塑造的高老太爷、曹禺在《雷雨》中塑造的周朴园，都是现代文学史上的著名父亲形象，他们身上都有贾政的影子。与专制型父亲形象相比，在现代家族文学中还出现了一种愚昧型父亲形象，比如鲁迅在《故乡》中塑造的那位被官匪兵绅折磨得像个木偶人的闰土，这个曾经朝气蓬勃的中国少年长大成家后带着儿子出门已经愚钝不堪、木讷难言。父亲闰土就是旧中国底层父亲的艺术典型。在中国传统宗法制家族社会里，有专制型父亲就有愚昧型父亲，正如专制与愚昧如影随形，这两种父亲形象也就如同孪生兄弟或曰难兄难弟，其下场往往殊途同归，等待他们的都不会是好的命运。只有到革命文学语境中，父亲形象才有了新的变体。如柳青在《创业史》中塑造的梁三老汉就是一个自私型的父亲典型形象。相对而言，启蒙文学语境中的中国底层父亲形象的文化性格核心是愚昧而丧失个性与自我，而革命文学语境中的中国底层父亲形象的文化性格核心是自私而等待

---

① 刘醒龙：《我是爷爷的长孙》，见《抱着父亲回故乡》，重庆出版社 2015 年版，第 196—197 页。

② 朱自清在散文《背影》中塑造父亲形象并非遵从现代性批判立场，所以写出了一个有别于专制与愚昧的第三种父亲形象。可惜这种可亲可爱的父亲形象在中国文学古今传统中十分鲜见。

集体价值的教育和革命意志的规训。所以毛泽东曾说"严重的问题是教育农民"[①]，但从革命文学叙事潮流来看，所谓教育农民主要就是教育农民阶级中的中国底层父亲群体，除了梁三老汉外，这类自私因而落后的旧式父亲形象还有很多，赵树理在《三里湾》里塑造的"糊涂涂"马多寿、周立波在《山乡巨变》里塑造的"亭面糊"盛佑亭都堪称典型。可见在革命文学语境中的农民父亲大多是自私型，而在启蒙文学语境中的农民父亲往往都是愚昧型。及至新时期改革开放语境中，在解构主义盛行的后启蒙文学时代里，当代中国作家笔下的父亲形象彻底坍塌，既不是可恶的专制型，也不是可怜的愚昧型抑或可笑的自私型，而大抵是平庸乏味或曰五味杂陈的荒诞型父亲形象。如王蒙在《活动变人形》中塑造的倪吾诚，还有余华、苏童在先锋小说中塑造的父亲们都是如此，所以有论者甚至干脆说这是一群丑陋的父亲们[②]。然而就在这种荒诞型父亲形象在中国文坛大行其道的时候，陈忠实在《白鹿原》中塑造了一个大写的中国父亲形象，这就是正直刚烈的白嘉轩。陈忠实承认白嘉轩的身上有着他父亲的影子[③]，无独有偶，刘醒龙在《黄冈秘卷》的后记中首先感谢的人就是他已经过世的老父亲。如果说陈忠实有着重塑旧中国传统父亲形象的艺术诉求，那么刘醒龙就具有重塑新中国革命父亲形象的艺术动机。"我们的父亲"刘声志不是白嘉轩，也不是石钟山在《父亲进城》或《激情燃烧的日子》里塑造的脸谱化的英雄石光荣；他是白嘉轩的子辈，他比白嘉轩新潮；他与石光荣同辈，但不像石光荣那样野性，因此更能体现当代中国政治变迁中父亲形象的文化心理嬗变隐秘。

作为"我们的父亲"，《黄冈秘卷》中的刘声志最先吸引读者注意的就是他的"组织"人格。这种一切以组织的意志为转移或者将一切交给组织的心理所形成的政治化人格，在当代中国文学中似乎并不鲜见，众多的

---

① 毛泽东：《论人民民主专政》，见《毛泽东选集》第四卷，人民出版社1991年版，第1477页。

② 郜元宝：《告别丑陋的父亲们》，《钟山》1994年第3期。

③ 李遇春：《在自我反省中寻求艺术突破——陈忠实访谈录》，见《西部作家精神档案》，商务印书馆2012年版，第196页。

革命文学作品中都写过这种高度组织化或者纪律化的英雄模范形象，诸如《创业史》中的梁生宝、《艳阳天》中的萧长春、《风雷》中的祝永康之类，都是为了革命的集体利益而敢于牺牲个人利益，为了大我而牺牲小我的革命典型人物。革命文学中之所以盛行这种组织化的人格典范，这当然与中国革命文化的洗礼有关。早在延安时期毛泽东就发表过题名为《组织起来》的报告，希望把只要是可能的一切力量都毫无例外地组织起来，建设一支劳动大军 [1]。毫无疑问，《黄冈秘卷》中的青年刘声志就属于这种被党组织的意志所感召进而被组织起来的英雄人物。但令人好奇的是，为何曾经的红色经典中的组织化人格形象遭到新时期启蒙文学话语的非议，而刘醒龙在《黄冈秘卷》中塑造的组织人格却受到今人的好评？其实原因主要在于，当年的红色经典作家是以单一的认同或崇拜的心理写作，而刘醒龙则保持了理性的精神分析或文化心理剖析姿态。正是在这个意义上，刘醒龙笔下的刘声志不再是梁生宝那种农村基层干部形象，而是实现了对梁生宝们的改写或重构，而重构的出发点就是将其定位为"我们的父亲"。其实，"我们的父亲"刘声志并非一开始就具备这种组织人格，少年时期的刘声志虽然有着阶级反抗的政治本能，但只有在武汉监狱里受到国教授的政治启蒙后，他才真正将心交给了党组织。在黄州通过海棠姑娘找到组织后，"我们的父亲"很快选择了大义灭亲和痛斩情丝，他坚决与反动势力家庭海家划清界限，然后与母亲经过组织的介绍结婚成家。母亲曾经说过，她与"我们的父亲"的结合完全是出于对组织的共同信仰和信赖，因为"我们的父亲"身上除了对组织的无限忠诚就没有任何特别的地方。婚后的父亲一心扑在工作上，他的心里只有组织，他说过生是组织的人，死是组织的鬼，他不能想象离开了组织该怎么活，活着还有什么意义。"我们的父亲"就是这样的一个组织人。无论世事风云如何变幻，他的组织信仰始终是一面不倒的旗。"我们的父亲"一生对组织无限忠诚，他严守组织纪律甚至到了让人觉得刻板的地步。他给自己的孩子取名字全部都以他工作过的地名来命名，他认为这是对组织不隐瞒任何私心杂念的表现。他长期只

---

[1] 毛泽东：《组织起来》，见《毛泽东选集》第三卷，人民出版社 1991 年版，第 928 页。

认准《组织史》而不认《刘氏家志》，理由是组织的意志高于家族的利益，因此进《组织史》光荣而入《刘氏家志》微不足道。他从来对组织的事情说一不二，堪称严守组织铁的纪律的模范。老家的人来找他办事，他的答复从来都是要他们相信组织，他作为刘区长不是刘氏家族的刘区长而是组织的刘区长，不能为家族谋取任何私利。他喜欢说组织上的事情是不能瞎打听的，他喜欢说自己是百分之百相信组织的，也是百分之百不会背叛组织的，他永远相信并且牢记国教授的狱中遗训，一定要像国教授那样组织需要我干什么就去干什么，因此"我们的父亲"说起组织时是那样神往的表情，其中饱含了他对组织的完全信任与臣服。这正是他组织人格的精神力量的秘密。

刘醒龙在《黄冈秘卷》中始终没有把刘声志作为英雄劳模典范来塑造，而是将其定位在"我们的父亲"角色上进行塑造乃至剖析。这就不可避免地将父亲还原到日常生活中，还原到历史现场中加以精雕细刻。在日常生活中，"我们的父亲"坚持组织纪律至高无上，几乎没有尽到一个父亲的义务。他把年轻的妻子和年幼的儿女丢在老家而独自去山区干革命，而托人将妻儿接到山区居住后又长期在外风餐露宿指挥生产建设，以至于儿子到工地寻父却出现了一时无法相认的场景。"我们的父亲"长期习惯于以单位组织为家，他完全顾不上祖父和妻儿在暴风雨中过着风雨飘摇、墙倾屋颓的日子。在工作中，"我们的父亲"把那个山区县的几乎所有的区都工作遍了，尽管一直都是区级干部而从未升至副县长，但他还是选择了相信组织，说不能在组织面前讨价还价、比官大官小。他在某区工作时因为把森林防火工作做得太出色，以至于失去了晋升机会，而曾经的下级小冯因为在森林防火中指挥不力而身受重伤，但最后小冯竟然莫名其妙地成了防火英雄而得到提拔。还有一次"我们的父亲"冒着生命危险救了水库管理员姜秀才，因为姜秀才的操作失误，父亲不得不孤身跳进水库深水区潜水作业，而后来得到提拔的却是姜秀才而不是"我们的父亲"。"我们的父亲"在老鹳村带领村民英勇抗洪无疑是一次壮举，他本来可以因此而受到提拔，却因为女哑巴大喊"刘县长"（其实喊的是父亲的宿敌"柳剑光"的名字）而受到政治调查，他就这样再次与提拔无缘。但"我们的父亲"对于组织毫无怨言，他认为小冯、姜秀才、慕容等受到组织提拔的干部之所以后来遭遇了人生滑铁卢，只因为他们身在组织而做了对不起组织的事情，这就辜负了组织的信任。而"我们的父亲"即使是在遭受组织误解和批斗的困难时期，同样保持了对组织的高度信仰与忠诚。想当年"我们的父亲"在汽修厂处于被监管状态，为了掩饰家庭的拮据和困难，母亲对我们严肃训话，说要以《红岩》精神努力隐瞒真相；所以等"我们的父亲"回家探亲时听到的是子女们异口同声地说"组织对我们家真好"，此时抚摸着孩子们的新衣裳（其实是祖父回老家自做的），"我们的父亲"眼里闪烁着泪光。为了表达对组织的感谢和恩情，"我们的父亲"郑重地决定将党费从五角提高到一元，这是交给组织象征着他自己依旧身在组织的钱，至于政治上的改造遭遇是不必计较利害的。不久后"我们的父亲"落实政策回到区里复职，因为饥馑年月还导致胃出血入院治疗，但当区里遭遇洪水袭击后，"我们的父亲"依旧说服母亲把自己两个月的工资交给组织，说是要给组织分忧解难。所以从小"我"就明白信仰对于个人是毕生的事情，不可改变。"我们的父亲"甚至认为当年针对他的万人批斗大会也是组织上另一种形式的考验。所以当被"红卫兵"责骂说以《诀别书》玷污组织时，"我们的父亲"能轻松地背诵完《诀别书》的最后部分，此时被批斗的他心中想的还是林觉民和黄花岗七十二烈士，他一直对国教授的狱中革命遗训念念不忘。最令人惊讶还是他对堂弟"老十八"前来援救的态度。当"老十八"用抢来的黑轿车从批斗大会现场抢走了"老十哥"的时候，众人发现"我们的父亲"竟然从黑轿车里挣脱出来回到了批斗会现场。他大义凛然地宣称自己是组织的人而不是老刘家的人，组织没叫他离开会场他就不会离开，哪怕刀架在脖子上也决不退场，他必须接受组织的一切考验。为了还击"红卫兵"的人格诬蔑，"我们的父亲"甚至勇敢地从三楼跳下来证明自己的无辜。这就是"我们的父亲"，连慕容这样参与过腐败的教师官员后来也意识到："在这个组织的千差万别的人中，像我们的父亲那样的人，不仅是客观存在，还是这棵大树的主根，主根在地上扎深了，大树才能风雨无摧地生长。"

如果不涉及"我们的父亲"的晚年形象，我们对《黄冈秘卷》的解读就没有抓住要害。刘醒龙在《黄冈秘卷》中不仅写出了"我们的父亲"晚年的精神困惑，而且还写出了他面对晚年精神困惑时的自我心理调适，更重要的是无论遭受何种心理打击或者世易时移，"我们的父亲"似乎总是能够找到组织的力量。正如作家生活中的父亲原型那样，晚年的父亲"越来越靠潜意识生活"，"迫切需要有人来出演往日工作与生活中相伴过的那些角色"，他自觉不自觉地开始了对亲人们的"仿佛不近情理的导演"①。离休后的父亲在家里依旧习惯于发号施令，而母亲则成了那个忠实地执行父亲命令的人，母亲对父亲将单位组织中的那一套搬回家中虽有不满，但也只能接受父亲的强势性格。离休后的父亲对"我"一直保持着握手的习惯，此时的他仪态大方神情自若，仿佛我们不是父子而是上下级关系。"我们的父亲"离休后把家庭生活演变成了另一种组织生活，组织的触角无时无处不在，已经深入到了他的骨髓和血液之中，仿佛与生俱来。离休后的父亲依然退而不休干预政务，他和王�伯伯一起导演了让县里主官当众出丑的好戏，他们对时任县官们的行政不作为和腐败行为深恶痛绝，于是拿出早年干革命的勇气警告那群贪官。晚年的父亲认真背诵绝命文章的模样最是让我们子女折服，那是我们熟悉的坚强而又有理想的父亲形象，他就是我们这个家庭的主心骨，只要有他在天就塌不下来。父亲对轿车的反感并非反感轿车本身，而是讨厌那些坐豪车的官员，他认为此时的豪车就是幽灵游荡的黑棺材。但曾经"光荣而伟大的""我们的父亲"在晚年确实活得有些"蓬头垢面""让人心酸"。他不仅经受了母亲单位里发不出退休金的打击，而且还要接受组织无法给自己发离休金的现实。曾几何时，父亲认为母亲必须亲自去领取退休金，因为这是母亲感受组织关怀的唯一方式，他不能剥夺了母亲的这个神圣权利。然而好景不长，母亲的退休金因为单位经济不景气而停发了。为了保护好母亲，其实更是为了维护好组织的声望，"我们的父亲"决定把自己每个月的奖金拿出来偷偷地给母亲发退休金。但两年后"我们的父亲"也离休了，他只能求助于他的子女们凑份子钱给母亲发退休金，但他坚信目前的困难是暂时的而前途依旧是光明的，他只不过是变相代表组织向子女们借钱过渡一下而已。然而"我们的父亲"还是对困难估计不足，他很快发现连自己的离休金也拿不到了，

---

① 刘醒龙：《母亲》，见《抱着父亲回故乡》，重庆出版社 2015 年版，第 8 页。

更令他难以接受的是他拿到手的所谓离休金其实并不来自他一生所信仰的组织。先是母亲如法炮制了父亲的办法，她让子女们也通过凑份子钱的形式给"我们的父亲"发放离休金，母亲如此做就是为了保护好"我们的父亲"那不可坍塌的信仰。然而"我们的父亲"遭受的最残酷打击来自他的堂弟"老十一"刘声智，那个和他同音不同字的老家伙在从商发迹后居然在信仰上给了堂兄"老十哥"刘声志致命一击，他暗中资助当地县财政给"我们的父亲"发离休金，这简直就是对"我们的父亲"的人格嘲弄和羞辱。"我们的父亲"认为当地政府的做法是对自己毕生依靠和奉献的组织的严重背叛，堂堂的组织居然堕落到要用私企老板的钱来打发曾经提着脑袋干革命的老家伙，如此受损失的只能是组织的荣誉和信誉，这简直是"穷凶极恶"，是为了要"我们的父亲"的老命。尽管得此噩耗，"我们的父亲"万分痛苦，但他终究还是从精神打击中清醒过来，接受"我"的解释并理解了"老十一"的良苦用心。"我们的父亲"之所以能原谅"老十一"，是因为"老十一"还没有丧失做人的精神底线，还想着富裕后为故乡修桥筑路办实事。于是我们看到了父亲晚年令人惊诧的又一壮举，为了重修南门大桥，主要是为了维护组织的声誉，他主动支持拆迁自己的老屋，当母亲以绝食相逼、拒不拆迁的时候，"我们的父亲"连水都不喝，两个老人在那里针尖对麦芒，最终还是母亲拜伏在像泥菩萨样端坐的父亲面前，认真检讨自己的组织观念有问题，再次端正自己的组织信仰。这就是"我们的父亲"的晚年写照，他的组织人格已深入血肉和灵魂，简直是固若金汤。

如果仅仅是刻画出了"我们的父亲"高度组织化的政治人格，那么《黄冈秘卷》的秘史性质就还没有得到有效的彰显，好在刘醒龙在《黄冈秘卷》中进一步把笔触对准了"我们的父亲"的黄冈地方文化人格，并且深层次地揭示了这种黄冈地方文化人格与红色政治组织人格之间的文化精神血缘。在散文《赤壁风骨》中，刘醒龙曾经将以黄州为中心的鄂东文化归结为"风骨挺拔"的"精神圣界"，理由是从苏东坡到黄侃、熊十力、闻一多、胡风、秦兆阳等古今黄冈文化贤达都不仅"思哲其深"，而且"才情甚远""分明风骨相传"①。确实如此，千百年来黄冈地方文化薪火相传，而尊师重教是不二法门。难怪《黄冈秘卷》中"我们的父亲"会以不无夸张的口吻说："黄冈人除了重教育，爱读书，也没有其他突出的特点"，甚至"除去苕到不知道吃喝的人，再也找不出一个文盲"。而父亲的黄冈密友王朤伯伯则认为，"年少时能下苦功夫读书，年长后也会一样地下苦功对待手边的一切工作"，这就是"黄冈人风骨的一种生长方式"。按照王朤伯伯的说法，苏东坡的命运就是四川人的"麻辣性格"与黄冈人的"执拗性格"相结合的产物，而所谓黄冈风骨是一种"比硬骨头还要有味道的那种味道"。而对于老刘家的人而言，苏东坡的"黄冈气质"主要表现为"困苦的执拗"，"不执拗到只剩下一根筋的男人就不是黄冈男人"，而"苏东坡的执拗只相当于半根筋，所以只能算半个黄冈人"。而对于与"我们的父亲"相处一辈子的母亲来说，"黄冈人活着是一根筋，老死时还是一根筋"。这就是黄冈人的文化血统与性格命脉，既执拗又执着，既有恃才傲物的清高又有不近情理的激烈，既是硬骨头又有点缺心眼。想当年"我们的父亲"在监狱里遇到了革命导师国教授，国教授认为曾祖母流浪中的坚强意志、贫穷中的人格尊严是一个革命者最宝贵的精神品质，革命者就必须具备曾祖母这种硬骨头精神，而这种精神恰好传承到了"我们的父亲"身上。曾祖母就是"我们的父亲"的黄冈地方文化导师，而黄冈地方文化的硬骨头精神与国教授所宣扬的现代革命精神有着高度的内在契合，这就是现代与传统之间文化同一性的一种确证。"我们的父亲"一生都没有丢掉黄冈人的硬骨头精神，他那天下黄冈人共有的毕生难以改变的黄冈高亢粗壮的方言腔调，还有他那做事从来都是正面强攻而不屑于阴谋诡计的正道直行，都打下了浓重的黄冈文化烙印。但"我们的父亲"心里其实很清楚，他认为自己作为长江边长大的黄冈人喜欢做事情时自己拿主意，即使工作做得再好，这种有主见的强势性格也会让上级不舒服。而祖父和"老十八"在辩论中也得出了相同的结论，这就是黄冈山水导致了黄冈人的文化性格可以有很多种选择，既有长江的奔放又有天生南蛮的执拗。所以"我

---

① 刘醒龙：《赤壁风骨》，见《抱着父亲回故乡》，重庆出版社 2015 年版，第 52 页。

们的父亲"作为黄冈人在那个山区县工作期间长期遭受排挤和打压，因为他既不是本土派也不是"南下派"，且又不知变通圆融，故而处境一直尴尬。多少有点"缺心眼"的父亲刚烈而执拗，但他的内心也有柔软的部分，他对海棠姑娘的深情一辈子都珍藏在内心，让人对他的情商无法做出所谓正常的判断。正如小说中叙述者所言，"情商越高的人越执拗，一旦认准的事，那种投入的劲头，在高智商的人看来完全不可理喻。所以，外面的人都说黄冈人特别执拗，恰恰是黄冈人情商太高，所产生的副作用。情商太高的人，最大毛病就是没办法为一时利益而低三下四，也会视嗟来之食为粪土，站在屋檐下还不知道低头。"这就是对"我们的父亲""情商高"或"一根筋"的精辟概括，这也是作家刘醒龙对黄冈地方文化人格的深刻洞察与深度解析。

然而，如果继续深挖或追问下去，在"我们的父亲"的黄冈地方文化人格与红色政治组织人格的背后还潜藏着源远流长的中国儒家传统主流文化的因子。正如《黄冈秘卷》中的寻根叙事所写的，黄冈人生活的地方历史上曾被称作"五水蛮"（根据以巴河为代表的五条河流命名），据说远古鄂西川东的巴人喜欢造反而屡被镇压，因为天生反骨难以驯服，故而在东汉时期被光武帝刘秀强令群体迁徙至鄂东的穷山恶水地带接受煎熬。然而作为"五水蛮"的黄冈人依旧硬气，经常造反滋事生端，为了避免家族遭受株连九族的极刑，黄冈的"五水蛮"发明了一种脱罪方法，就是把父亲叫做"伯"，父亲的兄弟们也依年齿序叫做不同的"伯"。史载在晚唐杜牧当黄州刺史时黄冈人就已形成这种特殊民间风俗。尽管曾祖母和祖父都喜欢用神话传说或封建迷信来解释，说把父亲叫做伯是为了迷惑妖魔鬼怪，不让它们吃掉想吃的孩子，即所谓"魔鬼做鬼事时也要讲鬼道理"，但"老十八"坚持自己的历史看法，说是有据可查。而"老十一"则干脆据此攻击这种黄冈民间风俗"是明目张胆弄虚作假，是掩耳盗铃、瞒天过海，是不忠不孝、不仁不义，是不敢担当的软骨头，是投机取巧的大滑头，是不愿意面对现实学鸵鸟往沙里埋头，学乌龟往壳里缩头，更是不愿意承认钱不是万能的、但没有钱是万万不能的时代真理"。在《黄冈秘卷》中，能够对黄冈人的文化性格做出激烈批评的人就是这个遭人厌的"老十八"了。如果说作为"我们的父亲"的"老十哥"是黄冈人文化性格的阳面，那么"老十一"就是其阴面，故而从"老十一"的角度能够发现黄冈人的文化性格弱点，诸如软骨头与屈从性、大滑头与逃避性，乃至鸵鸟、乌龟等比方也算一针见血。这意味着在长期的反抗与镇压的历史循环中，黄冈人的地方文化人格心理中也不可避免地染上了儒家忠孝文化的软骨病或妥协症。确实如此，读者不难从"我们的父亲"身上窥见中国传统儒家文化人格的劣根性。"我们的父亲"诚然有硬骨头精神，有困苦中执拗的黄冈风骨，有"一根筋"的忠诚与执着，但"我们的父亲"的一生难免有着他与生俱来的文化局限性。"父亲将自己可以有些作为的岁月，全部献给了他曾百般信任的乡村政治。如今回过头去看，父亲这辈子从未弄懂过什么是政治。"①"我们的父亲"对政治的迷恋所酿成的政治情结及其外在显现出来的政治组织人格中，毋庸讳言存在着人格异化现象，因为习焉不察或者深入骨髓而往往被忽视。其实"我"对晚年的父母亲也有着敏锐的洞察，"我"很清楚，"别看他们平时说起话来比谁都狠，似乎要掀翻南门大桥，只要有几句代表组织的柔软关切的话，就将他们征服了"。这种征服与臣服的关系，就隐含在"我们的父亲"的文化人格心理结构之中。而据大姐的有力推测，那天海老板登门拜访就是为了给父亲戴上高帽子，让他主动接受老屋搬迁，因为"我们的父亲信任组织，看重组织，那用组织的名义戴在头顶上的高帽，再苦再累也愿意"。当然还有父亲早年的恋人海棠姑娘的异议，她直到晚年的通话中还对"我们的父亲"耿耿于怀。而父亲当年以组织名义放弃爱情的做法，无疑隐含着儒家政治与道德的双重伦理规训。

　　行文至此，我不由得想起了鲁迅先生一百年前的那篇文章——《我们现在怎样做父亲》（1919）。在先生看来，中国传统宗法家族文化伦理实在是过于强大，故而旧中国的父母与子女的关系基本上是单向度的或曰不平等的权力等级关系。于是先生呼吁道："总而言之，觉醒的父母，完全应该是义务的，利他的，牺牲的，很不易做；而在中国尤不易做。中国觉醒的人，为想随顺长者解放幼者，便须一面清结旧账，一面开辟新路。就是开首所说的'自己背着因袭的重担，肩住了黑暗的闸门，放他们到宽阔

---

① 刘醒龙：《母亲》，见《抱着父亲回故乡》，重庆出版社2015年版，第7页。

光明的地方去；此后幸福的度日，合理的做人。'这是一件极伟大的要紧的事，也是一件极困苦艰难的事。"[1]五四一代启蒙作家在一百年前关注的是人的解放，落实到家庭伦理中就是父母和子女的双重解放。而一百年后的今天，面对刘醒龙的《黄冈秘卷》中的"我们的父亲"，还有"我们的父亲的父亲"（如陈忠实的《白鹿原》中的白嘉轩），我们不能不反思一百年来"我们的父亲"的形象史。中国传统儒家文化是一种父性文化或者父权文化，它与中国现当代家庭文化紧密相连，如何深入地剖析现代中国家庭文化中的古今中西文化配置，揭示其结构性误区，并提供合理性的建构策略，这是摆在刘醒龙等当代中国作家面前的一道难题。

---

[1] 鲁迅：《我们现在怎样做父亲》，《鲁迅全集》第一卷，人民文学出版社 1981 年版，第 140 页。

"新世情小说"的艺术探寻

——乔叶与传统

　　中国文学传统的创造性转化，这已是近年来中国当代文学研究中的一个焦点话题了。实际上，不同代际的中国当代作家对于中国文学传统的态度存在着明显的差异。比如"50后"作家群体中的莫言、贾平凹、韩少功、王安忆等人就都曾有过向中国文学传统"回撤"的经历，而"60后"作家群体中的格非、苏童、毕飞宇等人更是经历过从"先锋文学"试验转向中国文学传统"求援"。与前辈作家不同的是，以乔叶、魏微、付秀莹等为代表的"70后"作家似乎从一开始就越过了中西文学二元对立思维模式，他们就像转向后的前辈作家一样，径直而稳健地走在了中西文学平等交通的大道上，由此自觉不自觉地从事着中国文学传统的创造性转化。虽然关注乔叶的小说创作好几年了，但我最近才真正意识到原来她与中国文学传统的关系实在是密不可分，这就难怪她的小说创作一直后劲十足、根深叶茂了。何以为证？先简单说些外证，我发现乔叶在散文随笔中多次对中国古代的神话传说、话本小说、戏曲进行改写或者重释，如牛郎织女、梁祝化蝶、张生煮海、田螺姑娘、白娘子永镇雷峰塔、杜十娘怒沉百宝箱等中国古典文学文本都在乔叶的笔下闪烁着新的艺术之光[①]。乔叶甚至公

---

① 参阅乔叶的系列散文随笔《新白娘子传奇》（关于白蛇）、《我爱法海》（关于青蛇）、《若不化蝶》（关于梁祝）、《你的壳是你最大的美》（关于田螺姑娘）、《煮海》（关于张羽与龙女）、《批谎记》（关于牛郎织女）、《一个女人的自杀史》（关于杜十娘）等，皆收入乔叶的散文随笔集《薄荷一样美好的事》，江苏文艺出版社2010年版。

开表示:"《三言》之中,让我落泪最多的小说,是《杜十娘怒沉百宝箱》。"①
由此可见她对《三言》《二拍》为代表的宋元至明清的话本小说的迷恋。
我还注意到,乔叶是一个地道的戏迷,她不仅写过当代河南戏曲艺人生活
题材的中篇小说《旦角》,而且对河南三大地方戏种(豫剧、曲剧和越调)
情有独钟。在她看来,河南地方戏曲的最大共同点只有一个:"都很土,
从根儿里听都是土戏。""这土啊,土得面,土得酥,土得细,土得可心
可肺,可肝可胆。土得人每一寸骨头都是软的。没有什么比这土味儿更丰
满,更宽厚,更生机勃勃,更情趣盎然。土就是河南戏的真髓。这要了命
的土啊。"②如此深情款款,非内行者不能言。仅凭这些外证,即可见我
所言非虚,乔叶确实与中国本土文学传统有着不解之缘。

一

仅有外证显然是不够的,我们还需要到乔叶的小说创作中去寻找到
内证才行。毫无疑问,乔叶的小说创作中创造性地转化了诸多中国古代
文学传统资源,但这些本土文学脉络或显或隐、时明时暗,夹杂在福楼拜、
老托尔斯泰、陀思妥耶夫斯基、福克纳、杜拉斯等西方现当代文学大师
的艺术面影中如影随形,并非随意都可以辨认。但据我观察,乔叶整整
二十年的小说创作生涯(1998—2018)中,渐渐地形成了一种饶有个性
风格的"新世情小说"写作形态。这种"新世情小说"写作依旧还在她
的艺术探寻过程中,很可能还会有更加阔大与成熟的艺术气象,但仅就
她业已取得的艺术成就而言,就足以傲视同辈时流。说到"世情小说",
鲁迅先生也把它称之为"人情小说",以《金瓶梅》和《红楼梦》为代
表的"人情小说"或"世情小说"被认为是中国古典小说的艺术最高峰。
鲁迅先生认为"世情小说""其取材犹宋市人小说之'银字儿',大率

---

① 乔叶:《一个女人的自杀史》,见《薄荷一样美好的事》,江苏文艺出版社
2010 年版,第 69 页。

② 乔叶:《在淮阳听戏》,见《薄荷一样美好的事》,江苏文艺出版社 2010 年版,
第 111 页。

为离合悲欢及发迹变态之事，间杂因果报应，而不甚言灵怪，又缘描摹世态，见其炎凉，故或亦谓之'世情书'也。"① 可见以长篇白话小说见长的明清"世情小说"其实脱胎于宋元话本小说，也与明清短篇话本或拟话本小说同源同体，它们大都属于描摹世情世态、透视人情人心的"世情书"。考虑到中国古代戏曲与白话小说的通俗文学共性，甚至直到晚清时期中国人的小说观念中还包含戏曲文体在内，我们便不难发现诸多古典戏曲的"世情书"性质了。所以乔叶对中国古代白话小说和本土戏曲传统的迷恋，其实隐含着她对中国古代"世情书"文学传统的迷恋。正是通过创造性地转化中国古代"世情书"写作传统，作为"70 后"作家的乔叶开垦出了一片属于自己的"新世情小说"艺术园地。当然，当代中国的"新世情小说"写作由来已久，早在 20 世纪 90 年代初，贾平凹就凭借《废都》公然开启了当代中国"新世情小说"写作之门。在此前后，诸如苏童的《妻妾成群》和《红粉》、王安忆的《长恨歌》和《天香》、莫言的《檀香刑》和《生死疲劳》、格非的"江南三部曲"、刘震云的《一句顶一万句》和《我不是潘金莲》、毕飞宇的《玉米》系列等，无不是当代中国"新世情小说"兴起的明证。这些纷纷向中国古代文学传统致敬的当代文学杰作，无不彰显或暗含了以《金瓶梅》和《红楼梦》以及"三言二拍"为代表的中国本土"世情书"文学范式的艺术魅力。这显然是一条当代中国文学复兴的艺术大道，而后起的乔叶从一开始就走在了这条艺术大道上。事实上，凭借着她的"70 后"身份，乔叶的"新世情小说"无论在内容还是形式上都做出了极具个性的艺术探寻。

中国古代世情小说大都是话本小说或话本小说的变体，而话本小说最重要的文体特征就是讲故事。按照乔叶自己的说法："二十年过去，现在，我依然在写故事。我粗通文墨的二哥就说我是个故事爱好者，离了故事就不能活。从《取暖》到《月牙泉》，从《打火机》到《最慢的是活着》，从《拆楼记》到《认罪书》，短篇中篇长篇小说，短的中的长的故事……只是再也不敢用'一个故事引出一个哲理'。已经渐渐知道：

---

① 鲁迅：《中国小说史略》，见《鲁迅全集》第九卷，人民文学出版社 1981 年版，第 179 页。

那么清晰、澄澈、简单、透明的，不是好故事。好故事常常是暧昧、繁杂、丰茂、多义的，是一个混沌的王国。"① 确实，乔叶的小说喜欢讲故事，这与中国古代话本小说传统有着不解之缘，但乔叶并不拘囿于传统话本小说的故事与意义模式，而是结合现代人的文学趣味和当代中国社会现实生活对传统的故事模式加以改造和翻新，并赋予其复杂而多义的现代意涵。一般来说，中国古代世情小说主要有三种题材或叙事类型：一是情爱小说、二是公案小说、三是神鬼小说。这三种题材或叙事类型时常交织在一起，即把情爱故事、公案故事和神鬼故事中的二者或三者组合在一起。短篇小说中的例证有《错斩崔宁》（后演绎出《十五贯》）和《蒋兴哥重会珍珠衫》之类，至于长篇小说中的《金瓶梅》和《红楼梦》则更是三种题材或叙事类型的集大成之作。有意思的是，乔叶的小说创作恰恰就以情爱叙事和探案叙事的结合为主，而有意舍弃了古代话本小说中常见的神鬼叙事，因为古代神鬼叙事往往与道教和佛教思想有关，这与乔叶追求的西方现代意识格格不入，而不利于她从事中国话本小说或世情小说叙事传统的现代转换。所以我们在乔叶的小说中读不到莫言和贾平凹笔下的那种神鬼叙事或者魔幻现实主义，她习惯于直面当下中国社会转型中的残酷现实和内心生活。相较于莫言、贾平凹、余华、迟子建等前辈作家在讲述新世纪中国故事时与现实之间存在着不同程度的疏离感和隔膜感，如余华的《兄弟》和《第七天》就遭到了"新闻串串烧"的訾议，"70后"作家乔叶笔下的当代中国故事更加具有时代感和现实性，更加切近我们这个时代的精神脉搏与生活遭遇，同时又比年轻一代的"80后"作家笔下的新人类故事更加具有历史感与思辨性，而不至于陷入那种通俗化与时尚化的写作陷阱。

无论是情爱故事还是探案故事抑或二者的结合，乔叶笔下的当代中国故事都集中凸显了当代中国的世情世态和人性人情。为了论述的方便，先看乔叶笔下的情爱故事。乔叶十分热衷于解析当代中国人尤其是女性的情爱心理，她笔下的情爱故事的主人公大多是女性或者是从女性角度透视的

---

① 乔叶：《在这故事世界里（后记）》，见《旦角》，安徽文艺出版社2015年版，第357页。

男性；这些女性人物大抵可以分为两种类型，一种是常态生活中的女性，再一种是非常态生活中的女性，主要是妓女。与中国古代话本小说或世情小说的作者往往习惯于从男性角度讲述妓女或者陷入情爱纠葛的普通女性的人生故事不同，乔叶因为深受中西现代女性文学影响，所以总是从现代女性意识的角度讲述当代中国女性故事。比如古代话本小说中具有独立女性意识的作品并不多见，尤其是讲述古代妓女故事的小说中往往充斥着陈腐的男权意识，习惯于把女性当作男性的玩物，即使是像《卖油郎独占花魁》那样为人称道的妓女故事中，虽然宣扬了古代市民或平民的爱情理想，具有一定的现代民主意识，但依旧缺乏对女性独立人格的尊重。乔叶真正欣赏的古代妓女故事是《杜十娘怒沉百宝箱》，她赞赏杜十娘"这样一个烟花女子，却有着如此清洁纯粹的爱情精神。我相信，面对她的勇敢和决绝，有太多活在当下的口口声声标榜个性和自由的酷男酷女都会汗颜"，杜十娘之所以选择自杀，是因为"她拒绝苟且"[1]，这让很多当代人羞愧难当。在乔叶看来，当下社会中存在着很多明妓暗娼，但比这更严重的是"小姐意识"[2]或妓女心理在弥漫，这是一种习惯于出卖肉体或良知的深层集体无意识心理，因此解剖妓女的心理其实就意味着解剖深度的人性。于是我们不难理解乔叶对妓女题材的垂青，以至于她的长篇小说处女作《我是真的热爱你》就写了一对沦落为妓的姐妹花的故事。如果说姐姐冷红的"小姐意识"或妓女心理已深入骨髓，她已经习惯了苟且、习惯了妓女生活方式，那么妹妹冷紫则想拒绝苟且、拒绝妓女生活而不可得，她在妓女生活中苦苦挣扎，清醒地活在堕落中，找不到拯救自己的出路。良知未泯的冷紫最后为了保护姐姐而被歹徒报复性地枪杀，但她的死却充满了黑色幽默的味道，因为世人无法相信一个妓女的正义和良知，就像在遥远的古代，世人无法相信杜十娘心中的爱情。在长篇小说《底片》（根据中篇小说《紫蔷薇影楼》改写扩充而成）中，乔叶进一步深挖了世人心底的黑色精神底片，那种出卖肉体和灵魂的"小

---

[1] 乔叶：《一个女人的自杀史》，见《薄荷一样美好的事》，江苏文艺出版社2010年版，第73—74页。

[2] 乔叶：《我是真的热爱你》，长江文艺出版社2004年版，第356页。

姐意识"仿佛阴魂不散、拂去还来。多年后，女主人公刘小丫尽管已经改邪归正、弃旧从良，但回到故乡的她依旧难以摆脱内心深处的黑色诱惑，一旦遇到昔日嫖客的勾引，她那根深蒂固的"小姐情结"便死灰复燃。"这个旧客就是她的妖，她也是他的妖。""他们都知道彼此的黑暗——都握着彼此的底片。"①可见此时的底片已经具备了抽象的精神符号意义，这显然是乔叶的艺术发现。

除了非常态生活中的妓女故事之外，乔叶小说中还大量讲述了所谓看似正常的生活状态中的婚外情故事。这些婚内男女的出轨故事其实在中国古代话本小说和世情小说中所在多有，堪称源远流长。但古人讲述的婚外情故事往往被目为"偷情"故事而受到传统儒家道德伦理的谴责或者佛家因果报应思想的支配，比如《十五贯》《金瓶梅》中的奸夫淫妇故事就体现了罪有应得的儒道思想，即使是《蒋兴哥重会珍珠衫》那样体现了近世市民平等思想觉醒的作品，同样也难以摆脱古老意识形态的羁绊。但乔叶笔下的婚外情故事不是这样，透过婚外情的生活隐秘窗口，乔叶窥探到了当代人的精神心理困境。她在散文《月牙泉外》中说："男人有妇，女人有夫。电视上正在上演一场婚外恋。二人相遇，碰出火花。——在这个干燥的年代，男女之情燃烧的沸点是那么低，以至于婚外恋几乎成了婚姻的孪生姊妹。"又说："忽然想起那年我去敦煌看到的月牙泉。月牙泉，它孤零零地汪在那里，如一只无辜的眼睛，让人心疼，仿佛一汪稍纵即逝的奇迹。在我的想象中，真正优质的婚外恋就是这样的奇迹。"②显然，乔叶无意于站在传统道德立场去简单地谴责婚外恋，而是看到了现代人婚恋生活中理想与现实的冲突，由此表达了她对人性的悲悯。乔叶平生发表的第一篇真正意义上的短篇小说《一个下午的延伸》就是写的婚外恋，写一个女下属和她的男上司在京城进修期间所发生的隐秘婚外恋情，一切随风而散了无痕迹。这种婚外情故事模式在乔叶的笔下几乎反复地出现，乃至于成了她小说中的一种叙事原型，这当然隐含了乔叶对当今中国世情人

① 乔叶：《底片》，群众出版社 2008 年版，第 204 页。

② 乔叶：《月牙泉外》，见《薄荷一样美好的事》，江苏文艺出版社 2010 年版，第 83—84 页。

性的观察和思考。比如在长篇小说《认罪书》中就重点讲到了梁知在外学习期间与酒店服务生金金之间的婚外情故事，还有金金出于报复嫁给梁新后依旧与梁知保持着隐秘恋情，这种多角婚外情故事不仅是这部长篇小说的核心叙事框架和叙事线索，而且其中还隐含了作者对于当代人心理罪感和耻感的反思。再比如短篇小说《像天堂在放小小的焰火》也是讲述的在培训班中发生的婚外恋故事，但作者要思索的是现代社会中男女之间超越性别的友谊神话的幻灭，这就给时尚的婚外恋小说模式注入了新的内涵。在中篇小说《打火机》中，乔叶写余真与胡厅长在北戴河休假期间的一段暧昧故事，但作者的着眼点并不在于写暧昧的婚外情，而是挖掘女主人公内心深处早年被压抑的精神暗疾，这就摆脱了平面化的故事套路而进入了立体叙事的心理深渊。还有短篇小说《妊娠纹》，写中年女性的一次未遂的婚外情，作者借此剖析中年女性的心理危机，尤其是女主人公的性别自审与生命反刍令人印象深刻。还有中篇《山楂树》，写一个少妇返乡途中在火车上与一个逃犯的暧昧邂逅，但作者的叙述重点在于捕捉与描摹婚外恋的心理波澜，即所谓精神出轨，而不在于身体书写。此外长篇小说《爱情互助组》、中篇小说《那是我写的情书》《他一定很爱你》《我承认我最怕天黑》等都是以婚外恋故事作为基本叙述框架，呈现了当代城市男女的精神面相与生活状貌。需要补充的是，乔叶还将婚外情故事从当下青年男女这里引向了前辈们的历史记忆中，这就增强了小说的精神深度与生命厚度。如中篇《最慢的是活着》写祖母王兰香的生命史，但其中也重点写到了她与驻队干部的私情；中篇《解决》写祖母与小叔子六爷早年的私情，直至当事人都已告别人世才让时间来化解隐秘；长篇《认罪书》里也写到了母亲早年与哑巴之间的私情，而女主人公金金就是他们的私生女；凡此种种，无不体现了乔叶喜欢探秘的叙事旨趣。

事实上，在乔叶的情爱叙事中往往纠缠着探案叙事。在乔叶的艺术视界中，各种非常态的情爱叙事中本来就包含了罪感和耻感，这种私人生活中的罪感和耻感与社会公共生活中的罪感与耻感纠结在一起，更能凸显作家对于当代社会世情与人性的反思。虽然乔叶笔下的情爱故事与探案故事时常扭结在一起，但这并不妨碍我们将这两种叙事单独拆开来予以分析。比如长篇《认罪书》中除了梁家兄弟与金金的不伦之恋这条情爱叙事线索和结构框架之外，作者还精心设计了梅好和梅梅母女之死在不同历史时期所导致的民族心理暗疾，而围绕着梅家母女之死的案情解密，金金在闯入梁家内部后充当了探案者的社会角色，此时的她不再是不伦之恋的罪人而摇身变成了地下法官，正是通过她的层层揭秘，读者终于明白了作者要反思的其实不仅仅是某一个生命个体的罪恶，而是一个民族集体的精神失足所导致的罪感的泛化与蔓延。这样的犯罪与探案叙事显然超越了古代通俗公案小说的思想和艺术樊篱，跳出了儒家忠奸善恶伦理模式，径直抵达了现代人性自审的灵境。再如长篇《藏珠记》，除了唐珠与赵耀、金泽之间的私人情爱叙事线索之外，作者又精心设计了司机起家的赵耀为了侵夺曾经的上司金家的家产而围捕、陷害乃至追杀金泽及其女友唐珠的好戏。利令智昏的赵耀最后强暴了千年剩女唐珠，然而他没想到正是他的强暴无意中成全了唐珠从神到人的回归，唐珠在经历了生死劫难后终于过上了自己渴望已久的平凡的人间生活。可见《藏珠记》中私人情爱叙事是明线，而公共探案叙事是暗线，明暗交织，而千年剩女唐珠则同时充当了小说中罪案的受害者与探案人。但受害者最终又成了受益人，这一出看似荒谬的悲喜剧中其实隐含了作者对生命存在过程与本质的思考。有意思的是，由《盖楼记》和《拆楼记》合成的长篇小说《拆楼记》其实也隐含了探案叙事模式。如果说上部《盖楼记》写的是"我"伙同乡下老家的姐姐和乡邻为了争取更多的拆迁款项而精心盖楼"作案"，那么下部《拆楼记》就是写政府人员为了惩罚乡民"种房子"的罪行而与乡民进行的执法较量。这是一场没有胜利者的较量。无论是读者还是作者都很难站在单纯的立场上做出评判，究竟谁是谁非，一切都交给作者对市场经济体制下世情人心的描摹与刻画。对于乔叶而言，犯罪与探案并非严格意义上的法学概念，而更多地属于人性与人学范畴。所以我们发现她往往从人性的角度审视罪犯，揭秘当下的隐秘世象。如中篇《锈锄头》中解密了老知青李忠民为何要杀掉偷窃者石二宝的心理意识流动过程，中篇《我承认我最怕天黑》揭示了离婚女刘帕爱上了一个破窗而入的民工犯人的心理真相，中篇《他一定很爱你》证明了诈骗犯陈歌对初恋情人小雅依旧有着真诚的爱情，而短篇《取暖》中写犯人和犯人家属之间也有难得的温馨。至于中篇《那是我写的情书》中写纯情的麦子其实暗中充当了从案犯见死不救，还有《失语症》中写尤优对丈夫出车祸所滋生的隐秘罪感，这些都折射了乔叶对当下世情人心的犀利洞察力。显然，这类探案性世情小说是不能简单地视为古代判案小说的现代翻版的，而是体现了乔叶对中国传统世情小说的现代转换。

二

众所周知，中国古代世情小说是一种"说话"艺术，而当代中国"新世情小说"则是一种"新说话"艺术，从贾平凹到乔叶等当代中国作家已经和正在不断地发展这种"新说话"形态。比如贾平凹既反对中国传统的说书人式的说话，也反对现代西洋人式的说话，至于把小说写成了领导人式的说话，他同样不赞成；他要做的就是将以《金瓶梅》和《红楼梦》为代表的古代闲聊式说话发扬光大乃至创造性转化①。而乔叶虽然也迷恋中国古代话本小说，但她的小说也摒弃了传统说书人式的评书体说话套路，而更接近与读者平等对话交流的闲聊体说话，这就为传统的闲聊体注入了现代民主意识。比如在她的长篇小说《拆楼记》的创作中，乔叶既没有模仿西洋人式的现代知识精英说话形态，也没有站在主流意识形态立场上提供主旋律话本，而是选择了作为民众的一员进行说话，既不高高在上也不冷眼旁观。于是我们看到，在这部小说中，作家虽然采用的是第一人称"我"作为说话人，但作品中的"我"其实并没有明确的社会身份，甚至"我"的工作单位在作品中也没有得到明确的指认，读者只能判定出"我"是一个城籍农裔的城里人，"我"有一个还在做农妇的姐姐，她与"我"血脉相连。唯其如此，虽然明知姐姐的盖楼诉求有着不可告人的经济利益在其中，但"我"依旧冒着风险参与到了这场当代闹剧中，因为"我"无法剥离自己作为一个农妇的妹妹的血缘身份。可见在《拆楼记》中，乔叶如同古代话本小说精品常常站在市民立场上写作那样，她是坚定地站在当代民众立场上写作的说话人。用作家自己的话来说："其实我也曾试图站在这样一个（知识精英）立场上，但我很快发现我做不到，我站不稳。不仅仅是因为我的乡村之根还没有死，也不仅仅是因为我是一个农妇的妹妹，更

---

① 参阅贾平凹：《白夜》，华夏出版社 1995 年版，第 385—386 页。

重要的是，我一向从心底里厌恶和拒绝那种冷眼旁观和高高在上。我不喜欢那种干净。我干净不了。我无法那么干净。我对自己说：那就和姐姐他们混在一起吧，尽管混在一起让我很不舒服，我也不可能舒服，但我只能把自己投身到姐姐他们中间，投身到他们的泥流里。"① 必须指出的是，乔叶在这里拒绝的是那种自恋式的知识分子写作姿态，而并非真正地反对严肃的知识分子写作立场，因为她在《拆楼记》中对农民的同情中其实也隐含了对农民的批判，当她作为"我"以农妇的妹妹身份出现在小说中的时候，"我"身上的小农意识同样没有逃过作者自审的眼光。所以《拆楼记》中的说话人"我"既是农民也是知识分子，这种外在农民而内在知识分子的双重身份，决定了这部长篇小说的立场与意图的复杂性与含混性。如果说外在的农民或民众身份为这部作品赢得了说话的平等性和民主性，那么内在的知识分子身份就为这部作品赋予了说话的主体性与批判性，由此成就了这部作品的现代性说话底蕴。

中国古代话本小说都喜欢讲故事，而小说常常被认为是"说话"，故而小说家也就成了"说话人"或者是讲故事的人。乔叶尤其迷恋讲故事，她就是一个"故事爱好者，离了故事就不能活"②，由此可见乔叶的小说与中国传统"说话"艺术的关系确实非同一般。一般而言，乔叶小说中的说话人往往就是《拆楼记》中的那个一身二任的城籍农裔的当代中国城市女性。这就使得乔叶笔下的"我"在说话过程中既有农民的朴实也有市民的狡黠，既有传统乡土女性的柔和又有现代知识女性的犀利。所以乔叶的小说作为"新说话"文本既不是贾平凹那种当代男性文人的闲聊录，也不是林白笔下的底层妇女闲聊录，其至也与王安忆那种现代都市妇女闲聊录存在着本质分野，而是呈现出话语杂糅与身份重叠的新闲聊形态。比如她的长篇小说《藏珠记》，虽是取材自唐人志怪传奇集《独异志》《广异记》以及《资治通鉴》等史籍中关于波斯人与珠子的神秘故事③，但在叙述上明显继承了宋元以来的话本小说路数。小说开篇就写道："天宝十四年，

---

① 乔叶：《拆楼记》，河南文艺出版社 2012 年版，第 249 页。

② 乔叶：《旦角》，安徽文艺出版社 2015 年版，第 357 页。

③ 乔叶：《藏珠记》，作家出版社 2017 年版，第 259 页。

一个抱病垂危的波斯商人住在长安城东市附近崇仁坊里的一家客栈中。"由此引发了波斯商人让店主家的丫头吞珠的故事。紧接着作者话锋一转，又讲述了《独异志》《广异记》和《资治通鉴·唐纪八》中的三则波斯商人的神珠故事。猛然中又回应开篇，写波斯商人临终前赠送无题诗给丫头，而那个丫头就是"我"，就此在第一章中完成了从传统的第三人称说话向现代性的第一人称说话的转变。显然，这第一章就相当于古代话本小说中的"入话"，其中有故事、有诗词，既是对全书历史背景的交代，也可以独立成章，因此说成是"得胜头回"也大致不差。但作者显然不满足于做传统的说书人，而是径直改换说话口吻，每一章都以一个人物展开第一人称说话，其中女主人公唐珠的说话最多，计二十六章，与她产生情爱纠葛的两个男人赵耀和金泽的说话各有八章，这三个人的第一人称说话构成了这部长篇小说的主体。此外金泽的姐姐金顺的说话有两章，金泽的前辈世交松爷的说话有一章，他们的说话主要是起串联和组织作用。值得注意的是，这些第一人称说话大都符合说话人的身份与个性，其中唐珠的说话所占篇幅最大，基本上奠定了这部作品的主调。穿越千年而来的唐珠在现实生活中是一个底层女性，即城籍农裔的酒店服务生，然而在这个底层女性的显在身份背后，她还有一个历经历史沧桑的神秘知识女性身份，由此决定了唐珠的说话的二重性：她既可以娓娓道来地与读者闲聊，又可以洞若观火地评论自己的故事。可见《藏珠记》中的第一人称说话不等于常见的独白体，因为前者是预设了"我"与"你"的平等而内在的对话，而后者是单向度的近乎封闭的自我诉说。

无独有偶，长篇小说《认罪书》的第一人称说话同样具有对话性而不是封闭的独白体。作者在这部厚重的长篇力作的开篇别出心裁地设置了一个"编者按"，以本书责编的第一人称口吻介绍了这本小说的前因后果，其中包括女主人公金金临终前给"我"的来信，"我"收到金金的书稿后重新做了编辑处理，"我"还谈了自己对这本书的阅读感受，"我"甚至还按照作者金金的生前嘱托将她的骨灰妥善安葬。不难看出，这篇所谓"编者按"其实就是中国古代话本小说中"入话"的变体，而"责编"也就成了说书人的化身。但到了小说的正文或"正话"中，全部二十二章都属于女主人公金金的自我告白，这就打破了中国古代长篇说话的第三人称全知套路。值得注意的是金金的自白并非独白，而是有着包括"未未"在内的未来理想读者作为倾诉对象，金金"向死而说"的行为具有强大的现代性自审力量。还需要指出的是，在金金的所有自白中还穿插了梁知、梁新、张小英、钟潮、赵小军、秦红等人的自白，这些自白都是在金金的设计下，围绕着梅好和梅梅母女之死的追问所提供的认罪书。这些第一人称的认罪书构成了头号女主人公金金的认罪书的组成部分，他们向金金说话，而金金向未未说话，由此使《认罪书》成了话语的交响。所以，《认罪书》中的这种故事中套故事的嵌套结构还可以被理解为"话中有话"，大大小小的说话分支都被镶嵌进了头号说话人金金的主体说话框架中，而在"编者按"中设置的"责编"看来，甚至连主体说话框架也在作者的掌控之中，作者作为隐居幕后的说话人实际上导演了这场话语狂欢节。与《藏珠记》相比，《认罪书》中的多角度第一人称说话不是并置交叉而是嵌套式的立体说话模式，但两部小说中都有主导性的说话人，《藏珠记》中是唐珠，《认罪书》中是金金，她们的现实社会身份大体类似，都是具有一定知识背景的城籍农裔的底层女性，因此她们的说话也都属于当代中国都市普通妇女闲聊录，既有底层女性的粗粝或狂野，又有知识女性的自觉与反思，这种二重性的说话身份决定了这两部小说的主导性说话风格，即民间话语与知识分子话语的艺术统一。由此可见，乔叶在尝试着改造中国话本小说的说话艺术，她创造性地将西方现代派文学中的多角度第一人称叙事策略吸纳进中国话本小说传统的说话家数中，即在仿佛和读者闲聊的话语中不动声色地进行"先锋文学"实验，这就比单纯的评书体或老式话本更有艺术张力，也比那些生硬的"先锋文学"文本更有中国味道。

实际上，除了长篇小说创作，乔叶在短篇小说创作中同样在有意无意地进行着中国话本小说传统的现代转换。比如她的中篇小说代表作《最慢的是活着》，开篇就相当于"入话"，写"我"和朋友在茶馆里聊天，不知怎么就聊到了她祖母的故事。而就在这种闲聊体说话中，"我"也想起了自己的祖母，接下来的"正话"便是以"我"的祖母为中心的世情往事。"我"的身份照样是城籍农裔，集农民与知识分子于一身，所以"我"对于祖母一生遭际的讲述既有世俗生活的缓慢节奏，又有超越世俗的精神剖析，于是一个克夫克子克媳的中国农村妇女卑微而坚韧的形象通过"我"的讲述变得生动起来。再看中篇《打火机》，小说开篇也有一个类似"入话"的噱头，讲中国民间关于数字的迷信。在民谚里，七十三、八十四就是一道坎。所以选门牌号码往往都会回避"73号"或者"4楼"云云。由这段噱头果然就引出了女主人公余真的一段伤心往事，她在十六岁的花季被强暴，而家里的门牌号码正是"73"。当然这段民俗噱头并非小说的关键，它的叙述功能主要是引发说话人接下来进入正题，正所谓闲话少讲、书归正传。更进一步来说，整个小说的第一节其实相当于"入话"或"头回"，因为第一节中所讲述的余真早年被强暴的故事仅仅是为后面作为小说正话的一次婚外恋故事作为铺垫或"前史"，而短暂的前史与琐碎的正话之间虽然有着内在逻辑联系，但也各自具有相对独立性，这正是中国话本小说中常见的说话家数。与《打火机》不同，中篇《他一定很爱你》中的"入话"或"头回"与小说的正话之间并不是那种因果逻辑联系，而是相互反对的拆解关系。这部小说的第一节讲述了四个女子被男人骗钱骗色的故事，而接下来的正话讲述女主人公小雅与骗子陈歌的情感纠葛，陈歌欺骗了所有与他交往的女人，唯独没有欺骗小雅，不是因为小雅精明而是因为陈歌对小雅有真爱，这种骗子的爱情故事与开篇入话中的纯粹骗局正好形成了反衬或反差。此外，中篇《指甲花开》开篇不讲故事而重点讲述农村女孩子用指甲花染指甲的民间习俗，《紫蔷薇影楼》开篇就写"做小姐"的女子在职业生涯中对黑胸罩的偏好，这些都属于对中国古代话本小说"入话"传统的化用。当然，并非乔叶的每篇小说都有这种"入话"的痕迹，而在另一些小说中虽然没有"入话"之类的化用，但整体上而言却依旧带有比较显著的话本色彩。比如中篇《绣锄头》中，作者以第三人称讲述老知青李忠民的传奇故事，随着故事的进展，李忠民开始向农民小偷石二宝讲述自己的知青故事，而石二宝也顺着向李忠民讲述自己的农村故事，就这样整个小说变成了一场话语的盛宴，作者的讲述与两个人物的讲述交错在一起，让古老的说话艺术别开生面。

中国古代话本小说和古典戏曲中都有插科打诨的"使砌"传统，所谓"砌"就是插科打诨开玩笑一类的滑稽话①。显然，这种"使砌"的传统做法在乔叶的小说中得到了艺术的扬弃，既增添了读者的阅读趣味又保持了严肃文学的品味，不至于流于滥俗，可谓喜剧性与讽刺性兼具。这样的例子在乔叶的小说中可谓俯拾皆是，比如《藏珠记》的第三章《赵耀：可我还是喜欢开车》就是一篇十足的"使砌"文字。这篇看似多余的"饶舌"文字其实显示了乔叶独特的语言风格和鲜明的艺术个性。它以给领导开车起家的赵耀为说话人，让他向读者道出自己的心里话或生意经抑或厚黑学。其中一段写道："给领导开车的本质，一句话到底：你就是领导的一辆车，人车合一的车。谁是司机？领导才是司机。领导就是开你的司机。当然，因为人车合一，所以你要比单纯的机器车高级一些。要你快你就快，要你慢你就慢，要你停你就停，要你退你就退。这里面的讲究太多了，能分好几个等级呢。"接下来就按等级讲，初级的"开车之道"重技术，中级的"心腹之道"是当好奴才，高级的"搭档之道"才是实现和领导的合谋与双赢。这简直就是一篇与时俱进的官场厚黑学，写出了世情人性的新变化。再比如《认罪书》第二十一章中有这样的话："省。多么有意思的一个字啊。一个少，一个自。这显然就是在说：人们对于自己的问题总是想得太少了，所以要省。""至于同流合污，这更不是饶恕的理由。因为同流合污就是同流合污，即使同再大的流，合再大的污，也是同流合污。"这是女主人公金金在醒悟后说的话，虽然饶舌但不失精辟和俏皮。同一章中金金还自忖道："我忽然明白：两年前的我们无论看起来怎么的一丝不挂，其实一直都是在穿着衣服做爱。那些道貌岸然的衣服，那些既片缕不见又严严实实的衣服，就挡在我和他之间。我们从来就没有把那些衣服脱下。因为，是心在穿着衣服做爱。"像这样的性描写虽然不免露骨和直白，但充满了人性解剖的力量，甚至在滑稽中隐含着沉痛。再比如《拆楼记》上卷第一章里的一段话："对于山阳，我总觉得自己像是一条丧家之犬——不，更准确地说，不是丧家之犬，而只是离家之犬。只能是这样。虽然我这条狗在外跑得很努力，也很尽兴，还常常在幻觉中以为自己已经快修炼成一

---

① 胡士莹：《话本小说概论（上）》，商务印书馆 2011 年版，第 114 页。

条无牵无挂的野狗了，但只要在报纸上或电视上看到老家的消息，我就会或疼或痒地牵筋动骨一番。仿佛老家就是一根致命的老骨头，尽管这根老骨头上早就没肉了，就是有肉也不见得多么香肥，可它的那种气息那种味道却总是能让我不由自主地惦着，想着，让我不容拒绝。命中注定，说的就是这个吧？用老家的方言，就叫'胎里带'。"这种幽默而自嘲的话语，确实给人耳目一新的感觉，滑稽而犀利。还有《最慢的是活着》中的一段话也十分引人注目："奶奶，我的亲人，请你原谅我。你要死了，我还是需要挣钱。你要死了，我吃饭还是吃得那么香甜。你要死了，我还喜欢看路边盛开的野花。你要死了，我还想和男人做爱。你要死了，我还是要喝汇源果汁嗑洽洽瓜子拥有并感受着所有美妙的生之乐趣。这是我的强韧，也是我的无耻。请你原谅我。请你，请你一定原谅我。因为，我也必在将来死去。因为，你也曾生活得那么强韧和无耻。"显然，类似这样的语言和句法受到了中国传统戏曲和话本小说的唱白影响。

事实上，乔叶的小说中不仅在有意无意地模仿中国传统戏曲和话本小说的唱白文字，而且还经常穿插中国古代诗词和戏曲的文字在其中。比如《藏珠记》中的唐珠因为从唐朝一直穿越到了当代，故而她能时常脱口而出经典的唐诗宋词；《认罪书》中的张小英因为当过豫剧花旦演员，故而她的言谈举止中都能体现出地方戏曲做派；至于《旦角》里戏曲唱词出现的频率就更高了，诸如《抬花轿》《杨门女将》《对花枪》《盘丝洞》《花木兰》《拷红》《白蛇传》《卖苗郎》《秦香莲》《打金枝》《大祭桩》《三上轿》《秦雪梅》《杨八姐游春》《小二黑结婚》《朝阳沟》《南泥湾》《编花篮》等等古今豫剧唱词随着红羽绒、绿羽绒、紫羽绒、黑羽绒等一般戏曲演员的轮流上场倾泻而出，所以《旦角》这部中篇中隐藏了乔叶小说创作与传统戏曲或话本艺术的秘密。必须指出的是，除了直接借用和穿插中国古典诗词和戏曲唱段，乔叶的小说创作中还大量借用和穿插了西方近现代诗歌和中国新诗或者流行歌曲。比如在《认罪书》《藏珠记》《拆楼记》《底片》《我是真的热爱你》《指甲花开》《他一定很爱你》《山楂树》等小说中，诸如英国诗人约翰·邓恩的诗、俄裔美籍作家纳博科夫的诗、希腊现代诗人卡瓦菲斯的诗、中国诗人雷平阳的诗，还有流行歌曲《快乐老家》《栀子花开》等，不分中西雅俗，全部在乔叶的小说中熔冶于一炉。当然，乔叶小说中出现得最多的还是我们这个时代流行的笑话和网络段子，这也是中国古代话本小说和古典戏曲唱本中常见的做法。但乔叶小说中的笑话或段子并非那种上不得台面的荤笑话和荤段子，而是隐含了作家的机智与幽默，既拉近了与读者的距离，同时也彰显了作者的灵气和才气，进一步丰富了乔叶小说的说话家数。确实，乔叶是一个善于说话的小说家，她不仅创造性转化着中国古代话本小说的说话路数，而且不断地对中国小说的说话传统进行创新性发展。比如和古代话本小说偏重讲述外在的语言与行为相比，乔叶的小说中就十分注重讲出"心里话"，包括说话人的心里话和人物的心里话。这些"心里话"并非简单而粗暴的主观介入式叙述，而是充满了现代心理分析小说和哲理小说的思辨张力。比如我们前面直接引用的几段看似插科打诨的滑稽话，实际上都是男女主人公们以第一人称说出的"心里话"，这在中国古代重白描而轻心理描写的话本小说传统中是不多见的。乔叶小说中这些"心里话"实非"多余的话"，而是推进小说情节进展和塑造人物形象的重要手段。

三

接下来要探讨乔叶小说中的分析性叙述策略。它关系到乔叶对中国传统世情小说中"说话"艺术的改造与开新。所谓"分析性叙述"，是加拿大人里卡尔从米兰·昆德拉的小说艺术中提炼出来的一个概念，也叫"思考性叙事"或"叙事性思考"[1]。这是一种有别于单纯地讲述一个故事（菲尔丁式）或者描写一个故事（福楼拜式）的新叙事形态，即思考一个故事（穆齐尔式）[2]。显然，昆德拉以《生命中不能承受之轻》为代表的小说创作就属于这种思考性叙事或分析性叙事。如果借用到乔叶的小说创作中来，这种分析性叙事或思考性叙事其实也就转换成了分析性说话或者思考

---

① 弗朗索瓦·里卡尔：《阿涅丝的最后一个下午》，袁筱一译，上海译文出版社2011 年版，第 140、171 页。

② 米兰·昆德拉：《小说的艺术》，董强译，上海译文出版社 2004 年版，第 155 页。

性说话。在中国的话本小说或泛话本小说传统中，向来是比较缺乏这种分析性说话或者思考性说话的。这倒不是说中国话本小说或泛话本小说中缺乏分析话语或思考话语，恰恰相反，分析话语或思考话语在中国话本小说或泛话本小说中随处可见，甚至到了让读者望而生厌的地步。无他，只因中国话本小说或泛话本小说中的分析话语或思考话语往往不是内在于小说文本结构的有机组成部分，而是某种嵌入式的或者外在于小说文本结构的艺术赘生物。因为传统的说书人总是习惯于以全知全能说话人的身份对故事中的人物、事件和场景发表自己的主观看法，而这些主观看法由于大多是基于中国传统的儒道释话语体系所做出的分析和思考，故而往往流于迂腐和肤浅，删去实不足惜，甚至节本的思想性和艺术性可能会更高，因为单纯的描写性故事具备多义性和含蓄性。在这个意义上，中国话本小说或泛话本小说作者的分析话语或思考话语往往属于"多余的话"或"废话"，它与小说的主体话语如人物话语、叙述话语、描写话语之间并未形成有机的艺术统一，而是充满了话语裂隙和违和感。所以中国话本小说传统中的那些"诗云""赞曰"之类的分析话语或思考话语不同于现代小说中所倡导的分析性叙事或思考性叙事，后者是诗性的话语策略，而前者是实用性或工具性的载体。对于乔叶而言，她必须借鉴和吸纳西方现代小说话语策略来改进那种中国传统的机械而僵化的话本或泛话本说话模式，而以昆德拉为代表的分析性叙事或思考性叙事则是改善中国话本或泛话本小说艺术的一剂良方。由此也就形成了乔叶个人化的分析性或思考性说话艺术。这应该是乔叶小说对中国话本或泛话本小说的说话传统所做出的创造性转化。

　　乔叶的分析性或思考性说话首先表现在讲述层面上，即在讲述过程中对所讲述的情节进行分析和思考，但又不是传统的那种以第三人称全知叙述人所做的插入性夹叙夹议，而是以第一人称限知叙述人或故事中人物的视角做出的内置性夹叙夹议。比如长篇《盖楼记》第五章"筹谋"中，讲述"我"去找赵老师合谋让村长的弟弟王强参与到盖楼大计中，以此让村长陷入两难。在与赵老师把问题分析透彻了之后，"我"以第一人称叙述人的身份评述道："这是一场拔河，王强站在中间，兄钱各两边——王永的砝码旁边还有所谓的'正'，拆迁赔偿款的旁边还有我们准备好的本金在对他勾引诱惑，就看他赚钱的欲望是否能大过兄弟的情义。鉴于这么多年来对人性的认识经验，我对胜利很有把握。"显然，"我"对这场筹谋的可能性的分析和思考是建立在对人性的深刻洞察基础上的。乔叶没有采用纯白描的写实手法描述情节的进程，而是以人物或叙述人的视角直接介入事件的分析与思考，这就如同在与读者或听众进行深切的交流，而且避免了传统说话人的生硬说教。同一章中，当接下来讲到姐姐又想拉拢王强入伙又不想借钱给王强做投资，以至于愤然拒绝盖楼时，"我"在苦笑后再次发表看法："不患寡而患不均，宁可我得不到也不能让你得。这就是人性的黑洞啊。""我也不能恭维这种逻辑。不是我多高尚，我从来不高尚。我只是在遵循最基本的利益原则：损人损己不可取，损己利人很压抑，损人利己看情况，利人利己亚克西！"作为说话人，"我"的坦诚与自我剖析无疑会赢得读者或听众的青睐，而且"我"适时地将当代民间流行语引入说话中，可谓深得传统话本小说三昧。再如中篇《失语症》的开头写女主人想离婚，作者虽然选择了第三人称叙事，但完全是从人物的角度说话："离婚的念头像一只越长越大的鸟，早就展开了两个翅膀，在尤优心里盘旋。可是它飞不出去。尤优开不了这个口。无法开口往往有两种情况：一是没理由。二是理由太多。起初，尤优不清楚自己是哪个。后来她才明白：自己是二者兼有。而之所以既没有理由又理由太多，是因为她没有大理由，有的都是无数斑驳混杂的小理由。这些小理由虽然琐屑，却很壮实，而且四处蔓延爬动，咬噬得她浑身痛痒，让她越来越不堪忍受。"这样的开头实在是精彩，让一个想离婚而不可得的故事就此展开，虽是夹叙夹议，但由于紧贴着人物心理来对离婚事件进行自我思考和剖析，故而毫不显得隔和涩。又如短篇《一个下午的延伸》中，女主人公以第一人称评述"我"与男上司的那次幽会道："那真是个让人迷醉的下午，连沉默与尴尬都包含着无穷无尽的语言。其实，那天下午我们的谈话光明到可以公布给任何一个人听，但我们却默契地把它变成了一个由我们创造、我们分享也由我们占据的秘密。我们都没有向任何一个人讲过那天的下午。没有必要。我们没有必要公布这个秘密以证明我们的清白，我们本来就是清白的。持有秘密不意味着犯罪。也许在很多人眼里，秘密只意味着肮脏和阴暗。

他们不明白，秘密同样可以意味着纯洁和深情。而在许多时候，人们之所以会成为秘密的持有者，只是不想让这种纯洁与深情受到世俗的侵犯和干扰。"这种立足人性的理性分析与剖白，已然与小说中的描述合为一体，既显示了故事说话人的睿智与机巧，也在深层次拓展了小说的精神空间。

在塑造人物形象时，乔叶也并不完全依赖外在的白描或客观故事的延展来刻画人物性格，甚至也不依赖常见的内在心理描写手段，比如以第三人称全知视角对人物心理进行描述，而是往往以第一人称限知视角或故事中人的特定角度去分析和思考人物的复杂心理状态或流程，从而形成那种既不是非理性的意识流又不是常规心理描写的分析性心理话语或思考性心理话语。这也是乔叶吸纳现代西方小说技法对中国传统说话艺术所做的改进。比如长篇《认罪书》第八章中有女主人公金金的一段自我剖白："多年之后的现在，我才明白，那时候，推动我向前走的最最重要的力量，其实还是我对梁知的爱情——仇恨是一池毒液，连我自己都不知道，我是那么愿意把自己和他浸泡在同一池的毒液里。痛苦也是甜蜜，折磨也是依偎，啃咬也是亲吻，厮打也是拥抱。"这种分析性或思考性的心理话语，它不是通常的心理活动描写，也不是心理无意识流动，而是带有画面感或具象性的心理分析，与学术性或抽象性的心理分析也迥然异趣。第十二章中金金的另一段自我心理剖白可谓异曲同工："事实上，当时夹在他们两人中间，我很享受那种状态：被梁新爱着，也被梁知爱着。被梁新在明亮里爱着，被梁知在黑暗里爱着。被梁新的身体爱着，被梁知的精神爱着。被梁新的年轻爱着，被梁知的成熟爱着。被梁新的喧嚣爱着，被梁知的沉默爱着……那时，被这两个男人如此爱着的我，常常是满足的，很满足，有时候甚至是满足得不能再满足了，满足得让我不安，那我就会和梁新拌个嘴或者小吵一架，心里才会踏实。如同面对满杯的水，我忍不住要轻摇一下，将水洒出一些来，才会确定这水的安全。"这样的分析性心理话语对于塑造女主人公金金的性格形象十分有助益，它将金金的分裂人格与变态心理解析得深入骨髓，但又绝不是那种抽象的或说教式的给人物形象贴上的性格标签，而是将分析性心理话语融入了小说的叙事艺术整体之中。再如中篇《打火机》中写女主人公余真因为外遇而对那个男人念念不忘，作者虽是用的第三人称讲述，却是严格从人物的视角加以心理分析："那个人走进她梦的深处，心的深处，思想深处，灵魂深处，骨头缝深处，针挑不出，风吹不出，水灌不出，火烧不出，雨泡不出，她抱着他，一夜一夜，她把他抱熟了，抱成了一个亲人。而他之所以能成为她的亲人，是因为他对她做了最恶毒的事。他对她的恶毒，超过了她做过的所有的，小小的恶毒的总和。他让她一头栽进一个漫长的梦魇里，睡不过去，也醒不过来。"如此这般用繁密叠加的话语来反复描摹和解析女主人公的复杂心理状态和流程，这种分析性心理话语策略正是乔叶小说创作中刻画人物形象的惯用技法。再看短篇《月牙泉》中的一段心理分析，完全是结合女主人公的生活经历和性格特征所做出的分析性或思考性心理话语："得体，经历了这么多世事之后我终于认识到：一个人在什么时候都得体，这是一种非常难以抵达的境界。现在，我可以自信地说：我基本上已经是一个得体的人了。""甚至，对于如何得体地失控或者说失控得得体这种高难度的得体动作，我也常常无师自通。常常的，某时某刻某地某事，我打眼一看就心地透亮，实施起来如行云流水。""当然，得体惯了，也常常会觉得无聊，看到不得体的人，就会觉得他们格外有趣。""让我得体面对的那些人，我对他们看似尊重，实际上是一种皮不沾肉地看不起。而能让我不得体的人，对我来说可能才具有真正的分量。"这显然不是一般的心理描写，甚至也不仅仅是为了刻画人物的性格深度，而是对世情人心的深切体验与敏锐洞察。

在世情小说或话本小说创作中，场景的讲述是很重要的艺术环节，比如《金瓶梅》和《红楼梦》中就充满了大量的关于古代生活场景的讲述。乔叶的新世情小说创作中同样也很重视场景的讲述，但与古代话本小说或世情小说中的场景讲述偏重静态的描述不同，乔叶的场景讲述大抵属于动态的场景讲述，而且是分析性或思考性的场景话语，往往借助于叙述人或某个人物的视角或口吻予以讲述。这样的分析性动态场景话语已然被纳入整个小说的话语有机体系，从而避免了传统场景话语时常游离于文本之外的艺术缺憾。姑且再举几例印证。在长篇《我是真的热爱你》第十二章中，作者以洗浴中心女老板（其实就是当代"老鸨"）方捷的视角和口吻讲述当代"鸨儿理论与实践"。先是说方捷对《醒世恒言》里《卖油郎独占花魁》中老鸨儿刘四妈的那套老式"鸨儿经"背得滚瓜烂熟，小说中甚至直接予以原文引用；但与传统的纯宣讲式描述不同，接下来讲述方捷经过改进后的新式"鸨儿经"，比如"行业宗旨"和"行业规范"时，作者采用了边介绍边描述、边分析边议论的方式，从人物的视角把诸多画面或场景拿来做分析性描述或描述性分析，对当代"小姐行业"的"软硬辩证哲学"予以透视，借以窥测当代人性的新裂变。从这里我们也不难窥见乔叶试图重构中国青楼文学传统的创作动机。在短篇《良宵》中，作者照例以女主人公的视角和口吻来讲述和分析她所面对的工作场景。她被丈夫遗弃后在洗浴中心做搓澡工作，在她的眼中眼花缭乱地出现着多种女人的身体，老年女人的身体叫"皱"（又分"胖皱"和"瘦皱"），中年女人的身体叫"棉"，小姑娘的身体叫"水"，少妇的身体叫"瓶"，这都是她们职业中的行话。而在第三人称限知视角"她"的讲述中，各种搓澡的场景中充满了人物对自身职业和所遭逢的各类女性角色的分析和思考，当然其中也凝聚了女主人公乃至作者从底层角度对当代世情人性所做的分析和思考。像这种分析性场景话语在短篇《妊娠纹》里同样有着精彩的讲述："当然，从理论上讲，她曾经有过的最接近完美的身体和最接近完美的爱，给了第一个男人，她的丈夫。现在她能给苏的，只是残余的身体和残余的爱。他能给她的，也是一样。她和他之间，残余的身体对等残余的身体，残余的爱对等残余的爱，似乎很公平。"这篇小说同样从女主人公的第三人称限知视角讲述自身的经历，其中第六节围绕女主人公出轨前的身体自审来展开，她在仔细审视自己皮肤变化的私人隐秘场景中同时也展开了对自己隐秘心理欲望的反思与剖析，显然这里同样也隐含了作者对当今世情人性的思考与分析。由私人隐秘生活场景的分析性话语揭示社会公共生活空间的隐秘，这已然成为乔叶的写作法宝。最后必须提到乔叶的新长篇《藏珠记》其中也有分析性场景话语的重头戏。比如第二十二章《松爷：厨师课》和第三十五章《金泽：鼎中之变》都是很好的例证。前者以松爷的视角和口吻讲述做豫菜的工序与场面，后者以金泽的视角和口吻讲述参赛做菜的工艺实践。如果按照传统的写实手法很难避免静态的呆板呈现，但乔叶选择了动态的分析性场景叙述话语，让人物以自身特定视角和口吻进行动态的描述与分析，从而在不厌其烦的豫菜的客观工艺描写中体现或彰显着豫菜博大精深的文化人生哲学[①]。这种虚实结合的艺术手法虽然尚未臻达化境，但毕竟已经显示了乔叶的艺术潜能和创作实绩，值得读者继续期待。

[①] 乔叶对豫菜做足了功课，参见《藏珠记》后记，作家出版社2017年版，第259页。

新时代小说谈片

一、《凤凰琴》对新时代文学的创作启示

回眸中国当代文学的风雨历程，1992 年面世的《凤凰琴》绝对是一个具有标志性的文学事件。尽管刘醒龙在很多场合表达过对《圣天门口》的格外钟爱，但文学史是不以任何个人的意志为转移的，即使是作家本人也不例外。其实文学史上存在很多类似的错位，一个作家最喜欢的作品不一定是最受读者欢迎的作品，而大众读者最喜欢的作品也不一定能得到专业读者即批评家的青睐，反过来，批评家高度评价的作品也不一定能得到大众读者的认同，而无论大众读者还是专业读者对作品的好恶也无法改变作家自身的喜好。所以作品一经产生，它的命运就不再掌控在作家手里，当然最终也不会被批评家所操控，而是取决于文学史的选择。文学史的选择虽然一时也难免会被主观的文学史家所拨弄，但放在更长的历史时段来看，真正能够构成文学事件的作品是不会被文学史所永远埋没的，而且愈到后来愈能彰显其独特而内在的恒久价值。这就是文学经典的力量，它能够战胜个人的偏见而赢得历史的永恒。想当初，《凤凰琴》在三十年前诞生时也遭遇过大众读者与专业批评家的错位评价，即使是在根据《凤凰琴》续写或再创作的《天行者》荣获第八届茅盾文学奖之后，依旧存在《圣天门口》优于《天行者》的说法，这对于刘醒龙而言当然是值得骄傲的事情，毕竟有多部作品被拿来反复比较遴选对于很多作家来说是一种奢望。但这同时也意味着《凤凰琴》在中国当代文学史上的独特地位与价值还需进一步彰显，尤其是在当前新时代文学处于开创性的历史关口，重温《凤凰琴》及《天行者》的创作风范，可以为新时代文学的发展与繁荣提供新的艺术

路径和文学启示。

从新时代文学的发展趋势而言，《凤凰琴》及《天行者》正是新时代文学所召唤的那种坚持以人民为中心的创作导向的"人民史诗"型作品。众所周知，在 20 世纪 90 年代的市场经济大潮中，中国文坛商业化写作之风劲吹，私人化或个人化写作盛行，当代中国文学的人民性特质不断被削弱，而此时的刘醒龙仿佛横空出世，他以《村支书》《凤凰琴》《分享艰难》《挑担茶叶上北京》《生命是劳动与仁慈》等一系列"新现实主义"作品给当时的中国文坛带来了巨大的"现实主义冲击波"，而《凤凰琴》更是其中的精品力作。其实这场"新现实主义"文学潮流的本质正在于恢复被各种现代主义或后现代主义思潮所削弱的文学人民性特质，重申中国作家直面中国改革开放背景下的社会现实、重建文学与人民生活的血肉联系的必要性和可行性。回过头看，当时的先锋批评家们过于执拗，他们沉浸在各种西洋化的文学理念圈套中不能自拔，满足于从理论到理论的"主义旅行"，而忽视了文艺之树长青的秘密在于生活之水永不枯竭的真理。作为当年"新现实主义"文学领头羊的刘醒龙，他以巨大的现实主义勇气向整个主流文坛发出挑战，即使遭到各种误解与激烈的批评也从未放弃自己的人民立场与现实主义人文关怀。刘醒龙一直坚持书写黄冈革命老区大别山一带的底层人民生活，他的笔下出现过乡村民办教师、农民革命英雄、乡村基层干部等众多系列人物典型形象，作品在整体上具有鲜明的"人民史诗"艺术品格。这种"人民史诗"继承了上世纪五六十年代"革命英雄史诗"的革命现实主义宏大叙事传统，同时又吸纳了八九十年代以来"新写实主义"的日常生活叙事资源，将宏大叙事与日常叙事相融合，将人民性与人性相融合，从而成为"新时期文学"过渡到"新时代文学"的历史桥梁。站在新时代文学的发展高度来看，当年刘醒龙及其《凤凰琴》的出现绝非偶然，而是作家主动回应人民的呼唤和历史的召唤的必然选择。这也是我们在三十年后重读《凤凰琴》依旧能兴致勃勃的重要原因，因为这部经典作品的背后埋藏着巨大的中国当代文学史奥秘，需要我们不断去破译。

借助《凤凰琴》及《天行者》的艺术成功，我们需要进一步思考中国现实主义文学的源流问题，尤其是探索新时代现实主义文学的发展道路问题。在中国现当代文学史上，现实主义长期占据主潮位置，即使是在那些现代主义或后现代主义风起云涌的特定历史时期里，现实主义依旧是不可或缺的存在。但现实主义确实需要不断与时俱进，需要不断调整自己的艺术发展策略。有人说《凤凰琴》是"问题小说"，但问题小说并非不能产生艺术精品，在五四问题小说创作潮流中，鲁迅和叶绍钧的问题小说就明显高出时人一筹，成为一代现实主义文学经典。而在革命问题小说创作潮流中，赵树理的问题小说力作同样构成了新文学经典。所以《凤凰琴》有社会问题意识不是它的错，而是构成了它成为文学经典的重要前提，因为历史上众多文学经典都具备鲜明的社会问题意识。还有人说《凤凰琴》是"主旋律文学"，但问题在于反映了什么样的主旋律和怎么样反映主旋律。如果是简单地把文学变成时代精神主旋律的传声筒那自然是庸俗投机之作，而《凤凰琴》及《天行者》并非如此。刘醒龙在创作中超越了民办教师行业题材的限制，跃进到了反映人民心声和民间疾苦的永恒主旋律境界，而且这种主旋律境界是通过细节精妙的写实技法和含而不露的反讽技巧达成的，这就让人不能不佩服作家在新现实主义小说叙事形态上所做出的宝贵探索。事实上《凤凰琴》及《天行者》并非天上掉下来的无根之物，而是深深扎根于中国大地和中国传统的现象级文本。许多人在重读《凤凰琴》时将其与鲁迅的《孔乙己》、叶绍钧的《潘先生在难中》、王蒙的《组织部来了个年轻人》、路遥的《人生》等现当代文学经典文本进行比较分析与阐释，就此重构了《凤凰琴》在中国现当代文学历史谱系中不可或缺的地位，这无疑是多少显得有些迟到的文学史褒奖，也是任何文学奖项所不能取代的文学荣耀。这也证明了从鲁迅到刘醒龙的新文学现实主义精神接力的代有新变，它昭示着新时代中国作家必须深切关心人民群众的现实生活与历史命运，在新时代中国特色社会主义现代化建设中创造出无愧于时代、无愧于人民的现实主义精品力作。我们的作家要大胆创作新时代的"问题小说"，要勇敢而深刻地揭示时代主旋律和精神正能量，不要被众说纷纭的话语纷争迷惑了自己的心灵和眼睛，如此方能有力地回答时代之问与人民之问。

　　从文学传播与接受的角度来看，《凤凰琴》及《天行者》的经典化进程正在阔步前行。这也给新时代现实主义创作提供了一个绝佳的文学样板。《凤凰琴》之所以成为经典，是因为它具有独特而内在的经典性或经典特质，因此能被大众读者与专业读者反复阅读与多样阐释，由此构筑了"凤凰琴精神"这个耐人寻味的文学意义世界。这是一个具有无穷魅力的文学地理空间和文学话语空间。它在人民大众的传播中、在专业批评家的阐释中、在电影电视剧编导的改编中不断地拓展自己的意义世界和话语空间，真正实现了於可训先生三十年前的文学预言——"一曲弦歌动四方"。三十年后《凤凰琴》依旧弦歌不绝，以底层人民奉献为核心的"凤凰琴精神"早已传向了祖国的四面八方。如此深入民心的文学经典化力度，在改革开放以来的中国文学发展进程中是不多见的，也是不可多得的文学奇迹。在全媒体和互联网语境中，刘醒龙的《凤凰琴》及其《天行者》作为一个经典文学 IP 实际上已然成形。这是一个闪耀着底层人民德性之光与人性之美的纯文学 IP，它不是那种世俗化和商业化的文化工业 IP，它的出现与存在，彰显了新时代所亟须的文学力量。琴声依旧三十年，不老凤凰意绵绵。《凤凰琴》是说不尽的，刘醒龙也是说不完的，我们期待着宝刀不老的刘醒龙为新时代文学创作出更多具有思想含量和艺术力量的新现实主义力作来！

二、传统的再生

——为贾平凹《带灯》新版作

一直很喜欢贾平凹的小说。其实，贾平凹不仅小说写得好，而且他的散文已卓然成家，甚至他的文人书画也具有很高的美誉度。当然，自从《废都》问世以来，贾平凹就是一个饱含争议的作家，但这并不影响中外文学界对于贾平凹整体文学创作成就的正面评价。虽然贾平凹四十年来的文学创作生涯中确也存在着某些艺术缺憾，但正如俗语云缺憾也是另一种美，它是作家多少年来艺术探索中有时候不得不付出的代价。因此，为这样一位大作家的名作写序，对于我而言并不容易，我既不愿意摆出一副酷评家的面孔，紧紧攫住贾平凹小说的某一弱点加以无限放大，以此突显所谓片面的深刻；我也不愿意说些不痛不痒的废话或者空洞的溢美之词，因为说废话往往是需要资格或身份的，而无端的溢美之词则要冒着被世人鄙弃的风险，这些都非我所能，更非我所愿。既然如此，我愿借为《带灯》作序的机会和读者探讨一下贾平凹研究中时常难以回避的一个问题，这就是，贾平凹在《带灯》的创作中是如何对中国文学传统进行创造性的艺术转化的？我觉得这是《带灯》的价值重心之所在，也是贾平凹文学创作价值之所在！

多年以来，贾平凹从未简单地充当西方文学的传声筒，他显然不满足于做外国文学的中国翻版，而是孜孜不倦地行走在中与西、古与今的文学会通或艺术融合的道路上，而且取得了蜚声中外的文学业绩。尤其是新世纪以来，贾平凹的长篇小说创作出现了艺术井喷的奇观，《带灯》就是其中格外耀亮的一部。这部新世纪中国长篇杰作不仅在精神底蕴上，而且在叙事方式上深深地打下了中国古典文学传统的烙印。毫无疑问，《带灯》也是继承了五四以来中国现代小说的现实主义传统的，这种传统更多地来自西方文学在现代中国的传播与再生，但作为一个中国作家，仅仅拥有西方现代文学精神还是不够的，我们不能在模仿或借鉴西方文学的过程中迷失了自己的民族文学传统，而是要努力探求传统与现代之间的艺术化合。从《带灯》的精神底蕴来看，贾平凹并未简单地秉持纯粹的现代性立场，而是站在反思现代性或现代性反思的立场上来思考当下中国乡村的现代性城镇化进程。比如作家笔下的樱镇，面对着汹涌而来的现代化狂流，其山民不仅承受着因外出打工而患下的隐性疾病的折磨，而且他们申诉无门，甚至新一轮的樱镇大开发已经到来，污染工业开始在樱镇扎根扩散，因经济开发而引起的家族械斗也席卷而来……这样的书写中凝结着贾平凹郁结于胸的无尽乡愁，这是一个农民后裔的知识分子乡村情结，却时常被人目之为文化保守主义冲动。其实贾平凹并非一个固执的现代化反对者，他的创作素来不从主观理念出发，而是严格忠实于自己的日常生活经验和内在生命体验，他既不愿袭用由来已久的启蒙现代性叙事模式，径直地批判乡村现代化进程中农民的愚昧和喑哑，也不愿曲意逢迎主流意识形态的主旋律叙事模式，而是试图超越这两种彼此抵牾的主观叙事模式，尽力站在客观而超脱的立场上悲悯众生、体恤万物，这就是《带灯》的乡村叙事精神底蕴之所在。追根溯源，《带灯》中的悲悯情怀虽然也与西方现代人道主义或基督教精神有关，但更多地仍然来自作家对中国传统文化精神的现代转化，比如儒家的仁爱情怀、道家的齐物论、佛家（禅宗）的众生平等思想，尤其是贾平凹所喜爱的老子名言"天地不仁，以万物为刍狗"，更是深深地影响着他写作中的精神姿态。可见贾平凹是有意识地在创作中融入中国传统文化的悲悯精神来化解百年中国激进的现代性叙事冲动，这直接导致了一种误解，有人说像《带灯》这样的小说缺乏批判精神，显得不够深刻，而究其实，批判就包含在悲悯之中，客观而超脱的悲悯往往凌驾于主观而激烈的批判之上。更何况，《带灯》中并非没有现代批判意识，作者对樱镇社会综合治安管理过程中出现的种种社会乱象的客观写实其实蕴含着强大的批判力量，只不过这种批判不是金刚怒目式的而是意在言外式的而已。尤其是对于元家和薛家两大家族势力在樱镇现代化进程中所扮演的社会角色的文化透视，更是隐含了作者对中国传统宗法制度的社会文化心理遗存的高度警觉！

从叙事方式上看，《带灯》对中国文学传统的创造性转化同样显得渊源有自，颇有来路。首先当然是写实传统的转化。中国明清时期以《金瓶梅》和《红楼梦》为代表的世情小说标志着中国古典写实主义叙事艺术的高度成熟。贾平凹对明清世情小说的传承与创化可谓由来已久，《带灯》的创作虽然有了新的艺术诉求，但对写实传统依旧坚守，这是贾平凹新世纪长篇小说叙事艺术的关键或枢纽。和《秦腔》《古炉》等相仿，《带灯》尽管有意借鉴了西汉时期"史的文章的风格"[1]，许多段落明显在追求简约刚劲的史笔风骨，但不能否认的是，占据文本中心的依旧还是《秦腔》以来的日常生活细节流的写法，这是一种高度精密细致、深刻幽微的写实主义形态，作者力图以此对当代中国乡村日常生活进行全息式的观照，洞幽烛微、刻骨铭心，直抵日常生活和世道人心的纹路与肌理。这种写实技法如显微镜或放大镜，作家以此所呈现的浮世绘或众生相具有极高的分辨率，堪称是一种"微现实主义"或"微写实主义"，它是对新时期中国文坛一度勃兴的"新写实主义"的艺术深化。在《带灯》中，贾平凹对樱镇乡政府种种蝇营狗苟的基层管理生活的忠实记录和描摹，以及他对樱镇街

---

[1] 贾平凹：《带灯》，人民文学出版社2013年版，第361页。

道上各种日常市井人生的不厌其烦的讲述，尤其是对樱镇辖区内众多小山村里凡俗家庭境况的现场直击或微观察，无不把他一直推崇的日常生活细节流的写法推到了极致。虽然小说中也重点写到了上级领导视察、山洪暴发、家族械斗等大的突发事件，但《带灯》并不是一部情节性的小说，它不依靠情节推动故事的发展，而是仰仗细节的流动呈现日常生活的演化。在转化古典写实传统的同时，贾平凹在《带灯》中还坚持吸纳古典史传传统的滋养。二者的艺术关联性在于，作家正是通过精细微妙的日常生活写实来雕刻生动的底层人物群体形象，而为当代中国的小人物群体写史立传，已然成了贾平凹长篇小说创作的一大追求。《带灯》里有三个底层小人物系列：一个是以带灯、竹子、书记、镇长、马副镇长、白仁宝、刘秀珍、侯干事等人为代表的基层乡镇干部系列，一个是以元家兄弟、薛家兄弟、张膏药、陈大夫、黄老八、马连翘等人为代表的乡镇小市民系列，再一个是山区乡村里的上访人物系列，其中又可分为带灯的"老伙计"系列，即以六斤、陈艾娃、刘慧芹、李存存等人为代表的忍辱负重的底层妇女系列，和一直与带灯斗争的"老上访户"系列，如王后生、王随风、朱召财等人。虽然贾平凹在《带灯》中精雕细刻的现实底层小人物群像尚未到达曹雪芹在《红楼梦》里刻画上层贵族人物群像的那种高妙境界，但平心而论，《带灯》里让人眼花缭乱、目不暇接的小人物群像的刻画依旧体现了贾平凹深湛高超的写实功力，这种艺术本领绝非泛泛之辈可以自由掌控。贾平凹对这些小人物的群体形象塑造不仅穷形尽相，而且直抵心性与灵魂，相信读者自有会心公断。

　　谈到《带灯》的艺术新变有一点不能不提，这就是贾平凹着意在小说创作中引入了屈子《离骚》的抒情传统。《带灯》中女主人公带灯写给知识分子官员元天亮的二三十封手机短信尤其引人注目，这些抒情文本被作者有机地穿插在小说叙事文本的主体结构之中，如同庞大的叙事主干上自然生长出来的枝枝叶叶，显得枝繁叶茂，艺术生机益然。不仅如此，这些抒情短信无不写得华美丰赡、流光溢彩，充满了骈词俪句，让人恍然大悟现代白话版的楚辞再世，而且其中充满了山乡自然风光的描绘，足以让元天亮追忆起故乡的花草树木、奇珍异宝，也足以让读者情不自禁地联想起屈子开创的香草美人抒情传统。不同之处在于，屈子笔下的香草美人抒情传统中隐含了中国古代政治文化中的忠君思维，香草意味着臣属，美人代表着君王，香草之于美人隐含了主与仆的权力话语关系，而到了贾平凹的笔下，这种政治权力话语关系被悄然置换成了另一种宗教性的神与人的关系。如带灯短信中所言，"我的心突然觉得我是进了你庙里的尼姑"，"让我在你的庙中静心地修行，边修边行"。这似乎印证了带灯与元天亮之间存在着不平等的宗教性关系，前者是朝圣者，后者是神一般的存在。然而，带灯的短信中又说："你是我在城里的神，我是你在山里的庙。"这似乎又意味着他们之间的位置是可以置换的，他们彼此都是对方的神，或曰互相都是对方的朝圣者，他们之间在精神上其实是平等的对话关系。如果撇开外在的社会地位的差异不谈，他们都是精神脱俗之人，但又都难免在浊世中随波逐流，带灯的屈辱和元天亮的罪恶（利用权力给家乡引进污染工业）并不是他们外在的清高所能掩盖的。只不过在带灯的抒情短信中，元天亮近乎是一个虚化的形象，这个虚化的人物和带灯虚化的抒情一道，以虚击实，直接嵌入小说文本的写实主干结构之中，实现了虚实相生的艺术效果，这种艺术处理方式还是值得赞赏的。值得补充的是，带灯的抒情短信在叙事性别上也是意味深长的。如果说《带灯》的叙事主干是男性叙述中的社会写实文本，那么作为叙事枝叶而存在的抒情短信文本则属于典型的女性私人化叙述范畴。二者之间不是性别对抗的紧张关系，而是性别对话的互渗关系。带灯的女性私人化叙述对小说叙事主干的渗透不仅表现在带灯与竹子之间近乎超性别的"姐妹情谊"上，而且还表现在带灯与樱镇众多山村里的"老伙计"或者"铁伙计"之间的"妇女情谊"上，她们与带灯之间情同手足，甚至同呼吸共命运，这样繁密的女性同性叙事在中国当代乡土文学叙事进程中无疑是独树一帜的，委实值得读者好好玩味。

最后还得说说神话传统。贾平凹号称当代鬼才，其小说深受中国古代志怪小说影响，而志怪小说直接脱胎于上古神话传说，其流风遗响至今不绝。相对于《废都》里那头会思考的奶牛，《秦腔》里能通灵的疯子，《老生》里的老巫师或老唱师，《带灯》里的人物身上的神话或魔幻色彩其实并不强烈，但作者还是在小说结尾抹下了浓墨重彩的神奇灵异一笔。小说的下部名曰"幽灵"，写遭到人生沉重打击的女主人公带灯出了幻觉，她患上了夜游症，和樱镇的疯子为伍；她喜爱的埙也不翼而飞；她身上先是长满了皮虱，终至于落满了萤火虫，此时的带灯如佛，全身散发着神奇耀亮的光晕。这是典型的现代神话叙事，带灯由凡俗的女人变成了超验的女神，而超脱了肉身凡胎的女神不再匍匐于现实的苦难而在精神上高翔远引，只是苦了她的尘世同伴竹子，竹子不得不忍受着上访钉子户王后生的嘲弄，为了讨回带灯的公道而踏上也许永远都不会有结果的上访路。所以《带灯》的底色还是灰色的，带灯的人生充满了理想主义者的悲怆和荒诞，这是所有的神话或魔幻色彩都掩饰不住的。对于小说骨子里的悲凉，相信读者会感同身受。

说了这么多，深恐遭遇"佛头着粪"之讥。好在平凹先生佛心似海，当不会计较我的饶舌。我依稀记得十几年前孤身去西安"大堂"拜访他的情景，那时的他正沉浸于《秦腔》的深度写作之中，而那时的我却并不知晓他正在悄然开启着属于自己的文学时代。权以此序，向"文坛劳模"平凹先生致敬！

三、"作家"的再认识
——从李修文和张执浩获"鲁奖"说开去

刚才作家田天说，本次会议有个重要任务就是考验湖北的评论家，一直考验下来，现在考验到我了。确确实实，几个重要的关键词都被大家点到了，说到了。人性、悲悯、疼痛，甚至连袈裟、高原、野花都点到了。我们这群人看来对词语都比较敏感。这里我想谈一下我对另外一个词语的理解，就是对"作家"这个词语的认识。来参加会议给我一个很大的触动，使我对"作家"这个词有了新的理解。"作家"这个词是个大词，不知道从什么时候开始，一直到现在，一般人都分得很清楚哪些人是诗人，哪些人是诗评家，谁是写小说的，谁是写散文的，谁是剧作家，谁是搞文学评论的，也就是说人们对诗歌、小说、散文、戏剧、评论各种文体分得很清楚，相应的文体研究者也定位得很清晰。这次两位湖北作家的获奖宣告很多文体的界限已经被打破，大家都谈到了"跨文体"这个词，我觉得我们确实对"作家"这个词要有新的定位了，两位获奖作家以及他们的获奖作品已经打破了我们这些年来固化的文体认识。

李修文的《山河袈裟》尽管是一个散文集，但确实里面融入了很多小说的元素。在我眼中，这部作品不新不旧，不中不西，不古不今，确实融入了很多东西，融入了中国传统的古道热肠、古典道义情怀，还有现在的人民性，还有传统文化的儒家话语，还有西方人性自由话语，都融入进去了，作者确实想做一个综合性的作家。从李修文的创作经历来说也是这样的，他写小说、写剧本、写散文、写诗，各种方面都想尝试。我觉得仅仅用一个散文家或者一部散文作品来给李修文或他的这部获奖作品定位是不准确的。现在需要还原的是李修文作为作家的本身。说到张执浩，我在90年代就知道他的作品，知道他是写小说的、写诗的。所以无论张执浩还是李修文，我们都认为他们是作家，他们体现了大作家的潜质，甚至体现出了大作家的能量。我感觉到应该对"作家"这个概念有新的认识，要打破固定身份的划分，不要认为有的人就是搞小说的，有的人就是搞散文的，有的人就是搞诗歌的，其实大家的身份都越来越综合化、模糊化，现在大家也都在提倡要进行跨文体写作和跨文体研究。当今很多作家都不再满足于某一种文体，今天的两位获奖者也都不满足于某一类文体，张执浩甚至把生活都变成了艺术，比如他倡导的"地铁诗歌"。也就是说，只有打破了文体的界限，把他们放在"作家"这一定位上，而不单纯放在散文或诗歌上，才能看到他们获奖的意义。

我还有另一个体会。从创作来说，我们看到了湖北文学传统在传承。就散文来讲，我这一代人，20世纪70年代出生，中学时代读过碧野的《天山景物记》，这是广东籍的湖北有代表性的老作家，他的散文在那个年代很受欢迎，那个年代的湖北散文地位很高。然后是80年代初的启蒙性散文，浙江籍的湖北老作家徐迟很有文坛地位，他的报告文学《哥德巴赫猜想》横空出世，报告文学广义上也属于散文。从碧野到徐迟，再到李修文的《山河袈裟》，我看到了湖北散文文体的一种蜕变、一种裂变、一种新的展示，我觉得中间有很多的美文是可以进语文教材的。从碧野到徐迟再到李修文，湖北散文不断有新的文体突破。当然这种文体的突破不能仅仅理解为形式上的突破，文体的概念不仅包含着形式也包含着内容，在形式里面包含了内在的某种思想、情感灌注的东西。所以我觉得从广义的文体，从思想、内容到外在形式上独特的制作，李修文的《山河袈裟》是有示范意义的。不论是对于湖北文学史，还是对于整个当代文学史都有建构意义。这些年来，小说家的散文、诗人的散文都非常出色。像韩东出过散文集子，写得非常好。小说家、诗人都在写散文，比起纯粹的以散文为职业的职业型散文家的创作，我觉得前者对于散文文体的突破价值更大一些。刚才是放在整个湖北散文史来讲，如果放到全国来看，《山河袈裟》也有其文体价值与意义。小说家的散文，能够走进文学史的，有史铁生的散文、韩少功的散文，还有张承志的散文，我们可以看到李修文对于前辈作家散文的学习借鉴，乃至于重新开创自己的新局。我还看到了李修文对艺术的野心。一个作家是要有野心的，去重复自己、重复别人都是不行的。《山河袈裟》不中不西，融入了作家最近十年的思考，这是一个华丽的转型。从早期小说再到电视剧，再到散文集，我察觉到他身上有一种"不要问我是谁"的味道，因为他永远在千变万化，从中可以看到湖北青年一代作家的可塑性。

　　再说说执浩老师的《高原上的野花》，我平时很少做诗歌评论，但我专门把他的诗推荐到我的朋友圈，居然有人告诉我说看得泪流满面。因为现在的现代诗歌大都是反抒情的，冷抒情，情感的张力是非常含蓄的，只有到了一定年龄才能理解。单看《高原上的野花》这首诗，写到一个披头散发的老父亲的形象，悲凉但不绝望，宽容但也不是没有激荡，这里面确实是有一种很有张力的东西。"高原上的野花"本来就是悖论式的修辞，高原的大与野花的小，并置在一起有悖论效果。当年看他的小说《去动物园里看人》，就是这种悖论式修辞。那一代作家写了很多充满悖论式语言修辞学的诗歌。《山河袈裟》也是这样，山河很现实，袈裟很超越，一个面对俗世，一个面对净土，叠加在一起也有悖论效果。

　　这两个作家的语言修辞性都非常强，我看到了湖北由文学大省向文学强省迈进的希望。湖北原来都是以小说家为主，我们是小说大省，现在是散文和诗歌齐上路，成了名副其实的文学大省。其实湖北以前一些获得鲁迅文学奖的作家也大都是多面手，他们既写小说，也出散文集，也出诗集，而且诗歌和散文写得也非常好，那都是在全国能排得上号的作家，他们都不仅仅满足于做某一个文体的占有者，而是想做一个全面的作家，全面地占有他作为一个作家的本身，就像马克思说的全面地占有人自身的本质一样，做一个丰富的人、丰富的作家，而不做单面人或单向度的作家。我们要做立体的大作家，我期待着湖北文学有这样的前景。

四、回到中国小说的"传奇"种子
——读於可训近期小说系列

於可训先生近年来醉心于小说创作，长篇短制，多管齐下，斐然成章。先生自谓此举乃"衰年变法"，其中有深意存焉。所谓变法云者，其实乃古人以复古为革新的成例，不过是想回到中国古代文学传统中去寻找种种有价值的资源，因旧开新、以新化旧，其旨归在于新旧文学的艺术融合。众所周知，中国古代文学向来以诗文为正宗，小说作为俗文学的文学史地位长期得不到承认，甚至小说的概念长期以来也莫衷一是，处于学术的灰色地带。直到近人梁启超论小说与群治的关系，依旧把小说与戏曲混搭在一起。其实混搭也有混搭的好处，文体界限过于分明也会带来文体固化的流弊。所以与其写那种过于像小说的小说，或者说一看就是小说的小说，还不如写点不像小说的小说，或者说看上去不像小说而实际上想想又是小说的小说。这种小说摒弃了过于欧化、过于洋派的做法，径直返回中国古代小说的"原小说"传统。说"原小说"是相对于西方近现代小说的定义和定型而言，其实中国古代小说也有自己的定义和定型，其中最有名的小说概念和体制就是唐人的"传奇"。按照宋人赵彦卫《云麓漫钞》中的说法，唐传奇"文备众体，可以见史才、诗笔、议论"[①]，这就高度概括地肯定了"传奇"作为中国小说的文体形态与文学地位。此后明人胡应麟《少室山房笔丛》则断言"至唐人乃作意好奇，假小说以寄笔端"，而鲁迅在《中国小说史略》中则就此发挥说"小说亦如诗，至唐代而一变"，"尤显者乃在是时则始有意为小说"[②]。可见"传奇"是中国小说文体形成的标志，它不仅吸纳了唐之前的各种文体资源，而且唐之后的中国小说

① 赵彦卫：《云麓漫钞》，傅根清点校，中华书局1996年版，第135页。
② 鲁迅：《中国小说史略》，见《鲁迅全集》第九卷，人民文学出版社1981年版，第70页。

文体无论如何变化，总归是能到唐人传奇中去寻找到文体的种子。而於先生以《乡村教师列传》和《乡人传》为代表的小说系列，从中国小说文体演变的角度看，其中正隐藏着中国小说"传奇"文体的种子，这大约就是先生"衰年变法"的艺术秘密。

中国传奇虽然号称文备众体，但实际上还是以史传为宗，故而宋人说传奇中可以见史笔。中国人素来有写史传统，除了官修的正史外，还有大量的民间书写的野史笔记，这野史笔记中就有许许多多的小说家者言。所以中国传奇以史传为宗的本义，就在于书写野史杂传。从汉代太史公司马迁的正史正传《史记》，到清代异史氏蒲松龄的野史杂传《聊斋志异》，中国小说的传奇文体演变可谓渊源有自，不绝如缕。于是我们发现为民间野生人物树碑立传，打造不同于正史正传的野史杂传，成了中国小说家的永恒艺术冲动。於可训先生近期的小说创作大抵正致力于此。不仅他的《乡村教师列传》和《乡人传》系列是如此，他的中篇小说《特务吴雄》《才女夏娲》也是如此，而《幻乡笔记》同样可作如是观。《乡村教师列传》包括十个短篇，作者在这个系列中并没有陶醉于各种离奇曲折故事情节的编织，而是以鲜活的野史雕刻传主的灵魂，让新中国成立以来最早的两代乡村教师的民间形象在朴素的叙述和简洁的白描中得以凸显，由此一个个有血有肉的乡村知识分子人格展现在读者面前。这里有吴先生的隐忍人格，她在新旧时代变迁中完成了从私塾先生到民办教师的转型，尽管新生活依旧曲折难平，但她始终坚守有底线的人生哲学，育人有方；这里有张先生的刚直人格，他以军人身份成功转型为民办教师，并以其独特的教学方式深受学生爱戴，即使遭遇不公正待遇，但其依旧拖着残躯守护校舍，直至献出生命；这里还有熊先生的狷介人格，在常人眼中其性情古板平直，不善变通，被人讥为书腐，但在特定的浮夸时代里，正是他那种执拗的、不肯与时人同流合污的言行举止，折射出乡村教师的独立人格力量。此外还有说聋声话的胡先生，他坚持不懈地推广着自己独特的"普通话"，他的人格朴实而峭拔，令人钦敬；还有痴情至死的白先生，她高洁而浪漫的人格如屈子诗中的香草美人不朽；还有得了饿痨病的梅先生，他在饥饿年月里展现出的真性情和真人格，虽卑微却率直，足以令伪士自惭形秽；至于那位写了一辈子诗体文学史的徐先生，最终将心血之作在亡妻坟前坦然焚祭，其人格之淡泊高蹈，颇有魏晋风度。而小一辈的乡村教师们，诸如摆不脱宿命与颓唐的小吴先生，辗转尘埃而不改初心的小徐先生，子承父业的小张先生，其命运无不令人感慨唏嘘，其人格无不令人仰之弥高，足以泽被后世。

《乡人传》由九个短篇构成，与《乡村教师列传》的十个短篇相映成趣。从乡村教师这个特定的民间知识分子群体转向更广泛的乡村异人系列，显示了作者深厚的生活积淀与广阔的文学视野。这个系列的小说让读者不禁想起新时期流行的"寻根小说"，诸如"异乡异闻系列""葛川江系列""商州系列"之类，作者早年也曾大力倡导所谓"新轶事小说""新笔记小说"，可见广义上的"寻根小说"依旧有着强大的艺术生命力。区别在于，於先生的这些小说系列写实性和历史感更强，更接地气，不像当年的"寻根小说"那样刻意去淡化小说的社会政治历史文化语境，人为制造所谓的荒蛮野趣，让读者超拔于现实时世之外。《乡人传》照例以野史杂传为宗，但不像《乡村教师列传》那般着力凸显乡村底层人格的正义与崇高，而是更多地展示了乡村底层人格的斑斓与驳杂，由此平添了更多的民间趣味。这里有在旧社会里当过扒手的细爹（《看相细爹传》），当过神婆的二奶（《阴婆二奶传》），当过拳师的夏叔（《教师夏叔传》），当过黑社会头领的齐大爷（《汉流大爷传》），当过雕花木匠的"我外公"（《博士外公传》），他们在新社会里的遭遇不一，虽然也有像齐大爷那样因对革命有功而活得有滋有味的，但大都命运起落浮沉，作为新社会里的边缘人或另类人物而苟活，因此留下了不少辛酸而诙谐的往事。比如在乡民眼中会看相的细爹，其真实身份是旧社会的一个扒手，但细爹的扒手前史被作者写得谐趣横生，远非正统道德评判可比。再如阴婆二奶，其实是民间能通阴阳两界的神婆，她的旧职业在新社会里遭遇到不可避免的尴尬。而夏叔虽然治过解放军司令员的伤病，但他毕竟是戴罪之身，一直处于说不清道不明的灰色生存地带。还有细木匠外公，他在旧社会里为二外婆精心打造的婚床，后来在政治运动中成了母猪喂奶的猪窝。即使是新中国成立后风光无限常坐主席台的齐大爷，到晚年也逃不了被新环境遗弃的命运。至于写乡下疯女人爱情故事的《歌子三嫂传》，借乡村饭铺女主人写民间世情的《饭铺冯奶传》，写被革命胜利者遗弃的乡村女性婚姻悲剧的《伤心三姨传》，还有写被时代所遗忘的革命老人的《凉亭吴奶传》，无不立足于民间立场讲述乡野故事，塑造出了个性鲜明、性格鲜活、人格迥异的艺术形象。

如前所说，虽然中国传奇以史传为宗，但少不了抒情与议论。这正如中国古代文章在史传散文之外还有诸子式说理散文与辞赋体抒情散文。於先生的传奇体小说系列中，同样也在史传叙事中渗透着说理与抒情的因子。就说理而言，主要表现在《乡村教师列传》每一篇的末尾都有一段"临街楼主曰"，这无疑借鉴了"太史公曰""异史氏曰"的笔法，但其中的议论文字绝非陈词套语，而是饱含着作者深刻的当代生命体验，有着强烈的时间交错感和浓烈的命运意识。至于抒情因素，大多不像议论文字那般直接呈现，而是通过诗意化的白描含不尽之情见于言外，或将绵绵深情寄寓在人物命运的娓娓叙述之中，让读者掩卷沉思。如《吴先生列传》中描写女主人公寒夜课读的场景，温馨而动人。《白先生列传》中描写女主人公的美丽、活泼与死亡，残酷中沁透着诗意。《看相细爹传》结尾写幽暗的猪屋里划出一道白光，神秘而精警。《博士外公传》开头写漂亮的外公喝蛋汤的记忆，余韵悠长、笼罩全篇。凡此种种，无不提升了中国传奇小说的格调与神韵。

五、打造中国风味的"原小说"
——评徐则臣的小说《虞公山》

作为当下中国文坛"70后"作家群体中的艺术翘楚，徐则臣的文学史地位俨然已经显露出来。撇开包括网络文学在内的俗文学谱系不谈，在新世纪的中国纯文学谱系中，"70后"作家的宿命仿佛就是为了延续百年来的中国纯文学命脉。在很长一段时间里，中国的文坛观察家们普遍感受到了一种无以为继的悲观。这就是靠谁来延续"50后""60后"作家群体的纯文学命脉问题。直到徐则臣的出现，准确地说，是直到《耶路撒冷》《王城如海》《北上》三部长篇小说力作的连续出现，一种仿佛终于找到了中国纯文学转世灵童的喜悦，开始在文学界和批评界中荡漾开来。诚然，是徐则臣首先让我们看到了"70后"一代作家正式走向了思想与艺术的成熟。这得归因于他一直在清醒地肩负起文坛前辈们暗中传递的文学使命。大约从20世纪90年代后期开始，中国作家们就已经群体性地告别浮躁的旗号翻新时代，逐步寻找属于中国文学自己的叙事语法。一味地模仿西洋文学套路的做法已然遭到清算，而如何在学习西洋小说技法的同时大力挖掘中国本土文学资源，则成了新世纪中国文学的发展新趋势。毫无疑问，徐则臣就置身于这种新世纪中国文学主潮中，他不仅寻找到了自己的叙事语法，而且成功地构筑了自己的文学领地，甚至还显示出了不一般的艺术格局。

多年来，通过古老的大运河纽带，徐则臣把江南故土与北京西郊黏合成了一个有机的艺术整体，他一直在精心地打造着属于自己的文学王国。其短篇小说《虞公山》讲述的同样是大运河畔的人和事。大运河就是徐则臣的文学原乡，正如高密东北乡之于莫言、商州之于贾平凹一样。作为与生俱来的文学血脉，徐则臣对文学地理学意义上的大运河叙事充满了深情。故乡的记忆积淀在了他的心灵深处。只要写到故乡大运河畔的人和事，徐则臣的笔触就会情不自禁地灵动起来。但凡经营文学原乡的中国作家，无不受到中国古老的地方志写作传统的影响。贾平凹和莫言是如此，徐则臣的江苏先贤汪曾祺老人同样是如此，当然徐则臣自己也不例外。事实上，我们在徐则臣的《虞公山》中依稀可以窥见汪老晚年新笔记小说的艺术影子。但汪老笔下的高邮大淖是淡泊超然的，他将沉痛寄托在淡泊超然中，而徐则臣笔下的运河山丘是奇幻诡异的，但在奇幻诡异中同样寄寓了生命的沉痛。从《虞公山》中我们不难发现，徐则臣的小说尽管也会在有限的篇幅内辗转腾挪，制造多维时空错综叠加的先锋叙事效果，但总体而言，他走的还是回归中国风味的小说民族化叙事路径。在这里，我把这种小说民族化叙事形态称之为"原小说"①。这个概念借自米兰·昆德拉，他在随笔集《相遇》里提出了这个很有意思的概念，可惜无人问津、应者寥寥。在昆德拉看来，西方小说史存在"上半时""下半时"和"第三时"之区别。

---

① 米兰·昆德拉：《原小说，为卡洛斯·富恩斯特生日而写的公开信》，见《相遇》，尉迟秀译，上海译文出版社2012年版，第72页。

所谓上半时小说，以塞万提斯的《堂吉诃德》、拉伯雷的《巨人传》为代表，可谓杂体小说，而下半时小说以巴尔扎克的《人间喜剧》、普鲁斯特的《追忆似水年华》为代表，可谓正体小说，至于第三时小说则以卡夫卡的《城堡》、马尔克斯的《百年孤独》为代表，它们是对下半时正体小说的艺术反动，但同时又是对上半时杂体小说的艺术回归。昆德拉把第三时小说称为"原小说"，其意在于创造性地复活古老的小说叙事原型结构。而具体到中国小说史演进中，所谓原小说则意味着超越百年来中国现当代小说思潮中过度西洋化的正体小说模式，由此创造性地复活中国古典小说叙事原型结构。在我看来，徐则臣的小说创作无疑具有这种当代中国原小说特质，其新作《虞公山》实乃精彩之一例。

　　"要从一个鬼魂说起。"这是《虞公山》的开头。这个开头就很有中国小说传统的味道。在当今中国小说家中，贾平凹明确宣称小说是说话的艺术，以此明示自己承接民族小说叙事传统的理想。我想徐则臣也是一个对于民族小说的说话艺术别有会心的作家。在《虞公山》这个短篇中，他创造性地转化和改造着我们民族的话本小说传统。小说中的"我"就是第一责任说话人。"我"是一个基层派出所所长，"我"接手了一桩奇特的盗墓案件，由于"我"的特殊侦探者身份，"我"就不可能是一个常见的纯粹的限知视角的说话人。一方面，作为第一人称说话人，当"我"处于故事进行时态中时，"我"是被限知的，"我"和所有置身于故事进行时的人物一样，仅仅只是众多人物中的一个，并没有特殊知情权，所以小说中的"我"有时也处于困惑与迷惘中；但另一方面，"我"毕竟是一个特殊的办案人员，随着故事情节的推移，大量信息在"我"这里汇聚，这个时候的"我"在小说中就悄悄地变成了一个近乎全知的上帝型的说话人，而且在某些时刻干脆被置换成了"我们"进行全知讲述。由此可见，徐则臣在这篇小说中有意识地改造了传统说话人的姿态，让其一身二任，既赋予其一定范围内的传统说话人的全知叙事权力，又在很大程度上剥夺了这种特殊话语权，使其安于作为一个普通人物形象而存在，这无疑强化了这篇小说的说话张力。不仅如此，作者还进一步给第一人称说话人"我"或"我们"进行话语设限，同时让小说中其他人物发出各种各样的声音，如同众声喧哗一般制造话语的交响。比如强化小说中的自由间接引语的描述性，避免常见的自由间接引语所容易导致的概述性。小说开篇转述三个目击者所见到的卢万里的鬼魂，三个人的描述尽管并非直接对话场景，但依旧栩栩如生。其原因即在于作者的自由间接引语充满了画面感，不是概念化的同一性表述，而是形象化的差异性描述。这就为话中话带来了意想不到的话语层次感和修辞性。再比如有意识地将自由间接引语与直接对话场景相互交错穿插，避免陷入单一的自由间接引语的说话陷阱之中。小说中多次穿插直接对话场景，让卢万里的儿子和邻居直接发声，让吴斌的老婆、儿子和雇主直接发声，这不仅强化了话语的画面感和直接性，而且自如地调节了小说的话语节奏和叙事进程。但这篇小说的精妙之处还不在于此，而在于作者有意识地让三个重要人物形象——卢万里、虞凤常、吴斌——集体失语或禁言。倘若只是让其中某一个重要人物不发声，那这篇小说的话语艺术将要大打折扣，而作者恰恰选择让他们集体沉默，其中必然就暗含着话语玄机。庄子说"天地有大美而不言"，在我看来，徐则臣这篇小说的大美——说话的艺术，正在于三个主要人物的集体不言，尤其是吴斌的不言，给这篇小说注入了无限的苍凉。正所谓沉默者充实，聒噪者空虚，人事如此，叙事亦然。

实际上，除了话本小说的艺术踪迹之外，我们还能从《虞公山》中发现诸多中国本土文学文体资源的移植与重造。其一是搜神志怪体。小说开篇即从卢万里的鬼魂说起，把鬼故事讲得绘声绘色。为了增强鬼故事的真实性，在第一说话人"我"的转述中由三个匿名者轮番讲述鬼魂出现的真实场景。死去几年的卢万里居然回到家在院子里烤火，他们看到他的身体在火焰和冒着水汽的湿衣服后面瑟瑟发抖，瘦骨嶙峋，比活着的时候更瘦了。鬼魂出现的场景显得如此真切，简直令人无法怀疑。在众口一词的他者讲述中，卢万里的儿子又站出来直接讲述。他通过一个鬼梦来证实三个街坊讲述的真实性。他梦见父亲果然在烤湿衣服，而且衣服湿漉漉地正往下滴水。这表明卢万里的衣服烤干之后又湿透了。然而，如此煞有介事的神鬼叙事很快遭到了戏谑和消解。卢万里的悲惨遭遇虽然得到了遗孀的满腹同情，却遭到了儿媳漫不经心的嘲笑。在神话与笑话之间，徐则臣诡秘地将界限消灭于无痕。其二是盗墓公案体。由卢万里的鬼魂受到侵扰引发了其子冒雨上坟，由上坟接着又引发了卢万里之墓被盗的假象，紧接着的报案才引发了虞公墓被盗未遂的真相。于是一场煞有介事的盗墓公案正式开启了立案侦查行动。作为基层派出所所长，"我"随即向上级有关部门和领导汇报，要求同僚做好一切现场保护，不能有半点闪失。省文化厅直接派来了考古队，他们与县史志办及有关历史学家反复交流研判，一致确认虞公山传说非虚。县公安局则牵头做好安保工作，要求镇派出所全力配合，一切仿佛严阵以待。经过拉网式的人口排查之后，作案人终于浮出水面。原来他们并非什么江湖大盗，而是两个乳臭未干的中学生。经过十分正规的剥茧抽丝式的推断、问询和侦破程序，事情的真相水落石出。但两个孩子根本不认为自己是在犯罪，其中的主犯吴极宣称自己不过是要寻找古墓，而寻找古墓是为了寻找地下家谱，寻找地下家谱的真正目的在于证明父亲所言"吴自虞来"非虚，由此最终证实他的父亲吴斌并不是一个满嘴胡话的骗子。这样子的侦破结果不禁让人啼笑皆非也唏嘘不已。盗墓是违法的，但孩子确实是可爱的。况且正是由于两个孩子的违规盗墓，才最终证实了数百年来成人世界的虞公山传说其实并非传说，而是实有其人其事的历史真实。由此我们再一次看到，如同借鉴神鬼叙事而最终解构了神鬼叙事成规一样，徐则臣又借鉴盗墓公案叙事而解构了盗墓公案叙事成规。借鉴中国古代文学文体资源但又不为其所拘囿、所羁绊，而是秉持推陈出新、反本开新的使命，这就是时下国人所谓传统的现代性转换或创造性转化的真义之所在。

如果说搜神志怪体和盗墓公案体仅仅是《虞公山》这篇小说的外在叙事框架，那么世情人情体才是《虞公山》的叙事内核和精髓。漫长的中国古典小说叙事传统在历史演进过程中其实隐含着一个整体趋势，这就是由神秘高大的神人世界（包括英雄在内）向日常卑微的凡人世界逐步演化。以唐传奇为叙事演进的历史转捩点，中国小说终于在宋明话本小说与明清世情人情小说中初步实现了这种具有现代性的艺术转换。但这种现代性转换无疑是不彻底的，于是才有了五四时期"平民文学"这样的新文学标志性旗号，彻底地将文学的中心由神人世界扭转到凡人世界中来。所以我们在鲁迅、沈从文和汪曾祺的小说中不难窥见中国古典世情人情小说文体资源的化用，但这种化用因为有了现代人性和人道主义哲学的观照而显得熠熠生辉，不是假古董而是新生面。具体到《虞公山》这篇小说，徐则臣化用搜神志怪、盗墓公案这类传统叙事资源不过是博人眼球的艺术噱头，其真正的艺术意图在于书写现代生命个体的孤独体验与人生困境。也就是说，神鬼和盗贼是虚，世情和人性是实。而在大运河畔的鹤顶镇上，古往今来，世情流转不定，人情与人性中则有着某些永远不会变易的隐秘。值得注意的是，《虞公山》里写到了三个与这座江南荒丘有关的人物——卢万里、虞凤常和吴斌，他们中究竟谁是这篇小说的主人公，这已然成为一个艺术问题。换句话说，究竟谁是真正的"虞公"？其实就作者而言，恐怕是醉翁之意不在酒，故意王顾左右而言他罢了。小说中最先出场的是死去不久的卢万里，但很快读者就明白了，卢万里的鬼魂故事不过是一个话本小说的正话之前的入话而已。这是中国传统说话人惯用的叙事迂回套路。但无论如何，卢万里还是在读者心目中留下了深刻印象。卢万里的左邻右舍对其有着高度评价，有老者说："我就一个标准：凡是万里说有问题的，那人肯定有问题；凡是说万里有问题的，一定是那人有问题。"一个民间老好人形象就此楔入了读者心田。紧接着出场的是死去了数百年的虞凤常，作为清康熙年间的江南宠臣，他的人生已经在当地辗转流传成了多种神话故事。尽管小说中花费了不少笔墨来渲染和考证这位虞少卿的历史，但事实上这位真正的虞公其实依旧并非《虞公山》的主人公。

真实的虞公不是《虞公山》的主人公，那么真正的主人公是谁？答案是吴斌，是那个一直没有在小说中正面出场的中年男人，是那个即将死去的江南流浪汉，他的人生一直存在于他者的讲述中，真实而又虚无。其实，从卢万里的"卢"姓到吴斌的"吴"姓，其中都隐含着虞凤常的"虞"姓影子。更有可能的是，"卢"姓取乎上，"吴"姓得乎下，他们都是"虞"姓的异地传人。只不过卢姓人得了正宗嫡传，活得正派伟岸，而吴姓人遗传了老祖宗的流浪根性，始终活在心灵的动荡不安中。这才有了吴斌的一年到头不归家、跟死了没啥两样的传奇人生。作为运河街上的跑船汉，吴斌嗜酒，喜欢讲故事，是一个孤独的异端者和边缘人。老婆说他鬼话连篇，船老大则称其满腹才华。儿子吴极则继承了他的浪荡禀赋，对人称不靠谱的骗子父亲的话坚信不疑。只有儿子理解这个一生喜欢在水上跑的父亲，因为父亲生前曾告诉他，自己两条腿不一般长，在陆地上走不稳，上岸就要摔跤。这就为小说结局的那一幕埋下了意味深长的伏笔：在父亲即将火化的那一刻，儿子把父亲的两条腿直直地并在一起，紧紧地握住父亲的两个脚踝。这是一个外人无法领会的神秘仪式和代际隐喻。就此，《虞公山》的主人公在这个仪式和隐喻中实现了永远的形象定格。

六、在新时代我们要"回收"什么
——评废斯人的《回收村庄》

这几年不时听到湖北文友们谈起"废斯人"，说他是湖北文坛不可忽视的后起之秀，甚至还有人说他是可以为鄂东文学续命的"90后"。鄂东文脉的源远流长是举世皆知的事实，时下刘醒龙依旧宝刀不老，还在埋头苦著他的长篇小说三部曲，而於可训在古稀之年转行写小说，不断迎来喝彩声，但他们都是文坛长者，而鄂东的新一代文学之星又在哪里呢？好在"废斯人"出现了，他的小说让鄂东文学有了新的可能性。敢于用"废斯人"做笔名，其文学野心应该不会小。鄂东现代文学名家中"废名"就出奇地有名，他深知作家应该以作品来说话，所以作者姓甚名谁原本是无足轻重的。当然这样说显然需要勇气，需要对自己的作品抱有十足的信心才行。"废斯人"想必正是有了这种勇气，才敢把作者的名字隐去，把作品推到前台，供世人品评。

他的最新中篇小说《回收村庄》可谓出手不凡。就题材和主题而言，不仅涉及乡村振兴、生态保护、校园暴力等宏大的社会焦点问题，而且将人性批判、文化寻根、回归自然等经典文学命题熔冶于一炉，在虚实相间的艺术架构中带给了读者不一样的思想和艺术感受。对于一个小说家而言，倘若对生活没有自己独特的发现和体验，是大可不必以写作来营生的。废斯人显然深谙此理。虽然他在这篇作品中要表达的东西不少，但他绝没有搞艺术拼盘大杂烩的意思，而是匠心独运地找到了一个破解复杂世相人心的艺术切口，这就是我们时代的"回收"问题。显然，"回收村庄"是一个陌生化的文学题材，但它确实又存在于当前中国乡村社会现实生活中，能够敏锐地捕捉到社会生活中的这个新因素并不容易，而要在此基础上开掘出新的意义来，就更是难上加难。但废斯人在这篇小说中做到了。

他借助讲述"回收村庄"的中国故事，引导读者去思考一系列有关"回收"的精神问题，由此将小说的精神空间向我们广袤的新时代敞开。诚然，这篇小说的叙事表层是一个关于如何"回收"鄂东山区的某个废弃村庄的故事。主人公刑满释放人员秦叔有家难归，无奈之下跟着工头来到深山中参与废弃村庄的回收工作。在拆老房子、运废弃物的新乡村建设过程中，秦叔的精神境界得到了极大的跃升，他不再纠结于过去的恩怨情仇和家庭纠葛，而是寻找到了新的人生起点或生命归宿。所以，"回收"并非止于村庄，而是涉及更为广阔的人生问题、社会问题和文化问题，乃至于艺术问题。

正如回收站不是垃圾箱，"回收"意味着再利用或再生产，带有某种失而复得或旧物改造的意味。在废斯人这篇小说中，透过"回收"村庄的叙事表层，我们分明可以窥见作者有关新时代需要"回收"什么的一系列深层思考。这首先就表现为人性的回收问题。好人秦叔为何入狱，出狱后又为何有家难归，只能跟着工头到深山老林中回收村庄，这背后隐含着一个社会焦点问题，即校园暴力问题。曾几何时，中学校园暴力时有发生，就如同这篇小说中写到的那样，几个不法少年对自己的同学围追堵截，欺凌霸蛮之举令人发指。而卖报的老伯对此见怪不怪、麻木不仁，于是正义感爆棚的秦叔果断出手，将几个混球打得落花流水、逃之夭夭。秦叔因此登上了报纸，成了所谓"平民英雄"。但他万万没想到的是，那几个不法分子居然报复到他的独生女儿身上，让他的女儿承受了种种非人的无妄之灾，而就在女儿遭难之时，他却在成年人世界中酒醉得不省人事，为此秦叔陷入了深深的自责之中，他无法面对妻子的冷眼和女儿的无助。更有甚者，当他的女儿从身心创伤中好不容易慢慢走出来，重返校园后，那几个穷凶极恶的少年继续对她施加精神暴力，在众目睽睽之下展示她被欺辱的图片。秦叔的女儿终于精神崩溃，她在绝望中选择轻生，但被老师们及时发现并挽救。此时的秦叔已经忍无可忍，他独自走上了暴力复仇之路，为此触犯了法律，身陷囹圄。这就是主人公秦叔入狱的原因，他之所以从一名英雄变成罪犯，只因他一个人的人性之善还无法强大到抵抗巨大的人性之恶，那种人性之恶在物欲横流的消费社会中纵情释放，给社会和民众带来了极大的伤害。不仅成年人如此，未成年人中同样如此，这就成了我们时代不得不正视的社会问题和人性问题。一个时代的文学当然需要关心时代的人性问题，但关心人性问题并不意味着要大肆渲染人性之恶与社会暴力，而是要从中唤起人性之善和德性之光。于是我们看到，废斯人在这篇小说中花了许多篇幅去描写秦叔在回收村庄过程中的心灵救赎之举。秦叔在繁重的山村拆建劳动中喜欢上了养鸡，他将工头用来当作食物的两只母鸡悉心养护，如同照顾自己的妻女一样无微不至。此时的秦叔佛心似海，齐万物、爱众生，他在回收村庄的过程中不知不觉地回收了人性，回收了曾经失落的人性之善。秦叔还在种树中提升了生命境界，将自己的所有人性负面因素一点一滴地埋到树下，他要将自己变成一棵树，深深地植根于大地之中，像大地一样辽阔宽广、厚德载物，彰显这个世界上人性的力量。

与回收人性紧密相连的是回收自然。在新乡村建设中，将我们曾经大肆开掘的自然还给自然，重造祖国的绿水青山是摆在国人面前的一道难题。但这道难题必须破解，否则无法保证中国式现代化的持续发展。在废斯人的笔下，回收村庄成了作者聚焦并透视当下中国生态环境保护的一个艺术窗口。回收村庄不仅仅是拆房子的问题，重点是拆完之后如何处理钢筋砖瓦之类的房屋垃圾。秦叔他们在工头的带领下要将深山里的废弃村庄房屋拆除得不能留有任何人为的痕迹，还要在此基础上植树造林，最终还给大自然一片森林。这就不仅仅是一个建筑工程了，而是一个乡村社会建设综合治理工程，其中蕴含的生态意识呼之欲出，强烈而深沉。于是我们看到小说里秦叔他们不辞辛劳地奋战在深山老林里拆除破旧的老房屋，还要将所有的人类垃圾清理并搬运至山下，他们在繁重的体力劳动中保持着大山深林一样的沉默，与神秘的大自然同频共振，这让秦叔蓦然领悟到了天人合一的境界。秦叔情不自禁地对两只母鸡充满了怜爱之心，他甚至想将自己变成一棵树，就像自己女儿画的画上的那棵树一样。女儿曾经幻想着住到自己画里的树上的鸟窝中，有一天秦叔终于实现了女儿的愿望，这也是他内心的原始渴望，带有某种集体无意识冲动。在监狱里的秦叔曾经彻夜难眠，在社会上的秦叔也曾心绪不宁，但在回收村庄的过程中，秦叔无意中达成了宁静致远的心灵境界。他意识到自己不仅仅是在回收村庄，而是在一点一滴地回收自然，回收我们曾经失落的大自然的一草一木和山山水水。于是秦叔的睡眠质量得到了极大提高，他喜欢睡在深山里的大树上，就像大自然中的鸟儿归巢，从不破坏大自然的宁静和美丽。受到肖大爷的影响，秦叔还喜欢模仿深山野兽的嗷叫乃至像野兽一样行动，他像肖大爷一样期待着回收村庄后的深山老林里能够迎来野兽的回归。这种念想如此执着，乃至于施工队完成回收任务集体离开时，秦叔依旧不想离开，他在深山老林里的大树上建了一座小木屋，作为自己未来的栖身之所。这种疯狂之举极大地凸显了秦叔在回收自然后想要回归自然的"野心"。

其实何止是回收自然与回归自然，对于秦叔而言，在回收村庄的过程中他还意识到了回收传统与回归传统的重要性。在长期的革故鼎新过程中，我们在沿着现代化建设高速公路狂奔的同时，已经将中华优秀传统文化远远地抛掷于身后。但失去了中华文化精神的现代化绝非中国式现代化，恰恰相反，中国式现代化热切地呼唤着中华优秀传统文化的回归与再造。于是我们看到废斯人在小说中讲述了肖大爷的故事，由此引发出秦叔向肖大爷致以精神认同和文化认同的故事。白发苍苍的肖大爷习惯于在深山老林里学游神兽嗷叫奔跑，据说游神是楚国上古野兽，它怒目獠牙、凶猛异常，像狼不是狼，像虎不是虎，其嗷叫能震天动地，令万兽归服。老人的岳父曾经保存载有游神兽的家谱，老人就是从岳父那里继承了游神腔，那是在楚地民间广泛流行的野山腔中最难唱的一种，老人一生都在寻找游神腔的未来传人。他曾经看上了年轻时候的工头，但后来工头放弃学唱，选择了打工挣钱当包工头的人生。如今他又看上了秦叔，他认为秦叔天赋异禀，是游神腔最完美的继承人。秦叔也果真不负厚望，他敲着古老的碟筷为老人伴奏，两人珠联璧合，将濒临失传的楚国野山腔演奏得淋漓尽致。这是小说中写得最让读者震惊的文字，正所谓"礼失而求诸野"，中华优秀传统文化的失而复得足以惊天地泣鬼神。终于，秦叔在老人死后毅然决然地投身于古游神文化的寻觅与认同中，他学着游神兽的嗷叫，唱着野山腔，在山路上奔跑，在树林里攀爬跳跃，彻底激活了体内的原始文化基因。这是人类在现代化进程中对大自然的回归，但又何尝不是对民族优秀传统文化的回收与回归呢？

说到最后，我们不能不提到回收或回归现实主义的话题。中国当代文学曾经长期痴迷于现代主义或后现代主义，而将传统的现实主义弃置于不顾。但在经历过简单化的学步之旅后，当代中国作家蓦然回首中又意识到了传统现实主义文学的魅力。但正如所谓"无边的现实主义"或"开放的现实主义",我们在今天"回收"现实主义绝不意味着要完全返回传统的现实主义窠臼,而是要对现实主义传统进行再利用和再生产,在重构现实主义传统的过程中再造出一种新的现实主义形态。在《回收村庄》中,我们不难看出作者对传统现实主义叙事进行改造和重构的艺术企图。一方面,这篇小说有故事、有场景、有细节,具备传统现实主义小说的种种叙事要素;另一方面,作者又将象征、魔幻、超验、变形、意识流、心理分析等种种现代派技法融入其中,让作品由实抵虚,虚实融合,真正做到了让现实主义既开放艺术边界又保持了现实主义的本位。所以小说的最后写得尤其意味深长,当秦叔意识到自己拒绝下山的行为实际上是将自己囚禁在深山老林中时,这显然已经超越了传统现实主义文学主题藩篱。但一个人愿意在原始深山老林中囚禁自己、自我赎罪,用无尽的忧伤怀念自己的妻女,如果离开了传统的现实主义叙事底蕴,其背后的精神逻辑则又是不可想象的。这就是废斯人讲述的一个既有现实经验又有精神超验的中国故事,它能引领我们的心灵飞升到新的境界。

后 记

怀中国文学复兴之志

——李遇春访谈 / 周明全

"我文学研究的'根'一直都在珞珈山"

周明全（以下简称周）： 我翻看张燕玲和张萍主编的《我的批评观》和《批评家印象记》两本书，发现从 1998 年开始迄今，几乎所有有影响力的批评家，都被《南方文坛》"今日批评家"关注过，或者说，很多青年批评家是从"今日批评家"栏目走上批评界的。在年轻一代批评家中，你也是被关注最早的一位，2010 年第 3 期"今日批评家"推介了兄。批评家的成长需要自身的努力学习和各种外力的助推，我想请教的是"今日批评家"栏目的推介对你的成长有哪些帮助？

李遇春（以下简称李）： 任何文学批评家的成长都离不开文学报刊的助推。其实文学报刊不仅是作家的摇篮，也是批评家的孵化器。当代文学几代有影响力的批评家都有重要的批评阵地。《南方文坛》在张燕玲老师主持笔政之后气象万千，以地方性的文学批评期刊向学术中心进军，近二十多年来将全国有活力的中青年批评家几乎一网打尽，一时间天下英雄有尽入彀中之感。这是地方性文学批评期刊办刊的一个典范，也是一个奇迹。我在 2010 年有幸进入《南方文坛》"今日批评家"阵营，这于我是一次重要的"出场"，我不仅公开表明了自己"从阐释到实证"的批评观，而且著名作家刘醒龙老师、同门周新民教授也为我写了推介文章，如此这般以一组专栏文章的形式推介我，如今想来真是受之有愧！记得 2010 年底，我还应邀参加了《南方文坛》在上海与上海市作协、中国现代文学馆联合主办的首届"今日批评家"论坛。在上海会议上，我第一次见到了好多"70 后"批评家，以前但知其名、不见其人，这次终于有缘在会上各抒己见。因为我长期在武汉求学和工作，此前从未进入上海和北京的学术圈，颇有外省人进巴黎的感觉。记得大家探讨的是全媒体时代的文学批评问题，随后以一组文章集束发表在《南方文坛》2011 年第 1 期。其中就包括我根据发言写的短论《被媒体绑缚的文学批评》。所以我要感谢《南方文坛》，感谢张燕玲主编，2010 年对于我个人确实具有纪念意义。岁月飘忽，人事倥偬，至今想来仍倍觉温暖，无限感念。

周： 你研究方向受於可训老师影响颇深，还有你的好多专著都是於可训老师亲自为你写序言，我认真拜读了於可训老师写的序言，觉得那些序言并非应景或应情之作，是非常深入地对你的研究进行了探讨的（其实我不难发现，很多老师或长辈的序言，几乎都是抹不开面子随便大而化之地谈点印象式的东西）。好多次和於老师通电话，他都告诉我，你们在一起聊天呢。能谈谈於可训先生对你的学术研究甚至为人处世方面的影响吗？

李： 於可训老师是我的授业恩师，是他把我引进了文学批评的大门，乃至一步步深入文学研究的堂奥。读研究生之前，我在武汉市郊外的一所中等职业学校里教书，而且上大学读的是行政管理，与文学基本不沾边。但就是我这样一个门外汉和野狐禅，於老师也能耐心点拨、耳提面命，他的学术胸襟是我终生服膺的。说起来，於门弟子中有好多我这样的半路出家人，像中山大学的张均教授原来是学机械的，武汉大学的叶立文教授原来是学考古的，中南民族大学的吴道毅教授原来是学政治的，还有和我同届的华中科技大学周新民教授是浠水师范毕业的，所以於门早年的弟子们很有点文学批评的"杂牌军"味道。老实说，能把我们这等杂牌军带出来并不容易，於老师在我们身上倾注了很多的心血。入於门快三十年了，印象最深的就是和於老师谈天说地话古今，老师从不正襟危坐板起面孔训导，而是循循然善诱人，类似今人说的"谈话疗法"，及时释疑解惑并指点门径。於老师最大的秘诀大概是孔夫子说的"因材施教"四个字，能根据我们几个弟子的秉性进行分类指导，让我们做各自"性之所近"的选题和研究。

我追随於老师读硕士和博士长达六年整，博士毕业后也在武汉工作，我就职的华中师范大学与母校武汉大学也就一条马路之隔，所以向於老师当面请益是很常见的事。我这人话多，在师门里大概是说话比较没遮拦的一个。我喜欢和於老师聊天，这是真心话，没有任何矫情。和於老师聊天经常会让我进入忘我的境地，仿佛回到了童年和少年时期，回到了我的故乡那个叫"先生垮"的小村庄。小时候我在故乡村庄里经常听老人聊天，大人喜欢抬杠，老人就比较平和，讲起稀奇古怪的陈年往事往往没完没了，我就是那个喜欢多嘴的少年，也是故乡的老人觉得比较文气的一个。多年后我在於老师的家里找到了这种聊天的感觉。黄师母还健在的时候也经常加入我们的闲聊，具体内容也没啥大不了的，关键是那个聊天的气氛很难得，有点像贾平凹写小说的做派，我曾经在文章里把它叫作"闲聊体"，是"说话体"中更自由自在的一种叙事体。至于学术本身，则往往在闲聊中灵光乍现，我的很多学术灵感都是在和於老师聊天中得到的。比如某一天於老师在闲聊中说，遇春你应该把去西安采访陈忠实和贾平凹这件事当作一个研究课题做下去，几年后我就真的把《西部作家精神档案》书稿送上门请他写序，然后说起是他让我写这本书的，於老师这时就会笑着说是吗。类似的情形还有很多，我研究现当代旧体诗词，也得益于於老师闲聊中的指点。

周：在求学路上能遇到於可训老师这样的好导师，也是一种福分啊！从华中师范大学调入武汉大学，对你来说，不仅是换了一个工作吧，武汉大学是你母校，多年后回到母校工作，内心什么感受？

李：江湖上传说武汉的高校都是"占山为王"，比如武汉大学之于珞珈山、华中师范大学之于桂子山、华中科技大学之于喻家山、华中农业大学之于狮子山，等等。我在华中师范大学工作了将近二十年，我对桂子山有着很深的感情。当年我负笈珞珈六年，有点入深山拜师学剑求道的感觉。学成后辞别师父，走下珞珈山，登上桂子山，回想起来是有些踌躇满志的。我相信天道酬勤，功夫不负苦心人，那几年我很幸运，得到了《文学评论》《小说评论》等文学期刊诸位编辑老师的眷顾，不时有文章面世，也在於老师的指点下申请到了国家级和省部级的科研项目，所以很快在三十五岁那一年破格晋升了正教授。记得那年岁末小聚时，於老师及时提醒我这么早评了教授以后的日子该怎么过的问题。我深知这是他对弟子的委婉警示，所以评上了职称以后也不敢稍有懈怠，而是继续砥砺前行。其实我虽然长期在华中师范大学工作，但一直都没有离开过於老师的视野，我经常在珞珈山和桂子山之间穿行，我的学术之路始终都在於老师的指引下向前延伸。打个不恰当的比方，我就像《西游记》里的孙悟空，一旦遇上太上老君的那个宝葫芦，不管我是孙行者、者行孙，还是行者孙，只要一声召唤、一声应答，我就成了师父的葫中物。这个比方在我们的闲聊中曾作为笑谈。所以多年后我回武汉大学任教看上去很偶然，其实是一种必然，是天意，也是宿命。

周： 工作环境的变化，对你的研究也带来一些新的挑战吧。到武汉大学后，研究上有哪些调整或变化？

李： 其实工作环境的变化对我而言没有什么大的影响。毕竟我还在同一个城市里当老师、做研究。我做文学研究向来主张走自己的路，不喜欢趋同式的研究。无论在桂子山还是在珞珈山，我都还是原来的那个我，我会继续保持学术的初心，保持内心对文学的热爱和对学术的热情。武汉大学是我的母校，是我文学研究学术梦想升起的地方，学校对我的入职很宽容，对我的学术工作很信任，我将在新的环境中继续推进我的文学研究志业。其实我文学研究的"根"一直都在珞珈山。我所从事的中国现当代旧体诗词编年史的编纂工作，最初就是从我协助於老师编纂中国现当代文学编年史的国家课题中派生出来的学术新领域。在武汉大学，除了於老师主持编纂的中国现当代文学编年史之外，还有陈文新教授主持编纂的中国古代文学编年史工程，所以中国文学编年史是武汉大学中文学科的一个学术品牌。我从这个学术园地中走出来，多年后又回归这个学术园地，可谓水到渠成，没有任何违和感。我所从事的中国当代文学史研究和当代文学批评工作，也是从於老师干了一辈子的文学史研究和文学批评事业中生发出来的。这些年来，我经常和於老师在闲聊中交换关于中国当代文学与中国古代文学传统的关系的看法，我会继续在这个学术领地里深耕，争取在《中国文学传统的复兴》《中国文学传统的涅槃》之后继续推出新的文学评论集。至于《中国现代旧体诗词编年史》目前仅出版了第一辑四卷本，每一卷有一百多万字，未来将继续推出第二至五辑，总字数将达到两千多万字的规模。希望回到母校后，能够借助武汉大学的科研平台，在珞珈山上把我的学术志愿真正实现。

周： "继续保持学术的初心"，这是成为优秀学者最本质的。近十年来，青年批评家/学者异军突起，兄在这个群体里当属最优秀的之一了。众多分量非常足的头衔——教育部2016年度青年"长江学者"、教育部2009年度新世纪优秀人才、2018年度国家社科基金重大项目首席专家等等。专著出版多本，每年都发表大量的学术文章，斩获各类大奖，你认为，这十年来，在学术上，你有哪些新的突破和变化？

李： 这十年我非常幸运，得到了很多编辑老师和同行专家的厚爱，获得了一些世俗意义上的荣誉和头衔。但我深知自己才疏学浅，离前辈学者所曾达到的理想学术境界还有很大的距离。其实，衡量一个学者的学术贡献最终不是看他得到了多少学术奖励和学术头衔，不是看他的文章发表在什么级别的学术刊物上，也不是看他主持了多么重大的科研项目，而是看他真正在学术领域里做出了什么开拓性的或独特性的贡献。我们做文学批评时总是对作家作品很苛刻，轮到对我们自己的文学研究做评价时难免会没有底气。说到我自己，在过去的二十年中，第一个十年主要是在新体小说批评与旧体诗词研究之间游弋和摸索，那是三十而立之后的十年间，我找到了中国现当代文学的新旧关系问题，但尚未找到破解文学新旧关系的门径，新旧关系在我的研究中处于分裂或撕裂状态，有时会很痛苦。及至四十不惑以来的十年间，我自觉更清醒了，初步找到了破解新旧关系问题的方法，从而以更大的勇气去面对中国文学传统的创造性转化与创新性发展问题。这在我近十年来的批评文章和研究著作中有着较为显豁的体现。

观照传统　滋养创作

周： 2010年，你出版了专著《中国当代旧体诗词论稿》，2016年出版了专著《中国文学传统的复兴》，2019年出版了专著《中国文体传统的现代转换》，2020年出版专著《中国文学传统的涅槃》，十年间，你从旧体诗词、文学传统等多维度出手，热情澎湃地论述了传统的"现代转换"和"涅槃"。从这四本专著中，不仅能看出你的学术志向，也能看到你打通古今的努力。想请兄给介绍一下，你这一路研究下来，难题是什么？你解决了哪些此前一直未得到学界重视的问题？

李： 我这一路走来其实遭遇过很多困难。其中有来自外部学术环境的压力，比如说很多人不理解，我为何不集中精力做当代文学批评，而花费大量的气力去研究旧体诗词，他们怀疑我走上了复古主义或文化保守主义道路，甚至推测我是不是故意去寻找所谓学术冷门申报课题。其实十几年前国家并没有设立"冷门绝学"这种专门项目，我是在很艰难的环境中开展现当代旧体诗词研究的。这种外部困难是难不倒我的，我一旦做了学术选择就会迎难而上。真正的难题在于学术研究本身。漫长而海量的史料搜集工作消耗了我大量的时间和精力，这些旧体文学史料不断倒逼着我改变或修正自己原先熟悉的现当代文学史观、文学史秩序和文学史史实。我不断地在这场旷日持久的"新国故整理"中做学术上的自我调整，告别旧我，重造新我，无数的旧文学史料不断地刷新着我的学术认知。五四那代人提倡的国故整理运动其实整理的是 19 世纪以前的旧国故，而我们现在需要来一场新国故整理运动，要站在 21 世纪的"百年未有之大变局"的历史形势下重估 20 世纪旧体文学史料或文言文献。经过二十年的不断摸索和接触，我甚至感到有些惶惑，史料的整理与重估难度太大，非个人力量所能为。除了史料搜集和整理外，我遇到的最大难题是中国古代文学传统在中国当代文学创作中的创造性转化问题，既包括当代文学创作中对中国传统文化的创造性转化，也包括当代文学创作中对中国文体传统的创造性转化，其中转化的机制和模式需要深度提炼和剖析，我虽然做了一些学术努力，但离自己的期待还有很大距离。

周： 做学术是要如你这般一旦选定目标就持之以恒发力的决心的。

你在《中国当代旧体诗词论稿》的跋中说，你学生时代向慕西学。是什么机缘让你选择做旧体诗研究，并最终整理出版了多卷本《中国现代作家旧体诗丛》和《中国现代旧体诗词编年史（第一辑）》。这些年研究和主编这两套丛书，给你最大的启示是什么？

李：20 世纪 90 年代我在武汉大学求学期间非常喜欢西方文化和文学理论。最初是埋头阅读精神分析学和神话原型批评的理论著作，举凡弗洛伊德、阿德勒、荣格、弗洛姆、马尔库塞、霍妮、列维–斯特劳斯、弗莱、拉康等人的著作，凡是在图书馆能找到的或者在旧书店能淘到的，都买来读，而且读得很沉醉，很有饥饿感。然后就是读与存在主义有关的哲学和文论，尼采的、萨特的、海德格尔的当时特别流行。这两种西学让我初步形成了非理性主义哲学观、历史观和文学观、批评观。但随着阅读转向结构主义和解构主义文论，尤其是认真研读了当时能找到的国内出版的福柯系列著作以后，我的很多观念都发生了改变。我对各种非理性哲学和文论不再那么沉醉，而意识到它们都是在特定历史语境中被建构或生产出来的意识形态话语体系，神秘性就这样被祛魅了。我开始逐步信奉经验、信奉事实，觉得文学批评和文学研究都要从经验和事实出发，从实证出发。所以毕业后从教之余做研究，很快就跟着於老师走到用编年体整理文学史料的道上去了。记得协助於老师编纂《中国当代文学编年史》时，他偶尔表扬过我有史才，这对我是莫大的嘉奖。从此我在现当代旧体诗词编年史编纂的路上越走越远，我相信传统的编年体能够重新焕发学术生机，而旧体诗词也能恢复活力。一句话，我得到的最大启示就是中国文学传统应该而且也能够进行创造性转化。

周：老师的眼光很重要啊！先攻西学，再回过头来研究本国的传统，你认为有哪些优势？

李：其实胡适那代人就是以西学来评估中国本土的传统资源，也就是以西释中的办法。但那代人有两个天然的优势，他们不仅西学好，大都在欧风美雨中摸爬滚打过，拿到洋博士学位的也不少，而且中学也好，从小练就了国学的基本功，那可是童子功，非我辈今天所能及。所以五四那代人得天独厚，可谓天纵之才，一出手就是填补空白，就是开天辟地，一片片的学术领地都是他们开创的。我们这代人，无论西学还是中学，与前贤相比都差得太远，所以我时常面对着海量的近现代旧体文献望洋兴叹、一筹莫展，空有中国文学复兴之志，但眼高手低，根基薄弱，只能勉力做点传统文学史料编年工作，而寄希望于更年轻的学术后劲。

周：之前一位年长的学者和我聊天时说，他发现古体诗词的写作水准相当高，但无人研究，也几乎无刊物发表，处于地下和半地下的状态。作为研究者，你认为古体诗在今天还有价值吗？或者说，古体诗的创作今天要如何改变，才能适应当下的审美要求？

李：对于中国千百年流传下来的本土诗体，五四那代人为了思想启蒙和文学革命毕其功于一役，将其作为首要的打击目标，由此留下了"旧体诗词"这顶荆冠、这个恶谥。虽然如今很多喜欢"旧体诗词"的人不赞成用这个概念，他们主张用"古体诗词""格律诗词""文言诗词""中华诗词""传统诗词""现代汉诗"等概念取而代之，但实际上都不如"旧体诗词"这个概念的表意准确而完整。因为"古体诗词"与"格律诗词"是"旧体诗词"的两个重要组成部分，而"文言诗词"之外还有"白话诗词"。"中华诗词""现代汉诗"中又包含了"新诗"，而"传统诗词"则直接将"旧体诗词"与"现代性"绝缘。所以我觉得叫"旧体诗词"虽然谈不上名正言顺，但就像"朦胧诗"一开始也是负面的概念，最终也可以被改造成客观而中性的范畴。更何况在现代社会里"旧"并非就是不好的东西，各种"旧货"市场实在是繁荣得很，推陈出新、依旧开新，从传统的旧物中是可以重塑出新事物来的。现代诗人写了那么多西方人的旧体诗，比如商籁体或十四行体，冯至在抗战时期就写了不少，还出了一本《十四行集》，很是被人称道。那为何作为一个中国人就不能写自己的旧体诗呢？既然用西方的格律体能写出中国人的现代诗，那么用中国的格律体同样能写出中国人的现代诗。更何况，中国的旧体诗词并非都是格律体，也有较宽松自由的古体和民歌体。冯至其实古今中外诗体兼擅，他写自由体新诗，也写格律体旧诗，他是杜甫的坚定的推崇者，曾写过一本《杜甫传》，至今仍在学界流传。

现当代旧体诗词的价值在我看来是毫无疑义的。有人说旧诗水平不高，有很多"老干体"，有很多"垃圾"，其实新诗中的"老干体"或"少干体"也不少，"垃圾"也不会少，德国人顾彬的中国当代文学"垃圾论"言犹在耳。任何一个时代都有属于自己的精华，也有属于自己的垃圾。文学研究者所要做的就是剔除文学垃圾，找出文学精华，让文学精华成为一个时代的文学经典。现当代文学因为发表容易，传媒众多，文学总量太大，所以寻找文学精华、确立文学经典的任务格外艰巨。我曾经在2009年的《名作欣赏》上开过一个"旧诗新话"专栏，介绍现当代新文学家的旧体诗词，记得当时有中学语文教师私下和我联系，探讨中学生能否写旧体诗词的困惑。学生想写，但现行教育体制不赞成，至少是不鼓励，老师很矛盾。可惜那个栏目没有坚持下去。姑且不说现当代老辈名家诗词具有很高的价值，就是21世纪以来的网络旧体诗词也是很有价值的。我主编过五本《21世纪新锐吟家诗词编年》丛书，集中展现了五十位新世纪诗词作家作品，我还在《新文学评论》上委托著名网络诗人李子（他的旧体词被网络誉为"李子体"）组织过连续性的《断裂后的修复——网络旧体诗坛问卷实录》，迄今已发表十期。其实新世纪网络旧体诗人在不断地寻找艺术变革的途径，包括主题、题材上的开新，文体、技巧上的开新，甚至出现了带有现代派和后现代色彩的旧体诗词，我曾经把它们和当代新诗中的"先锋诗歌"相比。

周：用中国的格律体同样能写出中国人的现代诗，这个提法非常好。我刚和谢冕老师有个对话，他也谈到了，新诗并没有抛弃传统的。你在最近的文章《观照传统　滋养创作》中，回顾自己多年来的学术经历，你没把中国的新文学与旧文学割裂开来进行研究，而是注重挖掘新文学里的传统性，观照传统资源如何滋养今天的文学创作。你认为传统资源要如何做才能为今天的文学创作提供滋养？

李：中国传统资源非常丰富，也非常驳杂，其中有适合进行现代转换的资源，也有应该完全被丢进历史垃圾堆的资源。我们应该秉持鲁迅先生所谓的"拿来主义"的立场，既不应该放一把火把我们的传统资源统统烧掉，也不应该不分青红皂白统统囫囵吞枣地吃掉，而是应该动用现代理性精神进行批判性继承，也就是唯物辩证法所说的"扬弃"。如何扬弃？如何批判性继承？关键在于对中国传统资源进行创造性转化与创新性发展，这是当前中国最新的文化发展战略，也是中国共产党广泛吸纳海内外先进思想所做出的重要文化选择。按照海外汉学家林毓生的说法，五四那代人有重大历史功绩，但也存在全盘性反传统的激进弊病，他们习惯于将中国传统资源当作一个固化的客体来看待，而其实中国传统资源虽然高度一体化，但其中也有互相龃龉的资源，儒道释也并非铁板一块，而且许多不同类型的传统资源，如政治的、经济的、伦理的、文艺的传统资源并不能等量齐观，尤其是文学艺术中的很多传统资源，更不应该因为它们诞生在传统的封建社会或农耕文明时代就统统视为反现代的落后资源加以抛弃。激进的反传统文化战略带有强烈的机械唯物论或简单的形而上学特点，没有看到作为意识形态的传统文化资源的复杂性，我们不能简单地在政治、经济与文化、文艺之间做捆绑式选择。相反，我们可以将封建农耕文明时代的传统文化与文艺资源从其固有的政治经济体制中剥离出来，将这些有益的文化与文艺资源与现代社会政治经济体制相匹配或重组，由此创造性地转化固有的传统资源，且经过量变后达成质变，实现传统的创新性发展目标。这些年来我比较注重挖掘中国文学传统资源中有价值的文体资源，比如旧体诗词就是中国文学传统中非常有价值的文体资源，中国的许多知识分子或文人还有老百姓非常喜欢这种文体资源，"古诗词进校园""中华诗词大会"等文艺活动广受欢迎，我们的现代文学知识精英不应该对此视而不见、避而不谈，或者随意臧否、专行独断，那不是一个现代人应有的理性态度。此外我还重点地挖掘了"传奇"这种传统文体资源的当代转化问题，等等。我觉得当代中国作家应该积极主动地寻找有价值的文体传统资源进行创造性转化。

周：我自己做过一段古典小说的研究，也在《小说评论》开设过一年专栏专门谈论这个话题。我和兄持相同的观念，今天的作家，若能主动寻找传统中有益的资源进行创造性转化，亦是今天这个时代写作的先锋。你认为，在复兴传统和坚守"五四"新文学传统之间，今天的学者要如何才能平衡两者的关系而不会导致"复古"？

李：中国文学传统最初特指漫长的中国古代文学传统，新世纪以来由于中国古代文学传统越来越受到学界和民间的重视，现当代文学界开始调整话语策略，提倡并论证五四以来的百年中国新文学传统的合法性。这当然没有问题，两个文学传统都有其合理性和合法性，一个是漫长的旧传统，一个是新生的新传统，而新传统正是从旧传统中开新的产物。实际上，如果不是从文学革命或文学启蒙的角度来看，而是从文艺复兴的角度来看，我们会发现百年中国新文学一直就走在创造性地转化中国古代文学传统的路上，转化的内因在中国古代文学传统资源，转化的外因就是不断吸纳的外国文学传统资源。在世界文学的大框架内，在全球化的大背景下，当代中国作家不仅要面对中国文学固有的旧传统和新传统，而且要面对外国文学传统资源。只要我们能在古今中西纵横交融的立体视域中发现传统、审视传统、扬弃传统，把当代中国文学的中国化、民族化、本土化与现代化、西洋化、欧化辩证地结合起来，我们就不会退行到复古的老路上去。所以当代中国文化提倡的是复兴而不是复古，将传统视为古代的代名词，就会导致复古，而将传统视为现代的源头活水，那就是复兴。传统在古代，传承在近现当代，要用连续性而不是断裂性的文学史观处理古代、近现代和当代文学的关系。

"50后"作家群体的创作仍然是中坚力量

周：你的博士论文将目光对准了1942—1976年的红色文学研究（"延安文学"至"十七年文学""'文革'文学"），这个时间段的研究，做起来难度应该很大吧。通过博士期间的研究，能简单评价一下这个时间段文学对整个现当代文学的意义和价值吗？

李：写博士论文那段时光特别值得我珍惜，如今想起来满满都是回忆。我的博士论文写了四十多万字，三年里我主要就是搜集资料，阅读文本，思考问题，一旦准备好了就开工，整整写了八个月，心无旁骛，有点"少年心事当挐云"的架势。选择1942—1976年间的中国文学作为博士论文选题，这是於老师帮我划定的。他当时建议，既然我的硕士论文研究张贤亮的创作心理，而张贤亮又是从"十七年文学"走过来的作家，我的博士论文不妨就从作家个案研究放大到作家群体研究，系统地考察一下革命年代中国作家的群体创作心理。那个年头刚好洪子诚和陈思和老师的两部当代文学教材集中面世，关于"50—70年代文学"的研究开始兴起。於老师赞成我打通现当代，至少要回溯到20世纪40年代的"延安文学"，否则很多问题说不清楚、论不深入。为了写博士论文，我读了好多杂书，比如福柯的书，比如剑桥中华人民共和国史，比如回忆录之类。我认为在百年中国新文学发展史上，"50—70年代文学"

的三十年是不可或缺的三十年，它是现代文学三十年与新时期文学三十年的历史转换时期，具有独特的文学风貌和艺术价值。

周：从你的文章可以看出，你对当代文学的研究面是非常广的，不仅有已经被逐渐经典化的作家，还有同代作家，甚至是一些名气不是很大的作家。这几代作家中，你认为创作实力最旺盛、成就最高的是哪个年龄段的作家？

李：我个人的阅读趣味比较多样，有点儿杂。我并不嫌弃现实主义作家的老套，也不拒绝现代主义作家的前卫，对古典主义作家的风度我也能欣赏。所以我能津津有味地阅读《创业史》《平凡的世界》《白鹿原》，也能认真解读"寻根文学"和"先锋文学"的作家作品，对孙犁、汪曾祺的古典风度我也能从容赏鉴。对于"50—70年代文学"那代作家赵树理、柳青、周立波、孙犁的创作我是很尊重的，我在大学讲授当代文学经常会讲解到他们的创作。实际上，他们的创作对新时期文学乃至于新时代文学一直都在发生持续性的影响。经典作家对后代作家的影响或后代作家对前辈作家的接受是很复杂、很微妙的过程。在改革开放以来的几代作家中，以王蒙、张贤亮、高晓声、陆文夫、宗璞等为代表的"右派作家"群体是过渡的一代，或曰历史中间物，除少数人外，都有"千古文章未尽才"的遗憾。新时期真正大展宏图、充分释放了文学才华的是"50后"作家群体，莫言、贾平凹、韩少功、史铁生、王安忆、张炜、刘震云、梁晓声、铁凝、刘醒龙、阿来等人是这代人中的典范，他们都有庞大的创作体量和不断经典化的代表作。其次是"60后"作家群体，包括余华、苏童、格非、迟子建、毕飞宇、红柯等人，他们的文学成就也很高，但整体上未能超越"50后"作家群体的成就。至于"70后""80后"等更年轻的创作群体，还有待进一步观察。

周： 兄对几代作家的整体创作水准的评判是非常客观的。你做硕士论文期间就开始关注张贤亮，后来还出版过《西部作家精神档案》一书，你觉得西部作家和其他地域的作家的差别是什么？

李： 记得 2003 年我去西安拜访陈忠实和贾平凹的时候，他们都对我作为一个长江边的湖北人而感兴趣于他们陕西的文学创作表示很惊讶。其实作为一个普通读者，我就是喜欢西部作家笔下的风土人情和文化韵味。张贤亮小说的深情苍凉、路遥小说的朴实悲苦、陈忠实小说的沉郁厚重、贾平凹小说的神秘幽深、红柯小说的悲凉慷慨，都给我留下了难忘的阅读印象。追根溯源起来，我喜欢西部作家作品与我内心有着和他们相似的土地情结有关。作为从小在农村土地上长大的城籍农裔人，我对现当代文学中讲述中国农村故事的作品在感觉上更为亲近。我觉得西部作家和西部文学具有得天独厚的地域文化优势。与北方作家和北方文学相比，西部作家和西部文学不但不缺少前者作为文化中心的阔大沉雄，而且多了边地文化的异端或叛逆色彩。与南方作家和南方文学相比，西部作家和西部文学不但不缺少前者作为文化边缘区域的异端性和叛逆性，而且还多了西北文化中为南方文化所缺少的边地文化力量。这是湿润精致的南方文学所不及之处。

周： 兄对西部文学的看法非常独到。这些年流行以地域、代际为切入口来研究作家，你觉得这样的切入有效吗？

李： 从地域和代际角度研究文学，在中国古已有之，在外国也很常见。近些年中国文学研究者在经历改革开放新时期大量引进西方现代文学理论与批评方法的热潮后，开始冷静下来，从最原始的文学研究方法开始探索，试图建构出新型的文学理论批评方法体系。比如从传统的地域文学批评发展出"文学地理学"，又从传统的文学时代性范畴里发展出"代际批评"方法论。法国人丹纳在《艺术哲学》等著作中早就倡导"种族、时代、环境"作为文学艺术研究的三要素,其中,文学地理环境的重要性得到了格外强调。代际批评在古代文学研究中也很常见,刘勰、钟嵘在品评作家作品时就很注意区分不同代际的作家因为时代的变迁而呈现出不同的思想和艺术特色。近现代梁启超、刘师培、汪辟疆的文学批评都同时运用了文学地理与文学代际批评方法。至于现代文学三十年研究中同样很注重地理与代际的批评方法,文学地理批评注重文学研究的空间维度,文学代际批评注重文学研究的时间维度,时空结合,更能揭示特定时期文学创作的艺术特征与历史走势。所以当代文学批评从地域和代际切入是可行的也是通行的做法。

周:作为一个文学研究者,在整体上你如何评价当下的文学创作?

李:当下的中国文学创作处于时代转型阶段,即从"新时期文学"向"新时代文学"的转型时期。一方面,许多中国作家继续沿着"新时期文学"的创作惯性继续坚持写作,另一方面,一些中国作家主动适应"新时代文学"的发展趋势探索新的写作道路。总体来看,传统意义上的纯文学创作领域还是不同代际的中国作家在同场竞技,既有王蒙这样的老作家笔耕不辍,也有"90后"作家乘势而起,但纯文学创作主力军还是以"50后"和"60后"为重镇,以"70后"和"80后"为中坚。长远来看,应该寄希望于人到中年的中坚力量,希望他们能贡献出足够厚重的文学作品,代表"新时代文学"所能达到的高度。

周:中国作协书记张宏森在第十次作代会上提出了"新时代文学",作为文学研究者,你个人是如何理解这个"新时代文学"的?

李:在我看来,近十年来的"新时代文学"处于呼之欲出的态势。

早在 20 世纪 60 年代初，中国科学院文学所就主编过一册《十年来的新中国文学》，那是最早的中国当代文学史之一。实际上，我们需要客观地评估近十年来的"新时代文学"究竟有哪些新的变化，出现了哪些此前所没有或没有得到充分发展的新的特质，这些将是"新时代文学"继续前进的基础和动力。"新时代文学"是否具有"新时代性"？文学都有时代性，"新时代文学"的时代性怎么体现？我们这个时代的时代主题和时代精神是什么？这个问题值得当前中国作家深思。其实很多中国作家对当前中国社会各阶层的命运并不关心，对当前中国农村农民的命运并不了解，对当前中国城市平民或贫民的命运也不上心，基本上浮在时代和生活的表层，所以无法写出我们这个时代的民生疾苦和社会变迁。众所周知，"新时代文学"要坚持以人民为中心的创作导向，要大力弘扬文学的人民性，那么"新时代文学"的人民性表达与中国当代文学"前三十年"的人民性表达之间有什么异同，是否存在一种更具包容性的"新人民性"，它能将"工农兵文学"时代的人民性表达与"新时期文学"的人性与人道主义表达融合起来，这也是一个我们必须回答的关键问题。还有，新时代以来党中央特别提倡对中华优秀传统文化的创造性转化与创新性发展，倡导中国文艺表现中华美学精神，彰显中华民族力量，这意味着新时代文学应该在文学的民族性上，包括民族精神和民族形式上，有新的艺术创造。这些都是时代之问、人民之问、民族之问，亟待当前的中国作家回答，也亟待当下中国文艺理论家与批评家回答。

"文学批评是科学研究而不是文学创作"

周：你在《新实证主义文学研究方法论纲》里倡导一种把传统与现代的社会历史批评和科学主义批评结合起来的新的实证主义批判方法体系。在文章中，你也解释了历史批评的方法和科学主义的批评方法。这种方法和当下流行的批评方式的最大区别在哪里？

李：那是十多年前我认真思考后写下的文章。其中主要是自己的文坛观察和批评经验的总结。我当时特别想表达的其实是呼吁社会历史批评的回归。因为新时期文学批评最初是社会历史批评为主的，与"伤痕—反思—改革"文学相伴随的文学批评模式主要是社会历史批评，其中以经典的马克思主义文学批评为主导，探讨文学的社会性、时代性、人性与人道主义、悲剧性、典型性等问题。随着"寻根文学"和"先锋文学"的崛起，英美新批评和俄国形式主义批评在中国批评界逐渐为新潮批评家所演练，这是一种科学主义的批评方法，有别于人文主义的批评套路。科学主义批评的大流行使中国文学批评回归到文学本体批评，这是积极的一面，但消极的一面在于，文学批评逐渐沦为小圈子的精英批评，很多批评文章晦涩难懂，过于欧化和洋化，文学批评的读者越来越小众化。而我在新世纪由于从事现当代旧体诗词研究，需要搜集并整理大量的旧体文学史料，这就使得我重新意识到了传统的社会历史批评方法的重要，意识到了"知人论世"的重要，所以我觉得应该提倡传统的社会历史批评方法与现代的科学主义或形式主义批评方法的视域融合，以此拯救当时越来越失去时效性或有效性的文学批评。无论如何，走历史批评与美学（形式）批评相结合的道路是没错的。

周：在《实证与中国文学批评的有效性》中，你在文章开篇就自问自答地道出了当下中国文学批评失去有效性了。那你认为，是哪些因素的叠加导致了文学批评的失效？

李：十多年前，《文艺报》探讨文学批评的有效性问题，很多批评家写了文章参与讨论，我也是其中一员。当时大家都对文学批评很失望，我没想到十多年后，大家对文学批评同样还是很失望。想当初大家对文学批评失去有效性的失望有很多原因：一是我们的文学批评提不出问题，缺乏问题意识，基本上是拿外国文艺理论来阐释中国文学作品，或者用中国文学作品印证外国文学理论，甚至陷入阐释的循环或循环论证，文章写了等于没写，没有观点和结论，没有问题意识，没有解决问题的能力。二是我们的文学批评缺乏创造性，没办法从中国文学创作实践中提取中国经验，然后上升到具有普遍性的文学理论范畴或命题，只能停留在理论的空转层面，教条主义或本本主义严重。三是我们的文学批评文章写得越来越规范，越来越整齐划一，"C刊体"已经让文学批评家大为苦恼。如文章中不能写"我"只能写"笔者"，我文章中的"我"经常在发表时或者在评论集出版时被改成了"笔者"，文学批评不能表达个人性情了。

周：很多问题，其实大家都心知肚明，但要真正改变却很难。你倡导的"史证""心证""形证"能有效解决这个问题吗？或者说当下文学批评要如何才能重建自己的有效性？

李：我所谓"史证"指对作家作品做社会历史分析，以此重建文学与时代、与历史、与社会的关联性。"心证"指对作家作品做精神心理分析，以此凸显文学与哲学、与文化、与心灵的关联性。"形证"指对作品做审美形式分析，这是文学之所以为文学的本体要素。我希望"三证"合一或三位一体。从专业的角度而言，最好是从"形证"入手，从文学作品特有的形式出发，探讨审美形式背后的社会历史内涵和精神心理内涵，否则就会陷入过度阐释或强制阐释的陷阱。我认为做文学批评其实也是在做证明题，我们需要根据已有的条件，如历史的、心理的、形式的条件来分析问题、解决问题，最终得出令人信服的结论。在这个意义上，文学批评是科学研究而不是文学创作。这样说并不意味着我反对随笔体或美文体的文学批评，事实上不论是论文体还是散文体的文学批评，只要它是有效性的文学批评，我就会尊重和欣赏。李健吾的散文体批评是有效性批评，胡风的论文体批评也是有效性批评，批评文体虽然不同，但都具有内在的有效性，因为都对作家作品和文学现象有独特的发现和阐释。

周：80年代文学批评摆脱"一体化"，逐步走向正常，其中人的因素正是批评家身份的民间化——批评家几乎都是高校老师，但经由四十多年的发展，学院派批评在过度量化的考核方式下，也出现很多问题，你是如何看待学院派批评的？你认为，学院派批评的出路在哪里？

李：学院批评与媒体批评是中国当代文学批评的重要两翼。一般而言，学院批评家大都置身在高等院校和科研院所，而媒体批评家则大都供职于文联作协和报刊媒体，这是就外在的职业身份而言，其实不可一概而论。新时期文学批评的繁荣与这两派批评家的成熟有关，而且两派批评家在21世纪以来有合流之势。21世纪以来的学院批评在过于僵化的高等教育评价机制的宰制下生存受到了严峻挑战，学术期刊的等级制暗中规训了学院批评的自然生态，学院批评越来越丧失了学术生机。我觉得当前的学院批评需要重建批评的学理性和有效性，要能针对当前的文学创作提出问题、分析问题和解决问题，不能做那种形式主义的花样文章，表面上引经据典、头头是道，骨子里是语言的空转。

周：近几年青年批评家介入出版的不少，金理在上海文艺主持"微光"，杨庆祥在选编"新坐标"，马兵也在主编"锋芒文丛"，等等。知识分子介入出版，对当下的文化建构是有积极意义的。你主编《新文学评论》多年，栏目设置得非常好，也是你批评实践的一部分吧？主编这个刊物，对你自己的研究有哪些积极意义？

李：《新文学批评》创办十年多了，出了四十多期，我一直做执行主编，十年甘苦寸心知。我在栏目策划和选题组稿方面还是很用心的，感谢同行的关注和肯定！十年前创办时年轻气盛，凭着一股书生意气做事。印象中现当代文学史上许多评论家都创办过或主持过文学刊物，湖北黄冈籍的就有胡风、秦兆阳这样响当当的名字。我的老师於可训先生是黄冈人，我的作家老朋友刘醒龙先生也是黄冈人，我自己的籍贯也是黄冈，於老师和醒龙老师都创办或主持过文学刊物，我耳濡目染，自然就有了这个办刊念头。对评论家而言，办刊其实开阔了眼界，逼迫自己始终保持评论的学术敏锐性和现实关注度，而且懂得了换位思考，不仅从作者角度而且从编者角度思考问题，也能培养实践能力和协作意识。这方面明全兄更有发言权，你的经验和体会比我更丰富。

周：你在一篇文章中说，我们的文学评论对象需要扩容，需要融合，需要建立一种"大文学批评"或"杂文学批评"来取代既有的"纯文学批评"观念和谱系。你认为，具体要如何做？

李：超越既有的"纯文学批评"其实在21世纪以来已经是大势所趋。因为我们今天面对的文学已经不再是"纯文学"所能框定的了。一方面是网络文学的强势崛起，打破了我们既定的"文学"概念，需要我们调整文学批评的对象和方法。另一方面，我们重新发现了海量的现当代旧体文献，其中很多都属于广义上的文学文本。在中国传统的文学概念里，凡是以文字作为载体的文本都可以纳入文学范畴，不一定非要是抒情性的或者虚构性的文本才属于文学。书信、日记、公文、碑铭、联语等应用文体也属于文学范畴。为了使我们的文学批评和文学研究不至于完全退守到狭隘的"新文学"或"纯文学"圈子里内循环，我们有必要重建中国传统意义上的"大文学批评"或"杂文学批评"，我依旧坚持这个立场。

周：若给批评家朋友或晚辈推荐几本书，你会推荐哪几本？

李： 弗洛伊德的《文明与缺憾》、荣格的《心理学与文学》、福柯的《规训与惩罚》、韦勒克和沃伦的《文学理论》、刘勰的《文心雕龙》、钱基博的《现代中国文学史》、鲁迅的《中国小说史略》、李泽厚的《中国现代思想史论》、林毓生的《中国意识的危机》和《中国传统的创造性转化》。

周： 感谢兄。